ミステリ

周 浩晖

死亡通知書　暗黒者

死亡通知单　暗黑者

周《しゅう》 浩暉《こうき》

稲村文吾訳

TOKYO
HAYAKAWA
BOOKS

A HAYAKAWA
POCKET MYSTERY BOOK

DEATH NOTICE（暗黑者）
by
ZHOU HAOHUI（周浩晖）

Translated by
BUNGO INAMURA
First published 2020 in Japan by
HAYAKAWA PUBLISHING, INC.
This book is published in Japan by
direct arrangement with
CHINA EDUCATIONAL PUBLICATIONS
IMPORT & EXPORT CORPORATION LTD.
B & R Book Program

装幀／水戸部 功

目次

プロローグ　11
第一章　迫る嵐　13
第二章　十八年前の惨劇　49
第三章　最初の対決　76
第四章　羅飛の秘密　107
第五章　処　刑　137
第六章　二分間のずれ　159
第七章　死の坑道　204
第八章　深まる疑問　238

第九章　ほどけゆく繭　269
第十章　〈エウメニデス〉の誕生　306
第十一章　最後の対決　355
エピローグ　384
訳者あとがき　389

死亡通知書　暗黒者

登場人物

羅飛（ルオ・フェイ）　龍州市公安局刑事隊長
鄭郝明（ジョン・ハオミン）　省都A市の市公安局刑事
韓灝（ハン・ハオ）　A市公安局刑事大隊長
尹剣（イン・ジエン）　刑事、韓灝の助手
曾日華（ゾン・リーホワ）　刑事、省公安庁の技術顧問。コンピュータの専門家
慕剣雲（ムー・ジエンユン）　警察学校講師。犯罪心理学の専門家
熊原（シオン・ユエン）　A市公安局特殊警察部隊隊長
柳松（リウ・ソン）　特殊警察部隊隊員
韓少虹（ハン・シャオホン）　〈エウメニデス〉の処刑対象、貿易会社経営者。車で人を轢き殺したが執行猶予判決になった。
彭広福（ペン・グアンフー）　〈エウメニデス〉の処刑対象、強盗犯。警官襲撃事件で指名手配を受

ける。

鄧驊（ドン・ホワ）　〈エウメニデス〉の処刑対象、富豪。十八年前、麻薬取引に関与。

郭美然（グオ・メイラン）　〈エウメニデス〉の処刑対象、レストラン経営者。他人の夫を奪い、前妻を自殺に追いこんだ。

阿華（アー・ホワ）　鄧驊の助手

薛大林（シュエ・ダーリン）　十八年前の市公安局副局長

孟芸（モン・ユン）　十八年前、警察学校時代の羅飛の恋人

袁志邦（ユエン・ジーバン）　警察学校時代の羅飛のルームメイト

白霏霏（バイ・フェイフェイ）　袁志邦の元恋人

黄少平（ホアン・シャオピン）　十八年前の事件に巻きこまれた男

プロローグ

序曲が終われば、主部が始まるものだ。とはいいながらその間に経った時間は、すこしばかり長すぎた……だが、ようやくこの日はやってきた。

ここから展開していく華麗な楽章のことを思うと、内心の興奮を抑えきれない。参加したいとは思わないか、古き友よ？

きみもとうの昔から待ちのぞんでいたことは知っている。

きみがこの手紙を読んだときの表情は想像がつく――興奮で震えが起きた、そうだろう？　血潮が燃えたち、無尽蔵の力が身体に集まってくる――いまのわたしの気分とまったく同じだ。

わたしはきみの渇望を嗅ぎとっている。きみの憤怒《ふんぬ》を、きみの恐怖までも……

すぐに来るんだ。わたしはここで待っている。


手紙を書いているようには見えない。むしろ精緻な工芸品に絵付けをしているかのように、ゆっくりと入念な動きで、一画一画におそろしく注意が払われ、句読点の一つひとつまでもがいっさいの乱れなく整っている。手紙の最後の一字を書きおえると、長々と息を吐き、椅子の背に身体をあずけて、静かに考えを巡らせはじめた。

十八年もの時間が経ち、ようやく始まりが訪れた……あの男はきっと来る。どれほど刺激的なことか。自分は勝利を収められるだろうか？

いま身体を襲っているのは、震えだろうか。ずいぶんと興奮している……もちろん、どこかでこの胸の奥の恐れを抑えきれていないことは否定できない。恐れは直視することだ。真に恐ろしい敵だけが、そのすばらしい感情を与えてくれるのだから。

敵の怒りは、自分を燃やしつくし灰にするに足る。さらに百年が経っても変わらずそうだろう。

なにひとつとしてやり直すことはできない。これは十八年前に決まっていた宿命なのだ。

第一章　迫る嵐

二〇〇二年十月十九日昼、十五時四十分。

A市は温帯季節風気候の典型だった。秋も半ばを過ぎれば寒さが増してきて、そしてこの二日間は雨が止まず、気温は下がりつづけている。街なかでは、ごうごうと音を立てる風が細かな雨粒を巻きこんで暴れ、冷え冷えとした空気が立ちこめていた。ここは省都、そして週末なのに、その空気は人々の外出しようという勢いを削ぎ、街角の人影はまばらで、これまでの賑わいと喧騒はどこにも見えなかった。

鄭郝明《ジョンハオミン》はタクシーを降りると傘を差す素振りも見せず、急ぎ足で駆けていって道の角にある〈極天《ジーティエン》〉という名のネットカフェに飛びこんだ。こうして動いていると、すこし贅肉の付いた身体は若いころの頑健さと敏捷さからほど遠かった——歳月はあらゆる人間の身にしかるべき痕を残していく。容赦などない。

街頭の様子を思うと、ネットカフェの中は人がひしめき、はるかに賑わっていた。近くに大学がいくつもあるので、〈極天〉が客集めに心を煩わせることはなかった。太った店主はレジの奥に立ち、たっぷり入った売上金の番をしながら上機嫌な顔を見せていた。鄭郝明が慌てて入ってきたのを見て、少しばかり怪訝《けげん》に思う——こんな場所に、五十近い中年男が入店してくることはなかなかない。

鄭郝明の服はぐしょ濡れで、髪もまばらに張りついているせいで、いささかみすぼらしく見えた。

おおかた子供を連れもどしに来た親だろう。店主はそう推測しつつ、内心この相手にどう応対しようか思案していた。そうした親はしょっちゅう目にしている──当人は益のない気苦労ばかりの人生でなにも成せず、希望のすべてを下の世代に託すしかない連中。だが、自分の人生すらうまく切り回せないのに、他人をどうこうできるものか。だから、そういうやつらは家庭内の教育でもだいたい失敗する。

相手にしなきゃあいい。店主はすぐに考えを決めた。年齢を見るに、こいつの子供も成人になっているはずで、ならそう大きな騒ぎにはならないだろう。

ただ中年男はひどく急《せ》いた様子で、一息つく暇もなく手にしていたバッグをカウンターに置き、ポケットから紙きれを出して手渡してきた。「このアドレスを調べるんだ、どのパソコンか教えろ」その声は嗄《しゃが》れて、疲れきっていた。

紙に書かれたアドレスは、確かにこのネットカフェのIPアドレスの範囲に当てはまっている。店主はそっけなく視線を返し、答えてやるものかとねめつけた。

「なんのつもりだ？」

「ぐだぐだ言うな、早く言ったとおり調べろ！」中年男は突然目を剝き、炎のごとく灼《や》けつくような視線を向けてくる。態度の変化があまりに極端で、あまりに唐突だったせいで、店主はぎょっとしたし、横にいた女の店員も驚いて、大きい目に涙をにじませてこちらを見てきた。

店主はひとまず事態を呑みこんだものの、直後にはプライドがひどく傷つけられたと感じ、やり返そうとしたそのとき、男が今度は身分証を出してカウンターに叩きつけ、声を抑えて言いはなった。「警察だ」

警察だって！この風采の上がらない男が警察だと……店主はたちまち勢いが失せ、いらだちながら唾を飲みこむと、紙きれをそばの店員に渡した。「小琳《シアオリン》、調べてやれ」

若い女の店員はぐずぐずせず、右手に紙を掲げ、左の五本の指を躍らせて検索欄にアドレスを打ちこんだ。

モニターにはすぐに結果が表示される。

「二列目、左から六台目のパソコンです」店員ははっきりと言った。

「そうか」鄭郝明は満足げにうなずき、店員の言った場所に目を走らせる。そこには一人の若者が座っており、見たところ二十歳前後、髪を暗い赤色に染めていた。

「あいつはいつから座ってる?」鄭郝明が訊ねる。

「昼前からで、そろそろ五時間になるな」

鄭郝明はバッグからデジタルカメラを出し、若者に向けてシャッターを切った。続けて何枚も写真を撮ったが、店の空間は騒がしく、若者はネットの世界に一人のめりこんでいたので、この行動にもまったく気づいていなかった。

店主の視線は若者と鄭郝明とのあいだで行き来し、どんなことが進行しているのかつかめないでいた。ただ、あの若者が警察を招き寄せたのは間違いなく、そんな厄介な人間を、常連と言っていいとはいえ、この先店に居座らせるわけにはいかなかった。

店主の考えを察したかのように、鄭郝明は急に向きなおって一言命じた。「おれはもう出る……あいつに余計なことはするなよ、なにも起きなかったふりをしていろ」

選択肢のない店主はうなずいた——刑事に完全に主導権を握られている。

デジタルカメラが急に、ぴぴっと警告音を鳴らした。持ち主が改めると、内部データの容量がいっぱいになっている。

静かに息を吐いた鄭郝明は、なにかの任務を成しとげたかのようだった。とともに、思いにふけるような表情を浮かべている。

この半月ほど、彼の行く先は街のあらゆるネットカフェに及び、これまでに数十の対象に目を付け三百枚以上の写真を撮っており、自分でもそうすることに意味があるのかわからないでいた。

いずれにしても、あの相手を訪ねていこう……十八年が経って、むこうは自分のことを覚えているだろうか。そう考えながら鄭郝明はネットカフェを後にした。入ってきたときと同じくらいに急だった。

秋風が吹きぬけ、冷たい雨が首元を打ち、ひやりとした水滴が内心の寒々しさと響きあって、鄭郝明は思わず身を震わせた。

これは新たな始まりなのだろうか。それとも、なにひとつ終わってなどいなかったのか。


夜、二十時十七分。

鄭郝明がさんざん苦労して目的地を見つけだしたときには、空がすっかり暗くなっていた。高くそびえるもののない、平屋ばかりのうらぶれた地区で、路地は狭苦しく、ぼろぼろになった街灯が青白く心もとない光を落とし、空気には気分の悪くなるかびくささが漂っていた。

わずか百メートルも行けばにぎやかな省都の商業地区である。そちらではネオンがきらめき、人々は思い思いにレストランやショッピングモール、夜の店に集って景気よく豪勢に夜を満喫している。対して、鄭郝明の歩いている場所は現代社会にすっかり忘れられた一角となっていた。

陰気な雨はいまも止まず、街路のそこかしこが濁った汚水をかぶっている。しかし中年の刑事は気に留める素振りも見せず、水びたしの道を真っすぐに進んである平屋の家にたどり着き、住居番号を確認すると、木製の扉に手を伸ばし静かにノックした。

「だれだ？」かすれてしわがれた声がぼろ家のなかから聞こえる。応えた人間はできるかぎりの力を振りしぼっていたが、それでも発せられたのはひどく頼りない声だった。なのにその声はいやに耳につき、まるで鼓膜に直接擦りつけられたかのようで、頭皮がぞわりと逆立った。しばし考えを巡らせたあと、一言で答える。「警察だ」

かすかな音が響き、胸騒ぎとともに待たされて、やがて扉が内側から開かれた。家のなかの薄暗い明かりに照らされ、化け物じみた姿が面前に現れた。

心の準備は充分に整えていたが、意識しないままに顔の筋肉がひくつく。今日のような夜、このような寒々しい場所で、こうして目の前に怪物が現れたのだから、だれだって多少なりとも怖気づくことだろう。

そう、立っているのはまさしく怪物だった。背は曲がり、禿げあがった頭に髪は残っておらず、黒ずんだ古い傷痕が散らばっているだけだった。顔の皮膚もぼこぼこと傷つき、ぬかるみを踏み荒らしたかのようで、無事な場所はどこにも見当たらない。顔つきは輪をかけて見るに堪えないありさまで、両の目は吊りあがり、まぶたは傷に覆われ、鼻翼は大部分が失われて黒々とした空洞が露わになり、上唇には兎のように裂け目が刻まれて、隙間だらけの黒ずんだ黄色い歯がのぞいていた。

鄭郝明は深く息を吸いこみ、気分を落ちつけてから〝怪物〟の名前を口にした。「黄少平《ホアンシャオピン》」

そう名を呼ばれた恐ろしい容貌の男はにわかに視線が引きしまり、目の前の来客をじっくりと見すえたあと、震える声で言った。「あんた……鄭刑事か?」声帯に深刻な損傷を負っているのだろう、言葉にはみじめに息の音が混じる。

鄭郝明の眉が持ちあがる。予想の外だった。「おれのことが分かるとはな……これだけ経ったのにまだ覚えていたのか」

「忘れるわけがないだろうが」歯をきしらせながら言葉を絞りだす。しわがれた声は牙を持っているかのように、絶え間なく鄭郝明の心に食いいってきた。

「おれも忘れたことはない。一度もな」相手の気分に感化されて、鄭郝明の声にも震えが混じりだす。「だから今日、会いに来たんだ」

二人の男——一人の刑事と一人の怪物は、静かに雨の降る夜に向かいあった。二人の視線は雨風を上回らんばかりに冷たく、夜の暗闇ごと凍りつかせてしまいそうだった。

しばらく経って、怪物の声が沈黙を破った。

「入っていけ」そう言いながらむこうを向き、家の奥へと歩いていく。杖にすがって、苦労しながら——この男は両脚も思うように動かないのだ。

鄭郝明は黙って家主の後をついていく。薄暗い明かりの下で、周囲の観察を始めた。広くない家で、面積は十数平方メートルほどだった。入口に近いところに間仕切りされた空間があって、こんろや炊事道具があるので、そこが台所なのだろう。その奥が生活空間で、ひどく簡素な環境だった——ベッドが一つ、テーブルが一つ、椅子が数脚、いくらか価値のあるのは二一インチの古ぼけたテレビだけだった。

悲しみが胸にこみ上げる。黄少平がこんなにも長い年月をどれだけ苦しい境遇でくぐり抜けてきたか——想像はできる。その苦痛と孤独を、どうやって受けとめることができたのか。

こんなことになるはずではなかった。この男にも安楽な人生があるはずだった。すべての根底にあるのは十八年前のあの犯罪で、一人の刑事として自分は、いまもあの犯罪に締めくくりをつけられていない……その思いを抱え、自責の念にさいなまれながらため息をつく。それとともに眉根を寄せると、両の目尻にははっきりとしわが刻まれた。

ベッドまで移動して腰を下ろした男は、ぞっとする目つきをこちらに向け、さっそく本題に入った。「鄭刑事、突然会いに来たってことは、新しい手がかりがあるのか?」

「手がかりはある、ただ……価値はあるのかどうか」

鄭郝明は近くに腰を下ろして、一台のデジタルカメラを取りだし、写真を閲覧するモードに切りかえて目の前に差しだした。「ここに映ってるやつらを見てくれ、なにか気づくことはないか?」

男は身体を傾けてきて、カメラの画面に目を凝らすが、すぐに失望の表情を露わにして首を振った。「違うな、こいつらじゃ若すぎる、十八年前だからな……まるきりありえない」

「わかってる……」鄭郁明は無念そうに下唇を舐める。「だが、これだけの間音沙汰なしで、ようやくこうして手がかりが現れたんだ、関わりのあることは一つだって見逃したくはないんだよ。もっとじっくり見てくれ、あのときの当人でなくても、あいつとなにかつながりがあるかもしれないだろう? 集中して見るんだ、どんな違和感も逃さないように」

「なにを感じるっていうんだ」当惑したようにちらりと目を向けてくる。

言葉に詰まり、どう答えたものかしばし迷った。そうだ、なにを感じるというのか。そもそも同一人物でもないのに、その相手からなにを感じとろうとすればいいのか。いまの頼みはたしかに無理難題、どころか無意味に近かった。

とはいえ、男はそのことにさほど考えを向けず、一枚また一枚とカメラに保存されたすべての写真へつぶさに目を通していき、結局は首を振った。努力は不毛に終わったようだった。

力なくため息をついて、カメラを受けとる。

「こいつらは誰なんだ?」来客を落胆させたことが気にかかっているのか、ほかの糸口を探るかのように尋ねてくる。

鄭郁明は答えない。あまり具体的に話す気は起きなかった——そこまで話してなんになるのか。この相手はなにも知らないのだ。あのとき起きた惨劇では、ただの罪のない被害者だったのだから。

その考えを見抜いたように、突然へっ、と笑い声が聞こえた。自嘲の笑いなのか、それともこちらが笑われているのかはわからない。笑い声とともに、裂けた唇が上にまくれあがり、気分が悪くなるほどがたついた歯が露わになった。

眉をひそめて言う。「なあ……顔の手術をするのはどうだ」失礼ともいえる言葉で、口にしたとたんに多少の後悔を感じていた。

「手術?」苦痛に耐えながら、喉から忍び笑いを絞りだす。「どこにそんな金がある。ちょっとばかしの手当と、街のくず拾いで稼いだ金で、今日まで生きてこられただけでも上等だろうに」

「そうだな……」鄭郝明の顔には気まずさや同情、手を差しのべられない虚しさが浮かんだ。もとより残酷なこの社会で、身体が不自由ならば輪をかけて人生の歩みが苦しくなるのは間違いない。相手の逼迫《ひっぱく》した暮らしについて考えるうち、鄭郝明は自分の娘のことを思い起こして、その胸は針に刺されたかのように鋭く痛んだ。

腕時計を視界に入れる。夜九時を過ぎて、娘を迎えにいかないとならなかった——どれだけ仕事に追われているときでも、これを忘れるわけにはいかない。

「後になってなにか思いだしたら、すぐに連絡してくれ……こっちも、また会いにくるかもしれない」

なにも答えはない。すでに杖を突いて立ちあがった姿からは、見送りに出るのに相手を待たせまいという意思が伝わってきた。

二日後。

十月二十一日午前、十時四十五分。

A市公安局(警察署)本部の刑事大隊隊長室は、息が詰まるような重苦しい空気に覆われていた。隊長(およそ警部相当)の韓灝《ハンハオ》は机に手を叩きつけて立ちあがり、その目は丸く見開かれ、吼えるような声で問いただした。

「なんだって? もう一回説明しろ」

前に立つ刑事、尹剣《インジエン》の体格は上背のある隊長よりもちょうど頭一つぶん小さく、すこし尻込みするように唇を嚙んでいたが、ようやく悲しみと怖気の混じった声で答えた。「南地区派出所からさきほど電話があって、鄭郝明《ジョンハオミン》、鄭先生が……殺されたと」

自分の聞き間違いでないことが確かになり、韓灝は顔を引きつらせながらさらに尋ねる。「なにがあった？」懸命に声を抑えてはいたが、その言葉の裏に蓄えられた憤怒と沈痛さには背筋の寒くなるものがあった。

尹剣も心を落ちつかせる。「南地区派出所の同志によれば、管区内で殺人が起きているとの通報を十分前に受けたそうです。五分後に捜査員の第一陣が現場に到着したところ、被害者がわれわれの隊の鄭先生だと知って、真っ先に電話をかけてきて事件の報告をしてきたというわけで……これ以上の情報は、いま連絡を取っているところです」

「すぐに出発だ。現場に行くぞ」韓灝は上衣を羽織り、大股に部屋を出ていく。尹剣は慌てて早足で歩きだし、上司の後に付いてまた口を開いた。「それと隊長、すこし特殊な事情がありまして——通報したその当人も警察官なんです」

「ほう？」足どりが緩む気配もない。「南地区派出所のか？」

「いえ、龍州《ロンジョウ》市警の刑事隊長と名乗っているとか」

「龍州？」眉をひそめる。このA市とは別の管区だ。そいつはどうして急にうちの縄張りに現れたのか。

しかしその疑問は一瞬頭をよぎっただけだった。いまはとてもこんな、考えても仕方のないことに頭を使っている暇はなく、初動捜査の手配を至急しなければならなかった。執務室から車に乗りこむまでのあいだに、韓灝は局内で最高の検死官、最高の鑑識員、刑事隊でも最も優秀な捜査員を呼びだし、全員をできるかぎり早く事件現場に向かわせていた。

鄭郝明の死の知らせは爆弾が炸裂したかのように、A市の警察体制にたちまち波紋を広げた。鄭郝明が刑事だからというのに重ねて、この三十年近く積み重ねてきた栄誉と評判があるゆえだった。

今年で四十八歳になる鄭郝明は、二十三歳のときA市公安局の刑事隊に入り、そのころから才気の鋭さを見せていた。大事件や怪事件を次々解決し、みずから捕縛した悪漢兇徒は十ではきかず、学歴の問題があって昇進の機会は多くなかったが、警察の内部では早くから名の通った伝説的な男だった。ここ二年は、年齢を理由に第一線からは少しずつ遠ざかっていたが、刑事隊の若僧たちを見渡して、鄭郝明の世話になっていない者などいるはずもない。誇張でなく鄭郝明はA市公安局刑事隊の象徴で、癇癪《かんしゃく》持ちの大隊長、韓灝も彼のまえでは改まった口調で〝鄭先生〟と声をかけるのだった。

それほどの人物が命を奪われたとなれば、警察官たちすべての胸元に刃物が突きたてられたようなものだった。そして韓灝にとって、その一突きはひときわ深く重いものに違いなかった。もとよりこの刑事隊長は癇癪持ちで、目のなかの砂粒一つも許せないのだ。そしていま、静かに歯を食いしばり誓う。犯人がだれであろうと、かならずやできうるかぎり厳しい罰を受けさせると。

パトカーに乗りこんだ韓灝はひたすら運転手を急かした。「急げ！　急げ！」青と白に塗られた車はランプを点灯させ、風を切って疾駆し、時速百六十キロに迫る速度で環状線を突き進む。走る先では車が次々と避けていき、通行人たちは、いったいどんな恐ろしい事件が起きたのかとささやきあっている。

二年前、鄭郝明が市内にマンションを買って、新居に一家が引っ越すと、公安局から支給されていた宿舎は空くことになった。ただ、もと住んでいたその部屋も完全に放っておかれたわけではなく、捜査で遅くなったとき鄭郝明はここに戻って一晩休むこともあった。近くに同僚が多く住んでいて、連絡にも出動時にも都合がいいのが理由の一つ、もう一つは先に眠ってしまっている妻子を起こさないためだ。そのまま時が経ち、その部屋は第二の仕事場めいたものになっていた。

南地区派出所の報せを信じるなら、そここそ鄭郝明が殺されていた現場だった。もとより公安局からそう離れていない場所で、韓灝たちはパトカーを飛ばしたので十分とかからずに目的地に到着した。

この宿舎の敷地には、壁にレンガを使った古いつくりの背の低い建物が立ちならんでいる。鄭郝明の部屋は七号棟の三階にあった。パトカーが止まりきらないうちに韓灝はドアを開けて飛び降り、早足で正面の建物を通りぬけるべく歩きだした。現場である棟の入口を守っていたのは派出所の若い警官で、市局の刑事隊の同志が到着したのに気づくとすぐさま道を空け、敬礼した。

部下たちとともに三階の階段口まで上がったところで、二人の刑事が鄭郝明の部屋の前を守っているのが目に入った。この二人も韓灝の顔を知っていて、尊敬に満ちた声をかけてきた。「韓隊長、お着きですか」

「なんで外に立ってるんだ、おまえたち」厳しい顔になって、気ぜわしく問いただす。「現場はどうなってる」

若い刑事たちの顔が曇り、一人が頭を掻いた。「それが……よくわからないんですけど、中にいる奴が入れてくれなくて、外で待ってるしかないんです」

その言葉に嘘はない。指令センターから指示を受けた刑事たちは、ただちにこの部屋に駆けつけていた。しかし室内の通報者からは死体に近づかないよう言われ、しかも名乗りを聞けば、相手は刑事隊長の肩書を持つ警察官だった。二人は面食らってしまい、それにこの男が現れたのが事件捜査のためなのかどうかもわからない。なんともできずに、二人は玄関を見張りなから、市局の刑事隊に電話で知らせることになったのだった。

韓灝は当然、実際のいきさつを知らない。心中では疑念が湧きあがっていたがそれ以上質問するまでもなく、大股で部屋に踏みこんで、ひとまずなにが起きているのか自分の目で確かめることにする。

室内は二つに区切られていて、玄関を入って左手が居間、右手が台所になる。鄭郝明は居間の床にあおむけに倒れており、首元から流れだした血が大きく広がっていて、息絶えてかなり経っているようだった。部屋にはほかに、一人の男が玄関に背を向け、片膝を突いて死体のそばにうずくまっていて、床に転がった一本の包丁に目を凝らしていた。古い建物とあって風通しはあまり良いとはいえず、室内には血のにおいがきつく漂っていた。

韓灝は玄関を少し入ったところで足を止め、眉間にしわを寄せて尋ねた。「誰だ」尹剣も部屋に入ってきて、後ろに付いている。

質問したそのときには、名も知れぬ男はこちらを振り向いていた。歳は三、四十ほどで、身体は痩せていて、太い眉に直毛の髪、目は大きくはないが、その視線はことのほか鋭かった。

韓灝たちの姿を目にした男は、左手の動きで、奥に進まないようにと伝えてきた。とともに右手は内ポケットから身分証を出して放り投げ、自己紹介を口にした。「龍州市刑事隊、羅飛《ルオフェイ》だ」

空中に手を伸ばし、韓灝は身分証をつかみとった。ざっと目を通したあと、尹剣に渡しながら低い声で言う。「情報管理課に身元を調べさせろ」

羅飛の耳がぴくりと動く。韓灝の言葉を聞きつけたようだった。二人を眺めまわしながら尋ねる。「刑事隊の人間か」

尹剣が韓灝を指さした。「韓灝隊長です」

羅飛はうなずいて返す。「なるほど。そういうことなら、現場検証の基礎はわかってるだろうな。死体に近づくときは、現場に存在しうるどんな痕跡も損傷しないように注意してくれないか」

韓灝はむっつりした表情で、尹剣に手を振り、部屋を出ていくようにうながした。尹剣はそっと首を振る。隊長の自負心の強さは思い知っていて、羅飛は悪気なく口にしたのだとしても、その言葉はとてつもない禁忌を犯していた。しかも鄭郝明が殺されたことでただでさえ悲憤をつのらせているのだ、穏やかな態度を見せるはずがない。

そのとおり、尹剣が部屋を出るやいなや、室内に韓灝の声が響いていた。「羅隊長、どんな理由があってここにいるんだ?」そう言う口ぶりはひどくとげとげしく、詰問の響きに満ち満ちていた。

羅飛は動きを止める。ようやく厄介ごとの予兆を感じとったようだった。ついさっきの言動は失礼さが否めなかったと思いついて、急いで立ちあがり質問に答えた。「ああ、それは……個人的な事情で鄭刑事に会いにきたんだが、まさかこんなことに……」

「そうか、個人的な事情で来たんだったら、現場を出ていってくれるか」羅飛の説明が終わらないうち、韓灝は冷たくさえぎる。「ことのいきさつについては、部屋の前にさっきの尹刑事がいるから話しておいてくれ。あいつが事情聴取の担当になる」

羅飛は、目の前に離れて立つがっしりした体軀の男をじっと見つめるが、相手も昂然とこちらを見返し、ここで退くような気配はどこにもなかった。そうしていると、何人かの男たちがちょっとした騒々しさとともに部屋に入ってきた。いでたちと持ちこんだ装備から察するに、検死官と鑑識員たちのようだった。

「すぐにここを出ていくんだな。こっちの仕事が邪魔されるといけない」韓灝はまた冷たい声で急かす。

羅飛は諦めのため息をつき、爪先立ちになって大股で玄関へ向かい、韓灝たちのすぐそばまでやってきた。

「現時点で気づいたことがいくつかあるんだ。ひとまず情報交換をしたほうがいいかもしれないと思うんだが」羅飛は実直に言う。

「結構だ。それはあんたの仕事じゃない。いまのあんたの立場は通報者なんだよ、とりあえずこちらの事情聴取に答えてもらいたい。そっちも刑事なら、それが事件捜査の基礎だっていうのはよくわかってるだろう?」韓灝は隠す様子もなく、これを機にと先ほどの羅飛からの無礼をそのまま投げかえしていた。

羅飛はきまり悪げに口を引きむすんで、なにか言って空気を和らげようと思ったが、どう返せばいいかすぐには思いつかない。まごついていると、尹剣が戸口から身を乗りだして声をかけてきた。「羅刑事、こっちに来てくださいよ」韓灝に比べるとずっと愛想のいい態度で、引きさがるための逃げ道を用意してくれたに等しかった。助かったと思って何度もうなずいて返し、しぶしぶながら部屋を出ていく。

立ちさる羅飛を冷たい目で見送った韓灝は、ようやく部下たちに指示し現場検証を始めることになった。

部屋の外に出ると、尹剣は羅飛を階段口まで連れていき、いくらかすまなげに切りだした。「これがうちの仕事の進め方なんで、悪く思わないでください——それで、事件現場に来ることになった事情を聞かせてくれますか」そう話しながらペンと手帳を取りだす。

そのあいだ、羅飛は相手の全身を観察していた——この若手なら気さくそうな見た目で、話しぶりも柔らかく、話の通じやすい相手のようだ。

そこに、階下でサイレンの音が響くのが聞こえた。羅飛が廊下の窓から顔を出して眺めると、刑事隊が要請した応援人員の到着だった。

「ちょっと。ことの次第については時間の余裕があるときに話そう、いまはもっと大事なことがある——」羅飛は尹剣に手招きするが、視線は階下に到着したばかりの警察官たちを向いていた。「——あそこの人員を動かせるか？」

尹剣はすぐに首を振る。「隊長がそこにいるのに、勝手に指示を出せると思ってるんですか」

「なら隊長に伝えてくれ、即刻手配するように――市内全域を対象に、容疑者と思われる男を捜索するんだ。身体つきは痩せ型で、身長は一メートル六五センチ前後、おそらく手に切り傷がある。昨夜の十一時から午前二時までの時間帯、現場付近に姿を現している」羅飛は強烈な眼光で尹剣を見すえる。その言葉はかなりの早口だったが、述べている内容は明瞭きわまりなく、一点の乱れもない。

それでも尹剣は首を振るしかなかった。「無理です、あなたの言うことじゃ隊長はきっと聞いてくれませんよ」

羅飛は思わず顔をしかめる。「おれを信じたほうがいい」毅然とした態度で口調を強め、揺るぎのない自信をのぞかせる。その態度が尹剣にも影響したらしく、彼はしばし黙りこみ、迷いに揺れているようだったが、結局は苦笑しながらまた答えた。「すいませんが……状況を呑みこめていないんですね。いまは自分があなたを信じるかどうか、そこじゃないんです……結局のところ、この市内であなたは、うちの隊長の言うことを聞くしかないんですよ。命令する側じゃないんです」

羅飛は沈黙するしかない。見るからに、省都の韓刑事隊長は部下たちにとって揺るぎのない強権的な地位を築いているらしい。その地位が、この自分という〝よそ者〟から意見を発表する機会を奪っているのだ。それにさっきのうっかり見せた失礼な態度のせいで、なおさら両者のやりとりには越えがたい壁が生まれてしまっている。

しばらくして、羅飛はため息をつき、相手の言葉に従うことを選んだ。

「いいだろう、記録してくれ――」死体発見の過程話しはじめる。「個人的な事情があって、鄭刑事に会う必要があったんだ。午前九時五十二分、鄭刑事の仕事場に電話をかけたが、不在だった。そっちの同僚——孫《スン》とかいう若いのが、鄭刑事のほかの連絡先を教えてくれたんだ。携帯にかけてみたがつながらなくて、結局、本人の家族からここにいるかもしれないと教わった。それで、十時三十七分にここに着いた。ドアが閉まりきっていなくて、ノックしたが返事はないし、室内から血のにおいがしていたんだ。部屋に入って死体を発見して、すぐに一一〇番に通報したあと、おれは必要な現場検証を進めていた。十時四十四分、派出所の警官が到着したが、現場保護のために中には入《い》れなかった。十時五十五分に、きみたちが到着した」

羅飛の言葉は簡潔だったが、ことの成りゆきについてはとても明確に述べられ、そのうえ話に出てくる時間はきわめて正確だった。尹剣はひとつ残らず書きとめると、いまの事態そのものについて聞けることはほぼ残っていないように感じた。すこし考えて、相手についてまた別の質問を投げかけた。「鄭先生の知りあいなんですか」

羅飛は首を振る。「いいや」

その回答はまったくの予想外で、尹剣は怪訝そうに目を細めて質問を重ねた。「なら、どうして個人的な事情で会いにきたんです?」

羅飛は低くうなった。「ある事件に関することだったんだ、鄭刑事の担当した事件だよ」

「事件?」尹剣は鼻を掻き、はあ、と声をあげた。「なら仕事上の用ってことでしょう?」

「個人の用なんだ」

「個人?」いくぶんの不可解さを感じる。刑事が事件のことでほかの刑事に会いにいく、それが個人的な用事のはずがあるだろうか。

それまでのてきぱきした態度とはうって変わって、この質問に羅飛はたっぷりと沈黙して、ようやくゆっくりと話しだした。「十八年前の事件なんだ。当時おれはまだ刑事になるまえで……事件の当事者だった……だから職務上の話じゃない、鄭刑事に会いにきたのは、個人としてやってきたんだが……」

十八年前の事件？　あまりもったいぶられるのは気に入らなくて、尹剣は口をとがらせる。「昔も昔じゃあないですか、なんでいまさら掘りかえすことに？　まあ、どうでもいい話は措いておいて……ええと、最初に見たときの現場の状況を教えてもらえますか」

「どうでもいい？」羅飛の表情が険しくなる。「そうとばかりも言えないが……」口ぶりは突如として別人のように陰鬱になり、身震いするような寒々しさが染みわたってくる。場の空気はたちまち、恐ろしいほどに重々しくなった。

羅飛の冷えきった視線に射抜かれた尹剣は、思わず後じさっていた。凍りついた空気に抑えつけられ、しばらくしてからためらいがちに切りだす。「鄭先生が死んだのは、その事件と関係があるっていうんですか？　どういった事件だったんですか」

羅飛は相手が身構えたことを見てとる——この反応はきっと、やりとりの支障になる。思わぬ展開になってしまい、自責とともに心の底から嘆息する。十八年前のことで、あれからどれだけの波乱をくぐってきたか知れないというのに、この件は思いだすだけで泰山のごとき重荷となり、身動きが取れなくなる。

何度か深呼吸してひとまず心を落ちつけると、ごくさりげなく質問を向けた。「刑事になってどれくらいなんだ？」

「二年も経ってないです」まだ若い刑事は正直に答える。

「警察学校からか？」

「そうです……省の警察学校の、刑事捜査専攻で」

「なら、おれはきみの先輩だな」羅飛は微笑みながら年下の相手を見つめる。目がきらりと光った。「おれもあそこに行ってたんだ、省の警察学校の、刑事捜査専攻。ええと……黄偉《ホアンウェイ》はいまはあそこの教官だったかな？」

「はい！」しきりにうなずく。「現場鑑識の授業で教わりました」

「あいつはおれの同級生だよ」尹剣の肩を軽く叩く。

「あそこの科の年寄り教官たちも、話を聞いてみればおれのことは覚えてるだろうな」

「いやあ、思ってもみませんでした。まぎれもない大先輩ですね」尹剣は喜びの反応を隠そうともせず、言葉も態度もぐっと気安くなった。

「そうだ。これで文句なしに信用してくれただろう、そう思ってかまわないかな？」羅飛の表情がふたたび真剣になる。「きみの助けが必要なんだ」

　尹剣はすぐにうなずいて返した。これが初対面とはいえ、目の前のこの男にはどこか奇妙な魅力があって、他人の警戒心を苦もなく解くことができ、実の兄のような近しさと尊敬を抱かされる。

「それはよかった」会話の流れを自分の手のうちに引き戻せた。羅飛は満足げにあごを撫で、口の両端にうすくしわが現れる。そして肝心な話題に戻っていった。

「十八年前の事件については、いまは深く聞かないでもいい。いくつかこちらから訊きたいことがあるんだ――そうだな、ここ何日か、鄭刑事はなにかふだんと違う行動をしてなかったか？　もしくは、変わったことを言っていたとか」

「ふだんと違う？」尹剣はうつむいてしばし考える。

「ここ二日はずっと外に出ていましたけど、特別なうちには入らないでしょう？　刑事なんだから、仕事が外にあるのは当たり前以外のなんでもないです」

「ほう。いまなにか抱えている事件があったのか？」

　首を振る。「それは違います。鄭先生もあの歳だから、もう事件に第一線で深く関わってはいなかったんです。そのかわり、事件の分析と助言のほうに力を入れてて。でも本人はじっとしていられなくて、なんの任務もないときもしょっちゅう外を歩いて、社会の状況かなにかを探りに行ってました。ああそうか、ここ二日外を出歩いてたのはたぶん、調査の初期段階だったんでしょう」

「なんでわかるんだ？」羅飛は最後の一言に興味をそそられた。「話を聞いたのか」

「違います。鄭先生はいつも一匹狼で、あまり人とは話したがらないほうでした。最近の外出のときにいつもデジカメを持ってるのが見えたから、そうだろうと推察したんです」

「デジカメ？」羅飛の眉が持ちあがる。「銀色のニコンか？」

「ええ、隊内で一括で買ったやつで、みんな同じ機種です。知ってるんですか？」

「居間のテーブルにそのカメラがあったんだ」言いながら、事件の起きた部屋をふりむく。問題のカメラを手にできないかと考えはじめたのを隠しもしない。

あとから到着した本部の刑事たち二人が、韓灝の命令を受け厳めしい面持ちで現場の入口を守っている。羅飛はふと考える——大した目算もなくいま自分が現場に戻るよりも、すぐそばにいる、ちょうど距離が縮まったばかりの後輩の手を借りたほうがいいはずだ。

「あのカメラが見たい。いますぐになんだ」羅飛は声を抑えて言った。「カメラを持ってきてほしいんだが、できるか？」

尹剣はいっときためらった。「わかりました……やってみます、隊長が許してくれるかに懸かってるけど」

羅飛はうなずいた。そんなところだろう。この若者は自分の部下ではなく、あの韓隊長は融通の利くたぐいの男ではないし、そもそも刑事隊というのは規律の厳格な場所だ。こちらもそう無理は言えない。

しかし尹剣は期待を裏切らなかった。ふたたび部屋から出てきてみれば、その手には銀色のニコンのカメラが収まっていた。

「おれがこれを操作して中の写真を見せるのはいいけれど、手渡すのは無理です——韓隊長の言いつけで」尹剣自身も白い手袋をはめていて、話しながら彼はカメラのディスプレイを羅飛のほうに向けた。

尹剣の操作とともに、一枚ずつつぎつぎと写真が表示されていく。羅飛は神経を集中させて写真を見つめ、ときにはカメラの操作を止めさせ、眉間にしわを寄せては思案していた。またときには持ち歩いているメモ帳とペンを取りだし、なにかを記録した。そうしてたっぷり三十分はかけ、やっとカメラに保存されていた三百枚ほどの写真を全部見終わった。

「終わったか」羅飛は長くため息をつき、なにか考えを秘めているように話しだす。「これほどの数だが……法則ははっきりしているな。いくつか考えがいのある疑問点があって……それよりも大事なのは、すくなくとも一つ、価値のある手がかりが得られたってことだ」

尹剣が答える。「ああ、どの写真もネットカフェで撮られてますね、その共通点は一目でわかります。目立たないように撮影していて、相手には気づかれてません。撮られた人間は五十七人、若者が中心だけど、それ以上の共通項はない。鄭先生は、こいつらからなにかを探ろうとしてたんでしょうね。いま思いつくのはこのくらいなんですが、なにか見落としてますか」

若い刑事はみずからの分析を話しながら、期待の視線を羅飛に向け、賞賛の言葉を待ちうけていた。もともとは羅飛に対して尋問を始めていたのが、いまでは彼の思考はすっかり相手に左右されている。

「撮られているのは五十七人じゃない——」手にした万年筆を回す。「五十八人だろうな」

「そんな、一人ひとり数えたんですよ……おれの数えまちがいってことですか」尹剣は肩をすくめて、困惑の混じった目で羅飛を見る――この数字にそこまでこだわってなんの意味があるっていうんだ。

「きみの数えまちがいじゃない、たしかにカメラに入っている写真は五十七人分だ。ただ――全部の写真にファイル名が付いていたのは見ただろう」

尹剣はカメラを操作し、必要な画面へと切りかえて眺めた。「ああ、番号が付いてますね」〝001〟で始まり、002, 003, 004,……と順番に続いていた。

「その番号は、写真を撮影した順序にしたがって自動的に生成される」羅飛はさらに詳しく説明を加える。「よく見てみろ、280から285まで、六枚分の写真がカメラに保存されていない」

急いで見返してみると、言うとおりだった。尹剣は一瞬考えこみ、合点がいって口を開く。「わかりましたよ、この六枚はあとから削除されたんだ……番号が続いているなら、消された写真に写ってたのは同一人物のはず――それが撮影された五十八人目なんだ」

対して、羅飛はすでにこの事実の裏にある意味に思考を向けていた。「だれがその写真を削除した？　なぜ削除した？」つぶやくように自問自答する。「ここに重大なものが隠れているかもしれない……」

「鄭先生が殺されたのとこれが関係してると考えてるんですか？」尹剣は羅飛の言外の考えを察して、カメラを手の中でもてあそびながら、苦悩をうっすらと刻みつけたような表情で言った。「もしかして、そいつが鄭先生の探していた相手だったとか。そうだとしたら、おれたちの行動は一足遅くて、犯人はなによりも重要な手がかりをもう抹消したってことじゃないですか。いまカメラに残ってるやつらは、たぶん事件自体にはなんの関係もないですよ」

羅飛は尹剣をじっと見つめる。「それでもこっちにはほかの手がかりがある。とりあえずそっちを追いかけて、鄭刑事がいったいなにを探っていたのかを解明しよう」

尹剣ははやる気持ちで聞きかえした。「どうするんですか」

羅飛は写真を調べながら書きとめていたメモを見せる。そこには――ネットカフェ〈極天〉、十月十九日十五時四十七分、と書かれていた。

「これはなんなんですか」尹剣は相手のテンポに付いていけず、頭を掻くと、気恥ずかしそうに尋ねた。

「もっと観察力を磨いたほうがいいな」羅飛は口を引きむすび、どこか失望したように答える。「最後の数枚の写真で、被写体の向こうにネットカフェの窓が映りこんでいた。窓のステッカーに〈極天〉という店名が書かれていたんだよ。それと、写真の右下には撮影時間が入っていた」

そう話しながら、羅飛はメモに書いた時間に万年筆で下線を引いた。「二日前の午後のことだ」

尹剣が最後の写真をまた表示させて目をやると、確かに羅飛の言うとおりだった。しかしどちらもとても目につかないような細部で、あるとわかっていてもなかなか気づけなかった。

「うわっ、確かに。間違いなく重要な手がかりですよ」尹剣は尊敬のまなざしを向けずにはいられない。

「じゃあ、あとでおれの推測を韓隊長に伝えておいてくれ――向こうに聞き入れる気があればな。おれは自分の考えを頼りに動くことにする」羅飛はメモ用紙を一枚破りとり、自分の携帯電話の番号を書きつけた。

「なにかあったら、すぐに連絡するんだ」

「行くんですか？」尹剣は目をみはる。立ち去るのはいささか唐突すぎるように感じられた。

「そうだ。ここは韓隊長が引きついだんだ、このままいても時間を無駄にするだけだからな」不満のにじんだ言葉だった。言いおえると、羅飛は親しげに尹剣の肩を叩き、ひとりで階下に向かった。

十三時二十四分、省都公安局、刑事大隊会議室。

鄭《ジョン》郝明《ハオミン》殺害事件の捜査会議が開かれている。市公安局の刑事大隊長、韓灝《ハンハオ》が会議を仕切り、各分局の刑事たちや派出所の担当者たちがそろって出席している。

会議の場はこれ以上ないほどに沈んだ空気で、沈痛な表情の韓大隊長を前にして、一同の心中はそろって石塊をつかえさせたように重苦しかった。

話しだした韓灝の声はいくらかかすれていて、内心の憤怒と悲痛を必死で抑えつけているようだった。

「……みなすでに知っていると思うが、今日の午前、市内で凶悪な殺人事件が発生した——被害者の身元については説明するまでもないだろう……現場の状況の確認に入ろう」

韓灝の合図に応え、助手としてそばにいた尹剣《インジエン》がプロジェクターを操作して、事件現場の写真を前方の大きなスクリーンに映しだした。

「死体には三カ所に刃物による傷があった。それぞれ腹部の刺し傷、右上腕の浅い傷と、頸部に切りつけた傷だ。致命傷になったのは頸部の傷で、一撃で頸動脈が切断され、出血多量で死に至った。検死官の推定によると、死亡時刻は夜の十二時から午前二時のあいだと思われる」

韓灝の解説とともに、つぎつぎとクロースアップで撮られた写真がスクリーンに現れる。その場の一同は血みどろの光景にもとうに慣れきっていたが、ここに写っているのが長年肩を並べてきた同僚となると、鮮血もことのほか濃い赤となって目に映り、冷え冷えと鮮やかなその色には胸を衝くものがあった。最後に鄭郝明の顔のクロースアップが映されたときには、何人かの出席者はひそかに顔をそむけた。平常心で見られるものではなかった。

写真の鄭郝明は両目を閉じ、口は半開きで、言葉にできなかった一言があるかのようだった。首元にはぞっとするような傷口が横切り、添えられたメジャーは傷の長さが七センチに達することを伝えていた。流れだした血は死体の下を汚して大きな血だまりを作り、カメラのとらえる範囲いっぱいに広がっている。

韓灝の低く抑えた声は続いていた。「傷口の状態から見て、犯人が使用したのはナイフ状の刃物だ。現場には包丁が残されていたが、鑑識の分析によれば残っていた指紋は被害者のもので、被害者が抵抗する際に武器として使ったと思われる。なので被害者は、殺害されるまえに犯人と激しく格闘したと考えている。この判断と合致する証拠はほかにも多数見つかっている」

ここまで話すと、韓灝は尹剣に合図を送り、室内の状況を写した画像が一枚ずつ表示されていった。

「これは居間のテーブルに残った刃物の傷だ——これは戸棚に付いていた傷で、しまわれていたものが乱れていたから、おそらく誰かがぶつかったんだろう——ここには飛沫血痕が大量に残っているから、被害者はこの付近で致命傷を受けたのが明らかだ……」

みなは静かに耳をそばだてている。韓灝の手引きで、鄭郝明と犯人が格闘している情景がまさに目の前によみがえるかのようだった。

スクリーンの画像が切り替わる。表示されたのは現場の木張りの床を近くから撮った写真で、それを目にした韓灝は一段と心を引きしめたように見えた。

「この写真は死体の足元を写している。見ればわかるとおり、床には円形の血痕がいくつか残っているわけだが、おそらく高い場所から血が垂れ落ちた跡だ。被害者は長袖の寝間着の上下を着ていたから、上腕と腹部の傷は服の下になって血が垂れることはない。一方首の傷はかなりの長さで、出血しても独立した滴下血痕にはならないだろう。だから現場で、この場所に血痕を残したのは犯人である可能性が非常に高いと結論づけた……さっきの包丁のアップに戻せ——」

韓灝が指示し、スクリーンには鄭郝明が自衛のため手にしていた包丁が現れた。

「さて、見てくれ、この包丁の刃にも血が付いている。さっきの推測とたがいを裏書きすることになる」

「だったら、犯人は怪我をしてるのか？」会議の場にかすかなざわめきが起こり、一同の顔がうっすらと喜びに緩む。なんといっても、犯人が傷を負っているなら、現場に血液など弁明不能な証拠を残していくだけでなく、捜査から逮捕にあたっても目につく特徴が一つ増えたということになる。

「はっきりと答えてやろう——その通りだ！」韓灝は一枚の報告書を手にとり振ってみせた。「さっき到着した鑑定結果だが、被害者の血液型はＡＢ型で、包丁と床にあった血痕はどちらもＢ型だった。まぎれもなく、あれは犯人の血痕だ」

とてつもない価値のある手がかりだった。たまらず一同は顔を寄せあい議論を交わす。しかし韓灝の刺すような視線が部屋を見まわすと、場はふたたび静けさを取りもどした。

「よろしい」満足げにうなずく。「では、台所の写真を見てみよう」

スクリーンの画像が切りかわり、古い台所でよく見かける木枠の小さいガラス窓が映しだされた。韓灝は写真についての説明を再開する。「この窓の外は、宿舎の敷地内の植え込みだ。現場の窓は開けはなたれていて、いちばん下の区切りのガラスが割れていた——じゃあ、次に……これは台所にあった食器棚だ、ここからも刃物の傷が見つかっている」そこまで話してしばし言葉を切り、また話しはじめる。「ここからの結論としては、犯人は建物の裏手を選び、下の階から雨どいや窓の格子をつたって三階まで上がり、台所の窓のガラスを割って、窓を開けて室内に入ったということになる。一連の行動のあいだに、眠っていた被害者は物音に気づき、起きあがって様子を見に向かった。二人は台所で出くわし、揉み合いになる。被害者は包丁を手にして抵抗し、押されながらも戦ったが、最終的に居間で殺されることになった」

「現場から、犯人の足跡か指紋は採取できたんですか」説明の合間に声が上がった。

韓瀬は首を振った。「いいや。おそらくこいつは、手袋と靴のカバーを付けていた。証拠を残すまいという意識がある程度ある奴だ」

「なるほど。それはちょっとやっかいだ……」質問した刑事はいくらか落胆したような雰囲気を見せている。普通であれば、足跡からは犯人の身長と体重を推算でき、指紋はコンピュータに入力してデータベースを検索すれば、前科のある人間ならすぐに身元を探りあてられる。現場にそういった痕跡が残っていないせいで、間違いなく捜査活動の難度は上がっていた。

そこで韓瀬の目つきは不意に鋭くなり、真剣な顔で続けた。「それでも、現時点でこちらはかなりの手がかりをつかんでいる——全員、予想される犯人の特徴を覚えておけ——おそらくは高齢でない男、体格は痩せぎみ、身長は一メートル六四から六七センチの間で、手にはまだ新しい傷がある」

会議の参加者たちはそろって筆記具を取りだし、韓瀬の言葉を書きとめる。その中で一人が、最後まで聞いて思わずえっ、と小さく声を上げる。ひどく仰天した様子だった。静まりかえった空気のなかでその一声はかなり唐突に響き、たちまち一同の視線が集まった。声を上げたのは二十かそこらの若僧だった。色白のさっぱりした顔だちで、インテリめいた気質とでも言えそうなものを漂わせている。プロジェクターの操作を受けもっていた尹剣だった。

韓瀬は眉間にしわを寄せて助手に目をやった。「なにか訊きたいのか？」

「いえ、なにも」尹剣は慌てて首を振り、すこし迷ってから一言つけ加えた。「ただ、午前のあの人の……分析は大正解だったと」

「だれだ？」なんの話か、理解が追いつかない。

「例のよそから来た刑事——羅飛《ルオフェイ》ですよ。午前中に話をしたとき、痩せ型の、身長一メートル六五センチくらいの、手に怪我をした男を探せと言ってたんです」

「なんだって？」韓灝は度肝を抜かれたように目を見開いた——あいつはなぜそんな正確な判断ができたんだ。まずもって、いま挙げた犯人の特徴というのも、多数の鑑識員が詳細に検討してようやく手にした結果だというのに——

人目につかずこっそりと三階までよじのぼり、しかも狭い台所の窓から潜りこむことができる、そんな人間はたいがい痩せ型で身軽だろう——そう考えつくのは難しくないが、具体的な身長の範囲を確定させるとなるとぐっと難しくなる。

二人が激しい格闘を演じたことで、台所と居間の木製の家具には刃物による大量の傷が残っていた。犯人は鋭利なナイフを手にし、一振りごとに全力をこめていたから、必然的に身体はもっとも力を発揮しやすい姿勢をとっていたことになる。この原理から情報を総合し、帰納を進めれば、傷の高さや角度、軌跡を参考にしてナイフを手にしていた人間の身長の範囲を逆算することができる。この過程ではかなり精密な計算手順が関わることになり、数理モデルへの代入も必要で、人ひとりが肉眼と頭脳のみを頼りに同じような作業を達成できるとはとても想像がつかない。

現場の床には犯人の血痕が残っていて、それは空中から血が落下して残ったものだった。ここも分析する価値がある——落下の始点が高くなるにつれ、最終的に血液が床に広がって生まれる円形の斑点の面積は大きくなる。この原理を頼りに、現場で行ったシミュレートの実験結果と照合して、血液が落下した高さをおおまかに推算することができる——最終的に得られた結果は、地面の上七十センチから九十センチの間ということだった。いまの季節、人々はしっかりと着こんだ服装をしていることが多いから、血がしたたり落ちるような傷が生じるのは露わになっている両手か顔しかありえず、先だっての推測と併せると、犯人は手に傷を負ったという結論が得られるのだった。

こうしたあれこれを、羅飛はあれほどの短時間で考え終えていたというのは、韓灝からすると不可思議じみたと言っていいくらいの出来事だった。とはいえ驚愕の表情はその顔を一瞬かすめていっただけで、すぐさま感情の上に霜を降ろして見えないようにすると、冷たい声で口を開いた。「あの男の身元も、現れた目的もいまのところはっきりしないいままだろう。この事件に関しては、あの男こそが重大な捜査対象だ。尹剣、見張りを付けるように言ったはずだが、状況はどうなっている?」

「第二中隊の金有峰《ジンヨウフォン》に任せてあります。いま一回連絡を取って、どんな状況か聞いてみます」そう言いながら、携帯を取りだして電話をかける。呼び出し音がかなり長く鳴ったあと、ようやく相手が電話に出た。

「もしもし、金か?」尹剣は挨拶から話しはじめるが、電話の相手がなにかを言うと、その表情はにわかにこわばり、唖然としてしばらく耳を傾けるばかりになって、ああ、ときどき声を上げるのもひどくこころもとない調子だった。しばらくして、立ちあがって韓灝のところまで歩いてくると、携帯を手渡した。「隊長、出てもらえますか」

困惑の目を助手に向けたあと、電話を受けとる。

「もしもし? 韓灝だが」

「韓隊長、申しわけない、羅飛だ」スピーカーからはすこし物憂げな男の声が聞こえた。

「羅飛?」韓灝も声を聞いてぎょっとする。いったいなにが起きたのかさっぱり理解できなかった。監視のため送りこんだ自分の部下が、なぜ監視の対象に電話を引き渡しているのか。

「そっちの隊員と、ちょっとした誤解があったんだろうと思うが」そうしていると、電話の向こうの羅飛が説明を始めていた。「いくつか調べ物をしていたら、そのうちだれかに尾けられていることに気づいたんだ。それで隙を衝いて取り押さえようとしたら、向こうが抵抗して、手が出ることになった――全部ついさっきのことだ。いまは気絶しているが、すぐに目を醒ますだろうな。そっちが電話をかけてきたとき、ちょうど身分証を見つけたところだった。完全な事故だったんだ、ほんとうに申し訳ない」

韓灝は呆然と立ちつくし、顔は生気を失い悄然とした表情が浮かぶ。みずからの部下が監視対象に制圧され、携帯や身分証まで相手の手に渡るのが、どれだけ不面目なことか。謝罪する羅飛は実直な態度だったが、こちらの内心の憤懣《ふんまん》を晴らすにはとうてい足りなかった。韓灝はこの場で怒鳴り散らさないよう必死の努力で感情を抑え、くりかえし何度か荒い息をついてから、不満をあからさまにしながら非難の言葉を口にした。

「羅飛、羅隊長、ここはあんたの龍州《ロンジョウ》とは違うんだ！　その行動はどう見ても、ちょっとばかりやりすぎだと思わないか？」

「そっちの気持ちはわかる。確かにおれの反応は過敏すぎたな。ただ――」羅飛の声が突然険しくなる。「まだ姿を見せない敵がどれだけ恐ろしいか知ったら、そっちもおれの反応を理解してくれるだろう」

韓灝は眉間にしわを寄せる。羅飛の言外の意味を鋭く聞きとっていた。「なんだと？　新しくなにかわかったのか？」

「そうだ」羅飛の真剣な声が聞こえる。「今度は真面目に話を聞いてくれないか」

韓灝は黙りこむ。このどこからともなく現れた刑事とは一度顔を合わせる必要があるようだった。間《ま》をおいてから答えを返す。「三十分後、刑事大隊の執務室で待っているからな」

「わかった。ああ……一ついいことを伝えようか――」羅飛は声音を緩める。「――そっちの隊員は目を醒ましたぞ」

その通り、すこしするとスピーカーから金有峰の声が聞こえてきた。「隊長、その……」

「役立たずが」いらだち混じりに吐き捨てると、ぶつりと乱暴に電話を切った。

十四時七分、省都公安局の刑事大隊長執務室。

羅飛《ルオフェイ》が到着すると、約束通りに韓灝《ハンハオ》は待っていた。

「こっちの進展はどうなっているんだ？」腰を落ちつける間もなく、羅飛は勢いこんで尋ねた。

「あんたに成果を報告する義務などないぞ」気圧された様子もなくはねつける。羅飛は苦笑して、降参だという表情を見せた。それからは韓灝の向かいに座ったまま一言も口を開かず、相手の指示を待とうという謙虚な態度に変わった。

羅飛が従順になったのを見て、韓灝はわずかばかり気分を良くした。それと同時に、自分はここで、この男に省都の警察の実力を見くびられないようになにか話をしておくべきではないかと考えを巡らせた。しばらく考えこんで、言葉をよくよく吟味しながら話しはじめる。「容疑者の外見の特徴はもう把握してある。市内外縁の交通の要所にはすべて検問の手配がしてあるし、方針を定めて、警察の上下をあげて調査を進めている。力を入れているのは、被害者が生前に扱っていた事件につながる関係者たちだ」

羅飛はすぐさま答えを返した。「考えていることはわかるよ。警察官に対する報復のための殺人だと考えたんだろう？」

「現場に物盗りの形跡はなかったんだ。犯人は凶器を持って侵入している、殺人の意志があったのはどう見ても明らかだ――」反撃するように質問を返す。「ほかにどんな状況があると考えるんだ」

羅飛は首を横に振り、唐突に話の方向を変えた。

「おれがどうしてここにいるかわかるか？」その視線

は鋭く韓灝を見つめ、まだ多くの言葉を秘めているようだった。

「ちょうどそれが気になっているんだ」真っ向から羅飛を見かえすと、質問を続けた。「それと、あんたは鄭《ジョン》郝《ハオ》明《ミン》刑事とどんな関係なんだ」

質問そのものには答えず、羅飛は折りたたまれた便箋を取りだして手渡した。「見てくれ」

韓灝が困惑の表情を浮かべながら便箋を開くと、書かれた文字が目に入った。


学生番号八一〇二、わたしのことはきっと覚えているだろう。

序曲が終われば、主部が始まるものだ。とはいいながらその間に経った時間は、すこしばかり長すぎた……だが、ようやくこの日はやってきた。

ここから展開していく華麗な楽章のことを思うと、内心の興奮を抑えきれない。参加したいとは思わないか、古き友よ？

きみもとうの昔から待ちのぞんでいたことは知っている。

きみがこの手紙を読んだときの表情は想像がつく——興奮で震えが起きた、そうだろう？　血潮が燃えたち、無尽蔵の力が身体に集まってくる——いまのわたしの気分とまったく同じだ。

わたしはきみの渇望を嗅ぎとっている。きみの憤怒を、きみの恐怖までも……

すぐに来るんだ。わたしはここで待っている。


読み進めるにつれ韓灝は当惑を深め、ひそめた眉根が盛りあがる。そこに羅飛が説明を挟んだ。「二日前、この手紙を受けとったんだ。差出元はこの市内だった。八一〇二は、おれが警察学校に行っていたときの学生番号だ」

「そうだな、あんたは省の警察学校の八一年入学組で、当時はどの科目の成績もきわめて優秀、学校開設以来もっとも優れた学生だと賞賛された。なのに卒業前に過《あやま》ちを犯した結果、二級都市の龍州《ロンジョウ》に配属され、郊外の派出所でヒラの警官として働くことになった。それでもめきめきと昇進し、八年後には所長に任命され、のちには龍州市公安局本部の刑事隊に配属されている――」韓灝は机に広げられた報告書を指で叩く。その表情は測りがたかった。「――これがあんたに関する情報だ。経歴についてはすみずみまで調べあげてある」

羅飛は意表を衝かれた。殺人事件が起きている差し迫った状況で、韓灝はわざわざ自分についての記録を調べあげることに労力を割《さ》いたのだ。ここまでして素性に注意を向けるというのは奇妙なことに思えた。

「大変な過ちだったたんだろう?」韓灝はそこで止まらず、揶揄するように話す。「でなかったら、警察学校きっての天才がたかがヒラ警官に落ちぶれるわけがない」

この言葉は、羅飛の内心に潜んでいたものを一気に呼びおこしたようだった。遠い目をし、どこか力のない表情になって、いくらかしてからようやくつぶやくように言った。「過ちだって? ふっ、失敗と言ったほうがまだ正しいかもしれないな、悲惨な失敗だった……」

不意にそうした姿を見せられて、韓灝は意外に思わずにはいられなかった。収集してきた情報から、羅飛がこれまで龍州にて多くの大事件、怪事件を解決してきたことは知っている。非凡な能力は疑うべくもないのになんらかの出来事のせいで波乱含みの人生を送ってきたというのは、心のどこかに触れるものがあった。顔を合わせての攻防を経て、内心に溜まっていた鬱憤もおおよそ解消され、つい相手をなぐさめるような言葉をかけていた。「過ちだろうが失敗だろうが、もう過ぎたことだろう。あまり気にしすぎるな。それに……

…いまそんなことを話してなんになるというんだ」

「いいや……」羅飛は苦しむように首を振る。その目はぎりぎりまで見開かれ、目のふちを走る血管が浮き出ていた。「まだ終わっちゃいない、やつは戻ってきたんだ。やつはこの街にいるんだ！」

「だれのことだ？」曖昧模糊とした言葉を聞かされ、韓灝の頭は疑問に覆われていた。

「あの悪魔だ！　手紙を書いた人間だ！　鄭郝明刑事を殺した犯人だよ！」羅飛がひと息に名指した三つの存在は、明らかに同じ人間を指していた。両眼は憤怒の炎に燃え、しかし口ぶりは肺腑に染みいるように寒々しく、その冷気によって室内の空気は凍りついてしまったかのようだった。

驚愕した韓灝は、はっとして手紙を読みかえすと、機関銃のような勢いで尋ねた。「この手紙が？　だれが書いたんだ？　鄭郝明殺人事件とどんな関係があるんだ？」


羅飛は両のこめかみを押さえて、感情を収めようと努力していた。もう十八年が経っているとはいえ、あのときの記憶がよみがえるたび、気づけば自分が自分でなくなるような感覚に襲われる。すこしずつ冷静さを取りもどして、韓灝に顔を向け質問を返した。「省都の刑事隊に入ったのはいつからなんだ？」

「十年前だ。人民公安大学、刑事捜査専攻の修士を出たあとだ」韓灝はきっぱりと、高い自負心をこめて質問に答えた。

「ならなにも知らないか……」羅飛はため息をつき、相手の赫々《かっかく》たる専門課程での経歴は気にも留めなかった。わずかに言葉を止めると、新しい話題を始める様子だった。「午前、おれは現場を出たあと、鄭刑事のカメラに残っていた手がかりを頼りにネットカフェ〈極天《ジーティエン》〉に行った――二日前の午後三時四十七分、鄭刑事はそこで一人の利用者の写真をこっそり撮っていたんだ。当日のその人物のアクセス記録を開示するように店員に頼んで、最終的にこのページに行きついた」

事件の手がかりを分析する段になると、羅飛はふたたび、彼ならではの冷静さと綿密さを取りもどしていた。説明すると同時に、ネット上のページをプリントアウトした資料を渡してきた。

紙を受けとった韓灝は、ネットに関することにはそこまで詳しいわけではなかったが、印刷されているのがどこかのフォーラム上のスレッドであることはわかった。スレッドを立てたアカウントはアルファベットで"Eumenides"といい、ゴシック体で印刷されたスレッド名の四文字に目が釘付けになった――**死刑募集**。

本文の内容は――

「この目を開くとそのたび、この世界が多くの汚れた魂を抱えているのを見せられる。

法律はこの世界を浄化する道具だ。しかし法の働きというものには、あまりにも限界がありすぎる。

悪事を行っておきながら、その悪事が法の管轄を外れている者。または悪事を行いながら、有罪にできるだけの証拠を法の側が見つけられない者。またあるときは、悪事を行っても各種各様の資本を握っていて、法の上を行くことができる者。

法は不完全だ。社会は法を超えた罰を求めている。

わたしはその罰の執行者だ。

わたしが下す罰はただ一つ、もっとも簡明な一つ――死刑。

これからつぎつぎと悪人たちがわたしによって排除される。しかしその一覧はまだ確定しきっていない。

その一覧に名前を加える機会を、あなたに託しているからだ。

死んでほしいと思う人間はいるだろうか。この世界に生きている資格がないと思っても、その人間に制裁を加えることができない。その人間の前で正義は絶望的に脆弱だ。

であれば名前を書いてほしい。その人間がなにをしたか教えてくれれば、わたしが判決を下す。

あなたたちには二週間の猶予がある。そのあとで、最終的な執行対象一覧を公開する」


韓瀬には、このページが鄭郝明の死とどうつながるのかすぐに思いつかず、もどかしい思いで首を振った。「これはどういうことなんだ？　ただの悪戯だろう？　ネットにはこういう馬鹿らしい代物がいくらでもあるだろう」

「悪戯？　はっ……」冷たく笑った羅飛は、突然前に身を乗り出し、険しい口調に変わった。「これはまごうかたない邪悪なんだ！　恐ろしい邪悪だ！　鄭刑事はこれのせいで命を落としたわけだが、彼は最初の犠牲者じゃない。十八年前にも一度、この邪悪は狼藉を働いていたんだ」

羅飛の剣幕に韓瀬はことの重大さを感じとり、すぐさま質問を返した。「十八年前、なにがあったんだ」

それに対して羅飛は身体を引き、首を振った。「いまは話せない」

韓瀬はどこかおちょくられたような気分になって、つのる不満をこめて相手を睨みつける。「いったいどういうことだ」

羅飛の表情は真剣だった。「これは機密なんだ」

「機密というと？」

「十八年前、この街である事件が起きた。きわめて凶悪な性質の事件だったせいで、影響を抑えるためその事件は第一級の機密に指定されて、あらゆる捜査活動も専従班が秘密裏に行うことになった――」そこまで話して羅飛はしばし言葉を切り、残念そうな表情を浮かべた。「申しわけない、いまのところ話せるのはここまでなんだ」

韓瀬は眉間にしわを寄せる。相手の言葉を信じていいか迷うとともに、いらだちめいたものに襲われ、冷たい口調で問いつめる。「第一級の機密なら、なんであんたが知っているんだ?」

羅飛の目尻がぴくぴくと引きつる。神経の敏感な部分に触れられたかのようで、それから改まった物腰で韓灝を見すえた。「おれもその事件の当事者だったんだよ……まだわからないか? あのとき、その事件のせいでおれは谷底に突き落とされたんだ。事件のあと、事情聴取を担当した専従班の刑事が鄭郝明だった」

そういうことか……韓灝の脳内はひととき高速で回転し、ようやくことの因果をつなぎあわせることができた——機密となった十八年前の事件は、解決されないままだった……鄭郝明は専従班の捜査員で、新たな手がかりを発見していた……当事者だった羅飛は何者かからの手紙を受けとり、省都に戻ってきた……鄭郝明の殺害によって、邪悪は新たな幕開けを飾ったのだ。

一枚の巨大な幕がゆっくりと、韓灝の眼前に浮かびあがる。あらゆる秘密はその幕の向こうに隠されていたが、それでも漂うただごとではない空気に、韓灝は興奮しながらも張りつめた心持ちになった。

くわえて、とらえどころのない一抹の恐怖も。

これはいったい、どういった事件なのか。

答えは向かいに座る男の胸にありながら、どうしても話そうとはしない。

韓灝は複雑な表情で羅飛を見つめ、ゆっくりと口にした。「詳しい事情を話せないというなら、なぜわたしに会いに来たんだ?」

「ただちに上層部の指揮官に報告を送って、当時の捜査記録の機密指定解除と、専従班の再設置を要求してほしい」羅飛はひるむ気配もなく韓灝の目を見すえながら、一言ずつ念を押すように答えを返した。

第二章　十八年前の惨劇

十月二十一日、十六時三十分。

刑事大隊会議室。

韓灝《ハンハオ》は沈んだ面持ちで、机に高く積みあがった資料に手を載せていた。二時間前、彼は資料室から十八年間封印されてきた捜査資料を取りだした。その記録を読み終えて、ようやく十八年前にどのような事件が起きていたのかを知り、また自分が立ち向かうのがどれほど恐ろしく、大きな企みを抱く敵なのかを知ることになっていた。

幸い、一人きりではない——十八年を経て、警察内の精鋭たちを集めてふたたび設置された専従班が彼とともにいた。

羅飛《ルオフェイ》は机の向かいに座っていて、その目はずっと前から机の資料に向けられていた。しかし視線はぼんやりとしていて、思考がどこか別の世界を漂っているように見える。

その資料は、ほかの人間にとっては文字の連なり、画像の集まり、一連の事象の記述に見えるかもしれない。しかし羅飛からすればまったく違ったものに思えた。一つひとつの場面で実際状況そのものに身を置いていた彼には、長い時が経っているとはいえ、当時の状況の音声や情景、あらゆる息づかいさえもがどこまでもくっきりと、細密に感じとれた。

当然、各々の状況に伴った感情も、わずかたりとも色褪せてはいなかった——悲哀、失望、寂寥《せきりょう》、憤怒、そのうえ恐怖までも……

永遠に自分は忘れることができないと羅飛は知っていた。解放されるための唯一の方法は、あの忌々しくそして恐ろしい輩を見つけだし、完全な決着を付けることだった。

わざわざ休暇を取り、龍州《ロンジョウ》から省都にやってきたのもそれが理由だった。

尹剣《インジエン》は韓灝の横に座りながら、視線は興味深げに羅飛を見つめ、相手がなにを考えているのか知りたくてたまらない様子だった。顔を合わせていくらも経っていないとはいえ、唐突に姿を現したこの男は一種謎めいた雰囲気を身にまとっているようで、それこそが尹剣を強烈に引きつけていた。

羅飛はいったいどんな人間なのか。十八年前になにを経験したのか。いまになってなぜ戻ってきたのか。一つまた一つと疑問が尹剣の脳内を巡り、一時にすべての答えにたどり着けないことがもどかしかった。

この場にいるもう一人の若者の様子は、尹剣とは大違いだった。見たところ二十歳かそこらで、尹剣よりももういくらか若いらしい。眼鏡をかけ、痩せ細った身体つきで、左手で頬杖をつき、うっそりとけだるげな態度でいる。いちおう警官の制服を着てはいるものの、この挙措《きょそ》と外貌は、毅然として威厳を帯びた風情とはどう見ても不似合いだった。いまはさも退屈そうに右手の鉛筆を回転させ、周囲の人間にも出来事にもなんの興味もないようでいる。しかしときどき顔を上げ、思いがけない素早さで視線を走らせて、一瞬のあいだだけとびきり明敏な表情を見せるのだった。

若者のすぐ横に座るのは浅黒い、屈強な男だった。歳はおよそ三十過ぎで、居住まいは堂々とし、背筋はぴんと伸びて、すこぶる精悍《せいかん》で頑健な姿をしている。ある種の気を身にまとっているかのようで、厳めしくも揺るぎなさに満ちた佇まいだった。その男が左手を持ちあげて腕時計に目をやり、真剣な表情で口を開く。

「韓隊長、時間になった。始めようか」

韓灝の指が記録の山を軽く叩き、わずかなためらいのあとに答える。「ああ……まだ一人来ていないんだ。そうだな、もう三分待とう」

確かに、羅飛とペン回しをしている若者の間に席が空いている。これはどんな出席者で、そしてなぜ遅れているのだろう？

「これだけ重要な場なら、規律を最優先にするものだろう」屈強な男はいくらか不満をにじませ、韓灝に目をやって声を高くした。「内部で足並みが揃わなくて、敵に立ち向かえると思うか？」

「三分待つ」簡潔にもう一度答える。その声は大きくはなかったが、異論を挟ませない頑なさと威厳を放っていた。屈強な男は目を伏せ、それ以上なにも言わない。

そこに、部屋の外から声が聞こえた。「待たなくていいわ――ここにもういるから」

声とともに、人影が会議室に現れる。室内の全員の視線はたちまちそちらへ引きよせられ、羅飛さえも物思いにふけっていたのが顔を上げ、目にちらりと戸惑いがかすめた。

この瞬間、この場所に現れるようにはとても見えない姿だった。

刑事大隊の会議室、男くさい精悍さと厳めしい空気に満ちたこの部屋に、一人の女性が現れたのだった。

間違えようのない、典型的な南部系の美女だった。すらりとした体型、涼やかに整った顔で、大きな目に加えて、鼻や口元は上品で利発さを漂わせている。しなやかでつやのある長髪は目にまぶしいほどの黒さで、きめ細かな肌の白さをいっそう引きたてていた。その外見から正確な年齢を判断するのは難しい。両の頬は若々しさを象徴するように血色よくつややかに輝いている一方で、目元には成熟した女性にしかない分別と鋭敏さが漂っているからだった。

会議を招集した韓灝もこれには意外そうな表情をちらりと見せ、かすかに目を細めると、自信なさげな口調で尋ねた。「慕《ムー》先生……かな？」

「はい」女性はうなずいて答え、その顔にはあるかなきかの笑みが浮かんでいる。「省警察学校、犯罪心理学専攻科講師の慕剣雲《ムージエンユン》です」自己紹介をすると同時に、羅飛の横の空席に腰を下ろした。

韓灝は事情を呑みこんで、笑い声を上げた――慕剣雲。省公安庁の上司から犯罪心理学の専門家を推薦されたときには、それがたおやかな姿の女性だとはゆめにも思わなかった。

だからといって相手の実力に疑いは持っていない。公安庁の推薦を手にするのは並みの人間が受けられる扱いではなく、また別の方向から考えても、神経の細やかな女性は心理の研究に関してそもそも男性よりも有利に立っているものだ。

「来ていたなら――どうして入ってこなかったんだ」屈強な男はまだ先ほどの不満を抱えたままで、あっけにとられたように慕剣雲を見ながら、直截に尋ねた。

「そこから皆さんを見ていたの」会議室の上方に開いた小窓を指さす。「仲間の遅刻という状況下で、一人ひとりがそれぞれ違った反応を見せてくれるから、そこから皆さんについてひととおりのことが理解できるんです」

換気用の小窓は、たしかに室内を観察するのに向いていた。上方から見下ろせば、視野は広くかつ室内からは気づかれにくい。

言われた男は顔をしかめ、深々と鼻から息を吐いた。すこし前まで自分をサーカスの動物のように眺める眼があったと思うと内心ひどく不愉快な気分が湧いてきたが、男としての自尊心が、その不愉快さをかよわい女性に向けて吐きだすのを押しとどめた。

慕剣雲の右手側に座っているのは眼鏡の若者だった。彼女が部屋に入ってきて以来、彼の視線はその姿を見つめて離れない。話の流れを継いで訊く。「それなら先生、ぼくたちのことは理解できたのかな?」顔には上機嫌な笑みが広がり、口調にもこころなしか浮ついた響きがあった。

慕剣雲は若者を一瞥する。「この部屋にいる全員のなかでも、仕事への情熱は最低ね。もちろん、一人で毎月毎年コンピュータに向かって、一日中無味乾燥な二進数を相手にしていたら、嫌気が差してくるのも仕方がないでしょう。過度の孤独がもたらす抑圧は、性格に一定程度のひずみをもたらすことになる。たとえば初対面の女性が現れると、あなたの心は漠然とした新鮮さを感じる——その感情が働いて、あなたが奮起して仕事に取り組んでくれればと思うけれど。ただ一つ、はっきり言っておくことがあるわ——わたしはあなたに、どんな興味も持つことはない。あなたが警察内部でも名の通ったコンピュータの専門家、曾日華《ゾンリーホワ》さんでもね」

「冗談半分、率直さ半分でからかわれ、若者のほうは気まずげな表情を露わにするしかなかった。頭の後ろを掻きながら、図太く自嘲を口にする。「美人がぼくの名前をご存じとは、それだけでも光栄だね」

慕剣雲は笑って返し、そこで話を終え、今度は正面に座る屈強な男に視線を向けた。その眼に敵意はすこしもないが、見られたほうはひどく居心地が悪くなり、ぎこちなくうつむいた。

「特殊警察部隊の熊原《シオンユエン》隊長でしょう?」すこし言葉を切り、相手から異議がないのを見て、また話を続ける。「あなたは命令を実行することに長けているわね、それにプロフェッショナルとしてのすぐれた性質を持ちあわせている。あなたが仲間にいれば、あらゆる面でとても安心して行動できる」

熊原が顔を上げると、表情はずっと柔らかくなっていた。見るからに、この簡潔な評価にいたく満足しているようだった。

「韓隊長、あなたは——」韓灝に視線を向け、しばし言葉遣いを吟味《ぎんみ》する。「決断力にすぐれているのは、指揮官が備えているべき素質です。計画を確定させたあとは、他人の考えに影響されることはめったにない、この個性には利も害もあります。ただ、あなたの助手は好奇心にあふれていて、あなたの代わりにより幅広い情報を受け入れ、分析してくれる。二人はある意味では、うまい相補関係を作れますね」

韓灝は肯定も否定もせず、ほう、と応える。自分と尹剣についての分析を気に留めていないようだった。かわりに鋭い視線を羅飛に向け、次をうながす。「慕先生、もう一人を忘れているようだが」

「羅刑事のことですか？」慕剣雲は微笑んだ。「心のなかに多くの憂慮を抱えているようですが、その憂慮は韓隊長が持っている資料と密接に関係していますね。視線から感じるのは、悲痛な感情と、そこに混じった憤怒……それと、あえて言わせていただければ――抑えきれない恐怖が見えます」

一同はそろって慕剣雲の言葉に導かれ、羅飛を好奇の目で眺める。それ以上に、羅飛は内心どきりとしていた。これまでの何人かへの分析は見事だったが、言行から性格を推察しただけのことでさほど奥深い場所には向かわなかった。しかし、これほど正確に他人の視線から心の奥底の感情を読みとれるなら、その技倆《ぎりょう》は常人のものではない。驚愕のあまりたちどころに神経が張りつめ、慕剣雲に向ける視線も尖ったものになっていく。

しかし慕剣雲はさらりと目を逸《そ》らし、視線を合わせなかった。

「いいだろう。急いで本題に入ることにしようか」熊原の低くこもった声が、二人の一瞬の対峙をさえぎった。

韓灝がうなずく。粛然とした表情だった。「ここから正式に会議を始める。みなは上からの命令を受けてここに来ているわけだから、前置きをだらだら話しはしない。〈四一八〉専従班は再設置された。この部屋にいるのが専従班のメンバーで、わたしが専従班の班長だ。これについてなにか疑問は？」

曾日華が、自分のもじゃもじゃになった髪を鉛筆の頭で数度掻き回し、すこしばかり不思議そうに尋ねた。

「〈四一八〉専従班？　今日の事件なら〈一〇二一〉専従班だと思ってたんですが（中国警察には、重大事件を発生の日付で呼ぶ習慣がある）」

熊原と慕剣雲も眉間にしわを寄せて韓灝を見る。おなじ困惑を抱いているようだった。

「鄭《ジョン》 郝明《ハオミン》刑事が殺害された知らせはもう聞いているだろうし、みなが急遽刑事隊へ出向になったのもそれが理由だ。ただ、伝えていなかったが、同様な凶悪な警官殺害事件がこの市で起きたのはこれが初めてではない」低く沈んだ声で話した韓灝は尹剣に視線を送り、助手は意を汲んで、会議机の上のプロジェクターを起動させると、一枚の写真が白いスクリーンに投映された。

古くなったカラー写真で、色彩はいくらか褪《あ》せていたが、写真に写った濃い緋色の血痕にはいま見てもぎょっとさせられる。床に広がる血だまりの中央には男の死体が横たわっているが、死体はうつぶせになっていて、容貌は見えなかった。

「一九八四年、四月十八日に発生した殺人事件だ」韓灝は写真の表示とともに説明を始める。「被害者は薛《シュエ》 大林《ダーリン》、男、四十一歳、当時はこの市の公安局副局長だった」

羅飛を除いて、その場の全員が被害者の身元を聞いて仰天した。公安局の幹部の殺害。それだけの事件なら、いつの時代でもすさまじい騒ぎを起こしておかしくない。

「いま見えているのが事件現場だ。被害者は自宅の居間で殺されていて、全身に刃物による傷が大量に残っていた。そのうち致命傷は首元の傷で、大動脈が切断され、出血多量による死亡だった。事件の当日は、被害者の妻は出張中、一人娘は学校の寮暮らしで、被害者は家に一人でいたらしい。現場から犯人の指紋や足跡は見つからず、現在のところ事件の唯一の手がかりとなるのが、この紙切れだ」

何度か画面が切り替わって現場の写真が続いたあと、韓灝の言葉とともに、映写されるのは一枚の紙に変わった。読みやすい筆跡で書かれた数行の文字が一同の前に現れる――

死亡通知書

執行対象：薛大林

罪状：背任、汚職、裏社会との交際

執行日：四月十八日

執行者：Eumenides

万年筆の整った字で、模範のような宋朝体で書かれ、一目見ただけでは印刷された文字と区別が危ういほどだった。

「これは……犯人が残したの？」慕剣雲は敏感になにかを感じとって、いち早く質問した。

問いにすぐには答えず、韓灝は事件記録から得た情報の説明を続けた。「被害者のデスクから警察はこの紙を見つけた。ほかの手がかりを考えあわせると、この紙は事件の二日前、匿名の手紙として被害者の家に送られてきたものだった」

「〈四一八〉専従班……そういうことだったか。でもこれだけの大事件、どうしていままで聞いたことがないんだろうな」曾日華はそう言いながら、周囲の人々を見回す。羅飛が苦々しい笑いを浮かべながら首を振っただけで、ほかの一同はそろって困惑の表情を見せる。

「わたしもさっき知ったばかりだ」韓灝は言う。「情報が封印されていたんだよ、とくに警察組織の内部では――パニックを引き起こすのを恐れてね。専従班は秘密裏に事件を捜査して、鄭郝明刑事は当時の捜査員の一人だった」

の一人だった」

それを聞いた多くが思わず小さくあっ、と声を上げ、十八年をへだてて起きた二つの警察官殺害事件の関連をうすうす見出していた。そこに、曾日華がくすっと笑って、茶化すような口ぶりで言った。「いまになってみれば、結局事件は解決していないんでしょう？　ははっ、秘密の捜査じゃどうしても効率は落ちるからな。考えてみれば、公安局の幹部が死んだってそこまでぴりぴりすることはないでしょう」

熊原は眉間にしわを寄せて曾日華を睨みつける。この若者の態度が愉快でないらしい。しかし相手はのほほんとして、気にも留めない様子で気楽そうな表情を浮かべている。

韓灝も曾日華に目を向ける。言葉をかけることはなかったが、視線には形にならない圧力がこもっている。それから深く息を吸い、抑えた声で話しだす。「公安局の幹部一人で済む話ではなかったんだ、ほかにも被害者が出ていたわけだ。尹剣、画像を切り替えろ」

スクリーンにはまた新しい写真が映しだされる。写真に写っているのは荒れてがらんとした大きな部屋で、強い炎に焼かれて間もないのか、あらゆる場所が無残な姿を見せ、ひどく焼け焦げていた。長く沈黙を守っていた羅飛が、電撃に打たれたかのように突如として身体をびくつかせ、固く唇を噛みしめて、内心で沸きたち波打つ感情を必死に抑えつけている。

「これはどこなんだ？」口を開いたのはやはり饒舌な曾日華だった。「韓隊長、被害者っていうのはどこにいるんです？」

「被害者は……ここと、ここ——」韓灝はレーザーポインターで写真を指していき、その声はこころもち陰鬱に、不気味になっていく。「ここもだ、写っている場所すべてに……」

すべての場所？　いささか理屈に合わないような言葉だったが、ある種不吉な予感が会議室を満たしはじめる。

羅飛は拳を握りしめ、腕に青筋が浮いている。そのほかは目を見開いて写真を眺めまわしているが、しかし焦げて黒々と塗りつぶされた光景からはなにも特別なものは目に入らなかった。

韓灝は尹剣をちらりと見る。「次のアップの写真に切り替えろ」

尹剣はうなずき、マウスをクリックするごとに、先ほど韓灝がポインターで指していた光景のアップが一枚ずつ皆の前に現れた。瞬間、会議室は静まりかえり、曾日華までもが息をひそめ、あたかも一同の胸にずっしりとした石が突然のしかかり、息もつけないかのようだった。

彼らは、ようやく被害者をはっきりと目にした。ずたずたになり飛び散った被害者を。

それはもはや死体とは呼べず、肉塊と呼んだほうが正確かもしれなかった。焼け焦げた肉塊は、おおまかな形からおぼろげに人の手足と、原形をとどめない頭部を見分けられるだけだった。

そうした身体の残骸は現場に散らばり、この世の地獄のようなおぞましい景色を作りあげていた。

写っている場所すべて――一同はようやく、その言葉の裏に隠れていた恐ろしい意味を理解する。

こうした光景を前にすると、だれでもおぞけ立つような気分に襲われるのは当然で、勇名を轟かす警察官たちとて同様だった。しかしこの場のある一人にとってはさらに、この画像は血に汚れた氷柱のように胸の奥深くへ突き刺さるものだった。

これほど見るに堪えない死体は、目にしてもとても受けとめきれないものだ。その死体が、自分にとってとくに親しい相手のものだったら。

たとえば――それがとくに近しい友人なら。それどころか、だれよりも通じあった恋人だったなら？　だとすればどのような気持ちになるだろうか。冷えきった死体と、かつての生き生きと話し、笑っていた声かたちをどう結びつけるか。

羅飛は、その感情に襲われ、さいなまれていた。

しかし目を逸らすことはしない。反対に、その視線は表示される写真へ剣のように食い入っていた。氷のような冷たい悲しみはしだいに燃えあがり、身を灼く烈火へと姿を変えていく。

憤怒の烈火に。

そのかたわらでは、明るく輝く一対の眼が向きを変えた。ひそかに羅飛を眺め、その烈火から内に隠された秘密を探ろうとしているようだった。

息詰まる静寂は、最終的に韓灝の声によって破られた。「いま見てもらっているのも、おなじく一九八四年に起きた殺人事件の現場だ。事件の起きたこの場所は郊外の化学工場の廃倉庫で、四月十八日、つまり薛大林が殺された当日の午後、この倉庫で爆発が起き、その場にあった化学製品の原料にも引火し、二人が死亡、一人が重傷を負う結果になった。調査の結果、二人の死者はどちらも警察学校の現役の学生とわかった」

尹剣がプロジェクターを操作し、スクリーンには一人の若い男の上半身の写真が現れる。とても垢抜けた雰囲気の青年で、明朗で屈託がなく、口の端に自信ありげな微笑を浮かべ、古い警察学校の制服を身に着けていた。

「これが死者のうちの一人、袁志邦《ユエンジーバン》だ。警察学校刑事捜査専攻、八一年入学の学生だった」そう話しながら、意味ありげに羅飛に目を向けると、ほかの視線も次々とそちらに集まった。みな羅飛の経歴についてもある程度知っていたからだ——この男は警察学校刑事捜査専攻の同級生というわけだが、それはなにを意味するのか。

一同の注目にさらされ、羅飛は深く息を吸いこんで、かすれた声ながら口を開いた。「あいつとは寮で同じ部屋だったんだ。そしてだれよりも気の合う友達だった」

「ああ、こちらで手に入った情報もその通りだ」韓灝は尹剣に合図を送ると、また写真が切り替わる。一同は韓灝の話の進めかたに従い、疑問は一度胸の奥にしまいこんだ。

写真に写っている人物はやはり若く、警察学校の制服を着ていた。しかし今度は眉目秀麗な女子で、長い髪を頭の後ろで高く結いあげ、颯爽とした凛々しい姿を見せていた。くわえて両目はきらきらと輝き、かなりの年月を経た写真であってもその視線に表れる明敏さを隠せてはいなかった。

なにかがつっかえたかのように、羅飛の喉仏が動く。写真に写った女子と見つめあい、どこか放心したような表情になっていく。

「これがもう一人の死者だ。孟芸《モンユン》、警察学校犯罪心理学専攻、八一年入学。資料によれば、生前の孟芸は羅飛刑事と特別な関係にあったらしい――」そこで言葉を切り、韓灝はつけ加える。「もしくは、もうすこし直接的に言っていいかもしれない――当時、被害者は羅刑事の恋人だったと」

羅飛ははっきりと内心の弱点を衝かれ、ここに至って目を閉じる。そうすれば、いまもまとわりつく痛みを覆い隠せるとでもいうように。

その場の一同にはちょっとしたざわめきが起きた。長年封印されてきた惨劇が、よそから来たこの刑事とこれほど深く結びついていようとは思いもしなかったのだ。熊原はひそかに嘆息する。曾日華は関心をそそられた様子で羅飛に目をやるが、頭のなかではなにを考えているかわからない。慕剣雲は羅飛にいくどか目をやったあと、写真にじっと視線を留めていた。かなりの過去に命を散らした先輩に、心の底から興味を抱いているように見える。

「それで、この爆発事件はどういうわけで起きたんですかね」もとよりいちばんこらえ性のない曾日華が、韓瀬を向いて尋ねた。

「ここに資料がある。ただかなりの部分が、当時の羅刑事からの聴取記録だ。むしろ羅刑事がここでもう一度説明してくれたほうが、わたしが伝聞で話すよりもわかりやすいだろう。どう思うかな」みなの意見を募るような言い回しだが、言葉にこめられた誘導は見えすいていて、同時に羅飛へ視線を注ぎ、その目は相手の拒否をいっさい許さないものだった。

羅飛は手を組みあわせて目を覆い、両の親指でこめかみを揉みはじめた。ゆったりした動きだったが手にはかなりの力がこもっていて、まるで記憶のどこかを、あるいは感情のどこかをむりやりに自分の脳内から絞りだしているかのようだった。しばし時間があって、両手をどけると、暗く悲しみに満ちた目はいくらか光を取りもどしていた。

苦しい過去だったが、いまは気力を奮い立たせる必要があった。自分はたんなる十八年前の惨劇の当事者ではなく、ふたたび専従班へ加わり、前線の刑事の一員となったのだ。

そして説明が始まったが、そのあいだには短からぬ期間が挟まっている。それでも、脳内に当時の出来事が焼きつけられていたかのように、あらゆる記憶はいささかも磨滅していなかった。

「一九八四年の当時、おれは警察学校の刑事捜査専攻の学生だった。あの時期はもう卒業を控えていて、八一年組の学生はそれぞれの現場で実習を始めていたんだ。ただ四月の十八日は日曜日で、みな学校に戻ってきて、それぞれやりたいことをやっていた。

あの日の午後、おれは追加勤務があって、袁志邦は一人で外出していた。文通相手と会うんだと言っていたよ。おれと孟芸——おれの恋人は、食事に行く約束をしていたから、こっちから鍵を孟芸に渡して、寮の部屋で待っていてもらうことになっていたんだ。

だいたい三時半ぐらい、勤務が終わって寮に戻ったら、部屋のドアの鍵が開いていて、孟芸がなかにいないのに気づいた。ただドアのところ、目立つ場所に、孟芸からのメモがあるのが目に入った」

「このメモか？」韓灝は羅飛の言葉をさえぎり、証拠品を入れる小さいビニールの袋を取りあげ、なかに収められた一枚の紙切れを示した。羅飛から同意の反応を得て、韓灝は声を上げてメモの文字を読みあげた。

「すぐに無線で連絡して！」

「あのころは電話はどこにでもあるわけじゃなかったし、もちろんポケットベルとか携帯もなかった。でもおれは無線の知識があって、自分で苦労して無線機を設置して、トランシーバー二台とつないでいたんだ。おれと孟芸はふだんからトランシーバーで連絡を取りあっていて、電波はだいたい十キロ四方ぐらいなら届いた」羅飛はメモの文章についてみなに説明する。

「ただ、あの日出勤するときにはトランシーバーは持っていかなかった。だから伝言を見てすぐに思い浮かんだのは——孟芸はきっと突然、なにか差し迫った状況に遭ってここを離れ、同時にできるだけ早くおれと連絡を取ろうとしてるってことだった。だから真っ先にトランシーバーの電源を入れて、周波数を合わせてコールしてみたが、すぐにはむこうからの応答がなかった」

すかさず韓灝が尋ねる。「どうしてつながらなかったんだ」

羅飛は弱々しく首を振る。「しょせんは手製の無線機で、電波は不安定だったから……電波を拾えなくなったり、もしくは干渉したり、そもそも周波数がほかで使われていることもときどきあったんだ。そのときはほかの手だてもなくて、部屋で待つことしかできなかった。そうしているうち、机の上に封の開いた匿名の手紙があるのを見つけた」

韓灝は今度、便箋を入れたビニールの袋を手に取った。羅飛がうなずいてみせる。「そう、その手紙だ」

事件の中心となる証拠品の手紙で、写真としても記録が残っていたので、やはり尹剣が一同の前に画像を投映した。

死亡通知書
執行対象：袁志邦
罪状：女性を弄び、妊娠後に棄て、自殺に追いこむ
執行日：四月十八日
執行者：Eumenides

ここでも〝死亡通知書〟？　その場の一同はそろってつぶやきを漏らす。複数の惨劇の裏にあるつながりが、ゆるやかに浮きあがりはじめてきた。

韓灝がまた羅飛に質問する。「この手紙を見たときはどんな感想だった？　薛大林は当日の午前に殺されていたわけだが、それについての情報は知っていたのか」

「あのときは、午前の事件についてはいっさい知らなかった」羅飛は一瞬考えこみ、続ける。「ただ、手紙に妙なことが書いてあるのを見て、孟芸が突然姿を消したのと併せて考えたら、一瞬でとても不吉な予感が浮かんできた」

韓灝は目の前にある記録書類をめくり、読みとった内容を簡潔にまとめた。「しかしなにも行動することはなく、そのまま部屋で待ちつづけるうちに孟芸と連絡が取れた――そのときには三十分が経っていた」

羅飛は静かにうなずく。

「どうして通報しなかった？――〝とても不吉な予感〟がしていたなら」

「そのときの状況では、通報するほどとは思わなかった」羅飛は簡潔な答えを返した。横にいる慕剣雲が軽くうなずく――たしかに心理学の面から考えるなら、午前の殺人事件を知らなかったとすると、たかが匿名の手紙一通ではとうてい大騒ぎするほどの価値はない。

どちらかと言えば脅迫のように見えるし、ただの悪戯にすぎない可能性もあるのだ。

「そうか」韓灝も羅飛の説明を受け入れたようだった。

「そのあとに起きたことを聞かせてくれ」

「ずっと無線機を動かして待っていたら、だいたい三十分すぎたときにようやく電波を拾って、孟芸の声が聞こえたんだ」

「なんと言っていたんだ?」

羅飛は目を閉じ、記憶をよみがえらせるためしばらく眉間にしわを寄せたあと答えた。「袁志邦といっしょにいると言われたんだ。かなり焦った口調だった。なぜなら、袁志邦は廃墟になった倉庫に拘束されていて、しかも身体にはもうすぐ爆発する時限爆弾が取りつけてあったからだ」

「待って……」慕剣雲は奇妙な点に気がついて口をはさんだ。「孟芸と袁志邦は、どうして同じ場所にいたの?」

「たぶん、おれの部屋に来てから、机に例の袁志邦への匿名の手紙があるのを見てあいつを探しに出たんだろう」

「たぶん?」歯切れの悪い答えに不満を見せる。「それは孟芸がそう言っていたの、それとも自分の推測?」

「おれの推測だな」

「孟芸と袁志邦はどんな関係だった?」

羅飛はかすかに眉をひそめる。その言葉がなにを探ろうとしているのかよく理解できなかった。

相手の困惑を目に留めて、慕剣雲はつけ加える。

「つまり、孟芸と袁志邦は近しい関係だったの、それともあなたと袁志邦のほうが近しかった?」

「もちろん、おれと袁志邦のほうが近い関係だった——いちばんの友達だったんだ。孟芸と袁志邦は——おれを通して知りあっただけだった」

「なら、どうして孟芸が袁志邦を探しにいくの? 同じ場所にいたじ匿名の手紙を目にして、より親しい関係のあなたは部屋で待っているだけだったというのが、なんだか変に思えるのだけど」慕剣雲は羅飛を見すえ、説明が返ってくるのを待った。

その質問はまったく予期していなかったようで、羅飛は言葉に詰まった。「それは……これだとは言えないが、もしかすると……女の直感か——孟芸のほうがどこかで危険を強く感じたのか。それか、袁志邦の居場所を孟芸は知っていたが、おれはわかっていなかったとか……」

「孟芸はどうして警察に知らせなかったの」

羅飛は慕剣雲から目を逸らす。「おれにはわからない」

「じゃあ、孟芸はなぜ袁志邦の居場所を知っていたの」慕剣雲はほとんど隙を挟まずに質問を続ける。

羅飛は首を振って、諦めたように苦笑して、同じ答えを返す。「わからないな」

「あなたは訊かなかったの？」慕剣雲はどうしても理解できないようだった。「それは真っ先に出てくる疑問でしょう」

「当時、羅刑事にはそんなことを質問する時間がなかったんじゃないか」韓灝は冷たい目で羅飛と慕剣雲との攻防を傍観していたが、ここで口を開いて話の流れを引きもどした。「わたしが手にしている資料によると、孟芸と羅刑事とで音声が通じたときには、時限爆弾に設定された爆破時刻までもう三分を切っていたんだ、そうだろう？」

「そうだ」羅飛は暗然と答える。「その限られた時間で、おれたちはずっと爆弾を解体する方法を話していた」

「どういう爆弾だったんだ？」熊原が興味を惹かれたように尋ねた。特殊部隊の隊長として、当然ながら爆発物についてはかなり深い知識を持っている。

「おれは爆弾を見ていない」羅飛は韓灝を見る。「ただ、韓隊長のところの資料には爆発現場の詳しい鑑識結果があると思うんだが」

韓灝はざっと資料をあさり、山のなかから一件の封筒を熊原に手渡した。熊原はそのなかから必要な資料を取りだし、仔細に目を通していく。羅飛が話を続けた。「あのときは、孟芸の説明からおおまかに爆弾の状態を理解するしかなかった――袁志邦は手錠で倉庫の鉄製の棚に拘束されて、爆弾は手錠につながってい て、手錠をこじ開けたり爆弾を外そうとしたら、爆発を引きおこす危険があったんだ」

「ああ」熊原がうなずき、書類の情報と羅飛の回想をつなぎあわせて、専門家として解説をくわえた。「この爆弾は解体するしかない、取りはずしはできないな。そういえば羅刑事、爆発物解体の知識はあったのか?」

「最低限というところかな――警察学校には爆発物除去の選択授業があって、勉強してはいたんだ。それと袁志邦もその授業を受けていて、孟芸の話だと、無線がつながる前に袁志邦が指示して爆弾の外装を外させていた。だから、時計からの信号コードを切れば危険は遠ざけられる」

「コードを切ること自体はどこも難しくない、ただ――」熊原はかすかに顔をしかめる。「資料を見るに、爆弾の製作者はダミーのコードを設置したんだな?」

羅飛が苦々しく笑う。「そうだ。あのとき孟芸は、コードが二本あると言ってきた。一本は赤、一本は青だ。二本は同じ場所でからまりあっていて、色の違い以外に差は見当たらなかった。コードの端は、密封された基幹部に隠されていた」

「そうなると厄介だな。ダミーと時計からのコードの区別がつかない」その場に居合わせているわけではないが、熊原は険しい表情を受かべていた。「それだけ時間が切羽詰まっていたら、爆弾の解体にはコードを切るしかないが、もしダミーのコードを切ったらその瞬間に爆発を引きおこすことになる」

曾日華が頭を揺すった。「わかりましたよ。赤と青、二本のコードのどちらかを切るんだから、成功か失敗か可能性は五十パーセント。はっは、なんだか面白いな、コンピュータの世界の二進法みたいだ。0と1がイエスとノーを表して、二つのうちどちらかしか選べない、その結果はそれぞれ生きるか死ぬか、正反対の終着点に行きつくと。とても簡単に選べるようなものじゃない……」観念的な感想を述べたてたあと、目を細めてみせる。「ぼくだったら、赤のほうが好きですけどね。みんなは？」

曾日華の軽口は場にふさわしくなく思え、その場のみなが不愉快そうな表情を見せた。ただ羅飛はその言葉にどこかで弱みを衝かれ、放心したような表情になる。耳元に、身体に刻みつけられたあのときの電波越しの声が響くような気がした。


じいじいという電波の雑音はうるさく聞き苦しく、やすりのように羅飛の鼓膜を痛めつけていたが、その雑音のなかで女子の声が差し迫ったように揺れている。長い年月を経ても、やはりその声はよくなじんだものに聞こえる。

しかし聞きなれない響きもあった――その声はあまりの焦燥に引きつれ、ややかすれて聞こえ、涙声すら混じっている。

孟芸の声だ。並ぶもののないほど強靭な女子だと思っていたこともあったが、その瞬間になって、はじめて脆弱な一面を見せていた。

「早く教えて、どっちのコードなの？　赤と青どっち？　早く教えて！」孟芸の声は泣きわめくのに近かった。

しかし羅飛の答えは漠然として弱々しかった。「わからない……」

「違う、教えて！　お願いだから……時間がないのに！」

「あいつに聞いたって無駄だ！　だれにもわからないんだから」電波のなかには袁志邦の声も混じり、動揺と諦念が聞いてとれる。

「羅飛！　どっちのコードなの？　急いで、あと一分しかないの！」

「おれにわかるわけないだろう、爆弾を見てもいないのに……」

「……おれには構うな、孟芸、先に行くんだ！」袁志邦は観念している。生きのびる機会は半分残っているとはいえ、一人の男としての尊厳が、孟芸を危険に巻きこむことを許さないようだった。

「いいえ、行かない」しかし孟芸の態度はおそろしく強情だった。そのあとに声が大きくなった。トランシーバーを口元に近づけたらしい。

「羅飛、切らないといけないの！　教えて、赤と青のどっちなの」孟芸の口調は哀願のようでも、最後通牒のようでもあった。

羅飛自身の声もかすれはじめている。「ほんとうにわからない」

「あはっ……」向こうでは寂しげに笑ったようだった。「だったら祈っていて、わたしは直感で切ることになるから……」

羅飛が焦燥と怯えとともに待つ一方で、コードを切る前の秒読みが始まっていた。「三……二……」孟芸の呼吸はせわしく、荒くなり、電波を通じて一度ごとに羅飛の胸を打った。

「いや、やめろ、ちょっと待て！」羅飛はこらえきれなくなってがなりたてた。

「赤と青のどっち、早く！　時間がなくなる！」孟芸は最後の助けとなる藁をつかんだように、かすれた声で懇願した。

羅飛の頭は鉛が詰まっているかのようにじんじんと痛み、最後に彼は口を開いた。「赤だ、赤を切れ！」

「赤……わかったわ」電波の向こうの孟芸は静かにつぶやいた。肩の荷が下りたかのように。

赤のコード。羅飛がなぜそちらを選んだのかはだれにも説明できない。羅飛自身も同じだった。

それから羅飛はじりじりとした思いで阿呆のように待った。思考は完全に動きを止め、脳内には空白が広がっている。

数秒間の沈黙が、数世紀のように長い。

そしてトランシーバーからは、耳を聾《ろう》する爆発音が聞こえてきた。


過去を呼びおこすことで羅飛の意識はどこかをさまよい、会議室からは完全に隔絶されていた。周りの人々はなにかを話しているが、ひとつも聞こえてこない。直後、周囲も羅飛の異変に気づいた。

「羅刑事？　羅刑事？」韓灝が何度か声をかけ、声はしだいに大きくなり、ようやく羅飛は茫然自失の状態から目を醒ました。慌てて気を取りなおし、どうにか笑顔を絞りだした。「すまない……韓隊長、続けてくれ」

気を動顚させた羅飛に、韓灝は視線にいくらかの不満を見せながら、手にした資料に目を向けた。「それでは、続く出来事について話すことにしよう——書類の記述によると、当時羅刑事は無線を通して、爆弾を解体する孟芸に遠隔で指示を送った。その指示に従って、孟芸は赤のコードを切り、その瞬間に爆弾が起爆した。そうだな？」

羅飛は目を閉じ、とてつもない痛みを感じながらうなずいた。「そうだ、おれが判断を誤った……」

韓灝は苦しむ羅飛を見ても問題を避けようとはせず、質問を重ねた。「なにを根拠に、赤のコードがほんとうに時計につながっていると考えたんだ？」

返ってきたのは沈黙で、かなりあってから羅飛はつぶやくように言った。「根拠なんかない、おれの……

直感だった……」

特殊部隊隊長の熊原がすぐさま首を振った。これほど生死に関わる大事で、直感に判断を託すというのは児戯に近いものがある。ただ立場を変えてみれば、当時のような緊迫した状況で、ほかに方法がないのも確かだ。横に座っている曾日華は感情のままに反応し、同情するような目を羅飛に向けたあと、自嘲の笑いを見せた。「ふふっ、またしても事実によって証明されたわけだ。男の直感っていうのは相当あてにならない」

「なんの根拠もなかったなら、どうして孟芸に指示を送ったんだ？　向こう一人で判断させれば、正しい選択の確率は上がったかもしれないのに」韓灝が羅飛に目を向け、また尋ねる。

「どうやって判断させるんだ？」羅飛は苦笑いを浮かべた。「孟芸は爆弾についてなにひとつ知らなかったんだ」

「それでも確率は半分だ、とりあえずあんたより低くなることはない。どうして自分の考えに影響力を持たせたんだ。向こうは現場にいるが、自分は現場からの説明を聞いただけだ。直感にしたって相手の判断を聞くものだろうに、どうして指示を送った？」韓灝は異議を突きつけるような口ぶりで訊きつづけ、その視線は輪をかけて有無を言わさぬものになっている。

羅飛の脳内は混乱に覆われた。うろたえて相手の視線を避ける。自分にここで張りあう力などないとわかっていた。相手には心の奥のもっとも柔らかい場所を衝かれているのだから。

孟芸に自分で判断させていたら、どちらのコードを切っただろうか。どうしてなんの根拠も持たない立場で判断を左右したのか。そうした問いのせいで十八年、羅飛の心は苦悶とともにあった。

それを上回る苦痛は、羅飛自身もその答えを知らないことだった。

慕剣雲はずっと口を開かず、羅飛の観察に意識を向けていた。ここに至って、助け舟を出そうと話しだす。

「それをあまり問題にする必要はないんじゃないでしょうか。心理学の面から解釈するなら、当時の羅刑事の選択は一種の緊急反応に属します。この種の反応は、多くは当事者自身もあとになって説明がつけられないものです。なぜそうしたのか。理由はない――そのときは考える時間などなかったから。あらゆる選択が本能的に導かれるんです――性格から定まる本能に」

羅飛は胸が楽になり、煩悶はずっと軽くなった。ありがたく思い慕剣雲を見ると、向こうもこちらに目を向けていて、視線は鋭敏に輝き、こちらの心の奥からさらになにかを掘りだそうとしているかのようだった。

「さて」慕剣雲の顔に免じて、韓灝はやっと羅飛への踏みこみを緩め、事件そのものに話の流れを戻した。

「――爆発現場の状況を見ていこう。付近の住民の証言によると、爆発の起きた正確な時間は十六時十三分だった。爆発の振動は周囲二百メートルの範囲に広がり、爆発音は五キロほど離れた場所まで届いていた。現場には大量の化学薬品が貯蔵されていたから、爆発によって激しい火事も起きた。孟芸と袁志邦はその場で死亡。もう一人、無関係な人間が火事に巻きこまれて、生死をさまよう重体になった」

無関係な人間？　羅飛は虚を衝かれ、仰天して尋ねた。「現場にはほかに人がいたのか？」その事実はこれまで聞いたことがなかった。

「書類にはそう記録されている。とはいっても爆発現場に偶然居あわせただけのくず拾いで、生きのびはしたが価値のある情報は提供できなかった。そうだな、十八年前の事件の振りかえりはひとまずここまでだ。必要な資料は尹剣にコピーさせたから、みなはあとで詳しく読みこんでくれ。さて――」韓灝は曾日華に目を向けた。「小曾《ゾンくん》、わかっている状況についてみなに話してくれ」

その言葉によって一同の視線は曾日華に集まり、見られたほうはにやにやしながら眼鏡を持ちあげた。

「まだぼくのことは知らないかもしれないから、まず自己紹介から――曾日華、省の公安庁でインターネット管理総隊の技術顧問をしている」

　羅飛はひそかに舌を巻いた。この若僧は真面目そうには見えないが、省の公安庁という所属先はかなり立派だ。この狭い会議室には、そうは見えなくとも龍や虎が集まっているらしい。

　曾日華が話しはじめたのも、インターネットに関することがらだった。「一週間くらい前、だから十月十四日に、鄭郝明刑事がぼくに連絡を取ってきて、通信の監視をしてほしいと頼まれたんだ。その時点で、ネット上におかしな文章が流れていて――あの映像を見てください――鄭刑事は、技術的な手段でその文章を書きこんだ主を突きとめてほしいと言っていた」

　尹剣が同時にプロジェクターを操作し、映しだされたのはネット上のページのキャプチャで、羅飛がネットカフェで発見した〝Eumenides《エウメニデス》〟という署名のある文章が表示されていた。〝死刑募集〟。文章の題名と署名、どちらを見ても明確だった――この文章は、十八年前の事件で現れた〝死亡通知書〟ととても密接なつながりがある。

　ほかのみなが神経を集中させて文章を読んでいるとき、羅飛は待ちきれずに尋ねた。「それで、なにか手がかりはつかめたのか」

「文章が送信された時間は十月五日の午後二時十一分、送信者が使っていたのは、市内のネットカフェ〈強《チアン》輝《フィ》〉に設置されたパソコンです。文章が発表されたのは市でも最大の公開フォーラムで、鄭刑事がぼくに連絡してきたときには、書きこみが話題になってすでに四五二二回の閲覧、あわせて一三三名のユーザーが一五二回の返信を付けてました」曾日華はすらすらと答え、話の筋道は明確でデータも詳細だった。

同時に尹剣はマウスを動かし、種々雑多な返信をプロジェクターから映していった。もとの書きこみの主を〝いかれてる〟と罵倒するものもあれば、悪戯ではないかと疑うものもあった。それでも呼びかけどおり、〝処刑〟を受けてほしい人間の名前が返信に書かれていることもあり、列挙されている罪状は数多く、多種多様だった。

「書きこみの主がネットカフェから文章を送信したのは、自分の身元を隠そうとしたんでしょうね」みなが返信の数々に目を向けているあいだ、曾日華は続ける。「市内のネットカフェの管理は穴だらけで、十日近く前に特定のパソコンを使っていた人間を調べあげるのはまったくの不可能。鄭刑事の頼みを受けて、ぼくはネットワーク監視プログラムを走らせて、この書きこみへの最新の返信を閲覧した人物があれば、監視システムが自動的に検知して、閲覧者のＩＰアドレスを記録するように設定しました。そのアドレスが市内のネットカフェのものなら、即座に鄭刑事に伝えて、鄭刑事はカメラを持って捜査の材料となる写真を撮りにいくと」

「ああ、いい考えだ」一瞬低くうなると、羅飛は話の筋を理解していた。「この文章を書きこんだあと、書きこみの主は必然的に、最新の返信に常時注意を払うことになる。慎重に行動する相手だから、きっとネットカフェに行ってページを閲覧する。鄭刑事の行動は、高い確率で膨大な群衆から相手を探しだせるだろう」

「確かにそういう考えです——ただあのとき鄭刑事は事件の詳細を教えてくれなくて、十八年前の出来事となるとぼくはなにひとつ知らなかった」曾日華は口を引きむすび、落胆したような表情を見せる。「結局、この行動が最終的にここまで重大な結果になるとは予想してなかった」

だれしも〝重大な結果〟というのが今日の午前に起きた殺人事件だと理解していた。この場の人間はみな頭の回転が速く、話はすばやく理解される。慕剣雲がふと口を開いた。「もしかして、鄭刑事はこのせいで殺されたの？　だとすると——鄭刑事はおそらく書きこみの主の写真を撮っていて、だから口をふさがれたということ？」

韓灝が軽くうなずく。慕剣雲の推測に同意した様子で、さらに説明を加えた。「事件現場からは、鄭刑事のカメラが見つかっている。写真のうち数枚が削除されていた——これこそが、犯人のいちばんの目的だったと考えてよさそうだ」

羅飛が韓灝をじっと見つめ、韓灝はその視線を感じとってどこか複雑な表情になった。羅飛が午前の時点で写真に関する状況を正確に分析していて、いまの自分が一手ほど遅れを取っていると言わざるを得ないのを理解しているからだった。

ほかの一同は、二人のあいだの微妙なやりとりには気を留めていない。熊原は眉間にしわを寄せ、ひどく悔しそうだった。「写真は削除されたって？　なら、鄭刑事の見つけた手がかりは完全に消えたのか？」

曾日華はくすっと鼻で笑い、面白がるような表情に得意さをにじませていた。「この野郎は、殺人だとか爆弾には精通しているかもしれないが、デジタル技術のほうはさっぱりでね。デジタルカメラだったら、写真を削除しただけでは内部のメモリにある画像データは抹消できないんです。新しい写真で保存スペースが上書きされなかったら、削除された写真も復旧できるんですよ。もちろん、技術的には多少複雑な手段が必要になりますけど」

羅飛が目を輝かせる。「そっちの技術力でできるのか？」

「部下の技術職員がもう作業を始めてます、明日の朝には全部のデータが復旧できる」曾日華は満足げに鼻をこすり、なにもかもを掌握しているとでも言いたげだった。

「そうすれば、やつの正体を目にできます」

「よくやった！」羅飛が興奮した声を上げる。しかし直後に指の関節で机を叩き、感情を落ちつけようとする。そしておごそかに言った。「早急に準備を進めて、充分な人手を集めて聞き込みと犯人追跡を始めよう。間違いなく並みの相手ではないんだ、気を引きしめてかからないと」

「それはあんたが気にすることじゃない」韓灝は羅飛がやや話しすぎていると感じて、感情のこもらない声で答えたあと熊原に目を向けた。「前線の任務は、わたしと熊隊長が協力して進める。こちらの人員が調査と犯人追跡を担当して、熊隊長、特殊部隊はおもに例外的な状況に対処できるように準備をしてくれ」

熊原は心得顔でうなずいた。十八年前には爆発事件が起きている。過去を教訓とすれば防げる事態もある。

「なら、おれはどの任務に関わればいい？」羅飛は戦いへの激しい欲求を露わにする。〈エウメニデス〉との宿怨は、この場のだれよりもはるかに強烈だった。

韓灝はしばし黙りこみ、なにかを考えていたが、慎重に口を開いた。「羅刑事、原則から言えば、市内で起きた事件にあんたが首を突っこむ必要はない。今回専従班に招聘したのも、いちばんは過去の状況をほかよりも知っているのが理由だ。それを出発点として、十八年前の事件について周辺捜査を進めて、新しい発見がないか試してほしい」

羅飛の顔にはあからさまに失望の表情が浮かんだが、改めて考えれば——相手は現地の刑事隊長で、よそ者があまり自分の仕事にちょっかいを出すのを望まないのは理解ができる。羅飛はそれ以上なにも言わず、無念そうにうなずいて終わった。「わかった」同時に、胸の中では苦笑いして、午前の不愉快なあれこれが二人の間にわだかまりつづけないよう願った。

会議室にはまだ、気がはやっている人物がいた。

「韓隊長、あと一人忘れているようですね。わたしは特別に招聘されて来たんです、なにも触れさせないわけはないでしょう？」そう口を開いたのは慕剣雲だった。かすかに口の端を持ちあげ、言葉の裏には冗談交じりの響きがあった。

「ひとまず、羅刑事の仕事に協力してもらおう――」韓灝は慕剣雲を見つめかえす。「きみには、あとでもっと重要な任務を頼むことになる」

慕剣雲は静かに笑う。「へえ？」

ほのめかすように続ける。「この事件に関しては、容疑者の心理状態そのものに、じっくり研究する価値があるだろうな」

「そうでしょうね。他人の精神世界を分析するのは、とても興味深いことですから」慕剣雲は韓灝の話に答えながら、視線をそれとなく羅飛に向けていた。羅飛は浮かない顔で、また思考をどこかにさまよわせている。

第三章　最初の対決

十月二十一日夕方、十八時二十五分。

省都公安局、刑事大隊宿泊所。

秋分を過ぎて、徐々に日は短くなっている。羅飛《ルオフェイ》が宿泊所の部屋で一息ついたときには、空は闇に覆われかけていた。

韓灝《ハンハオ》たちは気を引きしめて仕事を続けているが、羅飛はそこから除外されていた。とはいえまったく気にしてはいない。自分にもすることは大量にあった――この局面で一人になれる、静かな状況があるのはかえってよかった。

手早く顔を洗い、羅飛は机の前に座って、十八年前の〈四一八〉事件に関する資料のコピーに目を通しはじめた。

あのときの羅飛は殺人事件の当事者の一人であり、捜査が始まると専従班から何度も取り調べを受けたが、事件の細部について知らされたことはごくわずかだった。

一時期、羅飛は容疑者として扱われることさえあった。それは自分でもうすうす感じることだった。

その後の調査で容疑は晴れたとはいえ、羅飛はこの事件の巻き添えになってかなりの影響を受けた。警察学校の学生として、この件については二つの重大な過ちを犯していた。一つは、状況の異変に気づいても即座に通報しなかったこと。もう一つは、現場の詳細を知らない状況で勝手に誤った判断を伝え、爆弾解体を失敗させ二人の学生の死亡という重大な結果を招いたこと。それが原因となって、前途洋々だった羅飛は出身地の龍州《ロンジョウ》に戻され、南明山《ナンミンシャン》派出所で十年を過ごすことになっていた。

しかし袁志邦《ユエンジーバン》と孟芸《モンユン》の死に比べれば、組織での冷遇もなんということはなかった。

羅飛は胸が苦しくなるような苦痛を背負うことになった。あの爆発の音は永遠に忘れられず、それ以上に、爆発の前に孟芸がひとりつぶやいた声が忘れられなかった。孟芸は、窮地にあっても自分への信頼を感じさせてくれたが、その信頼こそが一瞬にして二人の命を奪ったのだった。一人は羅飛の恋人、もう一人は親友を。

羅飛は自責のなかで生きつづけた。その後の警察官としての経歴がどれだけ絢爛たるものだろうと、底のところで自分は失敗者、途方もない過ちを残した失敗者なのだと気づいていた。さらに哀れなことに、自分を完膚なきまでにたたきのめしたその敵とは、対峙する機会すら得られなかった。

十八年が経ち、物語の新たな幕が開くとは予想外だった。

これは神に、自己救済のための機会を与えられたのだろうか。

それとも〈エウメニデス〉が新たに地獄の門を開いたにすぎないのだろうか。

いずれにせよ、封印された十八年前の事件記録はようやく目の前で紐解かれ、ここから羅飛は鄭郝明《ジョンハオミン》刑事の捜査日誌を辿り、事件が発生したその時期までさかのぼっていく——

一九八四年四月十八日、快晴

……

建国以来稀に見る連続殺人事件。

午前、市公安局幹部の薛大林《シュエダーリン》が自宅で殺害された。午後、東部郊外の化学工場で爆発が発生し、警察学校の学生二人が即死。あまりに凶悪な事件のため、具体的な事件状況は外部には伏せられ、精鋭揃いの専従班が秘密裏に設置されて、自分も運よくそこに選ばれた。

犯人は足跡を辿らせないことにかけて絶大な能力を持っているらしい。送られてきた匿名の手紙から指紋はまったく検出されず、特徴のない宋朝体の文面も筆跡鑑定を無力にしている。薛大林の殺害現場からも、専従班は指紋や足跡をまったく収集できなかった。ここから推測して、犯行後犯人は現場を入念に掃除していて、冷静かつ慎重という心理的な特徴を持っていることになる。

午後の爆発現場では、強い炎が価値ある証拠をのこらず焼いてしまった。鑑識員が二人の被害者の遺体をすべて拾いあつめるのに二時間かかった。死体の損傷はあまりに深刻で、死体の一部については、被害者のどちらのものか判別できないものすらあった。

一つだけ意気の上がる発見があり、現場から生存者が一名見つかっている。しかし全身に多数の骨折があり、皮膚の広範囲にやけどを負い、省の人民医院に送られて緊急処置を受けているが、生きのびられるかはまだ不明だ。

……

一九八四年四月十九日、晴れ時々曇り

……

午前には、例の羅という警察学校の学生をまた尋問した。ひどくふさぎこんでいて、爆弾の爆発が早まったのにある程度責任があるのは否定できないが、あの学生がこの事件を仕組んだ犯人だとは思えない。

午後は人民医院に行く。瀕死の男はまだ意識が戻らず、かなり危険な状態らしい。事件の進展のためには、もちろん早く目を醒ましてくれることを祈っている。ただ人として考えると、生きのびるよりもこのまま死んでしまうほうがましだろう。いまの姿は……どうにも言いあらわせない。むごいものだ。

……

一九八四年四月二十日、晴れ時々曇り

……

専従班はいくつかの方面で同時に事件の捜査活動を進めている。自分の任務は、爆発現場から生き残った男に関する調査だ。

男はまだ目を醒まさないが、最初に確認すべきは身元からだろうか。とはいえあの顔は……母親でももう見分けはつかないだろう。

医者が手がかりを教えてくれた。手術を行ったとき、身体に残った衣服から塊になった銅線が見つかったらしく、身元を確認する助けになるかもしれない。

銅線はひどく雑然と丸まっていて、伸ばすと二メートルほどの長さになり、電線から被覆を剥いだように見えた。

……

一九八四年四月二十一日、曇り

今日は重要な発見があった。

爆発現場から南に二百メートル離れた場所に、廃棄されたコンクリート管があった。直径は二メートル以上あり、中には生活に必要な細々したものや拾ってきた廃棄物が積みあがっていて、住んでいた人間がいるようだった。

廃棄物の山から、剝がしとられた電線の被覆を見つけた。長さを見ると、男のポケットに入っていた銅線とちょうど符合する。

あの男はもしかして、家のないくず拾いだったのか。これが確認できるのは当人が目を醒ましてからだ。

ほかに一つ良い知らせ――医者によると、男は危険な時期を脱したらしい。

……

一九八四年四月二十五日、小雨

……

ここ何日かの調査ではまったく収獲がなかったが、今日ようやく転機が訪れた。

午後、爆発現場の生存者がやっと意識を取りもどした。ただ取り調べを始めると、なにも思いだすことができなくて、自分の名前すら言えなかった。医者によると、重症の怪我人にはよくある記憶喪失現象で、こちらからなにか働きかけて記憶がよみがえるのを早めないといけない。

コンクリート管のところで何枚か写真を撮ったが、早くても現像できるのは明日になる。写真があの男の役に立てばいいが。

……

一九八四年四月二十六日、晴れ時々曇り

……

コンクリート管の写真を男に見せたら、はじめはなんだかぽかんとした様子だった。それから例の銅線を見せて、おまえのポケットに入っていたものだと教えた。意識を失う前のことを思いだそうとがんばって考えるよう励ましてやった。

それを見せられてもしばらく途方に暮れていて、こっちが失望しかけたとき、相手の表情に変化があった。なにかを思いだして、かなりの苦労で言葉にしようとしているような様子だった。口元に耳を近づけると、最初の言葉が聞こえた。「その……管に、お……おれは、住んでた」

そのとき自分は飛びあがらんばかりだった。話が続いた。名前は黄少平《ホアンシャオピン》、安徽《アンフィ》省の農村生まれ。実家の両親は亡くなって、一人この省都に出稼ぎにやってきた。仕事が見つからなかったので、ひとまずコンクリート管に住みながら、くず拾いをして日々を過ごすことにした。

それから、事件の日になにが起きたのかを訊いた。ただ、記憶の回復は充分でなかったようで、首を振ってなにも言わない。明日、爆発現場の写真を持っていけるといいが。

……

一九八四年四月二十七日、快晴

……

黄少平に爆発現場の写真を見せると、血の気が引いた様子だった。そこで、男一人と女一人、合わせて二人がこの工場で爆死したと教えてやった。おまえもその場にいて、爆発で大変な怪我をしたのだと。きっかけを与えると、黄少平はようやく少しずつ、あの日の状況を思いだしはじめた。

事件の日の午後、黄少平は三人（男が二人、女が一人）が次々と例の廃工場に入っていくのを目にして、なんだか妙だと感じた。三番目に女が入っていったあと、とうとう好奇心を抑えきれず、こっそり廃工場の中に入って覗き見ていた。そこには後から来たほうの男と女がいて、会話も一部耳に入ってきた（内容は羅飛の供述とおおむね一致していた）が、なにが起きているのか理解するよりも前に、突然爆発が起きた。

黄少平の証言によると、最初に工場に入っていった男は、女がやってくる三十分前に立ち去ったらしい。ここから考えて、その男が事件の元凶である可能性が高い。黄少平はコンクリート管の中から、その男の風貌と背格好を目撃していた。本人の話では、もう一度その男（もしくは写真）を見ればわかるかもしれないという。

……

ここまで読んで羅飛は手を止め、しばし考えこんだ――黄少平が犯人を見ていたなら、どうしてモンタージュ画像を作らなかったのか。ただその問いにはすぐ答えが出そうだった。当時はコンピュータを使ったモンタージュの技術はなかったし、手描きの似顔絵は供述者が対象について相当はっきりと記憶していないと成立しないが、黄少平は問題の男を遠く離れた場所から見ただけで、正確な描写はとうていできなかったのだ。

日誌の続きをふたたび読みすすめていくと、かなりの長い期間、専従班の捜査にはなんの実質的な進展もなかった。鄭郝明が日誌を記す間隔はしだいに長くなり、文章からも失望や挫折といった感情が透けて見えるようになった。二年後、新たな情報が得られないために専従班はひとまず解散となり、担当していた捜査も一区切りが付けられた。

しかし鄭郝明の日誌は、最近になって新しい一節が書きはじめられていた。ここからの日誌は、鄭刑事が殺されてから捜査員が職場で発見したものになる。

……

二〇〇二年十月十三日、曇り

事件はとうに終わっていて、記憶はすべてあのときの記録のように永遠に封印されつづけると思っていた。それは間違いだったかもしれない。

午前中に匿名の手紙を受けとったが、内容は短いアドレスが一行だけだった。しかし手紙を目にした瞬間、知らず知らずのうちに動悸が昂ぶっていた。

頭に刻みつけられている字体だった。特徴のない宋朝体に筆遣い、これに似た匿名の手紙を、自分は十八年前に百度となく検分している。

そのアドレスを開いてみると、ページの内容に震えあがった。〝やつ〟が戻ってきたのか？　信じる気が起きないくらいだ。でなければ、当時の関係者のたんなる悪戯か？

専従班はとうに解散していて、当時の担当者で前線で働いているのは自分だけじゃないか？　なにをすればいいだろう。省の公安庁に報告して、ふたたび捜査活動を進めるか。それは少々勇み足が過ぎるように思えるが……この事件はいまも封印されたままで、韓灝たちを引き入れるわけにはいかない。自分でなにか方法を考えることにする。

……

そういうことか。羅飛はようやく、なぜ鄭郝明が十八年経ってこの事件に興味を持ったのかを理解した。〈エウメニデス〉が鄭郝明に匿名の手紙を送り、ネット上の〝死刑募集〟を閲覧するように誘導していたのだ。羅飛自身が受けとった匿名の手紙のことを思いだして、屈辱と憤慨を覚えずにはいられなかった。明らかに〈エウメニデス〉にとって自分と鄭郝明は、同じく十八年間振り回されつづけたおもちゃの人形でしかなく、向こうがふたたびその〝ゲーム〟を始めようというとき、初めに手を付けたのは当時の人形たちを集めてくることだったのだ。

人形たちの反撃を見せてやろう。羅飛は歯ぎしりし、続きを読んでいく。

二〇〇二年十月十四日、快晴

……

今日は個人的なつながりを辿って、公安庁の曾日華《ゾンリーホワ》と会った。あの若いのはネットの監視を実行すると約束してくれた。その助けで、もう写真を撮りはじめている。刑事隊のデジタルカメラを借りてきたが、こいつを使うのはかなりの面倒で、覚えるのに相当時間がかかった。機密に関わってくることなので、他人の助けを借りることもできない。どうだろう、無駄な骨折りにならなければいいが。

……

二〇〇二年十月十九日、雨

今日もかなりの枚数を撮った。夜に黄少平を訪ねたが、確認させてもなにも結果は出ない……

あのネットの文章に返信している人間もかなりの数になる。しかし元の書きこみ主からはなんの反応もないが、もしかしてほんとうにただの悪戯なのだろうか。

ネットを見ている奴らは、大半がまだ若僧で、十八年前の事件と結びつけるのはできそうにない。ひょっとしてあの小僧どもを調べたらいいのか。すこし前に公安庁のデータベースがハッカーの攻撃を受けたらしいから、〈四一八〉の資料もそこで外に漏れたのかもしれない。

……

鄭郁明の日誌はここで終わっている。翌日の十月二十日深夜に宿舎で殺されたのだった。

早く公安庁に報告していればよかったのに——羅飛は静かにため息をつき、遠い目をして、向こうの世界にいる鄭刑事とどこかでつながろうとしているかのようだった。——犯人と揉みあっているときには、どこの子供の悪戯でもないと悟ったはずだが、それではすべてが手遅れだった。

とん、とん、とん――突然響いたノックの音が羅飛の思考をさえぎった。急いで事件の記録をまとめて揃えると、立ちあがってドアを開けに行く。

そこにいたのは慕剣雲《ムージェンユン》だった。

「こんばんは、羅刑事」向こうが先に挨拶をしてくる。

「こんばんは」相手を眺める羅飛の視線には、問いかけの意が混じっていた。思いつきで立ち寄ったふうではないのを見て、推測のままに尋ねてみる。「事件の話かな?」

慕剣雲は迷わずうなずく。

「それなら中で」

羅飛は慕剣雲を部屋に通し、二人は向かいあってソファに腰を下ろした。慕剣雲は机の方向に目を走らせた――そこには事件の記録書類が積まれている。

「わたしもさっき資料を読んで、すこし訊きたいことがあったから、羅刑事に教えていただきたくて」率直に切りだす。

羅飛は笑った。「遠慮しすぎだな、慕先生。教えるほどのことじゃない、二人で話しあおう」

「ええ。知ってのとおりわたしは心理学が専門だから、事件を考える角度があなたと同じではないかもしれないわ。犯人の犯行動機や心理状態を分析して、社会的な背景や、来歴、性格の特徴だとかをそこから推測するの。具体的にこの事件でいうと、過去の匿名の手紙も、最近ネットに書きこまれた文章も、容疑者による署名はこれ――」慕剣雲は話しながら、ペンを取って便箋にアルファベットで〝Eumenides〟と書き、問いかけた。「この単語の意味は知っている?」

羅飛はすこし黙りこみ、どこか気恥ずかしそうな様子で、首を振って言った。「英語はそんなに得意ではなくて……」

慕剣雲のほうは下調べをしてきたようで、仔細に説明を始めた。「〃エウメニデス〃、中国語で言うなら〃欧墨尼得斯《オウモーニードースー》〃といったところで、ギリシャ神話の復讐の女神の名前なの。言い伝えでは、エウメニデスは重い罪を犯した人間のあとを追い、罪人がどこにいようと追いつめ、罪人たちの良心を悔恨でさいなみ、最後には自分の犯した罪の代価を払わせる」

「復讐の女神?」羅飛は神話の登場人物と、匿名の手紙の内容を結びつけてその意味を噛みしめる。どこか興味深い連想を抱かせる組みあわせに思えた。

慕剣雲は、さらに深く話題を掘りさげようとしている。「〈四一八〉の事件では、二人の被害者はともに匿名の手紙を受けとっていて、内容は〈エウメニデス〉を名乗って出された〃死亡通知書〃だったでしょう。素直に考えるなら、犯人は復讐の女神の名を借りて罪人たちを罰しようとしていたことになる」

羅飛はああ、と応えて、話の続きを待った。

慕剣雲は続ける。「だからいまなによりも気になっているのが、その二人の被害者——薛大林と袁志邦が、ほんとうに手紙に書かれたような罪を犯していたかなの。ここは、犯人の行動の動機を精査するのに関わってくるから」

「薛大林は公安局の副局長で、それが背任、収賄、裏社会と交際があったか、おれにはわからないな。当時はただの警察学校の学生でしかなかったんだ。袁志邦のほうは——」すこしためらう。「手紙に書いてあった内容は、真実だと考えてもらっていい」

慕剣雲はその答えに満足せず、口をとがらす。「考えてもらっていい、というのは?羅刑事、袁志邦とはいちばんの友人同士だったのは知っているけど、事件に関わることでは正確に、はっきりと答えてほしいの」

「そうだな」羅飛は観念したように苦笑する。「警察学校の学生として袁志邦はとても立派なやつで、たくさんの点でおれは尊敬していた。ただ一つ致命的な欠点があったんだ――女にすぐ手を出すんだよ」

　慕剣雲は袁志邦の写真を思いだす。たしかにとても見栄えのいい若者で、女性に困らなかったのも意外ではないと言える。

「袁志邦の彼女は何人も知ってる。事件の半年前、行政管理専攻の子と新しく付き合いはじめたんだ。とてもきれいな子で、袁志邦も確かに愛していたし、その子はあいつの子供まで妊娠した。そのときは、こいつも今度は心を決めるのかもと思ったんだ。しかし――」羅飛は困惑したように首を振る。「何カ月かして、袁志邦はその彼女と別れた」

「どうして？」慕剣雲が美しい眉をひそめて尋ねる。

「そういう性分だったんじゃないか？　とにかくその彼女を振ったんだ。目を泣きはらして会いに来ても、あいつはおれに相手をさせた。果てにその子は思いつめて、川に身を投げて死んだ」このことを口にすると、羅飛の眼前にはあの女子のかよわく悲しげな姿が浮かび、口ぶりにもいくらかの後ろめたさと不安が混じる。

「ふん、まったくろくでもない男がいたのね」羅飛を睨みつける。「それで袁志邦本人は？　すこしぐらいは動揺しなかったの？」

　首を振る。「そのときにはもう新しい相手がいたからね。ラジオ番組を通して知りあった文通友達だと言っていた。二人でしばらく手紙のやりとりをしたあと、正式にデートをすることになった。最初のデートの日が、事件の起きた当日だった」

　ふん、と慕剣雲は返し、袁志邦への憤慨を露わにする。同時に、内心では納得していた――なるほど、羅飛は会議のとき、当日に袁志邦が外出したのは文通相手に会うためだと言っていた。当然の流れとして質問する。「なら、その文通相手が事件前最後に袁志邦に会った人間なんでしょう？」

　羅飛は軽く肩をすくめる。「なにを考えているかはわかるが、結論から言うと、失望することになる。専

「袁志邦は学校の寮で暮らしていて、ふだんどおり集団生活を送っている間は、殺人の標的にするのはほとんど不可能だろう。だから犯人はあいつを辺鄙な郊外に誘いだした。それに爆弾を使って、現場の証拠すべてをきれいに吹きとばした」羅飛は実際の捜査活動の立場からさらに細かく語る。

「確かに、入念な計画を立てる野郎ね」慕剣雲はしばし考えこんでいたが、ふいに顔を上げて羅飛のことを見た。眼が鋭く光っている。「でもこの事件に関しては、胸のすくことをやってのけたのは確かね」

羅飛は相手の意図を理解して、口をゆがめてうつむいた——自分のいちばんの親友がこのような役回りで事件に関わっているのは、どうにも居心地の悪いことだった。

慕剣雲に手加減はない。「女性を弄んで、妊娠させたあとで棄て、最終的に死に追いこむ。羅刑事、これは罪だとは思わないの？」

「犯人はそうやって袁志邦を誘いだした」

「〈エウメニデス〉ね」慕剣雲は納得の表情を見せる。

宋朝体だった」

刑事が教えてくれたが、その手紙の筆跡も特徴のない

「そうだ」羅飛の声が重々しくなる。「あとで鄭郝明

の」

「だれかが、その女の子のふりをして手紙を書いたいたものじゃなかった」

女子の住所と氏名が書かれてはいたが、その本人が書

「袁志邦を呼びだした最後の手紙は、それまでと同じ

「それはどういうこと？」

は一度も学校の敷地を出ていなかったんだ」

かった——それは向こうの友人が証人になった。当日

女子だった。ただその子は、袁志邦とは会ってもいな

出人を突きとめたんだ。市内の別の大学に通っている

がやりとりした手紙を押収して、差出元の住所から差

従班は当日おれたちの部屋にやってきて、袁志邦たち

しばしの沈黙のあと、羅飛は慕剣雲を見かえした。

「殺されるような罪だろうか」重々しく言う。「袁志邦はおれの友人だ。おれと同じくらいあいつのことを知ったらきっとわかる。でたらめなことをしでかすときもあったが、底のところでは悪い人間じゃなかった」

「そう」これ以上死者を追いつめるのはいささかやりすぎだと感じたようで、慕剣雲は微笑んで空気を和らげた。「羅刑事、わたしの気になっていた疑問に答えてくれてありがとう。犯人の心理の概略が前よりもはっきり理解できたわ。そういえば、この次はなにをするつもり？」

「黄少平に会おうと思ってる」羅飛は資料の束から住所を示したメモを抜きとった。「鄭刑事がおれに、連絡先を教えてくれた」

「ちょうどよかった、わたしも会ってみたかったの。明日いっしょに行くのはどう？　韓灝たちの作業に協力する必要もないんだし」慕剣雲が提案する。

事件の関係者を訪ねていくのに、心理学の専門家が付いていればたしかにきわめて心強い助手が増えることになる。提案を断る理由はなく、羅飛はすんなりとうなずいた。

十月二十二日朝、七時十二分。

路地裏のぼろ家。

本来なら朝の陽光が射している時分だが、秋雨がしとしとと降り、どんよりした天気はぼうっと夕霞が立ちこめているかのように錯覚させた。

疼痛とともに目が醒めた。全身を覆っていた傷は表面的には癒えているが、天気が悪くなると、切りつけられるか火に灼かれるような痛みが絶えず襲ってくる。歯を嚙みしめ鋭く息を吸えば、痛みが十八年前に意識を引きもどした。

あの瞬間のことはありありと記憶している。女が爆弾のコードを切ると、二人——男一人と女一人の身に火焔が渦巻き、こちらもなにひとつ思考する間もないほどの早さで、灼熱と巨大な衝撃が正面から襲いかかってきた。

おしまいだ——意識を失う前には、心からの恐怖と絶望を感じた。

それなのに自分は生きのびた。全身の七五パーセントに重いやけどを負い、そのうえ七カ所を骨折した状況では、間違いなく一つの奇跡といえた。

とはいえ、あの瞬間によって運命は変わってしまっていた。地獄からかろうじて生還したとき、人々の前に現れたのは恐ろしい怪物だった。

そして、哀れな余計者だった。

この人生はあの瞬間に跡形もなく砕かれてしまったようだった。あれからは薄暗い物陰に身を隠すしかなかった。自分に会うことを他人は恐れ、こちらも他人に会うことを恐れた。影のような自分は孤独で、この十八年をどう過ごしてきたか、ほんとうに理解する相手はいなかった。

おおかたの人の一生よりも長い十八年だった。

新たな一日がやってくるたび、自分は最後にどこに行きつくのかを考えようとした。答えはひどく明白なこともあれば、ひどく茫漠としていることもあった。

今日もなにも変わりはしないだろう。

じっとりした朝の光のなかで身じろぎし、寝床の片隅で身体を丸め、疼痛の苦しみを懸命にこらえた。ふいに耳がぴくりと動いたかと思えば、息をひそめ、なにかを待つように身構える。

何者かが自分の家にやってくるのを聞きつけていた——長年の孤独な生活で、聴覚は並みよりもはるかに研ぎすまされていた。

思ったとおり、数秒後に扉を叩く音が聞こえた。

「だれだ?」その声はしわがれ、歯の隙間から絞りだしているように聞こえる。

表から答えが返ってくる。「警察だ」

警察、また警察だ。だれか警察のほかに、この家を訪ねてくれないものか。

苦労しながら身体を起こし、二本の杖にすがりながら玄関に向かい、扉を開けた。

私服の男女二人が戸口に立っている。家の主を目にした瞬間、衝撃を受けたような表情が見えた。

その表情には慣れきっていた。自分を目にすればだれであれ、怯えて逃げださないだけでもましだ。

「警察か？　鄭《ジョン》刑事はどうした？」怪物は、相手の身元に疑いを残した様子で、目のまえの訪問客をじろりと眺めた。

「龍州《ロンジョウ》市の刑事、羅飛《ルオフェイ》だ。こちらは警察学校の講師、慕剣雲《ムージエンユン》」玄関に立った男は自己紹介しながら警官の身分証を示す。美貌の女のほうは苦労してぎこちない笑みを見せる。こちらの外見を目にした衝撃からまだ立ち直っていないようだった。

「羅飛、羅飛……」身分証の名前を何度かつぶやくと、目を上げ、濁った視線でこの思いがけない訪問客を見つめた。

まぶたも火に焼かれたせいで、白眼の部分がどこか極端なほどに広がっており、うっそりと寒々しい光を放っている。その両眼に見すえられて羅飛はおぞけをふるい、不安に襲われた。しかし、すぐに家主は向きなおって家の奥に向かい、低い声で言った。「入ってくれ」

羅飛たちが後から入っていくと、かび臭い空気が襲ってきた。慕剣雲は思わず軽く咳をする。

「閉めてくれ、外の風は冷える」上着は着ておらず、寝床まで足をひきずりながら歩いていくと、汚らしい布団を身体に巻きつけた。

慕剣雲がそっと木の扉を閉じ、屋内はとたんに暗くなって、空気は息づまるほどに重苦しくなった。

「黄少平《ホアンシャオピン》、こうして会いに来たのは、十八年前の例の事件、爆発事件について訊くためなんだ」羅飛もこのような場所にあまり長くいたいとは思わず、すぐに来意をぶつける。

「へっ、おれが生きてるのもちっとは役に立つらしいな」歯を剥きだして苦笑し、ふたたび尋ねた。「鄭刑事はどうした？　なんで来ないんだ？」

「死んだんだ」羅飛は重々しい声で答える。「鄭刑事は一昨日の夜、何者かに殺された。十八年前の爆発事件と関係があると警察は考えていて、それでおれたちが話を訊きに来た」

言葉に詰まり、眼が白さを増した。「な……なんだそれは？　何日か前にもここに来たのに」

「写真をいろいろと見せられたんだろう？」羅飛は深くため息をつく。「その写真のせいで、鄭刑事は襲われることになったんだ」

ぼんやりとした表情で座りつづけ、しばらく経ってようやく鄭郝明の死の知らせを内心でも理解し、傷痕の残る顔に悲嘆の色が浮かんだ。

羅飛と慕剣雲もしばし沈黙し、犠牲になったベテラン刑事に思いを馳せているのがわかった。羅飛がふたたび口を開いて、ようやくこの雰囲気は破られた。

「写真を見せられたとき、なにひとつ発見はなかったのか？」いちばん気になっていた質問を投げかける。

首を振って答える。「写真に写ったなかに、やつはいなかった」

「それは確かなのか」真剣な目で羅飛は相手を見つめ、さらに続けた。「犯人は写真のうちのどれかを抹消するのが目的で、鄭刑事を殺したんだ」

「確かだよ。写ってたのは若い連中ばっかりで、そもそも歳が合わない」

「そうか――」羅飛はすこし考えこみ、方向を変えることにした。「写真の話は措いておこう。爆発事件の起きた日、なにがあったか詳しく話してくれないか」

それを聞くと眉を曇らせ、首を振ってつぶやくように言う。「あの日のことは思いだしたくない」

羅飛と慕剣雲は目を見合わせ、憐憫と同情の表情を伝えあった。あの爆発はこの男にとってまぎれもなく甚大な災難であり、十八年の時を隔てて思いかえすのも受けとめがたい苦痛をもたらすのだ。

「でも、わたしたちにはあなたの協力が必要なんです」慕剣雲が柔らかな声で言った。「それに爆発で亡くなった二人も、あなたの力を求めています」

「あのときのことは……」かすれた声で言いつのる。

「もうなんべんも話したんだ」

「そうだ。聴取記録を読んだよ。でもいまはその口から直接聞きたい、ことの始まりからおしまいまでね。思いだせることはなにもかも教えてくれ――とにかく大事なことなんだ」羅飛は両眼を見すえ、抗えないような口調で言う。

ぽかんと羅飛を見返す。自分という〝怪物〟をこうして正面から見つめてくる人間は長いことおらず、どこか奇妙な感じがした。最終的には唇を舐め、しぶしぶながら折れた。

「わかった」話を始める。「十八年前、おれは田舎からここに来たばっかりで、くず拾いをやって食っていくしかなかった。ふだんは工場の門の外にあったあのコンクリート管の中で暮らしてたんだ。四月十八日、あの日の午後は、働く気が起きなくて管の中で眠ってた。そうしたら、工場の中に人が入っていくのを何回も見て、はじめは気にしてなかったが、女が工場に入っていくのが見えて、そこで後を付いていこうって気になった」

羅飛はじろりと男を見る。「どうして付いていこうと思ったんだ？」

自嘲するように、乾いた笑いを返す。「あの工場はだれも使ってなかったんだ、男一人と女一人が入っていったら、なにを想像すると思う？　へっへ、そんなどうでもいい出来心で、命まで持っていかれそうになったわけだが」

羅飛は一瞬で刺すような恐ろしい目つきになる。恐れをなして反射的に口をつぐむ。

「ある程度言葉には気をつけて」横で慕剣雲が注意した。「あの二人は、一人は羅刑事の恋人で、もう一人はいちばん気を許した友達だったの」

驚愕と怯えが男の顔に表れ、びくびくしながら顔を起こして羅飛を見る。

羅飛は手を振って、ひとりで気を落ちつけた。「まあいい、無駄なことは話すんじゃない――取り調べの話だと、工場には三人が入っていくのを見たんだな」

「そうだ」改めて意識を集中する。「三人だ、男が二人と女が一人。ただ一人目の男は、女が来るより前に出ていった」

「具体的な時間は言えるか？　三人が、やってきた時間と出ていった時間」

「具体的には言えないな、時計は持ってなかったから。わかるのは、一人目の男が入っていったあと、だいたい三十分くらい過ぎたころに、二人目の男が来たってぐらいだ――」言葉をゆるめ、当時の状況を仔細に思い起こしているようだった。「――それからまたしばらく経って、一人目の男が出ていった。女が来たのはその後だ」

羅飛と慕剣雲は目を見合わせる。考えていることはお互いわかった。二人目の男というのは袁志邦《ユエンジーバン》で、女というのは当然孟芸《モンユン》だ。そこから推測すると、一人目の男がおそらくは犯人で、その男が文通相手を装って袁志邦に手紙を書き、その辺鄙な場所へと誘いだしたということになる。そして待ち伏せしていた犯人は袁志邦を拘束し、爆弾を設置していった。犯人が現場を離れたあと、孟芸が袁志邦を探してやってきたのだ。

「取り調べでは、一人目の男の容貌を見たと言っていたな」羅飛がまた質問を続ける。

「遠くから見ただけだからな。細かい顔つきまではそんなにわからない」

「それでも、また会えば見わけられると言ったんでしょう？」慕剣雲が言葉を挟む。

「できるかもしれないとしか言ってない……」口元をゆがめて、ぞろりと歯を見せつける。「見わけられないかもしれない。相当遠かったから、自信なんかないさ」

慕剣雲は首を振り、深い失望を露わにする。

羅飛は、目撃した男の身長はどのくらいだったか訊こうとしていた。ただ改めて考えると、それだけの遠距離なら専門家の判断でもかなりの誤差が出るはずで、回答にどれだけ参考にする価値があるだろうか。そう考えて諦め、すぐに別の話題に移ることにした。「それで工場に入ったあと、なにを見たんだ」

「工場にはこっそり入っていって、あまり奥にも行けないから、入口のあたりから中を見てたんだ。後から来たほうの男が床に座ってて、女はその横でしゃがんでた。ずいぶん差し迫った雰囲気で、男のほうが女に逃げろと急かしてたんだ、自分は歩けないみたいに……」滔々と話しつづける。十八年も前に繰り返し訊かれたことで、いまふたたび質問されてみると、記憶をたどっているのかそれとも機械的に話を繰りかえしているのか、自分でもどこか曖昧なところがあった。

「……なにをやっているのかすぐにはわからなくて、気になって盗み見を続けた。女のほうは四角い機械に話しかけてた――鄭刑事の話だと、あれは無線だったんだってな？　赤のコードと青のコードがどうとか話してて、無線から別の男の声も聞こえた……」

「もういい！」唐突に羅飛が話をさえぎった。目を血走らせ、意識は完全に十八年前の、あの息苦しい瞬間に引きもどされていた。

その剣幕にひるんだ様子で、おどおどと尋ねる。

「じゃあ……もう話はいいのか？」

慕剣雲が、羅飛の肩を落ち着いた調子で二度叩いた。

飛は振り返ると、澄んで温かな視線を見ることになった。

苦痛に満ちた記憶からどうにか抜けだし、長いため息をついた。「そのあたりは……知ってることだ。最後の……最後の出来事を教えてくれ」

「最後には、無線で話してた男が赤のコードを切れと言って、女はたぶん言うとおりにしたんだろう」顔の筋肉がひくつく。「そして爆発だよ、恐ろしい爆発だ！」

「そのときの様子は覚えているか？　彼女の表情、動作、ずっと見ていたんだろう？」羅飛の声も同じようにかすれはじめている。

「あの女のことか？　そうだ、ずっと見ていたよ。妙な話だが、それまではずっとぴりぴりした雰囲気だったのが、最後の瞬間になって、まるでひとつも怖くないような感じに見えたんだ。微笑んでるみたいにさえ見えたよ。落ちついた姿は、とてもきれいだった……」弱々しく語るのを聞いて、慕剣雲にも、安心しきった孟芸の姿が脳内に浮かぶような気がした。

孟芸は完璧に羅飛を信頼していた。慕剣雲は心中ひそかにつぶやく。その信頼は、あらゆる危険と恐れに勝るものだったのだ。

ただその信頼が、最後には取りかえしのつかない過ちを招いた。

どうしてか。

羅飛が判断を誤ったというだけなのか、それとも彼にはほかに事情があったのか。慕剣雲は考えを巡らしながら、そっと羅飛に目を向けた。

羅飛は両の拳を握りしめ、親指の爪が人差し指に深く食い入るほどだった。胸は激しく波打ち、かなりの時間が経って、乱れた呼吸をどうにか鎮め、喘ぎながら言った。「外の空気を吸いたいな……この家は息が詰まってしょうがない」

慕剣雲は羅飛の心情をよく理解した様子で、扉を開けに行く。すがすがしい冷気が室内に入ってきて、羅飛はかなり気分が良くなった。外に出ていこうとしたそのとき、急に声が聞こえた。「羅刑事、ちょっと待ってくれ」

振り向いて答える。「どうした？」

裂けた唇を開いて言う。「寒いものだから、毛のズボンを穿きたいんだ。手伝ってくれないか？　おれの身体は、どうにも思うように動かないから――ズボンは枕元の箱に入ってる」

身体の不自由な相手からこうして頼まれると羅飛は断ることができず、指示を聞いて箱から必要なズボンを出すと、相手はひとりでゆったりしたズボンを脱いでいた。慕剣雲が眉をひそめ、屋外に出ていく。

「羅刑事、二人でおれのことを調べに来たのか？」羅飛が身体を寄せたそのとき、急になんの脈絡もなく尋ねられた。

羅飛はどこか当惑した気分で相手を見る。「もちろん、いまは同じ専従班の同僚だからな」

両脚をズボンに入れながら、声を抑える。「あんたが質問してたとき、あの女はおれを見ずにあんたのほうをずっと観察して、一挙一動に意識を集中してた。あの事件があってから警察官とは山ほど会って、そっちの仕事の進め方は知ってる。あの女はおれを調べに来たんじゃない、あんたを調査するつもりだ」

羅飛の内心がにわかに張りつめるが、表面には現さなかった。ズボンを穿かせおわってから、なにげないふうに尋ねる。「なんでそれを教えてくれるんだ」

はっ、と乾いた声を漏らす。「あんたの力になりたいからだよ。自分の見かけはわかってる。この世界で、おれを避けないでいられるだけでもごく一握りだ」

その無惨な容貌に目を向けて、羅飛はふいに悲哀を感じた。なにも言い返さずに、家を出ていき、そのまま扉も閉めた。

外では小雨がちらついていて、ひどくかぼそい雨の筋も、顔を打つとひやりと感じた。

「あなたは他人の助言を聞きいれる?」家の外でしばらく考えを深めていた慕剣雲は、羅飛が出てくるとすかさず尋ねた。「もしあなたが孟芸なら、あのとき、自分の判断を信じた、それとも他人の助言に従った?」

しばらくの沈黙のあと、羅飛は答える。「おれは、自分の判断を信じる」

「でも孟芸は、どうしてあなたに従ったの? まったく根拠はないとあなたも言ったのに、どうしてその助言を耳にして、すっかり安心したの? なにがそんな、盲目的な信頼の理由になったの」慕剣雲はつぎつぎと質問を投げかけたが、羅飛がなにも答えないのを見て、冗談めかして笑った。「もしわたしなら、爆弾を設置したのがあなたでないかぎり、言うことは聞かないけど」

羅飛はぎこちない笑みをどうにか絞りだし、話題を変えようというように、静かにため息をついた。「ああ、黄少平だが……いまわかったよ、どうして鄭刑事がああ言っていたか。生きのびるよりも、死んだほうがまだましだと」

慕剣雲は笑った。「あなたの考えには同意しないわ——壁のカレンダーは見た?」

「カレンダー?」羅飛も記憶はしていた。家に入って玄関わきの壁に、たしかに日めくりのカレンダーがぶらさがっていた。

「あの人は日めくりを毎日破っているの。だからただ時間が過ぎるのではなく、わたしたちと同じように日々を過ごしている。あの人の人生は、いまもなにか目標や望みがあるの」ひととおり解説したあと、結論を口にする。「だからあの人の暮らしぶりは、あなたの眼に映るほど絶望的ではない」

羅飛はしばし迷ったあと、同意するしかなくうなずいた。ふいに思いだすことがあり、ひとりつぶやく。

「韓灝《ハンハオ》たちのほうは、いまなにをしているんだろうな」

十月二十二日朝、七時五十五分。

刑事大隊執務室。

曾日華《ゾンリーホワ》が一枚のメモを韓灝に渡してくる。コンピュータに慣れて長らくペンを持っていないせいか、書かれた文字は汚くうねってひどく読みづらかった。

「東明家園《ドンミンジアユアン》十二号棟四〇四号室、孫春　豊《スンチュンフォン》」韓灝は静かにメモの文章を読みあげて、顔を上げ尋ねた。「どういう意味だ」

「そこへ逮捕しに行きましょう」曾日華は韓灝の向かいにどっかりと腰を下ろすと、数枚の写真を机に投げだした。

写真に写っているのは金髪に染めた若い男で、場所は明らかにネットカフェだった。瞬間、韓灝は思いいたり内心に喜びが広がった。「これが削除された写真なのか」

曾日華は耳をかきながら、けだるげにうなずく。

「言ったでしょう、おおもとの情報が上書きされていなければ、写真を削除する操作をしても、データを復元させる方法があるんだって」

「メモの情報はどうやって手に入れたんだ」写真の一枚一枚に目を凝らしたが、金髪の若者の住所や氏名を示すような情報は見当たらなかった。

「この写真の撮影時刻は、十月十八日午前十時二十五分から十時三十分にかけて。昨日言ったように、鄭刑事はぼくの提供したデータをもとにこのネットカフェにたどりついてる。だから当日のネット監視の記録を見れば、写真を撮った場所は師範学院の近くのネットカフェ〈強輝《チアンフイ》〉だってすぐにわかります。店に行って記録を見たら、こいつはその日の朝九時十分からネットを見はじめて、昼の十二時九分に退席してました。そのパソコンのハードディスクを押収して、問題の時間帯の操作データすべてを復元しました。それでこいつのＱＱ（メッセンジャーソフト）のアカウントと、メールアドレスが二つと、四件のサイトのアカウント情報がわかったんです、ははっ、しかも一つは通販サイトだったんだ」そこで曾日華は話を止め、大口を開けて堂々と欠《あく》伸《び》をする。いくらか疲れた様子だが、すこぶる得意げな顔つきだった。

　コンピュータやネットについて韓瀬はよく知らず、ここまで聞いても完全に理解したわけではなかった。要点をすぐに言わない態度に不満は募ったが、この件に関しては癇癪を抑えるしかなく、質問を続けた。

「それで？」

　曾日華はにやりと笑う。「それからは簡単で——こいつの通販の購入記録を調べたら、ここ二カ月で五回買い物をしていて、送り先は全部、東明家園十二号棟四〇四号室でした。管轄の派出所に連絡を取ってみたら、ここの部屋の登記簿に載っているのは張志剛《ジャンジーガン》とかいう中年の男で、ただ本人が住んでいるんじゃなく、賃貸に出してるんです。その張志剛にも連絡を取ってみました。いまの住人は半年前の入居で、孫春豊っていう若い男、そいつのいちばん目立つ特徴は金髪に染めた頭、というわけ」

「そうか、よくやった」韓瀬は形式的に賞賛の言葉をかけたが、笑いながら続ける。「だが、その住所がわかった時点で知らせてくれればよかったんだ。派出所に連絡だの、貸主に連絡だの、そんな枝葉の仕事に労力は使わなくていい」

　曾日華も当然言外の意には気づき、ふっ、と笑って、淡然とした様子で頭を振った。「わかりましたよ、これからはそういう仕事に関わらないから——あとのことも任せましたからね。ああ、これで一晩徹夜だ、ゆっくり寝てこないと」そう言うと、腰を伸ばしながら立ちあがり、とくに言い残すこともなくすたすたとその場を去っていく。

　その後ろ姿を眺めながら、韓瀬はそっと首を振った

――あの締まりも熱心さもない態度ときたら、とても警察にはふさわしくない。ただネットの世界を探索するあの男の手並みは抜群だ。バトンは自分に渡された。この戦いでは完膚なきまでの勝ちを収めなければ。

そう決心を固め、すぐさま机の上の電話を取りあげた。「もしもし、尹剣《インジエン》か？　熊《シオン》隊長を呼んで、いますぐにわたしの部屋に来い」

十月二十二日朝、八時三十一分。

東明家園。

ここはれんがとコンクリートを組みあわせた古い作りの集合住宅で、住民は隠居した老人たちのほかは、暮らしに余裕がない賃貸生活者だった。

その十二号棟の前に、見慣れない顔の面々が乗りこんできた。彼らは私服で、いくつかの箇所に散らばり、のろのろと目標もなく動いているように見せながら、実際には各区域で大小の経路を押さえていた。

この精悍な壮年の男たちは、一人ひとりが刑事課と特殊部隊のなかでも選りぬきの面々だった。緊急の招集を受け、極秘の逮捕作戦を進めている。

別方面からの部隊が、十二号棟の二番区画に足を踏みいれた。道々に警戒役を立てながら、中心部隊が四〇四号室の戸口に到着する。

韓灝や熊原《シオンユエン》たちは壁際に張りついて身を隠し、背が低く太った中年男をドアの前に立たせた。部屋の貸主の張志剛である。事前の打ちあわせどおり、チャイムを押しながら、家賃の取り立てに来たと家の中に向かって声を張りあげたが、しばらく試みても、室内からはなんの反応もなかった。

韓灝が合図を送り、尹剣が張志剛をその場から下がらせる。即座に、長軀の特殊部隊員が熊原の背後から歩み出てくる。音を立てぬように戸口にうずくまり、細い針金を鍵穴に差しこんだ。

特殊部隊はさまざまな才能を抱えており、この柳松《リウソン》という若者は錠前破りの名手だった。すこし間があって、かちりと静かな音が響くとともに、柳松は左手を上げてOK、と合図を伝えた。

韓灝たちは拳銃を握り、じりじりと突入を待つ。熊原から手で合図が返ってきたのを見て、柳松が両手でそっと押すと音もなくドアが開いた。ほかの隊員たちが、ただちにすばらしい敏速さで室内に進入していく。

一続きの間取りの、古ぼけた部屋だった。居間は小さくて薄暗く、がらんとして人影はない。寝室のあるほうから、うっすらかさかさと音が聞こえてきた。

韓灝が先陣を切って二歩踏み出し、寝室に突入した。窓の下でうごめく影がある。銃を構え、声を張りあげた。「動くな!」

熊原たちも後に続くが、目の前の状況をはっきり認識すると、張りつめていた一同の表情が一瞬で困惑の顔つきに変わった。

頭を金髪に染めた若者が、身体をかしがせて窓の下にもたれている。間違いなくこれが、大勢が動員されている逮捕作戦の目標、孫春豊だった。しかし省都の警察をあげての大捕物を決意させた男は、両脚を縛られ、両手を手錠で暖房のラジエーターにつながれていて、目は黒い布で覆われ、口はガムテープできつく封じられて、聞こえるか怪しいくらいにうう、と唸ることしかできなかった。

韓灝は状況が変わったことに気づき、重い気分になる。拳銃を収めて、ひとまず、孫春豊の目を覆う布を剝ぎとった。若者は目を見開いて、ひどく怯えきった様子で身体をくねらせる。

「動くな! 警察だ」低い声でとがめる。孫春豊の目に浮かぶ表情は恐怖から期待に変わり、自分の両手に視線を向けて、なにかを言おうと気がはやっているようだった。

口元に巻きつけられたガムテープを引きはがすその一方で、熊原の指示を受けた、先ほど錠を開けた特殊部隊員の柳松が近づいてきて、針金を取り出し、また同じ要領で若者の両手を縛《いまし》めている手錠を外そうとした。

「やめろ！　手錠には触るな！」口が自由になったその瞬間、孫春豊は声をふりしぼってわめきだした。

「爆弾！　爆弾が！」

ちょうど緩んでいた一同の神経が、限界まで張りつめた。熊原は部下を制止し、ひとりうずくまって目を凝らす。言葉のとおり、手錠の鍵穴からは細いコードが二本伸び、孫春豊の胸元に伸びていた。

韓瀬たちに下がっているよう合図を送ると、熊原は用心しながら孫春豊の服を襟から開く。コードの先では、真四角なプラスチックの機械が腰元に縛りつけられていた。

「爆弾なんだよ！」極度の恐怖のせいで、孫春豊はあからさまに涙声になっていた。「家にだれか入ってきたらその瞬間に動きだして、十分後に爆発する！」

その通り、機械にはデジタル数字が表示されていて、そこに躍る赤い数字はくっきりと、残り時間がすでに八分を切ったことを伝えていた。

緊急事態だった。しかし熊原は冷静な物腰を崩さず、韓瀬に目をやると、落ち着きはらった口調で告げた。

「全員避難だ」

その瞬間、視線でなにもかもが伝わり、韓瀬はそれ以上なにも言わずに部下を率いて迅速に部屋を退出した。たちまち、爆弾発見、住民はすぐに避難を、といった命令の声が廊下に響く。

「おまえも行って避難を手伝え。ここでは必要ない」熊原は、後ろに付いている柳松に言って聞かせた。あらゆる神経を爆弾の観察に向けているところで、小さな声ではあったが、その語気は反論を許さなかった。

柳松の目に光るものが浮かぶ。隊長が自分を守ろうとしているのがわかった。この局面で離れることには抵抗が大きかったが、特殊部隊の一員として上官の命令に抗うわけにはいかない。唇を噛み、最終的には命令に従って部屋から出ていった。外では足音が入り乱れ、怒鳴り声とドアを叩く音が一体となって響いている。建物の住民たちは、大勢の警察官に誘導されて慌てて脱出している。

室内では、孫春豊はがくがくと身体を震わせ、うろたえた視線が爆弾の表示する数字と熊原の顔の間を行ったり来たりしている。

「動くんじゃない」この状況で熊原は微笑み、若者の肩を叩いて、落ちついた声で言う。「爆弾の解体を始めるぞ」その手は分厚く力強く、一度叩くごとになにか不思議な力が身体に注ぎ込まれるかのようだった。孫春豊の震えが止まり、視線は期待の感情がはっきりと支配した。

熊原は携帯しているナイフを取りだす。特殊部隊が使うために設計されたナイフで、じつに鋭く研ぎすまされているうえ、多数の付属機能を備えている。いま熊原はそれを、爆弾の外装を取りはずすのに使っていた——爆弾の解体では省くことのできない第一歩だ。

固定に使われていたねじはあっという間に残らず外され、カバーの部分は動くようになっていた。精神を集中させ、そっとプラスチックのパネルを取りのぞこうとする。カバーが本体から外れそうになったその瞬間、ふいになにか引っかかるような感触を覚えた。邪魔するものがあるようだった。心臓が縮みあがる。ひそかに叫んだ——まずい！

爆弾の中核部とカバーとの間に、コードが仕込まれていたのだ。

即座に手を止めたが、すでに反応が遅かったのか、ピッと小さな音が聞こえると表示盤のカウントダウンが突然加速し、数字の表す時間が急速に流れ、たった数秒でゼロが目前となっていた。

孫春豊はああっ、と長い悲鳴を上げ、むなしく見苦しくもがく。さすがの熊原もたちまち冷や汗が噴き出す。急な状況に賭けに出ることにし、手に力を入れ、爆弾を覆うパネルをむりやりむしりとった。

　ほぼ同時に、表示盤のカウントダウンはゼロに達した。それに合わせて、爆弾の中核部がひずみ、裂けた——

　絶望して目を閉じる……しかし予想していた爆発は起きない。耳に届くのは軽快な音楽だった。ひどく張りつめた空気のなかで、耳に楽しいはずの音楽はおそろしく奇妙に聴こえた。

　困惑して目を開くと、裂けた〝爆弾〟の内側に、音楽に合わせてゆっくりせりあがってくる紙片が見えた。それは〝爆弾〟でもなんでもない、たんなるオルゴールとそのスイッチでしかなかった。

　まさか、ただの悪戯だったのか？　当惑めいたものを覚えるしかなく、それとともに肩の荷が下りたように深く息を吸いこむと、おかしなにおいが鼻に届いた。よく見れば、孫春豊のズボンの股に染みが広がっている。恐怖で小便を漏らしたのだった。

　うつろな気分で苦笑し、〝爆弾〟が吐きだした紙片を手に取る。そこに書かれた内容を目にして、ふたたびぴんと張りつめた顔つきに戻った。部屋を出ると、廊下で慌ただしくしていた韓灝たちを呼びもどした。

　柳松は孫春豊の手錠を外してやった。ややあって、口もきけないような状態からどうにか人心地ついた若者は、ここ一日でなにがあったかをつっかえつっかえ語りはじめた。

　起きたことは複雑ではなかった。二日前の夜（鄭郝《ジョンハオ》明《ミン》殺害の当夜）、孫春豊はネットカフェで一晩じゅう遊び、朝方になって家に帰ってきた。疲労が溜まっていてまもなく眠りこんでしまったが、目を醒ましてみると身動きが取れなくなっていることに気づいた。手足が縛られたうえ、目と口も塞がれていたのだ。

　聞き覚えのない声が耳に届き、自分はラジエーターにつながれていて、爆弾が取りつけてあると告げられた。爆弾のコードは手錠の鍵穴と連結していて、だれかが手錠を外そうとすれば爆弾が起爆する。くわえてリモコンが部屋の玄関に取りつけてあり、ドアが開けられれば爆弾のカウントダウンが開始し、十分後に爆発するという。

　そう話した男はすぐに立ち去ってしまい、孫春豊が恐怖のなかで苦悶しながら待つうち、韓灝たちがやってきたのだった。

「こっちは虚仮《こけ》にされたんだ」韓灝は沈んだ表情だった。「やつは鄭先生を殺した直後にここにやってきて、警察への罠を仕掛けていった」

　熊原が眉を曇らす。「それはつまり、写真を削除したのはわざと残した手がかりだっていうのか？」

「まだわからないか。こんな準備をして警察を待っていた。わたしたちがいつかここを見つけるのはわかっていたんだ」

「だとして、なんでそんなことを？」熊原は合点がいかず首を振る。「まさか、あのメモをこっちに渡すために？」

　紙片は韓灝の手に渡っている。書かれた文章はなんども読みかえし、そらでも言えるようになっていた。

　特徴のない宋朝体の筆跡、見覚えのあるような言葉だった。

死亡通知書

執行対象：韓少虹《ハンシャオホン》
罪状：殺人
執行日：十月二十三日
執行者：Eumenides

　韓灝の手が震えはじめている。この文字がなにを予告しているかはわかった。当然ながら、彼が震えているのは恐怖のためではない。

韓灝は怒りに震えていた。抑えきれない怒りに。

殺人犯が犯行のまえに、被害者の名前と犯行時刻をこんな形で警察に知らせてくるとは、どれほど常軌を逸した侮辱であり、嘲弄か。

この瞬間の韓灝はまるで危険な火山のように、いまにも内に秘められた圧力が噴出しそうだった。

一方、どこともしれない場所で、ある男はまったく違った気分でいた。受信機を手の中で転がしていて、表示された数字はなにかの時間を示している。

「現場到着までに二十一時間五十分、爆弾解除に四分十一秒」男は受信機の示す時間を低くつぶやく。口の端が持ちあがり、そっけない声で言う。「まあまあの成績だな――やっとすこしは面白くなってきた」

第四章　羅飛の秘密

十月二十二日午前、十時四十分。

省都公安局、刑事大隊会議室。

再設置された専従班のメンバーが全員呼びあつめられていた。

この二時間前、韓灝《ハンハオ》と熊原《シオンユエン》は大部隊を率いて作戦を実行し、東明家園《ドンミンジアユアン》の一室を強襲したが、敵にいいように操られて終わっていた。それを受けてほかのメンバーを招集し、方策を議論しようとしている。

曾日華《ゾンリーホワ》は韓灝に追いはらわれて休もうとしていたが、横になるやいなや呼びもどされていた。両目は腫れぼったく、髪はぼさぼさで、気が昂ぶった様子で座っている。韓灝が捜査の進展を報告するとさらに機嫌を損ねた。もぞもぞ動きながら話を聞きおえたとたん、不服そうに質問する。「その孫春豊《スンチュンフォン》は、ほんとうに事件とひとつも関係がないんですか？　間違いない？」

「間違いない」韓灝はきっぱりと答えた。「あの男の家庭事情も、これまでの経歴も、交友関係も最近の行動も調べたが、学校をやめてぶらぶらしているただの若者だ。強いて事件との関係というなら、十八日のこと、偶然例の〝死刑募集〟を閲覧して、そのせいで鄭刑事に写真を撮られることになっただけだ」

曾日華はいらだたしげに唾を飲みこみ、返す言葉がないようだった。得意にしていた仕事の成果が完全な無価値だったと証明され、苦笑しながら首を振るしかない。「ぼくが見誤ったんだな、やつはコンピュータ音痴なんかじゃない……ほんとうの手練《てだ》れなんだ」

前日の会議では、犯人はデジタル技術に詳しくないと嘲笑していたが、いまでは態度は百八十度転換している。会議の記録を任されている尹剣《インジェン》は思わず不思議そうな表情を見せたが、顔を上げて周りを見回してみると、その場の全員が納得し、議論を理解しているようだった。

「だとすると、話がわからなくなってくる」曾日華の話を韓灝がさらに先に進める。「もし犯人が、この意味のない写真を利用して罠を仕掛けたなら、これまで推測してきた犯行動機が成立しなくなるだろう。どうして鄭郝明《ジョンハオミン》刑事は殺されたんだ？」

尹剣ははっとした。そうだ、犯人と孫春豊につながりがなかったなら、東明家園を訪れて罠を仕掛けたのも、おそらく鄭刑事のカメラの写真から孫春豊の行く先を突きとめたことになる。だとすれば、ネット調査の技倆は曾日華にも劣らないというわけだ。一瞬のうちにこの理屈を把握し、尹剣はいささか得意にならずにはいられなかった——秀でた人々とこうして働くのは、実にためになる。ただそちらに気を取られ、あとから韓灝が口にした問題に思考を割く余裕はなかったので、周囲の分析にただ耳を傾けることになった。

しばらくの沈黙があって、口を開いたのは熊原だった。「犯行動機に不思議なところはないだろう。鄭刑事はこの事件を追っていて、その犯人に殺されたんだから、鄭刑事がなにかの手がかりをつかんで犯人が隠蔽を急いだ、というのが最大の可能性で変わらないじゃないか。実際に疑問なのはだ、どうしてカメラの写真を使ってこんな悪戯を仕掛けたのかだよ。おれたちを振りまわすためだっていうのか？」

「疑問どころか、完全に矛盾していますね」澄んだ女の声が響く。もちろん口を開いたのは慕剣雲《ムージエンユン》だった。

羅飛《ルオフェイ》はそれまでうつむいて考えこんでいたが、顔を上げて、この若い心理学の講師に視線を向け、真剣な表情で尋ねた。「矛盾？　なにがだ？」

「二つの心理が矛盾しているの。殺害の目的が手がかりを隠すためだったら、犯人の心理は警察の目から隠れようとしているはずです。なのにわざわざ写真を削除して仕掛けた罠では、明らかに警察に対して余計なことまで見せつけている。完全に正反対の二つの心理が同じ現場に現れているのは、おそろしく不合理に思えます」

慕剣雲の説にはみなが納得し、会議室はしばし思案の空気に包まれた。

「あともう一つ、考える足がかりになるかもしれない発見があった」すこしして、韓灝がふたたび口を開いた。「さっき話したとおり、東明家園の現場では、犯人が偽の爆弾を用意していた。あとで鑑識員が分析すると、発信機が取りつけられているのが見つかった」

「発信機？」曾日華がぼさぼさになった髪を掻きむしり、身を乗り出す。「なにを発信していたんだ？」

現場の詳細をよく理解している熊原が答えた。「とくに変わったものじゃない、タイマーに接続した単純な作りで、タイマーの進行を検知して受信装置に送っていた」

「へえ」失望のあまり、あっけにとられて思わず失笑する。「そいつはなにを考えてたんだ？　時間を計ってくれてたのか？」

「時間を？」羅飛の表情が引きしまり、なにか考えが進んでいるかのように指で静かに机を叩く。そこに韓灝の視線が引きよせられる。「羅刑事、まだご意見を聞かせてもらっていないが、らしくないな――なにか言ってみたらどうだ」

　羅飛は断るわけでもなく答える。「おれたちは考えかたを間違えていた、いや、それも正確じゃないな、姿勢を間違えていたんだ」

　一同は顔を見合わせ、羅飛の唐突な言葉に理解が追いついていないようだった。羅飛はすこし考えこみ、話を続ける。「いまおれたちは、現時点でなにを発見したか、敵はどこで隙を見せたかと考えている。それは間違いないんだ、直視しないといけない――おれたちはなにも発見していない。現時点では、なにもかもやつが見せてきたもの、向こうの一人芝居なんだ。おれと鄭刑事に匿名の手紙を送ってきた。ネットに死刑の募集ページを公開した。鄭刑事の殺害現場にわざと手がかりを残して警察に追わせた。果てには次の事件の被害者と時間まで伝えてきた……いまは、おれたちがやつを追ってるんじゃない、あっちにおれたちが引きずり回されてるんだよ」

　韓灝たちの表情が曇っていく。羅飛の解釈を受けいれるなら、警察は間違いなく、ひどくきまりの悪い立場にあることになる。曾日華ひとりが無頓着な様子でへへっと笑い、話を雑《ま》ぜかえした。「なら、こっちはどうすればいいのかな？　とりあえず内部査問会を開こうか？」

　慕剣雲が曾日華を睨みつける。「羅刑事の言うとおりね、そこを認識しておくだけでも意味がある。鄭刑事を殺した今回の犯人の目的は事件そのものを超えているの。正気の沙汰でない、ゲームに挑む態度で警察に挑戦しているんです」

「それはわかった」韓灝は羅飛と慕剣雲に視線を向けた。「ただ、それが事件の捜査にどう役立つんだ」

慕剣雲はなにも答えない。こちらも羅飛のほうを見て、話の続きを待った。

「ゲーム。そうだ、犯人は入念にゲームを作りあげたんだ、ことによるとこのために十八年をかけたのかもしれない。すべての準備が整って、計画も、獲物も揃った……でもまだ不完全だ。ゲームに関してはひとつ足りないものがある、それが欠けると、どんなによくできたゲームでも物足りない」そう言って羅飛は言葉を切り、みなが考える時間を作った。一同は考えを巡らしたがすぐには答えにたどりつかず、曾日華が待ちきれずに尋ねた。「なにが足りない？」

「敵だ。面白いゲームには優秀な敵が必要だ」羅飛は自嘲するように話す。「おれたちは、鄭刑事が死んだ理由を複雑に考えすぎていたかもしれない。鄭刑事が殺されたのは、要するに十八年間の秘密の捜査でもまったく進展がなかったから、ゲームが始まるまえに専従班を再設置させて、ほんとうに対等な敵を相手に据えるためだったんじゃないか」

羅飛の言葉を聞いて、一同の内心にはひどく不愉快な思いが芽生えた。終始へらへらした態度だった曾日華もこのときはもぞもぞと身体を動かして、引きつった笑顔を浮かべる。「ということは、ぼくたちはやつに引っぱり出されて、ゲームの参加者として付き合わされてると？」

羅飛ははっきりとは答えず、苦々しい表情を返した。「同じように考えると、東明家園の仕掛けについても説明できる。やつは警察を試したんだ——わざと手がかりを残して、孫春豊にたどり着かせ、その時間を計っていた——ずいぶんと突飛じゃないか！……可笑しいが、恐ろしい話だよ。ふっ、警察の成績にやつは満足したかな」

羅飛がそう言いおえると、会議室は沈黙に包まれ、長い間のあと熊原がつぶやいた。「信じられない……信じられない！」

「たしかに信じられない……」慕剣雲は唇を噛む。「でも認めないわけにはいかないわね、そう解釈すれば、現在までの犯人の行動すべては心理的に一貫した……とてもはっきりした目標を向いていることになる」

尹剣は啞然と口を開けている。この話題を会議録にありのまま記すべきかわからなかった。

「そうか、わかった……」韓灝は沈んだ表情だった。羅飛の意見に同意しているのか、それとも常軌を逸した犯人に冷たく言い放ったのか。かと思うと拳に力をこめて机に叩きつけ、それを見て一同の気持ちもにわかに張りつめた。

「こんなゲームを仕掛ける相手がいるなら——相手をしてやろうじゃないか」明瞭に、力強く韓灝は言い、続けて全員に順に視線を向け、会議の場には共通の敵に立ち向かおうとする熱気が湧きあがってきた。

曾日華がへへっ、と笑った。「いいでしょう。たしかに面白いゲームだし、始まりはもうすぐなんでしょう？」

そう、ゲームは始まろうとしている。その言葉の意味は、会議室の全員が理解していた。

〈エウメニデス〉は最新の〝死亡通知書〟を届けてきている。警察に投げつけられた宣戦布告以外のなにものでもない。

韓灝の視線が尹剣を向いて止まった。「例の〝死亡通知書〟を見せてやれ」

準備をしていた尹剣は、プロジェクターを起動し東明家園に残されていた紙片を一同が見られるようにした。

特徴のない宋朝体、見知った内容——

死亡通知書
執行対象：韓少虹《ハンシャオホン》
罪状：殺人
執行日：十月二十三日
執行者：Eumenides

十月二十三日——明日、この手に汗握るゲームは本編の幕が切って落とされるのだ。

「さあ、この紙についていまさら説明はいらないだろう」韓灝はそう言ってすぐ手を振る。「尹剣、この〝韓少虹〟の情報を一度みなに説明するんだ」

尹剣が映像を操作すると、映しだされたのはある女の上半身の写真だった。魅力に満ちた若妻で、容姿端麗、肌は白く、装いやいでたちは今ふうの感性にあふれていた。

「韓少虹、女性、三十歳、既婚、子供はなし、市内の戸籍。住んでいるのは市内南部、金鼎《ジンディン》住宅区七二号の一軒家。会社経営者で、都華《ドゥホワ》貿易有限会社の総経理（経営責任者）を務めています……」

急に曾日華がその言葉をさえぎった。「さっきデータベースを調べてみたが、市内で〝韓少虹〟という人間は全部で十七人だ。どうしてその一人だとわかったんだ？」

「この韓少虹自身も〝死亡通知書〟を受けとっていたからです」尹剣は答えながら、映像を切りかえてネット上のページのキャプチャを表示した。「これは〝死刑募集〟に付いた返信で、三番目の書きこみでこの韓少虹が触れられていて、その後も二十人以上がこの書きこみに賛同しています。問題の人物は、ネット上で被害者として選ばれた、と考えていいでしょう」

「どうしてそんなに大勢に名前を挙げられたの？」慕剣雲が一同が抱いていた困惑を口にした。写真を見るに、韓少虹というこの女性はたおやかな、そうは見ないほどの美人で、ネットでは人気を集めるものだと思うが、なぜここまで恨みを集めているのか。

「韓少虹は半年前、一件の交通事故に関わっていて、野菜売りの農家をはねて死なせているんです」尹剣が説明した。「あとでこの件がネット上に広まると、実際にはもとから殺すつもりだったんだと相当数の人々が考えて、義憤が向けられているんです」

曾日華が、ああ、と声を上げる。合点がいったような表情で、一本指を立てて振った。「それは知ってるよ。あの女だったのか、かなり恵まれた身分らしいじゃないか」

慕剣雲や熊原も、この件は耳にしたことがあった。この場では羅飛だけが市外の人間で、ふだんネットを見ることも少なく、ことのいきさつを知らなかったので尹剣が簡単に必要な情報を説明することになった。

半年前の四月五日、赤のBMWを運転していた韓少虹が、熊光宗《シオングアンゾン》という農家の出していた露店をなぎ倒して、二人は言い争いになった。熊光宗は弁償を要求し、韓少虹は相手が道をふさいでいたのが悪いと言って取りあわない。激しい口論があって、韓少虹は車に乗って立ち去ろうとしたが、熊光宗はてこでも動かない態度で車の前に立ちはだかった。両者ともいっさい譲らないところに、韓少虹の車が突然発進し、フルスピードではねられた熊光宗は病院で息を引きとった。大勢の見物人がいたせいでこの件は即座に世間やネット上に広まり、すさまじい義憤が向けられたのだった。韓少虹は逮捕されたが、本人によれば、問題の瞬間は熊光宗を避けて車を動かそうとしたところ、気が昂ぶっていたのでギアを入れ間違え悲劇が起きてしまったのだという説明だった。司法は韓少虹の弁明を信じ、一カ月前には重大交通事故罪で懲役三年、執行猶予二年の判決が出ていた。この判決は多くの反発を呼び、ネット上は断罪と非難の声に覆いつくされた。ほとんどの人々は、韓少虹は意図的に熊光宗を殺していて、殺人罪で厳しい罰を受けるべきだと考えていた。

「おれも、あれは意図的な殺人だと思ってます」最後に尹剣は自分の意見も語った。「現場にいた目撃者の証言では、韓少虹は車を動かす前に、被害者に向かって〝どかなかったら轢く〟だとか恫喝していたそうで、その後の行動をギアの入れ間違えと説明するのは、どう考えても納得できませんね」

韓灝がうなる。「現行の法律では推定無罪の原則をとっているんだ。謀殺罪を確定させるには確実な証拠がないといけないし、口論の最中に過激な発言があっても証明にはならない。だから最終的に裁判所があういう判決を出したのも、納得はできるだろう」

「推定無罪だって？　じゃあぼくが車でそこらの人を轢いてもいいんですかね」曾日華がしらけた表情で言い返す。「ここは警察の人間しかいないんだ、こそこそ隠しだてしても仕方ない。要するに、あの程度の判決しか出なかったのは韓少虹の羽振りがよくて、おえらがたともつながりがあるからじゃないんですか」

韓灝は降参したように首を振ったが、否定の言葉はない。羅飛は曾日華に目を向ける。この若者にはいくぶん好感が増していた。

そこに熊原が咳払いし、堅苦しい表情で言った。「事件本体に戻ろう——これからどうする？」

確かにそれこそが、いま専従班が向きあう必要のある問題だった。

一同の視線が韓灝に向けられる。考えはまとまっていた様子で、話が始まった。「明日はもう二十三日、つまり犯人が韓少虹への〝死刑〟を宣言したその日だ。ここまでおおっぴらに警察に挑戦したからには、こちらは万全の態勢で網を張り、待ちうけることになる」

続いて、助手である尹剣が、韓灝の計画について詳しい説明を始める。「一般的には、殺人事件はおもに人通りの少ない目立たない場所で起きますが、この事件ではやや状況が特殊です。犯人はすでに殺人の予定を警察に開示しているわけで、警察が韓少虹を警護するのは当然予想のうち、人目につかずに殺害を行うのは完全に不可能です。だからやつが犯行地点に選ぶのは、おそらく人通りの多い、不確定要素があって防衛の難しい場所でしょう。韓少虹の会社は市内中心部の徳業《ドーイエ》ビルに入っています。家を毎日九時ごろに出発して、徳業ビルには車で出勤。すこしまえに建てられたビルなので、地下駐車場はありません。だから韓少虹はビルの近くの平面駐車場に車を停めて、歩いてビルに向かうことになります。ビル内で午後四時まで働き、そのあと帰宅。家は金鼎住宅区にありますが、ここは厳しく管理されていて、全域で二十四時間監視カメラが回っています。徳業ビルの警備体制も厳しくて、出入りにはセキュリティを通過する必要があるので、この二カ所は犯行地点になる可能性が低いでしょう。となると、犯人が明日韓少虹を殺すつもりなら、最良の選択はビルの外の駐車場です。開けた場所で、四方八方に経路がありますし、人の出入りが激しく、ほかと比べて犯行も、逃亡も容易です。よって明日の最重要任務は、この駐車場を守ることになります」

説明を進めつつ、尹剣はつぎつぎと対応する場所の写真を表示し、見えている光景と話が並行して進んでいく。

韓灝は熊原に視線を向けて話を続けた。「もちろん、毒殺や遠距離からの射撃、車での突入、爆発物と、常套的でない犯行手段にも備える必要がある。これについては熊隊長、きみに任せた」

熊原は即座には受けいれず、かすかに顔をしかめて聞きかえす。「それはつまり、韓少虹を片時も休まず警護して、犯人が行動に出たらその機にやつを捕らえようと?」

韓灝はうなずき、力のこもった声で答える。「そうだ。警察の目の前で人が殺されることはありえない」

熊原はしばし黙り、首を振った。「良い策だとは思わないな。明日の韓少虹の行動を制限して、外に出さないようにすればいいだろう、そうすれば最大限に命の安全を確保できる」

「言いたいことはわかる。当人を保護するという面だけから考えれば、行動を制限するのが間違いなくいちばん有効な方法だろうな」韓灝は一瞬言葉を切り、話の方向を一転させた。「だがいつまで家にこもっていられる？　警察はいつまで保護できる？　明日犯人が計画を実行できなかったとして、そこで諦めるだろうか？　また違う日に韓少虹が殺されたなら、やつを捕らえる絶好の機会をみすみす逃したことにならないか？」

「韓少虹を守るなら、行動を制限するべき。〈エウメニデス〉を捕らえるなら、大規模に網を張って待ち受け、韓少虹は魚を引きつける餌にするべき。そういうことですか、韓隊長？」慕剣雲は韓灝の言葉をさらに明快に要約し、韓灝はそれに反論しなかった。

熊原は首を振っている。「なんであれ、保護対象を危険にさらすのは反対だ」

専従班でも中心となる二人の意見が分かれ、どちらの見解もそれぞれ道理はあるようだった。韓灝はしばし思案して口を開いた。「こうしよう――多数決だ。どちらの案を採用するか、挙手で決める」

熊原はうなずく。「いいだろう」

曾日華が最初に手を上げた。「韓隊長の案に賛成だな。韓少虹だってまともな女じゃないんだ、そこまで気づかってもしょうがないんじゃないですか。でも、これだけの美人がほんとうに殺されるのは、ちょっと残念だけど」言いながらあからさまにふざけた口調になり、目を細めてちらちらと慕剣雲を見る。

「たしかに美人ね、嫉妬しちゃう」曾日華を見ながらうすく笑った。「でも嫉妬の感情は判断に影響しない――熊隊長に賛成ね。韓少虹の命を守るのがなにより も大事」

曾日華は慕剣雲を挑発したつもりだったが、それを見すかされて、不満げに口をとがらせた。「怖いな、心理学のわかる女ってのは……なにをしても引っかからない」

「いいだろう、これで二対二だ。羅刑事、どちらに付くか言ってくれ」韓灝が言うと、みなの視線がのこらず羅飛に集まり、それに応えてみずからの選択を口にした。

「韓隊長に賛成だ」羅飛はそう淡々と口にし、それ以上の説明はしなかった。

「そうか！」韓灝は満足げな笑みを見せ、みなを見回した。「細かい作戦計画を検討することにしよう」

会議は午後二時過ぎまで続き、韓少虹を護衛下に置く計画はようやく形になった。主力部隊はやはり韓灝と熊原の率いる刑事隊と特殊部隊の精鋭たちで、羅飛は作戦のなかでも影の薄い周辺の役割しか与えられなかった。その結果も意外には思わない——ここは自分の管轄の龍州《ロンジョウ》市ではないのだ。

解散後、韓灝と熊原はただちに作戦準備を調える役目に着手し、曾日華は待ち望んでいたとおり部屋に戻って眠り、会議室には羅飛と慕剣雲、蚊帳の外の二人だけが残された。

人影がなくなると、慕剣雲は会議でのことを蒸しかえした。「羅刑事、あなたの選択は警察官の原則に反しているでしょう。まともな警察官は犯罪の発生を防ぐものなのに、あなたたちは犯人の計画遂行に有利な条件を用意している」

「犯人が予告を成功させると思うか。あれだけの警察官が厳重に監視するんだぞ」羅飛は相手の指弾にはっきりとは答えず、太極拳の組手の型を使ったように話題を逸らした。

しかし慕剣雲は退かない。「正直に言えば、明日なにが起きようがわたしは興味がないの。わたしが知りたいのは、他人が内心でなにを考えているかだけだから。わたしと熊原は警察官の職業道徳を守ったけれど、あなたたちは違った。韓灝は犯人を逮捕しようと焦っている——鄭刑事の仇を討つためか、あるいは功績を挙げるのが大事なのか——これはよく理解できる。曾日華は見るからに大人になりきっていなくて、仕事にも幼稚な正義感を持ちこんだ。でもあなたは？　韓灝よりもずっと冷静で、まして曾日華のように軽薄でもないのに、どうしてあの二人と同じ選択をしたの」

羅飛は慕剣雲としばし見つめあい、やがて首を振った。「わからない」

慕剣雲が声をあげて笑う。「自分が考えていることがわからないはずはないでしょう、あなたは自分の思考を直視したくないだけ。今日あなたは、犯人が鄭刑事を殺した原因の分析を話してくれて、あれにはほんとうに仰天した。すごく大胆だったから——とても筋が通ってはいるけれど、普通の人間はとてもそんな方向に考えを進めたりはしないのに、どうしてあなたには可能だったの？」

「簡単だ——」羅飛は静かに答える。「考えの方向を変えただけだ」

慕剣雲は納得のいかないように首を振る。「自分を犯人の立場に置いて問題を考える？　警察学校の入門の授業ではそう教わるわ。でもわたしたちは思いつかず、あなたは思いついた。これはどういうことか」

羅飛は対話の形勢がしだいに変化していることを察した。口を開かないことに決め、目を細めて続きの言葉を待つ。

慕剣雲はまた笑うと、冗談半分にも聞こえる口調で言った。「あなただけが犯人の思考に肉薄できた。あなたたちはどこかで似ているの」

羅飛はぎくりとした。

相手は執念深い。「認めてくれる？」

ぎこちなく笑顔を作る。「おれは……その推測は否定できない」

「だから向こうも、あなたを敵として必要としたんでしょう？」慕剣雲の視線が輝きを増す。「あなたは、犯人と同じようにこの刺激的なゲームを期待している――それが、韓灝に同意した理由」

しばらく羅飛は黙っていたが、だしぬけに笑い声を上げた。心のうちを見抜かれておきながら、その顔にはわだかまりが解けたような表情が浮かんでいた。

「こういう言葉を聞いたことはないか？」質問で返す。「優秀な刑事になるためには、まず優秀な犯罪者にならないといけない」

「警察学校の刑事捜査専攻にいた、劉《リウ》先生の言葉でしょう？　続きがあったでしょう、優秀な刑事と優秀な犯罪者は多くの点で同じ気質を持っている――鋭敏さ、緻密さ、冒険心、知識欲……両者は、一枚のコインの両面のようによく似ている。反対の面で起きていることを目に収めようとするのは、両者がなによりも望むことなのに、なによりも困難でありつづける」

「そう、劉先生はむかしのおれの恩師だ」意識は過去をさまよい、表情には懐旧と感慨が浮かぶ。

「幸運にも、あなたはコインの表側だった」羅飛を見つめる。「もし犯罪者になることを選んでいたら、どれだけ恐ろしいことでしょうね」

「怖いって？」羅飛は急に首を振る。「もっと怖いものが一つはあるが」

興味を引かれ眉を持ち上げる。「なに？」

「心理学を知っている女だよ」曾日華の口ぶりを真似て言い、笑みが口の両端に深い溝を刻んだ。

いらだったように眉をひそめる。「あなたまでくだらないことを言うとはね、ほんとうに男っていうのはろくでもない」

十月二十二日午後、十六時二十三分。

刑事大隊長執務室。

曾日華がふたたび韓灝の前に立っている。髪はぐしゃぐしゃで、制服もしわが寄って、寝入っていたのを起こされたばかりのようだった。

「ひどい日だ、今日はゆっくり寝られるとは思わないほうがいいな」欠伸をしながら文句を言いつづけているが、血走った両眼には興奮の色が見えた。

韓灝はその眼を見かえし、察しよく尋ねる。「どうした？　新しい発見があったのか？」

「やつが〝死亡通知書〟をネットに上げたんです。送信時間は三十分ほど前」

韓灝の机には支給されたパソコンがあり、すぐさま問題のフォーラムを開くと、曾日華の言うとおり〝Eumenides〟を名乗るアカウントによる、〝死亡通知書〟が題名のスレッドが閲覧数でもコメント数でもランキング上位に入っていた。

スレッドを開くと、最初の書きこみの文面は警察が手にしている紙片とまったく同じだった。その下には、三十分きりの時間で数十の返信が付いている。返信する人々は驚愕し、もしくは疑い、冷やかし、喝采し、騒ぎ立て……やりとりは活発に進んでいた。

「こいつがどこから文章を送信したか、わかったのか？」韓灝の目も興奮に輝きはじめる。送信時刻からはそれほど経っていない。ネットカフェを使っていたとしても、正確な場所が特定できれば価値のある手がかりが多少なりと見つかるはずだ。

「えらく生意気な野郎だ。ぼくたちがネットを監視してるのをわかってて正々堂々と文章を発表するなんて、こっちを馬鹿にしてる」曾日華は腹立たしげにこぼす。「プロキシは通してたけれど、うちの部下はあっという間にもとのＩＰアドレスを突きとめましたよ。このＩＰは法人用の回線だった――ネットカフェじゃなく、広告会社です、企業の名前で住所登録されてた」

そう言いながら、韓灝は一枚のメモ書きを渡された。書かれたＩＰの数字に興味はなく、真っ先にその住所に目が釘付けになった――迎賓《インビン》通り二三号、海正《ハイジョン》ビル九〇一。警察がいま目指す地点はそこに違いなかった。

十五分後、韓灝と尹剣、曾日華は問題の場所に到着した。切羽詰まった様子の刑事たちを前に、会社の受付はのんびりしてはいられず、三人を会議室に通すとすぐに責任者とネットワークの管理者を連れてきた。

ざっと話を聞いてみると、午後二時に社員たちが出勤してきて以来外からの訪問者はなく、社員が外出したこともないと確かめられた。まぎれもない吉報だった。韓灝は即座に尹剣に命じて、フロアの入口を封鎖させた。ここは九階だ、入口を出入りする人間がいなければ、文章を書きこんだ人間が逃げだす可能性はない。

曾日華はメモを管理者に突きつける。「見ろ、このアドレスに対応するのはどのコンピュータなんだ?」

「それは……ちょっと……ちょっと調べたらわかります」ネットワークの管理者は二十過ぎのまだ若者で、七三分けの髪をべたべたと固めていた。警察を相手にするのは初めてなのかつっかえながら話し、少々緊張した様子だった。

その横にいた太った責任者が、たちまち目を吊り上げた。「それもわからないのか? なんの仕事をやってるんだ!」

「劉《リウ》……劉さん。うちの会社は……その、変動……変動IPアドレスなんです」顔を赤くしながら、どうにか上司に説明する。「社内のIPなのは確かですが、具体的にどの一台かと言われると、また……もうすこしかかります」

劉は若者に指を突きつけた。「さんざん言ってるが、仕事には手間を惜しむもんじゃない。若いのは根性がないからな! わたしの若いころは——」

「もういい、この人の責任じゃない」曾日華は劉の話をさえぎり、丸々とした手をはねのけて、若者に笑いかけた。「早く調べてくれ」

メモを受けとった若者は、言われるがままに席を立った。劉は話し足りない様子で唾を飲みこんで、韓灝たち二人に向きなおり、笑顔を浮かべて尋ねた。「刑事さん、いったいなにがあったんです？　エロサイトを見たやつがいるんですか（中国ではポルノ全般が違法とされる）？　じゃあ調べるまでもない、きっとろくでなしの康山《カンシャン》だ、明日馘にしてやりますよ」

饒舌に付きあう気のない韓灝は、無視して質問する。「この会社は何人社員がいるんだ？」

「わたしを入れて十二人ですな。小さい会社です、立ちあげたばかりで」そう話しながら名刺入れを出して、差しだしている。「名刺です、どうぞよろしく頼みます」

曾日華は名刺を一枚取り、にやにやしながらいじりまわしている。韓灝は礼儀として目を走らせただけで、また自分から話を始めた。「今日は全員出勤で？」

「ええ、全員です」せわしない口ぶりで答える。「わたしと会計以外は、大部屋にいますのでね」

韓灝は曾日華の肩を叩く。「行くぞ」

手にしていた名刺をぞんざいにポケットに突っこみ、韓灝のあとから曽日華は大部屋に向かった。事務机は一席ずつ狭く区切られていて、座っていた社員たちは顔を上げて、思いがけない訪問者を興味津々で眺めていた。

韓灝は全員にすばやく目を走らせたが、眉間にしわが寄る。十人のうち八人は若い女で、二人の男のうち、先ほどの七三分けでないほうは冬瓜のように丸く太って背が低く、この社員たちを凶悪な犯人と結び付けるのはだれにもできそうになかった。

曾日華のほうを向くと、自分以上に失望の現れた表情で、あっけにとられたあと苦笑いを浮かべて言った。「どういうことだ……無線ＬＡＮか？」

「ええ、うちは市内ではじめて無線のネットを契約してるんです。会社の規模は小さくても、勤務条件は一流ですので」劉は満面の笑みで説明するが、曾日華が苦りきった顔でなにも答えないのを見るとつまらなそうに口をつぐんで、管理者をどなりつけた。「なにをやってる！　調べは付いたのか？」

「その……なんだか変で」自信なさげに席から姿を現した。「社内のコンピュータは全部調べたんですが、どれもログインしたときのIPアドレスは違ってました」

「どういうことだ？」韓灝は声を抑えて曾日華に尋ねる。「きみの勘違いじゃないのか」

曾日華は毅然と首を振る。「勘違いじゃない」ただ、ひどく気落ちした表情だった。

「このアドレスは会社の回線で間違いない、それも確か……確かにログインしたパソコンがある――午後三時過ぎです、でも……うちの会社のパソコンじゃないんです」管理者は説明しながら、怯えた目でそばの上司をうかがった。

「会社のパソコンじゃない？」劉がたちまち目を吊り上げる。「社外のパソコンがなんでうちのネットにつながるんだ」

管理者の顔から汗が噴きだす。「あの……パスワードを設定していなくて……」

韓灝は状況が変化したのに気づき、曾日華に質問した。「いったいどういうことだ」

「このネットは無線LANで、ログインのためのパスワードも設定してなかったんだ」曾日華は降参したように首を振る。「理屈で言えば、電波の受信装置が用意してあれば、電波の届く範囲のどのパソコンでもこの会社のサーバーからネットに接続できるんです」

韓灝が苦い顔になる。「どのくらい広い範囲なんだ？」

「ぼくたちの手に負える範囲ははるかに超えるな――」曾日華は口を引きむすぶ。「ビルに入る必要すらない。犯人がノートパソコンを用意していたなら、狭く見てもビルから三十、五十メートルの圏内に入れば好きなようにここのネットに侵入できるんだ」

韓灝は黙りこむ。目の前の期待はずれな事実を受けいれないわけにはいかなかった。それだけの範囲が含まれるなら、やつは簡単に人目につかない場所を見つけられる。自分が奮い立たせられた手がかりはまたたくまに無価値となった。

「どうしてパスワードを設定しなかった！」劉は激昂してわめきたてた。「悪人にうちの会社のネットを利用されるなんて、この責任はだれが取るんだ！」

管理者はうなだれる。上司が唾を飛ばすのを黙って受け入れ、一言も言い返せない。

曾日華が劉の肩を叩く。「もういい、叱る必要なんかないんだ」

「どうしてだ？」怒りがおさまらない様子だ。

「三重にパスワードを掛けたって、やつにかかればたった数分で破られるからね」口をゆがめ、力なく言う。

韓灝はそれ以上話す気にはなれず、手を振ってみせた。「帰るぞ」

そして二人は辞去して、尹剣を呼び、階下に停めていた車に乗りこんだ。

「無駄足になるのはわかってましたよ」公安局に戻る最中、尹剣がつい自分の考えを漏らした。「ネットに接続するぐらいで足跡を残すやつだったら、さすがにつまらないですよ。そんなことで警察に〝死亡通知書〟を突きつけたりするはずないでしょう」

韓灝は助手に冷たい目を向けた。「つまらない相手でなくて、きみも楽しんでいるわけか？」

尹剣は失言に気づき、まごつきながら答える。「隊長、その……そういうことではなく……」

「まあいいから、その話はやめだ。尹さん、優しく運転してくれないかな、ぼくはひと眠りするから」曾日華はぶつぶつと文句をこぼしたようでいながら、尹剣に助け舟を出していた。尹剣はそれを感じとり、あとはなにも言わずに運転に集中した。

十数分後、パトカーは公安局本部に戻ってきた。曾日華は車を降り、ひとり宿泊所に向かう。眠気は相変わらずだったが、自分の部屋で休むのではなく、慕剣雲《ムージエンユン》が泊まっている部屋に向かった。

慕剣雲は夕飯を食べに出ようとしているところで、部屋のドアは開いていた。曾日華は迷わず部屋に入り、そのまま後ろ手にドアを閉めた。

困惑の目を向けられる。「なにをしに来たの？」

「もちろん事件の話をしに来たんだよ、なにをすると思ったのかな？」曾日華はソファにどっかりと腰を下ろし、うっとりと息を吸いこんだ。「ふうん、美人は美人だな、部屋までいいにおいがする。これはいい気分だ」

慕剣雲は不快になって眉をひそめた。「事件の話をするなら、どうして二人きりなの」

「羅飛《ルオフェイ》とも二人きりで話してたじゃないか」曾日華はへらへらしながら言う。「昨日、会議が終わったあとだよ」

相手の反応がなんだか身勝手で、かえって可笑しくなってしまう。こういう男が相手だと、生真面目に答えるほどつけあがらせるのはわかっていた。

「いったいなんの話がしたいの？　わざわざ訪ねてきてもったいぶるわけ？」

「韓灝《ハンハオ》から特別な任務を授けられたのはわかってるんだ——羅飛の調査だろう」曾日華は声を低くし、大げさな調子で言った。

慕剣雲はあえて言いかえさなかった。相手の性格はわかっている。こちらがおとなしくしているほうが、向こうは抑えが効かなくなる。

考えどおり、曾日華はべらべらとまた喋りはじめた。

「事件について掘りさげてみると、あいつにはどう見ても山ほど疑問点があるんだ。〈四一八〉事件では、被害者の二人と近い存在で、しかも警察に事件を知らせた当人だし、その前の行動も理解できないところがたくさんある。鄭郝明《ジョンハオミン》の殺人でも最初に現場を訪れているけれど、これだって偶然が過ぎる。だから韓灝がこういう策を企んだのもべつに変なことじゃない」

「ずいぶんよくわかっているのね、あなたのことはかなり見くびっていたみたい」そう言いながら、慕剣雲は向かいに腰を下ろした。

曾日華は肩をすくめ、残念がる素振りを見せる。

「そうだったのか。ぼくだってれっきとした専従班の一員なんだから。実は、〈四一八〉事件の記録資料については、あなたたちよりもいろいろと手にしているんだ。韓灝から専門的に分析するよう指示されたものがたくさんあって――これはこれで、ぼくの特別任務ということになるかな」

「ええっ？」慕剣雲は興味の対象を嗅ぎつけて、眉を持ち上げる。「分析でなにがわかった？」

答えではなく質問が返ってきた。「〈四一八〉事件の前に、警察学校内でいくつかの異変が起きていて、〈四一八〉事件とどこかでつながっているように見える――このことは知っているかな？」

慕剣雲は首を振った。「その資料は韓灝から渡されなかった」

曾日華は得意げに笑う。「じゃあ話してあげよう」話題の重要さを強調しようと、笑顔を消し厳しい表情を作ってみせる。「〈四一八〉事件の半年前から、警察学校内には〝Eumenides〟と署名のある懲罰通知書が出現していて、ぼくたちが見ている〝死亡通知書〟とは字体も形式も近かった。通知書を受けとったのはどれもちょっとした過ちを犯した学生たちで、全員が最終的に相応の罰を受けているんだ。もちろんどの罰も死刑とはとうてい比べものにならない他愛なさで、だからこれまでは大して注目されてなかった」

「えっ？　そんなことが」興味を大いにそそられたが、口調は淡々としている。「詳しく話してみて」

「記録にあった実例は全部で四件。最初の懲罰通知書が現れたのは一九八三年の年末で、通知書に掲げられた罪状は〝カンニング〟、執行日はテストの成績が発表される当日だった——成績が発表されてみると、問題の学生は〇点しか取れていなかったんだ。後から確認すると、解答用紙がいつの間にか真っ白になっていた。本人は担当教官に抗議しに行ったけれど、解答用紙に書かれた氏名も学生番号も本人の筆跡に間違いなかったから、何事もなく処理された。〈四一八〉の事件が起きてから専従班がこの学生に話を聞いてみると、本人はテストで実際にカンニングをしていたと認めて、ただ解答用紙がいつすり替えられたかは見当もつかないと」

「なかなか興味深いわね……ほかの例だと？」

「二番目に懲罰通知書が出されたのは、ふだんちょっとした盗みをしていた女子学生だった。執行日、その女子がシャワーを浴びて出てくると、服を入れていたロッカーはしっかり鍵がかかっていたのに、なかの服がごっそり消えうせていたんだ。そこを開けるための鍵は一本だけで、シャワーの間ずっとその学生が腕に付けていたから、その〈エウメニデス〉がどうやってロッカーの中の服を持ちさったのか、だれにも突きとめられなかった」

慕剣雲はうつむいて考えこみ、犯人のとった方法を推測しているようだったが、すぐに考えるのをやめて、曾日華の話の続きに意識を集中した。

「三番目に懲罰通知書を受けとったのは男子だったけれど、他人の事情を詮索してしかも言いふらしたがるやつで、だから評判は最悪だった。通知書で宣言されていた執行日の当日、夜中に突然校内放送のスピーカーから音が流れだして、その男子が密かに付けていた日記から、三カ所読みあげたらしい。あとになって、放送室に何者かが侵入して、録音したテープを流していたことが判明した。日記の保管はいつでも厳重だったし、そもそも身につけて離さないくらいだったんだ。日記の内容がどうして〈エウメニデス〉に知られたのか、どうにも説明はつかなかった。四番目に通知書を受けとったのも男子で、こっちは恋愛で二股を掛けたというのが罪状。執行日の夜、その男子が校内のダンスホールに行くと、女子二人が同時に現れて、そいつのごまかしは丸裸になったわけだ。確認すると女子は二人とも、その男子からメモを受けとってダンスホールに呼びだされたと言ったけれど、本人がそんな間の抜けたことをするとは思えない――この仕掛けも、まぎれもなく〈エウメニデス〉の手によるものだった」

静かに話を聞きおえた慕剣雲は、ただちに重大な点に目を付けていた。「そのテープは？　三件目の例で、校内放送でテープを流したというなら、そこに〈エウメニデス〉の声が残っているはずでしょう。筆跡は真似できるけれど、人の声を変えるのはなかなかできないでしょう？」

「一瞬でそこに気づくなんて、偉いじゃないか」曾日華は機を逃さずに相手を誉めそやすと、ｍｐ3プレイヤーを取りだした。「その時の音声データがここに入ってる。聞いてみて」

イヤフォンを着け、再生ボタンを押すと、すぐに低くこもった男の声が聞こえてくる。慕剣雲はすこし耳を傾けたあと顔をくもらせた。「変な声ね、なんだか普通には聞こえないけど」

「単純だよ、鼻をつまんでるんだ」そう言う曾日華は自分でも鼻をつまんでいて、珍妙な声は確かに録音とどこか似ていた。

「だったら、この声も大して参考にはならないということ？」

「昔はそうだったけれど、いまはまた話が違うんだ」曾日華はふっと笑う。「いまのソフトは、普通なら予想もつかないような機能が搭載されてるんだよ。うちの部下がこの音声に復元処理を施して、同一人物がふつうに話したときの声を推測してみせたから、そっちを聞いてみて」

曾日華がプレイヤーを操作すると、慕剣雲のイヤフォンに流れる男の朗読の声は確かにずっと聞きやすくなった。どこかで聞き覚えがあるようにも感じたが、かといってだれかの名前を挙げられるわけではない。

その横で曾日華が解説を始める。「すごく若い声に聞こえるだろう？　つまり十八年前、こいつはまだ青二才だったはず。ここからさらにソフトで調整すれば、十八年後、中年に差しかかった声の推測ができる」

そう話しながらまたプレイヤーを操作し、口の端に不気味な笑みが浮かんだ。

イヤフォンの声がすこしばかり深みを増す。慕剣雲は愕然として目をみはり、反射的に口にしていた。

「羅飛」

その通り、低いその響きは羅飛の声そのもので、真っ先に思い当たるはずだった。

慕剣雲の驚いた表情を見て、曾日華は達成感に満たされ、得々として頭を振りながら続けた。「自分の任務が、どれくらい重要かわかっただろう？」

慕剣雲はイヤフォンを外し、眉を寄せてしばし考えを巡らしたあと、真剣な顔で曾日華に尋ねた。「韓灝はこのことを知っているの？」

曾日華は泰然とした調子で首を振る。「知らないね」

固まってしまったかのように相手を見つめていた慕剣雲は、冷たく答えた。「なら、どうしてわたしに話したの？　この事件については韓灝の下で動いているんでしょう」

曾日華はにやにやするばかりだった。「美人と話をする口実が欲しかった、というのは？」

ふん、と軽く鼻を鳴らす。「じゃあ話は終わったのね。韓灝に電話して来てもらうから」そう言いながら、机に載った電話に手を伸ばす。

曾日華が立ちあがり、慌ててそれをさえぎった。

「いや、よくない、よくないよ。ぼくを売るっていうのか」

見返してくる慕剣雲の視線は、鋭さはなかったが心の深くまで食い入ってきた。たちまち負けを認めて、きまり悪げに笑った。「わかったよ、ほんとうのことを話すって――しばらく韓灝には伝えないでおこうと思うんだ」

「なぜ？」

「あの羅飛って男が、いまひとつわからないんだ――十八年前の事件が全部あいつの仕業だとは、とても信じられない。すくなくとも〈四一八〉事件を振り返るときの傷つきようは、嘘には見えないだろう？　それに、本人にそう悪い印象もないんだ、韓灝よりも話しやすい。だから大ごとにするのは気が進まなくて、心理学の先生に見極めてもらおうと思ったんだ」そう話す曾日華は淡々としていて、嘘をついているようには聞こえない。

「そう」慕剣雲はしばらく考えこんで、うなずいた。「わかった。でも一つ条件がある――いま持っている資料を全部渡して」

「わかった」曾日華は悩むことなく即座に応じた。「いまからコピーを取ってくるよ」

慕剣雲は心のなかで軽く笑った。個人的な興味だけで動いているようで、警察官らしいところはみじんもない男だ。とはいえ単純で可愛らしい一面もある。

対してあの羅飛、感情を表に出さない男は、心のなかにどんな秘密を隠しているのだろうか。そう考えが及び、気づかぬうちにまた眉を寄せていた。


十月二十二日夜、二十三時五十五分。

金鼎《ジンディン》住宅区七二号。

韓少虹《ハンシャオホン》の生活は規則正しかった。眠りにつくのが二十三時を過ぎることはふつうなく、その前に一杯ワインを飲んで、いっそう快い眠りを堪能していた。自分がもう若くないと理解し、養生を心がけてこそ生まれもっての美貌を――女の最大の資本を、保てるのだと知っていた。五年前に自分は、この資本の力で人もうらやむ名家に嫁いできたのだ。

夫の苗字は董《ドン》といった。董家は名家と称してもまったく言いすぎではなく、一つ前の代からは中央省府の高官も出しているという。夫は董家の若い世代でも優秀な存在で、ヨーロッパの某国に外交官として駐在している。その関わりがあって、韓少虹が中国で経営している貿易会社は好調にならないはずがなかった。三十歳にならないうちに一軒家に住み、高級車に乗り、すっかり省都の上流社会での注目の的になっていた。

しかし今日は眠れなかった。柔らかく心地よいウォーターベッドで輾転反側《てんてんはんそく》しながら、内心では言葉にできない焦燥が渦巻いている。どんなに上等なワインでもその心情を鎮めることはできなかった。

理由はなにか。朝に受けとった匿名の手紙のせいか。

実を言うと、最初にあの得体の知れない〝死亡通知書〟を受けとったとき、韓少虹はわずかにでも心を煩わされなかったし、通報したことすら形式上でしかなかった。半年前の出来事がネットに広まって以来、似たような脅しを受けるのは初めてではない。初めは多少なりとびくついたものだが、三度、五度と繰り返されるとどこか無感覚になっていた。先月、脅迫電話を掛けてきた男を派出所が逮捕してみると、痩せこけた生白い未成年の男で、勾留されると鼻水を垂らしながら泣き、電話での悪魔のような口ぶりとはとうてい釣りあわなかった。

みっともない、滑稽なやつばかり。下種《げす》で、無能で……でなかったら、陰に隠れてこそこんな真似に出るはずがない。そうして、韓少虹の内心で徐々に脅迫者たちの印象が固まっていった。彼らを恐れることなどなかったし、なにか強い優越感さえ抱いていた。

やつらはきっとわたしに嫉妬している、だからこうして狂ったようにわたしを攻撃してくる――韓少虹はしじゅうそうして自分を慰撫していた。

しかし、今回の一件はいくらか特別なようだった。通報してまもなく、警察が訪ねてきて詳しく話を聞かれた。午後になると警察の増援がやってきて、その中にいた熊《シオン》原《ユエン》という大男は特殊部隊の隊長だと名乗っていた。頭の回る韓少虹にも、おのずと警戒心が芽生えてくる――警察がここまで厳戒態勢であたるのはどういうことか。

一度考えだすと際限のないことというのは存在する。もう人々は寝静まり、一人きり過ごすしかない夜だ。半年前の事故の光景が、いまふたたびちらちらと眼前に浮かんでくる。

そう、ありとあらゆる方向から糾弾を受けていても、韓少虹自身はあれが〝事故〟だったと考えを変えていなかった。

もしあの日、発注の承認のため会社に急いで向かっていなかったら。もし、熊《シオング》光宗《アンソン》とかいう農家が露店をもう少し奥で広げていたなら。もし、熊光宗があそこまで不愉快で強情な態度をとらなかったら。もし、あれほどの数の野次馬が現れて自分が意地になっていなかったら。もし……

そういった仮定が一つでも現実になっていたら、そのあとのごたごたも起きはしなかった――半年の間、数えきれないほど頭の中を巡った考えだ。ただ、もっと重要な問題に考えを向けることはほとんどなかった。なにがあってあの露店を引き倒すことになったか。なにがあって自分はアクセルを踏んだのか。

考えたくはなかったし、考えることはできなかった。自分の口が繰りかえした言葉を信じこんでいたのかもしれなかった。車をバックさせようとしただけ、熊光宗から離れようとしただけ、なのになぜかギアを入れ間違えて……

そう、自分はギアの操作を間違えたのだ。心の底でわめきたてる声があった――法律が認めたことなのに、どんな権利があってわたしを非難するの？　わたしを脅かすの？　お金を払わされたし、名誉だって傷ついたのに、これ以上どうしようっていうの？

これまでなら、思考がここまで行きつくと気分は徐々に落ちついていった。自分にはすてきな生活が、人もうらやむ生活がある。あの件が永遠に自分にまとわりつき、未来を台無しにするのは受けいれられないことだった。

なのに今日、内心の焦燥は荒れ狂う波のように収まる気配がなく、韓少虹は名前のつけられない恐怖に襲われていた。夜の街のかすかな明かりに照らされた壁の時計に目をやったとき、ようやく恐怖の根源を認識した。

匿名の手紙の文面が眼前に浮かぶ――

死亡通知書
執行対象：韓少虹
罪状：殺人
執行日：十月二十三日
執行者：Eumenides

時計の針がいま零時を回り、十月二十三日が訪れた。

心にその針を突きたてられたかのように、韓少虹は寒々とした感覚に襲われ、全身がすくみあがった。

あれだけの数の警察官がものものしい態勢で現れるとは、自分はどのような一日を過ごすことになるのだろうか。匿名の手紙を送ってきた〈エウメニデス〉というのは、いったいどんな人間なのか。

そのとき、枕元の電話が突然鳴りだした。

とぅるるる……静まりかえった夜に、ベルの音はことのほか耳に突き刺さる。

韓少虹はばさりと跳ね起き、スタンドの明かりを点け、受話器を手にとる。雷管を手にしているかのようにびくついた動きだった。

「もしもし？」

受話器の向こうには、なんの気配も感じない。

「もしもし？」声を強めて呼びかけた。声音がいくぶんか変化する。

しかし相手から応えはない。

もう耐えきれなくなり、受話器を放りだすと、ベッドを出て逃げるように寝室を飛びだした。居間に着き、何人かの警察官を目にしてようやく、わずかばかり心が落ちついた。

この場を仕切っているのは熊原だ。午後に現れると、二人の隊員とともに韓少虹を付ききりで警護し、夜に休むときも居間に詰めていた。電話が鳴ったときから熊原は警戒の姿勢に戻っていて、警護対象が慌てふためいた様子でいるのを見て、急いで立ちあがり尋ねる。

「どうしたんだ」

「変な電話がかかってきたんです。受話器を取っても、ぜんぜん声が聞こえなくて」韓少虹はそわそわして慌てた口ぶりだった。

熊原が部下に合図を送ると、一人の隊員が心得た様子で居間の子機を静かに取りあげる。この電話には監視装置が取りつけてあった。

受話器からはなんの音もしないままで、十秒ほど経ったあと、つー、と長い音を残して通話は切れた。

「すぐに発信者の情報を調べろ」熊原は部下に指示を出すと、向きなおって韓少虹に慰めの言葉をかけた。

「われわれが処理するから、部屋で休んでいて」

「いえ、眠れないんです」抜けるように白い韓少虹の面持ちがいくらか変わっていた。「わたしもみなさんと居間にいます」

熊原は笑った。「怖がることはない、われわれが安全を保証するから。ほら、われわれがここを守っていれば、悪人は入ってこれないだろう。寝室の裏にもうちの部下が潜んでいて、窓の周囲の動きは夜通し監視しているんだ」

「そうですか？」韓少虹はどこか信じきれない様子だった。

「窓の外に停まっている白いワゴン車は見なかったかな。あれに乗っているのは刑事大隊の仲間で、韓灝隊長は今回の作戦の責任者なんだ」

　相手の説明を聞いたことで、どうにか韓少虹は狼狽を鎮めて、寝室に戻っていった。部屋に入ってもドアを最後まで閉められず、十センチほどの隙間が残っている。そうすれば居間との距離がすこしは縮まるとでもいうようだった。

　その後ろ姿を見ながら、熊原は静かに頭を振る。この上流階級の女にあまりいい印象はなかったが、この瞬間には同情心が湧いた。どれだけいままで傍若無人に振る舞っていたとしても、結局は庇護を必要とする女なのだ。


　電話の発信元の追跡はすぐに結果が出た。予想通り、氏名の登録の必要のない中国聯通《チャイナ・ユニコム》の携帯で、利用者を突きとめることは完全に不可能だった。熊原は韓灝に電話を掛け、情報を共有した。

「やつはなにも言わなかったのか？」韓灝は車の助手席に身体を沈め、会話を続けながらも両眼は寝室の裏の窓をじっと注視している。

「ああ」熊原はさらに言う。「一言もな」

　長い沈黙のあと、韓灝は陰気に鼻を鳴らした。「こちらに伝えてきたんだ。ゲームは始まったと」

　窓の外は深い闇に包まれている。吹きすぎる秋風はひゅうひゅうと、泣いて訴えるがごとく寒々しい音を上げ、韓灝の言葉に寄り添うように響いた。

第五章　処　刑

十月二十三日朝、七時十五分。

金鼎《ジンディン》住宅区。

夜はなにごともなく過ぎた。

韓灝《ハンハオ》は車内で監視を続け、四時になって熊原《シオンユエン》と持ち場を交替し、居間のソファでつかのま睡眠をとった。長い警察官としての生活で、こうした不規則な暮らしには慣れきっている。時間になり目を醒ますと、たちまち万全の状態で戦闘態勢に入っていた。

韓少虹《ハンシャオホン》も居間に姿を現していた。快適な寝室をひとりじめにして夜を過ごしたというのに、やつれきった様子で、以前の晴れやかな姿はどこにもなかった。しばらく逡巡したのちに、考えていたことを警察に打ちあける。「韓隊長、今日は会社に行きたくないんです。家のなかにいたほうがいいと思って」

この態度の変化は韓灝の予想のうちで、すでに受け答えも用意されていた。「それはあなた自身が選ぶことで、無理強いはできませんからね。家にとどまるというなら、われわれも今日は残ってあなたを守ります。ただ知っておいてほしいが、こちらの人員には限りがあって、いつまでもあなたに労力を割くわけにはいかない。そして犯人は、あなたから目を離すことはない」

韓少虹の顔が蒼白に変わっていく。「じゃあ……どうすれば？」

「だからこのまま隠れていてはいけない。ふだんと同じようにふつうに生活して、仕事をするんです。警察は大がかりな包囲網を敷いてあるから、あとはそれでやつを捕らえるだけだ」

韓灝の伝えたいことは非常にはっきりしていた――

家にこもっていれば安全だが、永遠に警察の庇護を受けることは不可能だ。根本から問題を解決するには、警察が犯人を捕らえるのに協力する必要がある。

韓少虹はためらい、心細そうに視線をさまよわせ、怯えきった様子で韓灝を見た。「計画は細かく考えてあるんですか？　絶対に身の安全は守ってくれるんでしょうね？」

韓灝はうなずく。「その話をしようとしていたところです。さっき特殊部隊の部下が一時間かけて、あなたの車が通る経路を入念に安全確認しました。特殊部隊の熊原隊長がみずから運転して会社まで送っていくし、そのあいだ、前後はうちの部下が運転する車で警護するから、危険の心配はありません。車を降りたあとは、熊隊長が運転手のふりをしてあなたに付き添います。駐車場には私服の警察官を多数配備して、怪しげな人間は一人も近づけません。会社のビルの内部にも私服警官はいて、警備員や管理会社、会社の社員に化けているやつもいます。会社に持ちこまれる飲食物も警察が安全を確認するし……今日、あなたの安全を確実に保証するための方策ですよ」

韓少虹は目に見えて表情がほぐれ、へえ、と静かに声を上げて、考えるとまた尋ねた。「わたしはなにをすればいいんでしょう？」

「ふだんどおりの流れで生活してもらえば充分です」韓灝は一言だけはっきりと答えを返したが、すこし考えこんで付け加えた。「あとひとつ、先に伝えておいたほうがいいかもしれない」

「なんですか」改まった調子で言われ、韓少虹はおのずと軽く身構える。

「現時点のわれわれの調査では、あなたを襲おうとしているのは高齢ではない男で、痩せた身体つき、身長は一メートル六四センチから六七センチの間、手にまだ新しい傷があります。だからよく気をつけて、当てはまる外見の男は一瞬でも近づけないように。私服の警察官の身長は全員一メートル七五センチ以上で、作戦中は茶か黒のニットの帽子をかぶるように統一します。予想外のことが起きても、私服の監視の範囲からは離れないように、いいかな？」

韓灝は非常に真剣な様子で必要なことを伝え、韓少虹は輪をかけて真剣に耳を傾け、力強くうなずいた。

「いいだろう」韓灝は腕時計を見た。「そろそろ時間だ。準備を始めて、ふだんどおりの時間に出発しましょう。随伴の仕事はひとまず熊隊長に託します。わたしは会社のほうに先に向かって、あちらの配備を固めておきます」

韓少虹は深く息を吸いこみ、なにも答えなかった。話に出た熊隊長とは会話も交わして、信頼に値する相手に思えた。警察の作戦への信頼がまた一段と深まった。

警察に協力する意思が固まって、韓少虹は自分の寝室へと戻る。毎日外出の前には、ここで三十分かけて化粧をする習慣だった。今日は顔色が万全ではないから、ことさら入念に手をかける必要がある。

尹剣《インジェン》は韓灝の横に立って、二人の会話を静かに見守っていた。知らず知らずのうちに、かすかな憐憫の情が湧いている。

昨日の戦略策定会議で尹剣は、熊原が運転する車を直接ビルの入口に着ければいいのではないかと提案したが、韓灝に却下された。「駐車場は人通りが多くて危険指数はほかよりも高いが、そういう場所こそ私服が待ちぶせるには有利なんだ。網を広げておいて、最初に入口を固く閉めてあったら、どうやって犯人を誘いこむんだ？　口は開けておくが、閉じるための縄はこちらが握っておくのが必要なんだ。ビルの駐車場が、その入口だよ。危険はないだろう。十何人も私服が周りにいて、しかも熊原がすぐ横に付いていて、それでもあの女を守れなかったら、あとはもう金庫に入れておくしかないな」

韓少虹は名目としては保護対象でも、韓隊長の目からは、むしろ鼠とりに仕掛けた肉に見えているんじゃないだろうか――尹剣は内心ひそかに考えを巡らせているが、ある一点は信じて疑わなかった。その鼠とりの威力があれば、盗み食いをもくろむ鼠は餌にありつく前に見事に仕留められるはずだと。

二十分後、韓瀬と尹剣の乗る車は市内中心部の市民広場に到着した。韓少虹の会社のある徳業《ドーイエ》ビルは広場の南東の角に建っている。ビルの向かいには十七階建てのホテルがあった。専従班はホテルの六階の一室を借り、その部屋の窓からは徳業ビルの前にある駐車場がはっきりと見回せた。警察は窓に監視設備を用意し、ここが専従班の前線指揮の拠点となった。

韓瀬と尹剣が部屋に入ると、羅飛《ルオフェイ》と慕剣雲《ムージエンユン》が先に到着しているのが目に入った。羅飛は技術員がカメラの角度を調整するのを手伝っており、二人が現れたのを見て歩き寄り尋ねた。「状況はどうなってる?」

「零時、韓少虹に匿名の電話が掛かってきた。相手はなにも言わないで、一分ほど後に電話は切れた。それ以外は異常なしだ」韓瀬がひどく簡潔に答えた。

慕剣雲は羅飛を見る。「あなたの予想していたとおりね、夜間に大したことは起きない」

韓瀬は窓辺に歩いていくところだったが、その言葉を聞いて不審げに足を止め、羅飛を眺めまわした。

「ほう、どう予想していたんだ?」

「犯人が〝死亡通知書〟で指定した執行日は十月二十三日だったが、相手はあまり早く動かないと考えた」

羅飛が説明する。「犯行を計画していることをすでに明かしているんだから、警察は必然的に厳戒態勢で臨むし、向こうは機会を待つ必要がある。この状況では、両者ともにまずは偵察と観察から始めることになって、すぐに戦端は開かれないだろう。だから昨夜はゆっくり寝かせてもらったよ。もちろん隊長たちは前線に加わっていて、どの局面でも最大限の警戒を緩めるわけにはいかないから、おれのようにのほほんとはしていられないがな」

確かに、韓灝と向かいあう羅飛は精気がみなぎった様子で、血色もよく、両眼も光を放っていて、昨夜はきっとよく休めたことだろう。しかし話すその口調には、軽く扱われたことへの自嘲がにじんでいる。

韓灝はなにも言い返さず、慕剣雲をちらりと見た。それから、窓辺に歩いていって地上を見下ろしながら尋ねる。「機材のテストはしてあるのか?」

「万全です」機材係が歩いてきて韓灝にマイク付きのイヤフォンを渡し、装着を手助けした。イヤフォンは耳の穴に押しこむことができ、細いコードで受信機につながっていて、受信機を上着の内ポケットに収めると、すこし離れれば気づかれそうになかった。

「周波数は合わせてあります。話せば全員に聞こえるようになっています」機材係は話しながら、マイクのスイッチを入れた。

韓灝はマイクを口元に近づける。「こちら〇〇一、〇〇二応答せよ」

イヤフォンからは即座にきびきびとした男の声が返ってきた。「〇〇二、準備完了」

「〇〇三、応答せよ」

「〇〇三、準備完了」

「〇〇四、応答せよ」

「〇〇四、準備完了」……

慕剣雲は前線の作戦に参加するのが初めてで、面白そうに監視用のカメラに顔を寄せ、目を丸くして画面を眺める。「私服の人たちはもう位置に就いているの? どこにも見えないけれど」

ちょうど朝のラッシュの時間にあたって、広場は大勢の人が行き交い、通勤する人々に加えて、身体を動かしに来た老若男女の姿もあるが、一帯を眺めてもそれらしい人影はどこにもない。

羅飛は笑って、慕剣雲の言葉に答えた。「広場にはいま、仲間が十三人いるんだ。ビルの近くにいる新聞売りに、交差点近くで客を待っている白タクの運転手、仕事中の清掃員、東のほうの隅にいる自転車の見張り、噴水のところで休んでいる中年、売店の正面に寄りかかって煙草を吸っているやつ、西のベンチでいちゃついているカップル、あとは怪しげな見かけで通行人に海賊版のCDを売ってるやつも、全部私服の警察官だ。ほかに四人が二組に分かれて、駐車場の車に隠れてるがそれはいま見えないな」

そう言いながら羅飛はカメラの画面を指さし、私服刑事の位置を一人ずつ慕剣雲に説明した。解説が終わるときには、ちょうど韓灝も部下との通話状態の確認を終えていた。

……「〇一四、応答せよ」

「〇一四、準備完了」

〇〇一番の韓灝を除くと、広場に潜んでいる私服刑事は確かに十三人、一人も違えていなかった。慕剣雲は怪訝そうに羅飛を見る。自分たちはどちらも詳細な作戦準備には参加していないし、私服刑事は全員韓灝の部下だ。群衆のなかから羅飛がここまで正確に仲間を見わけられたのは、どこか不思議なことに違いなかった。

相手の考えを察して、羅飛が説明を始める。「あの清掃員はへまを犯してる——ほうきの使い方が熱心すぎる。あんなやり方じゃ三日と経たずに腰をやって立てなくなるよ。本物の清掃員を見るといい、腰を曲げて仕事をするより、立って休んでいる時間のほうがずっと長い」

羅飛の言葉は韓灝にも聞こえた。顔をしかめながら広場の部下を眺め、またマイクに呼びかけた。「こちら〇〇一、〇〇五応答せよ」

「こちら〇〇五、〇〇一どうぞ」

「もうすこし楽にやれ、あまり張り切るな。いまから一分間掃除したら、二分は休め」

「〇〇五、了解しました」

慕剣雲はさらに好奇心をそそられ、また尋ねた。

「ならほかは？　どんなミスをしていたの？」

羅飛は首を振った。「ほかはミスはないよ。ただ清掃員の位置を基準にすれば、ほかの私服刑事のいる方向はだいたい判断がつく。まずもって、これだけ広い空間だと私服刑事はかなり考え抜いて配置する必要がある。広場のあらゆる場所に目を光らすことができて、同時に大小の経路を押さえるようになっているんだ。その秘訣は一言二言で説明できるものではなくて、おれのいた刑事捜査専攻では単独で選択科目になっていた」

「方向は判明したとして、一人ひとりを精確に見分けられるわけではないでしょう？」それでも慕剣雲はいまひとつ合点がいかない。「たとえばあの新聞売り、近くにも何人か新聞売りがいるのに、どうやってその中のだれがこちらの仲間か判断したの」

「これだけ広い空間だと、混乱した局面がいつ訪れるかわからないのに備えて、ふつう任務に関わる私服刑事は統一した目印を身につけているものなんだ。目印は群衆のなかに散らばって目につかないが、限定された区域で目標を知って探せば判別は難しくない。今日の刑事たちの目印は頭にかぶった、茶か黒のニットの帽子だな、間違っていないだろう？」

最後の問いは韓灝に向けられていた。顔を上げると羅飛を見て、答えはしなかったが図星を指されたようだった。韓灝は時計に目をやり、尹剣に命じる。「熊隊長に電話して、出発したかどうか確かめろ」

すこしすると、尹剣は熊原の返事を伝えてきた。

「いまは住宅区を出たところで、三十分ほどで到着だそうです」

韓灝はマイクのスイッチを入れる。「こちら〇〇一、全隊員に告ぐ。護衛対象は三十分後に到着。この瞬間から計画に従って行動とし、命令に返答は不要」
イヤフォンから返答の声はない。カメラの捉えている広場の風景は平穏で、なんの異変も見えなかった。狭い指令室のなかでは、羅飛も含め全員が深刻な顔つきになる。

静穏な見かけの下で渦巻く底流を、だれもが感じとっている。赤のBMWが路面を疾駆するのと同時に、先行きの模糊とした、緊迫した戦いがこの場所に迫りつつあるのだった。

九時二十五分、赤のBMWは予定通り徳業ビルの前の駐車場に到着した。運転席に座っているのは特殊部隊隊長の熊原で、計画のとおり、車は白いミニバンと黒のサンタナの間に開いた場所へ停まった。その二台はどちらも半透明のフィルムを貼り、車内には刑事隊から私服の人員が待機している。

熊原が最初に車から降り、続いてミニバンとサンタナから一人ずつ男が降りてきて、なにげない素振りでBMWの左右を守った。熊原が助手席に回りこんでドアを開けてやる。韓少虹は一瞬ためらっていたが、車の左右に現れた男がどちらも黒のニット帽をかぶっているのに気づくと格段に落ちつきを得て、車の外に出た。

ミニバンから出てきた男が先に徳業ビルに向かって歩きだす。熊原はうやうやしく韓少虹に付いて警護し、その姿はあたかも主従のように見えた。二人が五、六メートル歩くと、サンタナの男が落ちつきはらった歩調で後を追い、先を行く男とともに熊原たちを援護する態勢が整っていた。

広場のほかの私服刑事も作戦行動を始めていた。うち六人は、勝手に動いているように見せて歩く方向もまちまちだが、お互いの位置を交換し、つねに最低二人が韓少虹から十メートル前後の距離で左右を守るように考えていた。残りの三人は最初の持ち場を動かず、この三カ所はどれも外すことのできない広場の出入口だった。警官全員の視線がこの一瞬で研ぎすまされ、休むことなく四方に目を配る。広場で起きるどれほど小さな異変も、彼らの目を逃れられるとは思えない。

その彼らの動きを、同じように余さず視界に収めている一団があった。ホテルの六階の作戦指揮室では、韓灝や羅飛たちが息をひそめて広場全体の動向に目を光らせていた。わずか数十秒の間だが、韓少虹の一歩ごとがこちらの胸を踏みつけていくかのようで、集中力では劣る尹剣でさえも自分の心臓の鼓動が耳に届いた。

依然として広場には人が行き交っている。私服刑事たちが築いた護衛網をとめどなく老若男女が横切り、どの表情も平穏に落ちついていて、あたりに漂う張りつめた空気を嗅ぎとるにはほど遠い様子だった。熊原は歩調を意識し、韓少虹との距離を絶えず変えながら、気づかずに護衛網に進入してくる通行人たちが一瞬でも韓少虹に近づかないよう動いていた。

あっという間に、しかし気の遠くなるような時間が経って、韓少虹と護衛の熊原はようやく徳業ビルのガラスのドアを通った。前を歩いていた私服刑事はロビーで足を止めて待っており、エレベーターが見計らったように一階へ下りてきた。エレベーターの前に立っていた警備員が熊原と視線を交わす。これも特殊部隊の部下の一人だった。

熊原は静かに息を吐く。事前の役割分担で、徳業ビル内部の警戒はすべて特殊部隊の人員の担当になっていた。みずからの部下であれば当然一段と安心して任せられるうえ、もっとも危険な段階を切りぬけて、張りつめていた熊原の精神がようやく和らぎはじめた。

作戦指揮室にいた専従班の面々の反応はさまざまだった。尹剣は熊原と同じく、長く息をついた。羅飛はカメラを見つめたまま、眉を寄せてなにか考えこんでいる。慕剣雲の視線は羅飛から離れず、この男の一挙一動が韓少虹の身の安全よりも注目に値するようだった。韓灝は窓辺から動かなかったが、室内に身体を向けると、わずかに下がった口元には失望に近い感情がにじんでいる。マイクを口元に寄せ、広場の部下たちに指示を送った。「こちら〇〇一、いまから各自個別に休憩を取ること。午後三時までに持ち場に戻れ」

「さて、話してもらってもいいかしら――」慕剣雲は耐えきれずに、羅飛の思索をさえぎった。「これからどうする？」

羅飛の視線が引き締まる。「どういう意味だ」

「自分を犯人の立場に置きかえて考えているんでしょう？」慕剣雲は羅飛の視線を受けとめ、一歩も引かずにはっきり答えた。「あなたの視線を読みとっていたの。さっきまで、目は忙しく動いていたけれど、韓少虹に意識が集中することはほとんどなかった。ということは、あの女性の身の安全に興味はなくて、警察の手抜かりを見つけようとしていたの」

慕剣雲の言葉は、たちまち室内のほかの注意を引き、一同は示しあわせたように羅飛に視線を向けた。

「そうだな、おれは手抜かりを探していた。そうすれば犯人がとる可能性のある行動が推察できる」羅飛は平然とあたりを見回し、最後に視線を韓灝に向けた。「ただ手抜かりはなさそうだった。韓隊長、今回の差配はとても徹底しているし、部下たちは聡明で有能だ。おれが犯人だとしても、韓少虹を傷つけられる方策は思い浮かんでいない。ただ……」

韓灝は反射的に目を細める。「ただ、なんだ？」

「ただ向こうが潜伏と偽装に長けていると、警戒域に侵入して奇襲を成功させる可能性もある――もちろん、一瞬で熊原隊長を圧倒する体術を身につけている必要はあるが。とはいっても、犯行後逃げおおせるのはまず不可能だろうな。十数人の私服刑事がただちに四方八方から襲いかかってきて、天に昇るか地に潜らないかぎり、どこにも逃げられはしないだろう。だからどう考えても、魚が死ぬか網が破れるか（相討ちも辞さない）の勝負に持ちこむぐらいしかできない」

「魚が死ぬか網が破れるか……魚が死ぬなら、網が破れても構わない……」韓灝はひとりつぶやき、ふっと静かに笑った。「羅刑事、熊隊長の技倆を目にしていたら、網が破れる可能性もありえないとわかってくれるだろうな」

「遠距離からの銃撃というのはないんですか？　狙撃銃だとか」慕剣雲がだしぬけに訊く。

すぐに韓灝は首を振った。「まずないだろうな。建国以来、そんな殺人事件は起きたことがない。ここはアメリカじゃないんだ。狙撃銃？　省都の刑事隊ですらそんなものは装備したことがない」

「あはは」慕剣雲は苦笑した。そうだ、狙撃銃などどこで手に入るのか。普通の拳銃では、広場で取りだしたら最後、狙いを付ける間もなくたちまち私服刑事たちに押し倒されるだろう。


同時刻、デラックススイートルーム。

「狙撃？　ばかばかしい」男の口元に冷ややかな笑みがよぎった。コンピュータのディスプレイには〝死亡通知書〟を発表したページが表示されており、フォーラムの利用者たちは〈エウメニデス〉がとるであろう処刑方法を熱心に推測して、何人もが遠距離からの狙撃を主張していた。

「ネットの人間はまもなく、無知の代名詞になるだろうな」ひとりつぶやきながら、立ちあがりバスルームに向かう。

鏡が自分の面容を映す。そっとその顔を撫でる――だれよりも見慣れた、しかし思い入れの持てない顔だった。

あごまわりの不精ひげがまた伸びはじめて、白の手袋ごしだがさわさわと感触があった。剃刀を手にとり、時間をかけてひげをきれいに剃りあげ、最後には洗面台に流した。

ずっと気分がよくなった。すべらかなあごを撫で、無意識に目を閉じて楽しんでいると、耳元に声が響く。

——最良の武器はなんだ？　銃？　大間違いだ。よく覚えておけ、銃は絶対に使うな。銃を使うことに慣れたら、破滅への距離も近い。どこから入手するかにかなりの労力を使い、手に入ったらどう持ち運ぶか、役目が終わったあとどこに隠すかに頭を悩ませる。そういった問題に足を引っ張られ、こちらは銃の奴隷になり、警察がたどっていける手がかりを大量に残すことになる……ならなにが良い武器なのか。いいか、最高の武器というのは、最高にありふれた、どこでも手に入り、自由に持ち運べ、どこでも捨てていけるものだ。今後生きていくうち、武器はなににもまして近しい相棒になる。頼りがいのある、永遠に裏切られることのない相棒を見つけることだ——

男が目を開いた。手にしていた剃刀を慎重に分解していく。紙よりも薄い刃が、鏡のなかで寒々しい光を放った。


十月二十三日午後、十六時。

夕方のラッシュが近づいていた。徳業ビル前の広場では人の往来がまた活発になり、無許可を含めたタクシーが、広場の周囲に列をなして客待ちを始めていた。

韓少虹は予定表どおり、一日の仕事を終えていた。熊原とともにエレベーターで一階に下り、一歩ずつビルの玄関に向かっている。

韓少虹はどこか不安な気分のまま業務をこなしていたが、幸い一日は平穏に過ぎ、突発事態はなにひとつ起きていない。しかし熊原は神経を尖らせたままだった。犯人がビルに侵入して犯行に出る可能性は、ないに等しいと予期していた。もっとも危険な関門は、韓少虹がビルから外に出て駐車場に到着するまでの道のりで、そのときがついに到来したのだ。

広場では、刑事隊の面々が変装した姿で持ち場に就いている。犯人の外観の特徴については聞かされて頭に叩きこんであるが、いまの時点では条件に合致する怪しい人物は見当たらない。

作戦指揮室では、韓灝たちの神経がまた張りつめていく。犯人が行動に出るとすれば、ここからの数分間が最後の機会だ。韓少虹が安全にBMWに乗りこめば、警察の網は引き絞られ犯人が潜りこむ隙はなくなる。

もちろんそれは、警察が犯人を捕らえる絶好の機会を逃すということでもあった。

韓灝は窓辺で、広場のかすかな変化にも目を光らせている。その目には、隠しきれない期待までうっすらと浮かんでいた。

羅飛も室内でカメラを見つめているが、眉間のしわがしだいに深くなっていく——どこかに違和感を覚えながらも、どこがおかしいとは言葉にできないようだった。

そうしていると、熊原と韓少虹がビルの外に姿を現した。朝と同様、広場に散らばっていた警官たちが二人を中心に、たちまち風をも通さぬ警備網を作りあげる。

すべては韓灝の計画を違えずに進んでいる。相手はほんとうに網へ飛びこんでくるだろうか。

羅飛は監視カメラのモニターを食い入るように見つめている。

広場の南東の角に一台のタクシーが停まっており、助手席のところで人影が動くような気配があった。この細かな変化も羅飛の眼からは逃れられない。眉を持ち上げ、小さく声をあげた。「これはすこしおかしいな」

「どうした?」韓灝が振りかえって尋ねた。

羅飛は早足で窓辺に歩いていく。「南東にいる赤いタクシー、もう十分以上停まっているが、よく見てくれ、助手席に人がいる——空車じゃないんだ」

羅飛の指さす方向を韓灝も見ると、そのタクシーはホテルからもそう離れていない場所にあり、車内の状況もどうにか見てとることができて、羅飛の言葉は間違っていなかった。確かに異変の一つではあったが、韓灝にさほど差し迫った反応はない。タクシーが停まっているのは警戒域の外側で、しかも広場の私服刑事の目が届く範囲も外れていない。

韓灝はマイクに呼びかける。「こちら〇〇一、〇〇五は注意せよ。南方向東寄り十メートルの地点、赤のタクシーに異変あり」

〇〇五番は広場の東側で自転車の見張りをしており、怪しいタクシーはその警官の監視範囲に停まっている。指令を受けたほうは軽く身体の向きを変え、タクシーへの注意を強めたようだった。それと同時に、タクシーの助手席のドアが開き、一人の男が姿を現した。

羅飛たちからはいくらか距離があるが、男のおおまかな身体つきは判別できた。痩せ細って背は高くなく、右手に中の見えないビニール袋を提げている。車から降りるとまわりに視線を送り、直後、広場を歩いている韓少虹に目を留めて、すぐさま早足で韓少虹を追いはじめた。歩を進めながら揺れている左手には、真っ白な箇所があった。包帯を巻きつけているのだ。

これまでの推測と、特徴がすべて符合する。韓灝の心臓は狂ったように高鳴り、マイクに向かい叫んだ。

「〇〇五、車から降りた男を取り押さえろ、男を取り押さえろ！」

しかし韓灝が命じるよりも早く、自転車を見張るふりをしていた私服刑事は異変の兆候に気づき、猛虎のごとく男に飛びかかっていた。自転車置き場のあたりをぶらついているときは身体のどこかが悪いかのようにだらしなく足を引きずって歩いていたのが、猛烈な勢いでの突進だった。痩せた男は二歩と進まないうち、情け容赦なく地面に押さえこまれる。力を振りしぼって起き上がろうとするが、とても警官の敵ではない。相手の身体の下敷きになったままむなしく身をよじるばかりだった。

　韓灝は歓喜したが、即座に困惑が心に忍びこむ。ここまでひ弱な男が、鄭郝明《ジョンハオミン》刑事殺しの犯人などということがあるだろうか。

　次の瞬間、広場の動きにまた異変が起きていた——怪しい男が押し倒されたのと同時に、西側に停まっていた無許可タクシーから一人の男が姿を現した。同じように痩せて大柄ではない身体つきで、右手にビニール袋を提げ、左手に白い包帯を巻き、そしてこちらも車から降りたとたん、韓少虹に向かって駆け出していく。

　もちろんこの男も警察の守りは突破できない。すこし離れた場所の警官が向かってきて、同じように男を押し倒した。

　この状況を目にした韓灝と羅飛は、緊張が緩みかけていたのがふたたび気を引きしめる。しかし、さらに意表を衝かれることが起きていた——広場の周囲に数多く停まっていたタクシーから、次から次へと似た身体つきの男たちが降りてくる。場所は広場の各所に散らばっていて、その数は十人を優に超えていた。男たちは一人の例外もなく韓少虹のいる方向を目指し、それぞれの位置から一点に向かい駆けだしていく。

　韓灝が広場に潜ませていた警戒網も、すかさず絶大な対応力を見せる。私服刑事一人ずつがそれぞれの持ち場で不審者を取り押さえ、一対一の攻防では警察側が絶対的な有利だった。怪しい男たちは次々と地面に転がされ、即座に手錠を掛けられる一方、ちらほらといる抵抗する者は刑事たちの容赦のない捕縛術を身体で学び、うめき声を上げさせられている。

　しかし作戦指揮室で見守っている韓灝に笑う余裕はなかった。突然現れた男たちの数が、この時点で私服刑事を上回っていたのだ。彼らを迎え撃つため、白のミニバンやサンタナに隠れていた刑事たちも格闘に加わるが、それでも網の綻びから警戒域の内側に男たちが侵入してきた。うち二人が、見る間に韓少虹から三メートルと離れていない場所まで距離を詰めている。

　ただ、最後のところで彼らは韓少虹に触れられない。鉄塔のごとき武骨な男が突然割って入り、ハンマーのような拳が二人のそれぞれ肋骨と下あごに命中し、痩軀の男たちはうめき声すら上げずに地面にくずおれた。

　現れたのはもちろん、韓少虹をそばで護衛していた熊原だった。状況の変化に気づき、局面の複雑さを見て、手加減などせず一撃で相手を昏倒させる。続いて走ってきた三人の男はこの光景に怖気づいてしまったようで、五、六メートルの距離を残して足を止め、そこから進めないようだったが、かといって立ち去るわけではなく逡巡の表情を浮かべている。

　熊原も攻めには出ず、韓少虹にぴったりと付いて、片時も目を逸らさず三人を睨みつけるばかりだった。これ以上近づけば鉄拳の餌食になるのは間違いなく、だれも近づこうとはしない。

　ホテルの窓辺で、羅飛がぽつりと賞賛する。「見事だ」

　その通り、熊原の威風堂々たる雄姿を前に、さらに現れた十人ほどの男たちも韓少虹に近づけない。

　すべてはほんの短い時間で起きていた。周辺の無関係な群衆はようやく我に返り、臆病な手合いは悲鳴を上げて逃げだし、肝の据わった者は遠巻きに眺めて、状況はいっそう混乱を深める。ただ、それを見ていた韓灝の心情は反対に落ちつきはじめていた。熊原は局面を掌握して、残った男たちが飛びかかることはできない。私服刑事たちもまもなく動けるようになり、そうなれば挟み撃ちで、男たちが逃げおおせる心配はない。

　思ったとおり、黒のニット帽をかぶった姿が一人、護衛網の中心に向かい応援にやってきた。熊原の背中側、BMWに近く比較的安全な位置取りで、韓少虹に手招きしていた。

恐怖に震えあがっていた韓少虹は、長身のその影に向かって即座に駆けだした。広場の中心の男三人は立ちつくしたままで、間に熊原がいる以上、もちろん後を追うわけにはいかない。

怯えて足に力が入らないようで、韓少虹の足元はおぼつかない。迎えに来たほうが数歩歩んで腕をつかみ、支えられながらBMWに向かった。

「早くドアを開けて!」車を目前にして、一言命じる。

韓少虹はもたもたとリモコンキーを取り出し、何度か押してようやくロックを解除した。

そのまま運転席に押しこみ、キーを取りあげる。ぴぴっと音がして、ドアがロックされた。

高みからこの光景を見ていた韓灝たちは、ひとまず心から安堵した——BMWの安全性は信頼がおける。これからまた怪しい男が現れても、短時間で車内の韓少虹を傷つけることは難しいだろう。

このころには私服警官たちもそれぞれの相手を次々と動けないようにし、本来の護衛網の応援に戻っていて、中心で立ちつくしていた三人の男もたちまち取り押さえられた。それを見て熊原は身を翻し、BMWのほうへ向かった。広場の外側、BMWからさほど離れていない場所で、タクシーを降りた男がいた。外見はそれまでの男たちと似ているが、なぜかひどく遅れを取っていて、ぼんやりと車の前に立っているだけで何をすればいいか迷っているようだった。

BMWのそばから声が上がる。「警察だ!」そして黒帽子は駐車場の柵を乗りこえ、男に飛びかかっていく。男はたじろいだ様子で一目散に逃げだした。追う側は柵を越えるのに時間がかかってたちまち数十メートル引き離されるが、それでも思わぬ俊足で、飛ぶように走っていく。

「どこのやつだ? ずいぶん足が速いな」遠くから見ていた韓灝は思わず尹剣に尋ねた。

尹剣も当惑した様子で首を振った。犯人に疑われないよう、午後持ち場に戻るとき私服刑事たちの多くは服を着替えていて、帽子だけでだれかは判別できない。

羅飛の視線は黒帽子の男に吸いよせられ、その姿が痩せ型の男を追って皆の視線を外れるまで目は離れなかった。それから視線を戻し、広場の全域をひととおり眺めて、怪訝そうに口を開いた。「妙だ。刑事隊の配置した人間ではないんじゃないか？」

「なんだって？」韓灝が愕然とする。

「そっちの部下の十三人は全員広場にいるぞ。あれはだれなんだ？」羅飛の口ぶりが切迫していく。

広場に残っている私服刑事を韓灝が数えると、羅飛の言うとおりだった。たちまち表情が険しくなる――あれが部下の私服刑事でなかったら、いったいだれなのか。

韓灝は考えを進めることを恐れるかのように、慌てふためいてマイクを取り呼びかけた。「こちら〇〇一、いますぐ護衛対象の安全を確認しろ、護衛対象の安全を確認しろ！」

すでにBMWの前にやってきていた熊原が車のドアを叩くが、車内の韓少虹からはいっさい反応がない。なにかがおかしいことをうっすらと感じ取り、窓に顔を付けて車内を覗きこむと、たちまちその表情は石のように硬くこわばった。

韓少虹はぐったりとハンドルに寄りかかり、頭が横にかしいでいる。首元から大量の鮮血が流れだし、服の右半分を赤く染めていた。右手は身体の横に垂れ下がり、そこを鮮血が伝って、白の革で覆われたシフトレバーを鮮やかな赤に変えている。

半年前、この運転席でシフトレバーを動かしたとき、韓少虹は今日の運命を予想しただろうか。

BMWのキーが持ち去られていたので、警察は最終的に窓を割ってドアを開けることになり、車内の韓少虹が死亡しているのを確認した。即座に検死官が現場に駆けつけ、死体の検分が始まった。

韓少虹の喉元には長さ八センチ、深さ一・五センチの傷が刻まれていた。傷口はおそろしく平滑で、鋭利な刃物で切りつけられたらしい。気管と大動脈が一撃で切断されて出血性ショックを引きおこしたのが直接の死因だった。殺人犯は当然、黒のニット帽をかぶった、足の速くて長身の、あの〝私服刑事〟だった。

現場の監視カメラには、男が出現し、犯行を終えて最後には逃げおおせるまでの過程がすべて記録されていた。

――十六時二分二三秒、韓少虹と熊原が徳業ビルを出る。

二分三三秒、最初の痩せ型の男がタクシーを降りる。三五秒、自転車の見張りに扮していた私服刑事に取り押さえられる。

三五秒‐三八秒、大勢の痩せ型の男たちが次々と広場に出現し、私服刑事たちが応戦に追われる。

三九秒、黒のニット帽をかぶった男が、広場南の駐車場の方向から監視カメラの画面に現れる。刑事たちは韓少虹に向かっていく痩せ型の男たちへの応戦に気を取られ、この男にはだれも気づいていない。

四〇秒、熊原は自分に向かってきた男二人を倒し、残った三人と向き合う形になった。

四二秒、黒帽子の男が熊原の背後に回り、韓少虹に手招きする。私服刑事たちの目印と同じ扮装だったため、恐慌に襲われていた韓少虹はすぐさま迷わずに駆け寄っていった。

四三秒、男が韓少虹を支えてBMWに向かう。

四七秒、男は韓少虹を支えてBMWの運転席に座らせ、すぐにドアを閉めロックした。一瞬の凶行の過程は車にさえぎられ、監視カメラには記録されていない。

五〇秒、熊原と向き合っていた最後の三人を私服刑事たちが取り押さえ、熊原がBMWの方向に歩いていく。

五一秒、黒帽子の男が駐車場の柵を乗りこえ、最後に現れた怪しい男を追いかけるように見せて逃走し、またたくまに監視カメラの画面を外れた。

一連の出来事の間、男は帽子のつばをひどく低く下ろし、ジャケットの襟を高く立てていた。そのせいで容貌をはっきりと説明できる者は現場に一人もいなかった。

監視カメラの映像を見終えて、韓灝はおそろしく暗鬱な表情を浮かべ、熊原たちもこれ以上ないほどに沈痛な心情だった。刑事隊と特殊部隊から数十名の人員を投入し、隊長みずから前線に出て、ごく限られた区域に風をも通さぬように見える網を張ったのに、犯人は悠々と姿を現してＢＭＷの車内で韓少虹を襲ったのだ。警察は保護対象を失い、どこからともなく現れた十八人の怪しい男たちを捕らえただけで終わっていた。

最初に警察に取り押さえられた男は艾雲燦《アイユンツァン》といった。この男の供述を聞いて、韓灝たちはしんからの憤怒と屈辱感を煽られた。

艾雲燦は今年で二十五歳、市外の生まれでアルバイトで生活しており、あるホテルの厨房でずっと下働きをしている。二週間ほど前、街角に貼られていたビラを偶然目にした——ある大型の歓楽施設が男の接客スタッフを募集していて、待遇は手厚く、月給は一万元（約十五万円）を超えるという。

それだけの高給は当然かなりの魅力で、さらにビラに書かれていた容姿の条件を見てこの機を逃してはならないと思わされた。相手は応募者の身長を一メートル六五センチ前後、体格は痩せ型と指定しており、その条件は自分とぴったり当てはまっていたのだ。

ビラに書かれていた電話番号に艾雲燦がかけると、電話口の男によれば、〝接客スタッフ〟というのは金持ちの女を性的にもてなすことだという。容姿が条件になっているのは、そこに来るのが特殊な客で、その客はＳＭプレイの相手になる痩せ細った男を探しているからしい。

SMプレイをさせられると聞いて艾雲燦は躊躇しはじめていたが、直後に相手がネットを通して問題の客の写真を送ってくると、めったに見ないほどの美人だった。たちまち原始的な欲望に火が点き、相手に頼まれるまま自分の写真を送ると、向こうは写真を確認してとても満足し、しかも即座に一千元が銀行口座に前払いの〝経費〟として振り込まれたのだった。

〝経費〟を受けとって、艾雲燦はこの特殊な〝スタッフ募集〟をもはや疑わなくなった。相手の要求に従って包帯や鞭、ゴム製のナイフといった道具を買いそろえ、美しい客からの呼び出しを今か今かと待っていた。

昨日の午後、艾雲燦にとうとう男からの電話がかかってきた。翌日に仕事があると男は言い、こうした取引は違法なうえ、客となる女は上流階級の身分なので、特殊で秘密めかした方法を決めて落ち合う必要があるのだと話した。

男はネットを使い、女が乗っているBMWの写真を送ってきて、客は午後四時ごろに会社を退勤するので、その時点で艾雲燦は徳業ビルの広場の周辺で待っている必要があると言った。客がビルを出たあと、こちらはタイミングを合わせて後を追い、客とともに車に乗る。その途中では競争相手も何人か現れ、最終的に勤務ができるかはその場で客が選択することになる。

競争の公平を確保するために、応募者たちは全員男の指示に従い、タクシーに乗って指定された場所で待つ。車を降りて客と落ち合うのは、あくまでその場で指示の電話を受けてから。また、事前に購入してあったSMの道具は黒のビニール袋に入れて右手に提げ、左手には包帯を巻いて怪我をしている振りをする。これも客の特殊な好みを満たすためだという話だった。

金と美女への二つの欲望が混じりあい、艾雲燦は思考力を失った人形のようになって男の指示を丸呑みし、着々とこのゲームに足を踏みいれていった。午後三時四十五分、タクシーに乗って徳業ビルに到着し、男に電話で指定された場所で美人の客が現れるのをうずうずしながら待った。四時を過ぎたころ、写真の美女——韓少虹が徳業ビルから姿を現し、直後に艾雲燦も男から車を降りるように指示を受けた。ほかの競争相手に客を奪われないよう、大急ぎで韓少虹に向かって走り出したものの、二歩も進まないうち、私服刑事によって冷たい地面に押し倒された。いったいなにが起きたのかさっぱりわからず、事情聴取を受けるときになってもぽかんとした表情で、性的接待の件で自分は警察に捕らえられたのだと思いこんでいた。

ほかの捕らえられた男たちが語る経緯もおおむね似たり寄ったりだった。考えるまでもなく、募集のビラを貼り、男たちと電話で連絡を取っていた謎の人物、それが一連の策謀の立案者であり、韓少虹を殺した犯人だった。一度も顔を見せないまま、金に目のくらんだ二十人近い男たちを一斉に操ってみせたのだ。その手の中で男たちはのこらず操り人形となり、時間と地点の緻密きわまりない指示を受けて次々と徳業ビルの広場に闖入し、潜んでいた刑事たちの風をも通さぬ護衛網を散り散りに引き裂いた。〝謎の人物〟はその機に乗じて、私服刑事に扮し殺人計画を実行したのだった。

空が暗くなりはじめたいま、広場には規制線が張られ、居あわせた群衆は広場の外に追い出されている。彼らはそこここで寄り集まり、興奮や不安の面持ちで会話を交わしている。

広場の中では、十数名の警官がBMWの前に固まって重苦しい表情をしているが、その後ろには顔を腫らした痩せた男たちがわらわらと座りこんでいて、厳粛とも滑稽ともつかない光景だった。夕暮れの秋風がざわめいて、その場の全員の心にぞくりと寒気が走る。

第六章　二分間のずれ

十月二十三日夜、二十二時十五分。

省都公安局本部、刑事大隊会議室。

時間は夜遅くになったが、建物は明かりが煌々と点いていた。〈四一八〉専従班の面々はひとところに集まっている。これまで数回の会議のように引き締まった、勢いこんだ雰囲気とは根本から違い、会議室はことのほかしんとしていた――屈辱的な失敗を経験した直後では、警察内でもとくに選りすぐりの精鋭たちといえど失意と放心に襲われるのは仕方がなかった。

捜査員たちは犯人が現場からの逃走に使った可能性のある経路をすべて調べあげ、徳業《ドーイエ》ビルを中心にしらみつぶしに周囲を調べたが、価値のある手がかりは一つも得られなかった。犯人は警察の掌握していた区域を飛びだしたあと、一瞬にして影も形もなく消えてしまったかのようだった。近くに身を潜めたのか、車で逃走したのか。それとも変装して群衆にまぎれたのか。なにひとつ調べはつかなかった。

韓灝《ハンハオ》たちの予想していたことではあった。今回の殺人について犯人が相応に突きつめて考え、計画を練っていたとすれば、逃走経路についても手抜かりがあったとは思えない。警察がまったく足どりをつかめないのも当然だった。真に背筋が寒くなる事実はもっとほかにあった。

専従班の人員は、数時間を費やして事件現場の記録映像に繰りかえし目を通した。痩せた男たちが車を降りた場所と、広場に闖入した時間と経路をすべて分析したところ、驚くべき結果が出た――男たちが場所や時間や経路の指示を受け、警察の敷いた警戒網に侵入していったことで、警察側の私服警官たちは一瞬にして、一人の例外もなく釘付けにされていた。そして終わり近くに警戒域に侵入した男たちは、すべて熊原《シオンユエン》の北東方向に現れ、このせいで韓少虹《ハンシャオホン》はごく自然に熊原の背後に回ることになった。犯人はこのタイミングで南西方向から広場に入り、まんまと韓少虹を自分のそばへ引き寄せたのだった。

もちろん一連の出来事は偶然ではなく、細微に至る犯人の行きとどいた配置の計算と指揮ゆえだった。警察の守りの薄い点を犯人はすべて容赦なく衝き、点が線となり、鉄壁の防御線は蟻の一穴から見るまに崩れたのだった。

犯人に操られた男たちはみな、痩せ型で背は高くなく、左手に包帯を巻いていたという同じような特徴があった。そして思えば、警察は鄭郝明《ジョンハオミン》の殺害現場を検分した結果として、犯人は身長一メートル六五センチ前後、手に負傷がある――という結論を出していた。明らかにこの結論も、犯人が意図して警察に見せた虚像だった。実際に韓少虹を殺したのは長身の男だったのだから。

「いまの時点で、こちらの一挙一動はすべて向こうの手の中だ……それどころか、やつの目論見どおりに行動していた」この事実を前にして、つねに自負を掲げていた韓灝も気落ちを露わにするほかなかった。あたりを見回して言う。「皆は……考えていることはあるか？」

全員が険しい表情をしている。曾日華《ゾンリーホワ》までが眉間にしわを寄せ、以前のふざけた態度はどこにもなかった。

しばしの沈黙のあと、熊原が深々とため息をついて自責を口にした。「おれが韓少虹から離れなかったら、犯人も手出しはできなかった」

「きみの責任じゃない」韓灝が即座にさえぎった。「あれだけの数の怪しい男が防御線の内側に入ってきたんだ、あれは見事な対応だったよ。あの場にいた私服は全員うちの隊員で、そこまで正確に見分けられるわけがない。やつはそこに付けこんだんだ。なにもかも、わたしの計画の手落ちだ」

尹剣《インジェン》は尊敬の目を韓灝に向ける。率直に責任を認められるのは、間違いなく指揮官のあるべき素質だ。補佐役の自分は、ささやかな一幕からも学ぶべきことを見いだしたいと思っている。

「あいつのやり口はたしかに見事ですね。だけど——見事だからこそ、ぼろは出やすい」口を開いたのは曾日華だった。なにかを思いついたらしくもったいぶった様子で鼻をこすりながら、一見矛盾した理屈をぽつりと口にした。

「なんだ？　もうすこし詳しく言え」韓灝の目には不満らしきものがにじんでいる。中途半端なことを口にし、もったいをつけようとするこの癖は気に食わなかった。

それでも曾日華は澄まし顔で、唇を舐め、頭を振って、また話を続けた。「犯人があなどれないやつだっていうのは、もう地球上のだれでもわかることです。捜査の手法に精通していて、警察が現場に罠を張る流儀も熟知して、格闘術に長けて、コンピュータも使える。こんな人間がなにもないところから湧いて出てくるかな？　ありえないんだ。必ず記録はある。やつは正規の訓練を受けているはずだ。関係機関の人員を調べあげましょう。この仕事はぼくに任せてください。あっはは、ぼくのデータベースには軍や警察で訓練を受けた人間のデータが二十年分、すべて入っているんです——海に落ちた針を探すようなものだけど、それでも探しだすんだ」

「なるほど」韓灝はうなずく。一つの考えではあった。会議が始まって以来、羅飛《ルオフェイ》はなにか気がかりなことがあるように、座ったまま黙りこくっていた。それが突然顔を上げ、視線が曾日華を射抜いた。冷やかに一言いう。「仕事はもう始まっているんだろう？」

曾日華は言葉に詰まった。「へっ……どういうことです？」

羅飛はもったいぶることなく、直截に訊ねる。「おれの部屋に入ってなにをした？」

「部屋に？」曾日華は相手の言葉を曖昧に受けとめ、訊きかえした。「そっちの部屋に入ったっていうんですか？」

「今日あんたは現場に行かなかったかわり、おれの部屋に入って、しかも持ち物を引っかき回していっただろう」声音は静かだが、一言ずつが異議を許さずに力をこめて投げつけられていく。

曾日華は心中ひそかに驚いていた。たしかに、羅飛について調べるよう命令を受けたのと、録音証拠からの疑惑を理由に、皆が出払っている隙を衝いてひそかに羅飛の部屋に忍びこんでいた。隠密に動くよう気を配り、痕跡は残していないはずだったが、羅飛にこう面と向かって言われたからにはしらを切り通すのを諦め、へらへらと答えた。「ほんのおふざけですよ、羅刑事――まさか見抜かれるとはね。怒らないでくださいよ……はっは、羅刑事がお見通しでないことっていうのはあるんですかね」

「そうか、おふざけか」羅飛は目をぐるりと回した。「龍州《ロンジョウ》警察のネット監視課は今日の午後、龍州市のデータセンターが攻撃を受けて、ここ一ヵ月のおれの携帯の通話記録がアクセスされたのを感知した。うちの同僚はその攻撃の主を追跡したわけだが、曾刑事、これもおふざけだったのかな」

小賢しい動きをあまさず見抜かれ、曾日華がどれだけ厚顔とはいえ、いまは居心地悪く黙るほかはなかった。この場の一同の中では、韓灝と尹剣はなにか考えありげだが声を上げず、熊原はいささか驚いた様子で、残る慕剣雲《ムージェンユン》はちらりと考えを巡らしたあと、仲裁に入った。「全部誤解かもしれないでしょう、またあとで、二人でゆっくり話をしてみて」

「いいや」険しい表情の羅飛は、慕剣雲に向きなおる。

「これは誤解じゃない。きみもおれを調べてるんじゃないか？　だとしたら事件に関わることだ、会議で扱うべきだろう」

相手が突然矛先を自分に向けてくるとは思わず、思わず顔が火照り、無意識に視線を避けていた。

この状況に至っては、専従班を率いる韓灝も口を開かざるを得ない。咳払いして話しはじめる。「羅刑事、二人が調査を始めたのはわたしの指示だ。もとはといえば省都の警察の所属ではないわけで……きみは事件が起きたときに突然現れ、十八年前の事件とも深く関わっている。事件の責任者としては、避けようがない職務というのはあるんだ。わかってもらいたいな」

「はっ、省都の警察の所属でないからか……」羅飛は冷たく笑った。「……それとも初対面で刑事大隊長の威光を台無しにしたからか、尾行によこした部下をおれが倒したからかな？」

羅飛はとてつもない憤怒を溜めこんでいるようで、一度言葉を切るといっそう激しく詰問した。「それで、なにが出てきたんだ！」

韓灝も多少なりともいらだちを覚え、如才ないやりとりをかなぐり捨てて正面からぶつかることにした。

「わかった、そっちが話に出したならもっと突っこんだ話をしてみよう。〝身長は一メートル六五センチ、手に傷〟という間違った情報を最初に口にしたのはだれだ？　たったあれだけの時間で、あれはほんとうに現場検証の結果だったのか？　徳業ビル前の広場で、警察の配置の細部は、現場で作戦に参加していないかぎりだれもほかには知らなかった。きみは指揮室に入って真っ先に、私服刑事を全員見つけだしただろう。あれは、刑事としての知識をひけらかしただけだっていうのか？」

言外の意は明確きわまりなかった。羅飛と犯人がどこかでつながっているという疑いを隠しもしない。二人は睨みあい、場は殺気立ち一触即発となった。

「韓隊長、羅刑事、どうか気を鎮めて！」熊原が低い声で一喝する。頑健な体格の熊原は、声にも気迫がみなぎっていた。一同の鼓膜がわんわんと震える。

羅飛ははっとして、いささかの失態を見せたと気づき、意識して精神を鎮める。曾日華がひとりごとのようにつぶやくのが耳に入った。「そうだ、あいつはどうやって警察の配置の詳細を知ったんだ？　これこそ妙だな」

この一言が羅飛にひらめきを与えた。にわかに視界が開け、思わず口にする。「ホテルだ！」

口ぶりや態度は新しい発見があったのをはっきり表していて、瞬間的に一同の視線が集まり、韓灝すらもつい先ほどの不愉快を忘れ、続きを尋ねた。「どうした？」

「警察側の配置を細部まで把握しようとしたら、広場全体を視界に収めないといけないだろう。ということは犯人も、あの広場を観察していたんだ」羅飛は勢いこんで言う。「やつは高所を押さえる必要があった。人目に付かない高所に行こうとしたら、どこを選ぶと思う？」

羅飛が答えを説明しなくとも、一同は内心理解していた——徳業ビルの向かい、ホテルの部屋だ。警察が最善の観察地点として選んだのだから、犯人にとっても選択肢の中で最善の観察地点となるに違いない。

十月二十三日夜、二十三時九分。

専従班の一行は、徳業ビルと向かいあって建つ天峰《ティエンフォン》ホテルにやってきていた。フロントで話を聞き、場所と時間を定めて監視カメラの映像を確認すると、成果はすぐに手に入った。

前夜八時ごろ、一人の男がホテルの六一四号室にチェックインしていた。今日の午後三時すぎ、男は部屋を出てそれ以降戻らず、チェックアウトもしていない。映像を見ると、男の外見は事件現場に現れた犯人とかなり共通していた。チェックインに使われた個人情報も実際のものではないと判明した。さらに六階は広場を観察するのに最適な地点のひとつで、この謎の男への容疑はまたたくまに急上昇し、一同は奮いたった。

韓灝はすぐさまフロント係に男の外見の特徴を問いただした。そのとき相手をした女性スタッフによると、男はサングラスをかけていて、顔は頰ひげで覆われ、実際の年齢がいくつかは判別が難しかったという。

「頰ひげ、と」重要な証言を、尹剣は喜び勇んで手帳に書きとめたが、羅飛と韓灝たちからは反応らしいものがない。

殴り書きしたあと、尹剣は指示を仰ぐ。「韓隊長、前線の捜査員に知らせますか、頰ひげのある男にとくに注意を払えと」

韓灝は首を振って、きっぱりと一言返した。「偽物だ」

偽物？　尹剣はいぶかりながらカメラの記録を見つめる。映像はさほど明瞭ではないのに、どうしてスタッフの言う頰ひげが偽物だと言いきれるのか。

羅飛は尹剣の考えを見ぬいて、静かに説明した。

「犯人は用意周到だ、人目に付く頰ひげなんて生やしているわけがない。ひげもサングラスと同じように、顔つきの特徴を隠すためのたんなる小道具だよ」

尹剣は口を引き結び、むすっとした顔で手帳のページを破りとって、くしゃりと丸めた。

そのときには、韓灝たちの注意は映像の別の点に移っていた。

「チェックインのときはトランクを提げているが、出ていくときは手ぶらだな」画面を指さして韓灝が説明する。「となると、また戻ってくる可能性も否定できない」

熊原が即座に応じる。「部下を呼んでくるから、ホテルの近くで待ち伏せよう」

「ああ、ロビーにも人を置いてくれ。尹剣、熊隊長の補佐に入るんだ」韓灝は助手にそう言いつけ、ほかの面々に向かって言った。「わたしたちは部屋を見にいくぞ」

カードキーを持ったスタッフの案内で、一同は六一四号室の前にやってきた。チャイムの下には〝起こさないでください〟のプレートが赤く点灯している。スタッフによれば、男はチェックイン以来、だれも室内に入れていないということだった。

疑わしさが増していくにつれ、韓灝の心臓はばくばくと激しく打ち、興奮と緊張がこみあげてくる――あの男がほんとうに犯人だったなら、熊原たちの待ち伏せがうまくいかなかったとしても、部屋に残していったトランクからきっと大量の手がかりが手に入るはずだ。

そう期待を抱きながら、スタッフにドアを開けさせる。室内は暗闇に覆われていて、皆は戸口に立ったまま、足を踏みいれられないでいた。突然、おかしな考えが胸に湧きあがる――入口に続く暗がりから、ひどく異質なにおいが漂ってくるような気がする。強烈ににおうわけではないが、こちらの全身には寒気が走り、ともに脳裏に浮かんでくるのは、死と腐敗にまつわる恐ろしい連想だった。

まるでここが安楽なホテルの部屋ではなく、荒れ野の寒々しい墓場であるかのように。

だれもが思わず顔をしかめ、慕剣雲にいたっては無意識に鼻を押さえていた。ホテルのスタッフは不満げにつぶやく。「なにを部屋に置いていったんだ」

しかし羅飛と韓灝にとって、そのにおいは充分なじみのあるものだった。刑事である二人は、このにおいに包まれ長時間勤務するのをいくどとなく経験している。ある意味でそれは、死に関わるにおいだった。

それは死体安置所のにおい、正確に言えば、どこでも見る防腐剤、ホルマリンのにおいだった。

だが、このホテルの部屋からどうしてそんなにおいが漂ってくるのか。疑問を抱えながら、韓瀾は先頭を切って部屋に入り、入口横の装置にカードキーを差し入れた。

電灯の明かりが濃密な闇を払う。部屋に人影はなく、客が残していったトランクはベッドの上に置かれ、蓋が全開になっていて、ホルマリンのにおいはそこから漂ってきていた。

一同の心に不吉な予感が湧きあがる。たがいに目を見あわせ、急いで歩き寄ると、トランクに詰まった異様なものが彼らの目に入った。

並んでいるのは、十数個のずんぐりしたガラス瓶で、病院がさまざまな標本を保管するのに使っているようなものだった。一つひとつに液体が満たされ、それぞれに各様な形状のものが浸かっている。

慕剣雲は頭の皮膚が張りつめて痛むのを感じた。男たちの後ろに数歩下がり、震える声で訊く。「そ……それはなに？」

だれからも答えはない。

韓瀾の硬い表情には、並大抵でない沈鬱さが現れていた。白手袋をはめ、瓶の一つを手に取って、明かりで照らし目を凝らす。

「頭の皮だ、なんてこった、人の頭だ！」曾日華が、ホルマリンに浸かったものがなにか気づいて、警察官らしさなどかなぐりすててわめきだした。

そう、それはまぎれもなく頭の皮、髪がわずかに張りついた、人間の額の皮膚だった。瓶が動くのに合わせて、液体の中を皮膚はぐねぐねと漂い、異様な軟体動物がうごめきだしたかのようだった。

慕剣雲はこれ以上見ていられず、慌てて部屋から飛びだして、廊下の新鮮な空気を求めてあえいだ。

羅飛はしばし皮膚に目を向けたあと、瓶の腹に貼られた白い紙に目を留めた。瓶のラベルのように見えたが、手書きの文字でいろいろと書かれている。

韓瀾も文字に気づいたらしく、紙が正面に来るように回すと、くっきりと書かれた文字が目に入った。

死亡通知書
執行対象：林剛《リンガン》
罪状：白家廟《バイジアミアオ》強姦事件
執行日：三月十八日
執行者：Eumenides

特徴のない宋朝体、新たな〝死亡通知書〟だった。

「白家廟強姦事件？」書かれた文字を読みあげた曾日華は、ひどく怪訝そうだった。韓灝も眉間に深いしわを刻んでいる。二人を前にして羅飛は少しばかり当惑する。

「省内で起きた、未解決の凶悪事件の一つ」曾日華が羅飛に説明した。「去年の事件で、ぼくが警察の内部ネットワークに捜査協力の通知を流したんだ。犯人の特徴は、額の左に五センチほどの刀傷があること」

曾日華の言葉に応えるかのように、瓶の中の皮膚が平らに広がって、長い傷痕がひとりでに目に飛びこんできた。瞬間、三人は理解した——この皮膚は、問題の刀傷を保存しておくために作られた標本なのだ。

ふん、と羅飛が声を上げたのは笑ったようにも嘆きのようにも聞こえた。「こちらに代わって事件を解決したうえに、刑も執行してくれたらしいな」

通知書の〝林剛〟の二字には鮮やかに赤のかぎ印が重なっている。裁判所の布告を見たことがあればだれでも、その印が〝裁決済み〟を意味することは知っていた。

羅飛の傍観者めいた不真面目な態度とは違って、韓灝の抱く心情はこれ以上ないほどに複雑だった。赤い印が、傲然とこちらをあざ笑う口のように見える。

警察が力を尽くして追っている殺人犯が、警察の解決できなかった事件を解決するとは、この世でも群を抜いて滑稽な出来事ではないだろうか。

韓灝の腕に青筋が走る。瓶をトランクに戻し、べつの一つを手に取った。この瓶に浸かっているのは胸元の皮膚で、暗い青色の蝙蝠の刺青が鮮やかに彫られている。

この瓶にも当然紙が貼られていた。

死亡通知書
執行対象：趙二東《ジャオアルドン》
罪状：東楡樹《ドンユーシュー》強盗殺人事件
執行日：五月十一日
執行者：Eumenides

同様の〝死亡通知書〟で、同様に赤く裁決済みの印が付けられている。

韓灝が東楡樹区の強盗殺人を知らないはずはなかったし、趙二東の代名詞である蝙蝠の刺青のことも知っていた。その刺青を持つ男を見つけだすため、隊員たちとともに数えきれないほどの眠れぬ夜を過ごしてきたのだ。いま、その刺青がついに目の前に現れたのに、悲しむべきか怒るべきか、喜ぶべきか決められなかった。

静まりかえった空気のなかで、ホルマリンに満たされた瓶が一つずつ手に取られては、戻されていく。瓶には指、耳、鼻とさまざまな身体の一部が収まり、どれも警察が必死で追い求めた特徴を備えて、つぎつぎと三人の目の前に姿を現していった。対応する〝死亡通知書〟にもすべて赤い印が付けられている――そして韓灝は、最後の瓶を手に取る。

瓶のなかに浸かっているのは切りとられた舌だった。

死亡通知書
執行対象：彭広福《ペングアンフー》
罪状：双鹿山《シュアンルーシャン》公園警官襲撃事件
執行日：十月二十五日

執行者：Eumenides

瓶に貼られた紙にはこう書かれていた。赤い印の付いていない唯一の〝死亡通知書〟だ。韓灝はこの文字を目にした途端、内心の負い目に触れられたように見えた。顔の筋肉がひとりでにひくつき震えている。

曾日華もはっとして、韓灝を向いてなにかを話しかけようとしたが、相手の表情を目にして言いかけた言葉を呑みこんだ。

羅飛は二人の様子が変わったのに気づいて、曾日華にちらと目をやった。問いかけを含んだ視線だったが、相手は首を振る。軽々しくは話せないということらしい。

この紙には赤い印がない、つまり〝彭広福〟なる この犯人にはまだ〝死刑〟が執行されていないということだ。

だとすると、瓶のなかの切られた舌はどういう意味なのか。

韓灝は時間をかけて瓶をトランクに戻す。その動きはひどく重々しく、薄暗い部屋の空気がいっそう息苦しくなった。揺れ動く内心を懸命に抑えつけると、携帯を取り出し尹剣に電話をかける。「外で待機している人員は撤収だ。やつは戻ってこない」

羅飛は心中ひそかに苦笑した。確かにそうだ。相手は警察がここにたどり着くのを予想していた。これから部屋に戻ってくることはないし、この部屋には相手が見せつけたいもの以外、価値のある手がかりはひとつも残っていないだろう。

その後の出来事は、羅飛のこの推測を裏づけた。鑑識員たちはホテルの部屋を隅から隅まで調べあげたが、ベッドのトランクのほかに収穫はいっさいなかった。指紋一つ、目につかない髪一本さえも。

だがそのトランクは、警察に前代未聞の衝撃を与えた。その衝撃はいままでの事件そのものすら上回っていた。

　トランクに入っていた瓶は計十三個。瓶の一つひとつに一枚ずつ〝死亡通知書〟が貼られ、十二枚はすでに執行済みで、残る一枚に記された執行日は、一日後の十月二十五日だった。

　十三枚の〝死亡通知書〟に記された十三件の凶悪事件は、どれも省の公安庁から解決期限を言い渡されている重大事件だったが、いまに至るまで未解決だった。記された内容によれば、容疑者のうち十二人にはすでに〈エウメニデス〉が死刑を執行し、彼らの特徴を確認できる身体の一部を切り取って、ホルマリンに漬け証明にしたということになる。

　警察に差しだされた十三の瓶について、解釈は一つしかなかった。〈エウメニデス〉は警察の電子システムに侵入し、集められていた資料をもとに犯罪者たちを突きとめて、みずから選んだ方法で刑を執行したのだ。

　警察に手を貸しているのか、それとも嘲笑しているのか。もしくは、新たな形で警察に挑戦しているのだろうか。警察が苦労して追っている犯罪者が、長く警察を悩ませてきた十数件の事件を独力で解決した——どこから見ても前代未聞の出来事で、滑稽で嘆かわしい事態だった。この事態を作りあげた〈エウメニデス〉は、自分の恐ろしい実力と、奇矯さ、そして傲慢さを心おきなく見せつけてきている。

　羅飛たちは一度、書かれているのはほんとうに事実なのかとも疑った——標本が並んでいても百パーセントの証明にはならない。しかしトランクに入っていたもう一つの物品によって、疑問を挟む余地は失われた。

　それは、パソコンに接続する外付けHDDだった。中に入っていたデータの中心は編集済みの動画で、専従班のメンバーは全員で映像記録を見ることになった。

　映像の撮影地点は窓がなく薄暗い、荒れ果てた光景で、視界が狭く絞られていて場所をあまり正確に判断することはできなかった。画面の中央ではずんぐりした男が正座していて、両手両足を縛られ怯えきった表情で、額の左にうっすらと傷痕が判別できた。

間があって、べつの男の声がカメラの視界の外から響いた。「名前はなんだ」

ひどく奇妙な響きの声で、なにか特殊な処理が加えられているらしかった。この声の主は、明らかに実際の声を警察から隠そうとしている。

カメラに映った男は消え入りそうな声で答えた。

「林……剛」

姿の見えない男がまた訊く。「去年の八月三日、白家廟村の強姦事件に関わったか？」

林剛は怯えたようにうつむく。「あれは……おれがやった」

奇妙な響きの声にはなんの感情も感じられなかった。

「おまえが襲った女だが、どんな特徴があった？」

林剛は答える。「右の胸に、痣があった……大きさは箸の先ぐらいだ」

「よろしい」カメラの前に人影が現れる。男が林剛の背後に回り、手足を縛っていた縄をほどいたようだった。

林剛はしびれた腕を揉み、どこか困惑した表情を浮かべている。その視線が動いて、男がまた正面に回ったのがわかったが、そこでふいに林剛が愕然とした表情になった。

カメラの視界に現れた手は、寒々と光る剃刀の刃を指にはさんでいた。

「もう一度機会をやろう」刃の光以上に男の声は冷えきっている。「立ちあがれ」

「いやだ……」林剛は絶望して首を振り、大の男が涙声になっている。

男は繰り返す。「立て」

林剛は身体を震わせ、立ちあがるどころか背中を縮こまらせた。

男は軽蔑したように鼻を鳴らし、刃物の光が画面を切り裂いた。林剛は恐ろしい、不気味なうめき声を上げて、なにかをつかもうとするように腕を持ち上げたが、その半ばで身体をこわばらせ、床にくずおれた。薄暗い画面でも、首元から大量の血が流れ出すのは見てとれた。

まさしく、動画に映っているのは一つ目の瓶に貼られた〝死亡通知書〟の執行現場で、林剛が被害者の女性について話したことは、犯行に及んだ本人に間違いないと証明していた——口にしていたのは、これ以上なく私的な事実だ。捜査に関わった刑事ですら知っているとは限らないし、まして想像で言えることではない。

死刑を執行した男は、同じように要点を理解しているようだった。動画の続きには、ほかの十一人の犯罪者が処刑される光景も記録されていた。どの場合も男はまず簡潔な質問を投げかけていたが、その一つひとつが事件のなかでもまったく表に出ていない事実に関するもので、犯人の正体の裏づけになっていた。

相手が事件の元凶だと確かめると、男は彼らを縛る縄を解いた。〝もう一度機会をやろう〟——どの場面もそれが最後の台詞だったが、一人としてその〝機会〟を生かすことはなかった。

彼らは、〝機会〟を生かそうとする欲求のかけらすらも見せなかった。手足が自由を取りもどすと、いっさいの例外なく縮こまり、怖気づいた雀のように命を奪う一撃を待っていた。

この十二人は、強姦、強盗、殺人……と悪行を積みかさねてきた凶悪きわまりない犯罪者たちだったが、この謎の男の前では、生きのびようとする勇気も持てない脆弱さをさらしている。

その場に居合わせたわけでなくても、男の声が持つ、すさまじい圧迫感を覚えさせる恐ろしい力は専従班の全員が感じとっていた。

当然これが映像の終わりではなかった。〈エウメニデス〉がほんとうに警察に見せつけたかったいちばん重要な部分は、動画の最後の一節だったかもしれない

――


やはり似たような光景の場所で、三十代ほどの男が床に正座している。その顔にカメラが向けられ、容貌ははっきりと判別できた。

画面の外の男が口を開く。「名前はなんだ」

「彭広福」正座した男が答える。

「去年の十月二十五日夜、酒と煙草の店の〈日鑫《リーシン》〉で起きた拳銃強盗に関わったか？」

「おれと、仲間の周銘《ジョウミン》と二人でやったよ」

「二人で二万四千元の現金を盗んで、〈日鑫〉から逃げるときなにが起きた？」

「パトロールの警察に見つかった」

「何人だ？」

「二人だよ」

「それからは？」

「警察に追いかけられて、双鹿山公園に駆けこんだ。あそこの庭は岩山が沢山あるから、そこに隠れた」

「警察に見つかったか？」

「見つけられたな」

「それから？」

「銃を撃って、むこうも撃ってきた」

「警官二人は、一人が死んで一人が生きのび、そっちの仲間の周銘も死んだ、そうだな？」

彭広福はびくつきながらうなずく。

画面の外の男はすこし黙り、また質問する。「警官二人はどんな名前だったか、知っているか？」

「あとで……新聞で読んだ」

「名前を教えてくれ」

「死んだほうが鄒緒《ゾウシュー》、怪我で済んだほうは……韓灝だ」

羅飛は初めから映像の光景に全神経を集中させていたが、〝韓灝〟という名前が突然彭広福の口からこぼれ出したのを聞いて、思考は途切れざるを得なかった。怪訝に思い、近くに座っている専従班指揮官を振りかえると、相手は歯を食いしばり、額からは汗が玉となって流れおち、精神が限界を迎えるぎりぎりの様子だった。ほかに目をやると、尹剣から曾日華に至るまで皆、悲憤か、気まずさか、同情か、一人として平静ではなかった。ほんの少し前、ホテルで瓶を発見したときのことがよみがえり、羅飛ははたと理解した――韓灝はこの警官襲撃事件の当事者だった。これだけの事件なら警察内部に知れわたっているはずで、専従班のほかの面々は理解していながら口には出さず、自分だけが蚊帳の外だったのだ。

ここまでの思考はほんの一瞬のことで、次に映像で起きたことにたちまち羅飛の目は吸い寄せられた。

「よろしい」男がこの一言を口にしたときは、質問が終わったことを意味する。続く言葉も変わらなかった。

「もう一度機会をやろう」

彭広福は顔を上げ、画面の外の男を呆然と眺める。

男の手が画面に現れる。しかし一同の予想を裏切って、指に挟まれているのは冷たい刃ではなく、ボタン形の丸い金属製のなにかだった。

それは彭広福の上衣のポケットに収められ、一方で奇妙な声が説明した。「位置情報の発信機だ。受信機は警察に渡す」

彭広福は目を見開く。犯罪者であっても、この状況で〝警察〟の二文字を耳にしたことで、視線は期待に満ちていた。

警察の手に落ちるとしても、この悪魔を前にするよりはずっといいだろう。

「これは、一つのゲームのつもりだ。ゲームを始めるときには発信機を起動させて、それで警察はゲームの舞台を知ることになる。ただ警察からは最大で四人しか来ることを許さない。向こうがルールを守ることができて、そのうえゲームに勝利すれば、おまえは生きてここを出ていける」男はゆるやかな足どりで彭広福の周りを巡っているらしいが、その言葉はむしろ画面の前の一同に聞かせているように思えた。専従班の面々は眉をひそめて精神を集中させ、相手の言葉の含意と、事態の進むだろう方向を熱心に考えていた。

机に置かれていた装置を韓灝は手に取る。これもトランクから警察が発見したもので、いまになってようやく装置の用途が判明した。これより前にも警察は装置の電源を入れてみたが、画面には空白が表示されただけだった。相手が発信機の電源を入れてはじめて、この装置は役目を果たすということか。

「もう一つ問題がある」男は彭広福の前で足を停め、陰々たる声で言った。「おまえもゲームに参加するが、漏らすべきでない秘密は漏らさないでほしい……となると、なにか手段を考えないといけない」

彭広福の顔にすさまじい表情が浮かぶ。同時にその視線の先では、画面にまた同じ手が現れ、指に挟まれた刃が冷たい光をきらめかせていた。

「や、やめろ……」絶望の面持ちで懇願する。「なにも言わない……なにも言わないから！」

それでなにかが変わることはなかった。男のもう一方の手が画面に現れて、あごを押し下げ、彭広福は口を大きく開かされて、懇願の言葉はなにも聞きとれないうめき声に変わった。

刃を挟んだ指が口に滑りこみ、彭広福は必死になってもがいたが、口を押さえつける手は万力のようでぴくりとも動かせない。喉の奥深くから悲鳴が絞りだされるとともに、男の指をつたって鮮血が口の外まで浸した。

なにが起きるか予想はしていたが、画面の前の一同は頭の皮膚がひそかに粟立つのを感じた。曾日華に至っては音を立てて唾を飲みこみ、自分の舌が口の中にあるのを確認するかのようだった。

　画面の中では、男が手を放し、彭広福は苦しげに背中を丸め、口を開いてああ、ああとしわがれた声を上げている。男は刃を使って、切りとられた血まみれの舌先をすくいあげ、見せびらかすようにカメラの前に突きだした。

「これがおまえの機会だ。これを生かせるといいだろうな」

〝機会〟の二文字を口にしながら、その冷やかな声からはいっさいの希望が感じられず、反対に冬の夜のごとく身に染み入る死のにおいが漂っていた。

　血に染まったアップの光景で、動画はようやく終わりを迎えた。皆は重荷を下ろしたかのように息を吐いて、それまでの重苦しい空気からわずかばかり逃れた。

それから韓灝のほうを向く。韓灝は専従班の指揮官であり、また彭広福とは直接のつながりがある事件関係者として、この時点での態度を表明しておく必要があるように思えた。

　韓灝は、さまざまな考えが頭に渦巻いていたのが平常の精神状態に戻りつつあった。「ここは〈四一八〉専従班で、双鹿山の警官襲撃事件はわれわれの職責を外れる。いまの任務は、彭広福の安全を確保することだ」きっぱりと言い切ると、しばし考えを巡らし、一同を見回した。「相手の要求は呑んで、四人一組で敵の虎穴に踏みこむことにする」

　羅飛は苦笑して首を振った。韓灝の最後の言葉の意味は理解できた。専従班にいるのは六人で、参加できない人間が出るだろう。それ以上に、真っ先にのけ者になるのが自分だということもわかっていた。


　十月二十四日午前、十一時五分。

　羅飛は刑事大隊の宿泊所の食堂に現れた。炒め物と瓶ビールを頼んで、悠々と飲み食いを始める。

　新たな〝死亡通知書〟に記された執行日、十月二十五日まではすでに十三時間を切り、専従班にとっては切迫感とともに作戦準備を進める正念場だったが、羅飛ははからずも平穏な時間を過ごしている——韓灝によって作戦要員には入れられなかったからだ。

そうとなれば、ゆっくりと睡眠をとり、気力を万全の状態に保つことに決めた。充分な時間と、多少の精神の余裕を手に入れて、かえっていっそう明敏に頭を動かせる。

韓少虹が殺されたとき、敵の後ろ姿を目にしていた。昨日の映像では、敵の声を耳にした。憎みや恐れと激しい切望をこちらに抱かせる相手は、霧の中からじりじりと姿を現しはじめている。互いが奇妙に呼応しているような気分で、相手の足どりが徐々に近づいてくるにつれ、自分の血潮が湧き立つように感じる。

相手も同じように感じていると確信があった。二人はあたかもコインの両面、磁石の両極のように、ごく近い存在で互いに引き合うが、まったく反対の性質を帯びている。

二人とも、相手の姿をどう見ているかすら言いあわせないのではないだろうか。すくなくとも羅飛にとっては、敵になにを感じているのかはっきりしなかった。映像の中で罰を受けていた十数名の悪魔たちを思うと、痛快さに羅飛は笑いだしそうにさえなる。ただ、十八年前の惨劇は——いまも心に金網が巻かれたかのように、思いだすたびに締めつけてくる。

かつての猛烈な愛と憎しみは、十八年の長い時間が経っても薄れてはいない。一通の短い匿名の手紙だけで、二人は別々の地点からひとところへ引きもどされた。

相手との対面は近いという予感があった。そのとき、氷と火がぶつかりあうと結果はどうなるだろうか。

想像がつかない。

想像がつかないから、よけいに切望がつのる。

自分の考えに没頭しすぎて、慕剣雲が近づいてきても羅飛はまったく気づかない。

「羅刑事、のんびりしたものね」慕剣雲は声を上げないとならなかった。盆を置いて、羅飛の対面に腰を下ろす。

「きみたちに礼を言わないとな」羅飛の口ぶりは友好的とは言えない。「おかげでこれだけ時間ができた」

慕剣雲は笑い、相手をなだめるように答えた。「わたしに言うこと？　わたしだって作戦班には入れてもらえなかったのに」

羅飛も笑い声を上げげた。「それはもっと重要な任務があるからだろう」

慕剣雲は言葉に詰まる。疑いを向けられ、探りを入れられた経験が羅飛の心にわだかまっているのを感じた。目を見開いて、そんなつもりはないと伝えるしかない。「今日はあなたを追ってきたんじゃなくて、たまたま食事に来て見かけたんだけど」

羅飛はなんとも答えずにビールを飲み、表情が緩む気配もなかった。

慕剣雲はわずかに押し黙ったあと、軽くため息をついた。「わかったわ。たしかに、わたしと曾日華はあなたのことを調べていた。だけど、これはたんなる任務なの――あなたもわかるでしょう、警察官どうしなんだから。ただ偽りなく言えるのは、わたしも曾日華も、あなたが犯人だとは思っていない」

羅飛はやはり答えないが、顔を上げて慕剣雲と視線が合った。どちらも内心を探りあてるのには長けていて、羅飛は相手の誠実さを感じとり、慕剣雲も羅飛の疑念を読みとった。

「これを聞いてみて」ここまで話が進んだならと、慕剣雲はとことん率直になることに決めた。曾日華から渡されたｍｐ３プレイヤーを取りだして、必要な音声データを選んで再生ボタンを押した。

イヤフォンを着けた羅飛は、たちまち身体をこわばらせた。顔には驚愕とともに、はるか昔を懐かしむような複雑な表情が浮かんでいた。

プレイヤーが流しているのは、問題になっている十八年前の事件の証拠——省都の警察学校の校内放送で流された、男子の日記を読みあげる音声だ。

その録音によって、羅飛の意識ははるか遠くに運ばれてしまったようで、再生が終わってもイヤフォンを外すまでしばらくの間呆然としていた。鼻の奥がかすかにつんとするのを感じ、ゆっくりと深呼吸をして感情を抑えつけた。

「おれの声だ。その件も……おれがやったことに違いない」羅飛は力なく慕剣雲を見ながら、ゆっくりと言う。

「殺人犯でないのは知っている。最初にあなたに会ったときからそれは確信していたの。その目に映っていた悲しみと憎しみは、でっちあげられるものではなかったから。でもこの件に関わりがあるのは確かね、あなたはいったいなにを隠しているの？」慕剣雲はできるかぎり柔和な口調を崩さない。いまは自分が触れているのが相手の心の奥底、もっとも繊細な秘密だと意識して、完全に警戒を解かなければ話を聞ける可能性はない。

羅飛は呼吸を整え、時間をかけて頭を冷やす。腫れ物に触るような相手の様子を見て、急になんだか可笑しくなった。「そんなに気をつかう必要はないよ。この証拠があるなら、いまでもおれを拘束して、正規の扱いで取り調べを始められる」

「この録音は曾日華が探りあてて、わたしに託されたの。韓灝はこの件を知らない」相手の抵抗はなくなったとはいえ、慕剣雲は意図も口調もまったく変えずに、さらに相手の心の奥深くに向かっていく。「こちらはあなたを信頼しているけれど、わたしのことは信じてくれない？　これは調査ではなくて、ただの友人として、あなたの語る言葉が聞きたいの」

羅飛と慕剣雲は見つめあう。じわじわと、羅飛の目にあったなにかを守るための膜が相手によって溶かされ、世に知られていない十八年前の過去を話しだす思い切りがついていった。

「そうだな……もう知っている話だろう。〈四一八〉の惨劇より前に、〈エウメニデス〉の名前は登場していた。警察学校の内部だ」羅飛はそうやって話を切りだした。

慕剣雲はええ、と答える。「わたしの知っているかぎり、四人の学生が〈エウメニデス〉の罰を受けた——テストでカンニングをした男子、人のものを盗む女子、人の秘密を吹聴したがる男子、それと浮気者の男子」

羅飛はうなずいた。「そっちが握っている資料に不足はないな。おれたちが起こした騒ぎは四件で、一件目と三件目はおれが、ほかの二件は孟芸《モンユン》がやった」

「そうか……二人いたのね」慕剣雲は軽く驚嘆の声を上げた。「ずっと不思議だったの、あなたにどれだけの技倆があっても、女子のシャワー室での一件は手出しできないって——孟芸も関わっていたのね。でも、どうして二人協力してそんなことをしたの？」

「協力はしていない」羅飛が訂正する。

「だったらなに？」

「おれたち二人は……」羅飛は長々と逡巡して、投げ出すように一言を口にした。「……勝負をしていた」

「勝負？」慕剣雲は理解が追いつかない。

羅飛は静かにため息をつく。「おれと孟芸の関係は理解できないかもしれないな。おれたちは恋人で、愛し合っていた。でも強く愛するからこそ、激しく争ったんだ。互いに愛を注いで、尊敬して、ただどちらも引きさがらない……特別な感情で、理解はしてもらえないと思うが」

慕剣雲は楽しげに笑った。「わたしにはわかるわ」

意外そうに見返す。「わかるのか」

「あなたたちの情報には目を通してあるの。どちらもさそり座だったでしょう」慕剣雲は滔々と話す。「負けず嫌いのさそり二匹が近づきすぎると、どちらかが屈服するまで争いは終わらない――思いだしてほしいけれど、わたしは心理学の専門家なの。人の性格に星座や血液型が影響するかは、とくに興味のある課題だから」

「ほう?」羅飛は意表を衝かれ、孟芸とのとりとめない一幕を順に思いかえして苦笑した。「そのとおりかもしれないな。二人とも相手を降参させることばかりで、譲ることは考えなかった」

「わかった、その話は措くとして」遠い眼をする羅飛を見ていて、慕剣雲はどこか面白くない気分になり、話題を引きもどした。「詳しいことの次第を早く話して」

羅飛はまたため息をついた。「あれはおれが悪かったんだ。あの時期、学校で推理小説のコンテストが開かれて、孟芸はふだんから文学作品も多少読んでいたから、そのコンテストに参加しようと思った。ある日、おれに自分の構想を話してくれたんだ――女の登場人物が出てくるんだ。罪を犯したのに罰を受けていない人間を狙って、罰を与える。孟芸はその女にギリシャ神話から取って、〈エウメニデス〉と名前を付けた」

「〈エウメニデス〉……そういうことだったのか」慕剣雲は急に眉をひそめ、不満げに言う。「ずいぶん演技が上手なのね」

「えっ?」羅飛は眉を持ちあげた。なぜ急にそんなことを言われたのかわからない。

腹立たしげな面持ちで鼻を鳴らす。「最初に〈エウメニデス〉の話をしたとき、その意味を知らないと言ったでしょう。しかもわたしに長々と説明させて、あのときは間抜けだと思ってたの?」

羅飛はばつが悪そうに笑い、相手の言葉には答えなかった。

慕剣雲も笑い声を上げる。「わたしは陰であなたを調べて、あなたもわたしを騙していた。これでおあいこ、なにも言いっこなしね。さて、本題に戻りましょう――そのあとは？」

羅飛は回想する。「孟芸に、小説の構想について意見を聞かれた。そのときおれは、主人公を女にするのに反対した――深く考えたわけじゃなくて、そういう展開を書くんだったら男の主人公のほうがまだ現実味があると思ったんだ。それで孟芸と言い争いになって、どういう流れだか、小説の中身について対立していたのがそのうち、おれたち同士の話になっていった。孟芸はおれに見下されてると思っているし、こっちも腹が立ってくる。そうしていると、二人で賭けをすることになった。小説の中の出来事を実行に移すんだ」

「なるほど」慕剣雲は合点がいったという表情を見せる。「それがさっき言った〝勝負〟ね？」

「ははっ、若いときの無茶だな」羅飛は感慨深げに首を振り、自分をそう評すると、さらに詳しい説明を始めた。「二人が交代で〈エウメニデス〉役を、もう一人が警察役を担当することになった。〈エウメニデス〉の使った手段が警察に見抜かれたら、そこで賭けの勝敗が決まる。当時おれは刑事捜査専攻でも実力者で、孟芸はふつうの心理学専攻の女子だったから、楽々と勝てると思ったんだ。ただ勝負が二巡してみると、最高でも引き分けにしかできていなかった」

二巡の勝負というのは、警察学校で起きた四件の騒ぎのことだろう。不可思議な状況を思いだして、慕剣雲は思わず口を挟んだ。「どんな手を使ったの？　孟芸の手口は見抜けなかったにしても、あなたの手口も不思議なの。種明かしをしてくれない？」

羅飛は首を振り、悲しみのにじんだ声で言った。

「二人の間だけの秘密だ。孟芸一人にしか話す気はない」

慕剣雲が口を結んだのは、不満からかそれとも羨ましさからか。

羅飛は長い息を吐いた。「ほんとうに聞かせてやれる機会があったら、どんなによかったか……ただ当時のおれはそこで折れる気はなくて、どうにかして勝負をつけようとしていたんだ。そうして次の作戦を練っていたとき、突然〈四一八〉の事件が起きた。事件については、いまならおれよりもきみのほうがよく知っているんじゃないか」

話が血塗られた一日のことにたどり着き、慕剣雲は眉を寄せる。「それはつまり、〈四一八〉の事件が起きた事情はいっさい知らないということ？」

羅飛は頭を振る。「あの事件については、嘘はついたことがないよ――詳しい事情は最初の会議のときに話した。あの日の午後、寮に戻ると孟芸が残していったメモと〝死亡通知書〟を見つけた。仰天したよ、真っ先に頭に浮かんだのは、孟芸はおれと張りあうために袁志邦《ユエンジーバン》にまで手を出したのか、だった」

慕剣雲はなにも言わずにうなずく。当時の羅飛が置かれた状況では、たしかにとても筋の通った推測だ。

「だから動揺はしても警察には知らせないで、どうにか孟芸と連絡を取ることだけ考えていた？」そう質問する。

「そうだな、袁志邦がふらふら移り気なのを、孟芸はとびぬけて目の敵にしていたから。だから手出しをしても不思議じゃなかった」羅飛は考えこむ。「でも、孟芸が袁志邦に〝死刑〟の罰を与えるとは思わなかった。おおかた、あいつを拘束してそれなりの罰を与えて、おれにも負けを認めさせる考えなんだろうと思ったんだ。なにしろ、おれも袁志邦も刑事捜査専攻の歴史でとびきり優秀な学生という扱いだったから、いま言ったことを孟芸が達成できたなら、間違いなくおれとの勝負でははるかに有利になる」

慕剣雲はすこし考えこみ、はっとして言った。「孟芸が袁志邦を襲った、当時あなたはそう考えたのね――だったら孟芸が〝死亡通知書〟を見たときも、同じようなことを考えたんじゃない？　あなたが、袁志邦を襲ったんじゃないかって」

「後からおれもそう思ったよ。孟芸が犠牲になったということは〝死亡通知書〟の送り主じゃないはずだろう。こう考えられる——あの日の午後、孟芸はおれよりも先に寮の部屋に入ってあの通知書を目にし、ごく当然におれの仕業だと思いこんだ。だから警察にも知らせず、すぐさま寮を出ておれと袁志邦を探しに向かったと。おとといきみは問い詰めてきただろう、爆弾を処理するとき孟芸は、どうしてあそこまでおれの言葉を信じていたのか」そこで言葉を切り、ふっ、と漏らした苦笑いには苦しみと諦めが詰まっていた。曇った表情で言う。「孟芸は、爆弾を設置したのはおれだと思っていたんだよ」

「そうか……」考えを整理してみる。羅飛の話は事件の流れと細かいところまで符合していて、明確にぴたりと嚙みあいまったく矛盾はない。


しばし考えを吟味して、慕剣雲は自分なりに話をまとめた。「だったらつまり、ほんとうの犯人があなたたちの思いつきに便乗して、残忍な犯罪の計画を進めたということ？」

「そうだ。おれたちは高度な競い合いだと思いあがっていたが、やつにはすっかり見破られていたんだ。もしかするとずっとおれたちをあざ笑っていたのかもしれないな。袁志邦を標的に選んだのも、戒めのためにちがいない——自分こそが真の〈エウメニデス〉だと」〈エウメニデス〉に話が及ぶと、恨めしげな羅飛の声にわずかな恐れが混じった。

疑問の余地はない。十八年前の戦いでは、突然闖入してきた相手を前に羅飛も孟芸も、完膚なきまでに敗北したのだ。

〈エウメニデス〉……間違いなく恐怖を覚える相手だ。慕剣雲は内心恐れをなしていたが、もう一つ頭を悩ませている問題をぶつけた。「犯罪計画はそのときに始まっていたなら、どうして十八年も期間が空いたんだろう」

「なにか理由があるんだろう……いまはおれにもわからないが」羅飛は首を振り、目を細めて言った。「わかるか、もう一つおれが悩んでいる疑問があるんだ、きみなら答えてくれるかもしれない」

「なに？」

「やつの行動の動機だよ。はじめはおれたちに触発されて事件を起こしただけなら、その十八年後、どうして死刑の計画を事前に警察に明かすことにしたんだ？どう考えても長期的な策としては不利で、罪悪を罰する役目を買って出ていたはずの〈エウメニデス〉の態度とは思えない」

慕剣雲は鼻で笑う。「犯人の意図は、あなたたちが最初に考えていたような高尚な考えではなくて、たんにゲームの刺激を求めているだけなのかもしれないでしょう。はじめの刺激では満足できなくなって、ゲームの難易度を上げる方法を考えたと」

「その判断も筋は通っているよ」羅飛は考えこむ。「ただ、それだけじゃないような気がするんだ……連続殺人犯が警察を挑発する例は外国でもあるが、どれも重要な情報を警察に明かすのは犯行後だ。刺激を求めるならその方法をとるはずなんだ。犯行前に警察に連絡するなんて、難易度があまりに跳ねあがりすぎやしないかな。それに、やつはいままで少なくとも十二件の事件を起こしていて、警察はその気配にすら気づかなかったんだ。狂気で理性を失った人間でないのはわかる」

羅飛の言葉も筋が通っていると思い、慕剣雲はすこし考えてみたがなにも思いつかず、羅飛に質問を返した。「なにか予想はあるの？」

羅飛は首を振る。「いまのところはなにも。ただ、いま突きつけられている挑戦は罠のにおいがぷんぷんするからな。もしかすると今後の展開でなにかわかってくるかもしれない」

「今後の展開？　それじゃ手遅れじゃないの？」羅飛の言葉に、慕剣雲はわずかばかりぞっとした。「裏があると考えているなら、急いで止めさせないと」

「韓灝が話を聞くと思うか？」羅飛はそっけなく言って相手を黙らせ、直後にべつのことを切りだした。

「ただおれは……きみに力を貸してほしいと思っている」

腹を割っての対話を経て、慕剣雲はすっかり羅飛の味方になっていた。即座に答える。「どうやって？」

「〈四一八〉の事件に関する記録資料をすべて見たい」両眼を見つめて、真剣な態度で言う。

「いいわ」慕剣雲はいっさい迷うことなく答えた。

「食べ終わったらわたしの部屋に行って、二人で情報を検討するということで。じゃあ、早く食べましょう」

そう声をかけながら、慕剣雲は勢いよく食べはじめた——さっきまで会話に集中して料理にはまったく手を付けておらず、とっくに冷めてしまっていたが、事態が進展している最中にそんなことは気にならなかった。羅飛もぜんまいをいっぱいに巻かれたように瓶のビールを一気に飲みほし、すこし前までのぼんやりした雰囲気は跡形もなくなっていた。

十五分後、慕剣雲は羅飛を連れて宿泊所の自室に戻った。〈四一八〉事件の記録は——曾日華から二日前に受けとったものも含め——すべて羅飛に渡した。まぎれもなく、その内容のかなりの部分は羅飛がはじめて目にするものだった。羅飛自身が関係者として受けた取り調べの記録や、自分についての分析はなおさら縁遠く、一段とていねいに目を通すことになった。

かねて待望してきた資料とはいえ、実際に目を通すのは羅飛にとって心の痛む体験だった。過去の資料に記された事実一つひとつを微細にわたって吟味していくにつれ、当時の惨劇にまつわる記憶の断片が一つずつ脳内に積みかさなっていき、やがて欠けるところのない、鮮明な記憶が姿を現していく。それとともに、記憶につながった数多《あまた》の感情が身体を覆っていく。悲嘆、後悔、苦痛、憎悪……それらが順々に神経にのしかかり、身動きが取れなくなる。

慕剣雲は羅飛のそばで静かに座っている。心理学者である彼女は、相手の感情の揺れうごきをありありと感じとっていた。胸の奥にかすかな同情心が生まれていく。いまの自分の最大の願いは事件を解決することではなく、目の前の男ひとりを助けること、心の奥深くに絡みついた苦痛から抜けだす手助けをすることだとすら思えた。

資料を読みすすめていくにつれ羅飛の心理状態はひたすら悪化していった。そのうちついに耐えきれなくなったのか、長くため息をつき、目を閉じた。そして両手で頬から後頭部との間をぐしゃぐしゃと何度もこすり、自分をさいなむものを頭から絞りだそうとでもしているようだった。

慕剣雲も資料はひととおり見ており、羅飛がいま読んでいるのが鄭郝明《ジョンハオミン》からの取り調べの記録だと気づいた。開かれている頁には、羅飛と孟芸の無線を通した会話が記されている。

慕剣雲には、羅飛が記憶のなかでも苦痛の頂点に向かいつつあることがわかった。この会話が終わるとき、その人生においていちばん大事だった存在の命を爆弾が奪ったのだ。

「苦しいのはわかるけれど、進まないといけないわ」慕剣雲は静かに言う。「あなたはだれよりも真相に近いの、ほかの人には見えないものが見えるんだから」

羅飛の両手は目と鼻を押さえつけるように覆い、懸命に食い止めようとはしていたが、声は明らかにかすれだしていた。「……おれが間違った選択をした、おれが二人を死なせたんだ……」

親しい相手を亡くすことすら、この世でいちばんの悲しみとは言えないのではないか。恋人の死を自分の過ちゆえだと考える、それこそが真に骨に刻みつけられる悲しみだろう。

その悲しみにいま羅飛が襲われているのは、はたからもわかった。若く生気に満ちあふれた時代、羅飛と孟芸は愛しあっていたがゆえに競いあい、そこで勝負が付いたことはなかったのだろうが、ただ一度だけ孟芸は心から負けを認めたのだろう。泣かんばかりになって爆弾の解体法を教えてくれと懇願し、しかし羅飛の答えは一瞬にして二人を永遠に引き裂いた。

慕剣雲は静かにため息をつく。それだけの経験が、常人には乗りこえられない心のしこりを現実に生むのはわかっていた。いつか羅飛がその手で真犯人を縄にかけるのに成功したとしても、かつて爆弾処理に失敗したときからの悲嘆と自責から抜けだすことは永遠にない。

「悪いのはあなたじゃない……責めを受けるのは犯人でしょう……」さんざん躊躇して、慕剣雲はこんな言葉で羅飛を慰めるしかなかった。

慕剣雲の言葉に効き目があったのか、それとも自身で平衡を取りもどしたのか——最後に一度頬を揉み、両手を離すと、羅飛の視線は落ちつきと鋭敏さを得て、猛り狂う感情も奥深くにしまいこまれていた。

慕剣雲はほっとして息をついた。この羅飛でこそ、〈エウメニデス〉に敵として立ち向かえる。

羅飛の手がそろそろと資料のページをめくり、十八年前の凄惨きわまりない爆発をその胸の内でふたたび受けとめる。しかし動きが止まり、両眼は資料を食い入るように見つめ、顔にはひどく怪訝そうな表情が浮かんだ。

「どうしたの?」慕剣雲は異変を察し、眉を寄せて尋ねた。

「おかしい、おかしいんだ!」羅飛は首を振り、目は見開かれていく。誰かと言い争うかのように続けた。

「どうしてこんなに大事な手がかりを見逃していたんだ！」

羅飛の興奮は慕剣雲にも伝染する。

「どんな手がかり？」はやる気持ちで訊いた。

「時間だ、時間が違う」資料の記述を指さす。「見てくれ、警察が正式に記録した爆発の時間は夕方の十六時十三分、ただ当時のおれの取り調べ記録では、おれは爆発の時間を十六時十五分と言っている」

「二分違うのね。でもそれは……」慕剣雲は軽く首を振り、言いかけた言葉を呑みこんだ。記録にある違いには慕剣雲も気づいていたが、それが大事な手がかりだとはとても思えなかった。警察の記録した爆発の時間は当然正確だろうが、羅飛の言う時間も同じように正確だという保証はあるのか。二分の誤差が生まれるのもごく普通ではないか。ただ羅飛の面前で、冷や水を浴びせるような考えを口にするのはすこしためらいがあった。

「いや、おれの言った時間の正確さは間違いないんだ」内心の考えは見透かされていて、羅飛は揺るぎない口調で言った。「トランシーバー越しに爆発の音が聞こえてきたとき、おれは即座に部屋の時計を見た——刑事捜査専攻の学生としては初歩も初歩の、条件反射だ。取り調べでおれが十六時十五分と言ったなら、それは正確に十六時十五分で、一分もずれてはいない」

それでも疑念は残る。「でも……時計が絶対に正確だったと言いきれる？」

「毎日夜にはねじを巻いて、しかもラジオの時報を聞いて時間を合わせていたよ。もう習慣になっていて、寮にいる間は欠かしたことがない。おれの記憶では、あの時計は正確に動いていて、だいたい一ヵ月以上経たないと、はっきりした誤差は出なかったんじゃないか」羅飛は慕剣雲の目を真っすぐに見つめ、このうえなく真剣な態度で、相手にわずかな疑念も挟ませなかった。

「だとしたら、実際に時間がずれていたということ?」羅飛の言葉を信じると、なおさら頭の中が混乱していく。「でも、それは……なんになるの? 警察の記録に間違いはないはずでしょう。まさか……爆発は二回起きた?」

「ありえないな」羅飛はゆっくり首を振る。「十六時十五分におれは爆発の音を聞いたが、それまで孟芸はずっと会話を続けていたんだ。警察が記録したように爆発が十六時十三分なんてことがあるか? ただ……」

「ただ、あなたが聞いた爆発音は偽物で、たんなる無線越しの見せかけだったとしたら」羅飛に刺激され、慕剣雲の思考も飛躍的に進んでいく。「その通りだと、なにを意味するんでしょう」

「なにを意味するか」羅飛が口のなかでつぶやくうちに、とても信じられない推測が胸の内で生まれていた。その推測が成立するなら——驚愕と戦慄で、羅飛の心臓は胸から跳びだしそうになる。自分を落ちつかせようとするが、全身で湧きたつ血は言うことを聞かず脳に殺到し、視界が回りはじめた。

慕剣雲も同じ答えが頭に浮かんでいた。羅飛に比べるとはるかに冷静だったせいで、代わりに考えを口にすることになる。「つまり爆発が起きたあとも、孟芸は生きていた」

羅飛の神経を電流が襲ったかのように、突如としてその身体が震えた。慕剣雲をぽかんと見つめ、長い沈黙のあと、心ここにあらずの様子で訊きかえした。

「ありえることだと思うか?」

「あなたの言う食いちがいが実際のことなら、自動的にこの推測にたどり着くわ」

「じゃあ……おれと孟芸の会話も、爆発の後のことだったと?」

慕剣雲はうなずく。「そうね。このとおりに考えを進めるなら、結論は一つだけ――無線越しのあなたと孟芸の会話は、むこうが計画的に仕掛けたただのまやかしで、その目的は、孟芸が爆発で亡くなったとあなたに思わせることだった。そうだ、最初いくら連絡しても応答がなかったと言っていたでしょう？　それだって、孟芸が自分のトランシーバーの電源を切っていて、爆発を起こしてから電源を入れて、無線越しにあなたに嘘を信じこませたと考えれば説明がつく。あなたの聞いた爆発の音も、仕掛けるのは簡単でしょう。録音があればそれで済むんだから」

「なにもかも孟芸が仕組んだのか？　それが〈エウメニデス〉の正体だって？」羅飛は息を呑み、信じられないというふうに何度も首を振る。

慕剣雲はそのとおりに考えている様子で、鋭い目つきでたたみかける。「あなたたちの争いに割りこんだ三人目などそもそもいなくて、いまもこの事件は二人の争いの続きなのかもしれないわ。でも――」急になにかを思いだして、当時の記録をひっくり返しはじめる。「無線であなたは袁志邦の声を聞いたんでしょう？　つまり袁志邦も爆発で死んでいなかったということ？」

羅飛は当然、慕剣雲のほのめかしを理解していた。孟芸と袁志邦のどちらも爆発で死んでいない――まさか二人が共謀した芝居だったのか。

孟芸と袁志邦、二人の能力があれば、死体を二つ調達して爆発現場を偽装するのはたしかに難しいことではない。しかしこの推測は、なおのこと答えられない疑問にさらされることになる――袁志邦はどうして仲間に入ったのか。孟芸と袁志邦の二人に直接の付きあいはなかった。それに彼らは、羅飛ともっとも近しい仲間であり、もっとも愛情を注いでいた恋人だったのに、その二人にどんな理由があって共同で羅飛を欺くことになったのか。理屈が通らないうえに、感情からしても羅飛は受けいれられなかった。

「待って」取り調べの記録を丹念に読んでいた慕剣雲は、またなにかに気づいたようだった。「袁志邦が生きていたという証拠も、確実ではないかもしれない。当時のあなたの供述を読むと、無線越しの袁志邦の声はあなたと会話していたわけではなかった。だから——爆発の音が録音だったなら、袁志邦の声も同じように録音だったかもしれないわ」

そうだ、そういうこともありえる……羅飛の思考は混乱しながらも急速に展開していく。推測がほんとうなら、孟芸は袁志邦を爆死させて、天をも欺かんばかりの芝居を打ったということか。しかしそんなことをする理由は？　ただ羅飛を負かすため？　でなければ、女をもてあそんで棄てた袁志邦の罪が心の底から許せなかったか？　孟芸が生きているなら、十八年間どこにいたのだろうか？　その間、自分になんの連絡もしなかった？　いくつもの疑問に襲われて羅飛の血潮は荒れ狂い、頭のなかではいっそうひどく沸きかえっていた。

これまでのあらゆる事件と違い、羅飛はだれよりも近しい二人を相手に事件を検討するしかない。被害者か、主謀者か、どちらの考えをとるのも、羅飛にとっては胸の奥の苦しみの深淵に足を踏みいれる行いだった。

一方、慕剣雲は思考が活発に働いている最中で、記録から目を上げ、いっとき考えを巡らすと、ここでも大胆な推測を口にした。「羅刑事、改めて思いだしてみて、おとといから姿を現している犯人——市民広場で見た後ろ姿が、袁志邦だというのはありえない？」

羅飛は首を振った。「わからないな……すくなくとも韓少虹が殺されたとき、どこからもそんな連想はしなかった。立ち居振る舞いも、動画に入っていた声もだ。あえて二人の共通点というなら……身長は同じくらいだな」

「だったら、おそらくは違うんでしょう」慕剣雲は考えこみながら言う。心理学の見方から言って、羅飛と袁志邦はかつて四年間を親しく過ごした気の置けない仲で、互いのことは充分に知りつくしている。袁志邦がふたたび羅飛の前に現れたなら、その一言どころか動きの細部一つでたちまち相手の記憶を呼びさますだろう。羅飛の鋭敏さがあってもあの男になにも感じなかったとしたら、二人がかつて近しい関係だったという線は確実に薄くなる。

「あの男はだれなんだろう？　昔の〈エウメニデス〉が孟芸だったとすると、あいつはどこから出てきたのか」ひとり口にして慕剣雲はしばし考えこむ。探りあてた手がかりと推測とが切れ目のない円を作るには苦労が必要だった。そうしているとなにかに気づいたような様子で、あっ、と突然声を上げ、苦笑が顔に浮かんだ。

羅飛は即座に気づく。「どうした？」

「さっきあれこれ言ったのは全部、爆発の時間が違っていたという前提をもとに組みたてた推理だったでしょう。ただそもそも、あの推理には筋が通らないところが多すぎる」肩をすくめて言う。「なかでも、孟芸の動機は——あなたはだれよりも孟芸を知っているけれど、常軌を逸した殺人をつぎつぎ起こす人だと信じられる？」

羅飛は即座に首を振った。孟芸とは、二年間愛しあった記憶があった。気が強く負けず嫌いで、しかし心の底から善良な女子だった。その一点は疑いようがない。

「だからわたしは、あなたが時間を間違って認識していたというのがいちばんありうると思うの」慕剣雲は包み隠さずに言う。「もともと大して複雑なことではなかったのよ。わたしたちが立ち向かうのは、まだ顔のわからない冷酷な殺人鬼。孟芸も、袁志邦も、鄭郝明も、みんなその犯人に殺されたの」

そうだ、二分間の誤差に、どれだけ真剣に考える価値があるものか。当時の専従班は経験豊富な刑事を山ほど抱えていて、だれもこの事実を気に留めなかった。十八年を隔ててその疑問を持ちだすのは、針小棒大と表現しても過言ではない。

しかし断固とした羅飛の口ぶりは変わらなかった。

「いや、きっとなにか理由がある。おれを信じてくれ、おれの生活では三十秒の誤差もあるはずはないんだ」

頑なな羅飛を前にして、今度の慕剣雲は軽く笑うだけだった。「あなたの考えを変えるのはごく簡単なの。わたしにはひとり思いあたる人がいるんだけれど」

その先を言わずとも、羅飛の頭にも同じ名前が浮かんでいた。

黄《ホアン》少平《シャオピン》。

爆発の現場から生きのこった男が語った、爆発が起きたときについての証言は、羅飛が無線越しに聞いた状況とほぼ寸分たがわぬものだった。それだけで〝二回の〟爆発にもとから時間差などなかったという説明になる。

しかしそれでも羅飛は納得しなかった。気づくと立ちあがっていて、頑とした態度で言う。「もう一度黄少平に話を聞く必要がある。あいつは警察に嘘をついたんだろう」

慕剣雲は静かにため息をついた。この男の自信は、偏執の域に入りかけている。その考えの中では、自分の推論に当てはまらない出来事はすべて疑うべきということになる。

どうして聞き入れられないのだろうか。自分の推論が疑わしいかもしれないのに。

まあ、いずれにせよ羅飛が黄少平に会うというなら、自分も付いていくことにしよう。


十月二十四日午後、十四時十八分。

路地裏のぼろ家。

玄関の鍵は開いていて、家主の返答を聞いて羅飛と慕剣雲はみずから扉を開けて家に入った。

一日でもとくに日差しの強い、午後のいちばん気温の高い時間帯だったが、家に足を踏みいれた二人はべつの世界から来たかのような薄暗さと寒気に襲われた。目が屋内の暗さに慣れるのにさえ、いくらか待つ時間が必要だった。

迎えた相手は拾ってきたごみを積みあげて整理しているところで、ペットボトルを一つずつ踏みつぶし、まとめてくくっている。これで廃品回収所に持っていくときの積み荷を限界まで多くできるのだった。

普通の人間ならごく他愛ない作業なのに、かなりの苦労が必要だった。手も、足も、そして全身のどこを見てもほとんど傷ついていない場所がないからだ。動きはのろく、積みあがったごみよりもむしろ当人のほうが使い物にならないように思えた。しかし一方で態度は真剣で、ペットボトルの束をくくり終えると、片側の唇をゆがめて、泣き顔よりも見苦しい笑みを見せた。

羅飛と慕剣雲は、この哀れな男の半生がいま見ているような作業によって続いてきたことを知っている。それがこの男の生活だった。羅飛の視線は哀れみにあふれていた——十八年前、まだ若者だった黄少平はこの都市にやってきてくず拾いで生活しはじめた。それでもきっと胸の中には夢を秘め、暮らしが変わることを待ち望んでいただろう。しかしあの爆発で夢は永遠に凍りついてしまった。十八年が経ち、この男はいまもごみを拾いながらかろうじて命をつないでいる。

その苦しみは爆発で死んだ人間すら上回る。きっとだれよりもあの爆発を憎んでいるだろう。

ただ、どうして嘘をついたのか、あの日いったいなにを見たのか。そしてなにを隠しているのか——そう疑問を抱えながら、羅飛は相手の向かいに腰を下ろし、見るに堪えない容貌に真正面から視線を向けた。

それに気づいたのか作業の手を止め、かすれた声で話しだす。「また来たのか……」そして玄関口にとどまっていた慕剣雲に顔を向けた。「明かりを点けなさい、手のあたりに紐があるだろう」

慕剣雲が壁にあったスイッチの紐を引くと、明かりのついた部屋にいくらか生気が戻った。

「おれひとりでは電気がもったいないからな……客が来たときだけ点けるんだよ」弱々しく説明する声にはすこしの恥じらいが混じっている。

慕剣雲は胸が痛くなり、そっと首を振った。こんな人が事件に関わっていると疑うなんて……残酷に近いと言っていいくらいだ。

慕剣雲の連れはそう思っていない。

「どうして嘘をついた」羅飛は突然口を開き、単刀直入に尋ねた。

「なんだって？」ぼんやりした表情が返ってくる。顔の筋肉は大部分が損なわれ、ほぼなんの表情も作れなくなっている。

「嘘の話をしただろう」反論の余地のない口調で言う。「十八年前、あんたは女がトランシーバーでおれと話していたと言って、会話の内容についても答えた。ただ、いまならわかるが、あの会話はそもそも爆発より後のことだった。そのときあんたはもう重傷で死にかけてたんだから、その後の二分間に起きたことを知っているわけがない。ということは嘘だったんだ。ありのままに答えないといけないぞ——どうやって会話の内容を知った。どうして警察を騙した？」

羅飛をぽかんと見返す。相手の態度に気圧されたようでいて、また訊かれていることがさっぱりわからないように見えた。

「どうして警察を騙した！」事件の謎と感情が相まってすっかり脳内をかき乱され、もうとても冷静ではいられなかった。直後にいささか失態だったと自分で意識して、丁重で柔らかい口ぶりに切りかえてつけくわえた。「あの日、いったいなにが起きたんだ？　教えてくれ」

見開いたままの目が羅飛を見返してくる。まだ放心したままらしい。

慕剣雲は静かにため息をついた。こんなかわいそうな人が、どんな秘密を隠しているっていうの。羅飛は弱いものいじめが過ぎるとさえ思った。

ただすこしすると、その考えはは根底から覆された。喉から苦しげに絞りだされた言葉が聞こえたのだった。

「そうだ……おれは嘘を話した」

慕剣雲は驚愕の表情を露わにする。羅飛は長く息をつく——相手が嘘を認めたのだから、つまり抵抗を諦めたということだ。真相も目前に迫っている。

「わかった、ほんとうのことを話してくれ、爆発の前はいったいどんな状況だった」羅飛が訊ねる一方で、慕剣雲も二歩前に距離を縮め、同じように耳をそばだてた。

しかし返ってきたのはそっけない一言だけだった。

「わからないよ」

「わからない?」冷たく笑う。そんな答えは受けいれられないと考えているようだった。

「おれが工場に入ってすぐ、なんにもまだ見てないときに、突然爆発したんだよ。だからあのときなにがあったのか、なにひとつ知りやしない」唇をまくれさせながら語っていく。

「また嘘か!」羅飛はさらに問いつめる。「それなら、どうしておれと孟芸との会話の内容を知ってる?」

ぷっ、と吹きだしたのは笑ったらしい。そして答えた。「あんたが教えてくれた」

突拍子のない言葉に羅飛のほうがたじろぎ、不思議そうな目で相手を見つめる。

「病院で目を醒ましたら、鄭《ジョン》刑事が何日もしつこく話を聞きに来た。おれははじめなにもわからなかったんだが、そのうち鄭刑事が便所に立ったとき、手帳を枕元に置いていったんだ。必死で身体を動かして手帳の中身を見たら、爆発の現場にいた女と話してたやつのしゃべったことが書いてあったんだよ。はっ、今日やっとわかったが、そいつはあんただったんだな。そういや、あの女はあんたの恋人で、もう一人死んだやつも、いちばんの友達だって言ってたな」話しながら羅飛に目をやり、視線には同病相憐れむような悲しみがこもっていた。

羅飛はしばし言葉をなくし、笑うとも泣くともつかない表情を見せる。「おれの取り調べの記録を読んだのか？　それで読んだ内容をそのまま鄭刑事に話した？」

隙間の開いた唇が動く。「そうだな」

あんたが教えてくれた——というのはそういうことか。羅飛は納得するとともに失望した。しかし諦める気にはなれず、さらに食い下がる。「なんでそんなことを？　なにも知らなかったのに、どうして現場を見ていたと話をでっちあげた？」

こころなしか喉が渇いた様子で、舌を伸ばして唇を舐め、悲しげな口ぶりで答えが返ってきた。「おれは生きたかっただけだ——ただのくず拾いで、一元も持ってないおれをなんで病院が助けてくれた？　学のないおれでも察するさ。使い道があるからだ、警察はこれから事件の手がかりを聞きだそうとしてる。なにも知らないってほんとのことを言って、そしたらおれにはなんの価値がある。これからだれが身体を治してくれる？」

羅飛と慕剣雲は顔を見合わせ、困ったように二人で苦笑いを浮かべた。そんなことだったのか——命を助けられる機会を失いたくない一心で、黄少平は目撃した光景を警察相手にでっちあげたが、そもそもなにも目撃などしていなかった、なんて。

たしかに話は通る。当時の状況を考えると、自分にとっていちばん有利な選択をしただけにちがいない。

その嘘をこれ以上追及する権利も、その必要も警察にはない。無念なのはこの手がかりが途切れたことで、奮い立っていた羅飛たち二人はたちどころに冷や水を浴びせられることになった。

羅飛はぼうっと座っている。失意がありありと顔に現れていた。

黙りこんだ様子を見て、またひとりで作業を始めていた。紐でくくったペットボトルをわきに退け、すがるように羅飛を見る。「羅刑事、ちょっと手を貸してくれないか？」

「なんだ？」落胆の感情から呼びもどされる。

「外にある麻袋を持ってきてくれ。年をとってこの身体じゃ、稼ぎの手際もどんどん悪くなる」

哀れな相手からのこのくらい小さな頼み事なら、だれも断れはしない。羅飛は立ちあがって外に出ていった。

「袋のところにペットボトルが山ほどあるから、すまないがそれもまとめてくれ」そう続けると、羅飛に手を貸そうと立ちあがった慕剣雲に目をやった。「慕先生、そこのコップを取ってくれないか？」

コップはそばの机に置いてあり、水が半分ほど残っている。慕剣雲はコップを手に取って渡した。

「どうも」コップを受けとるが、同時に慕剣雲の腕をつかんで、相手をぎょっとさせた。

「おれはなにひとつ知らないわけじゃない。ただ、いまそれは話せない」玄関口に目をやり、しわがれた声を低く抑えている。「——あんた一人にしか教えられない」

慕剣雲の心臓はばくばくと打っていた。この男は、羅飛を警戒しているのに違いない。

身体を前に倒し、おぞましく醜い容貌を慕剣雲の顔にこすりつけんばかりにして、抑えた声で指示する。

「夜にここに来い。なにがあろうとあの男には知られるな」

玄関口に足音がする。入口に羅飛が近づいてきていた。

た。手が離れて慕剣雲は二歩後ろに下がり、内心の動揺を押し隠した。
二、三秒して、羅飛は大きな麻の袋を提げて家に入ってきた。物腰は平静で、なんの異変も感じていないようだった。

家を辞去した羅飛と慕剣雲は、そろって多少なりともある種の無念さを感じていた。羅飛ははじめ黄少平という糸口からさまざまなものを掘り出せると考えていて、慕剣雲は〝時間のずれ〟についての羅飛の推論を黄少平の証言でひっくり返せると考えていた。しかし各々の目的はどちらも果たされていない。

「これからどうするの?」先に相手の心構えに探りを入れたのは慕剣雲だった。

「爆発の時間には裏があるに違いない」羅飛は考えを変えていなかった。「もしかすると、まだ証明の方法はあるかもしれない」

「どんな方法?」

「あの現場の死体からだ。おれの認識した爆発の時間が正しかったら、その爆発で孟芸は死んでいない。現場の女の死体も、孟芸のはずがない」

「でも、どうすればいまから死体に問題がないか確められるの?」慕剣雲は投げやりな雰囲気で肩をすくめる。「もう十八年前のことで、死体もとっくに火葬されているし、当時はDNA鑑定の技術は導入されていないから、必要な資料はあるはずがないのに」

「いまから法医学研究所の資料庫に行く。こういう事件現場では、死体の身元は確実に判別できない。だとすると火葬のとき、歯列標本を作っているはずなんだ」

「それがどうなるの?」慕剣雲にはそれにどんな意味があるのかわからない。「わたしの知るかぎり、孟芸も袁志邦も生前に歯についての記録はなかったはずだけど、歯列標本が手に入ったとして、どうすればそれが本人と違うとわかるの」

「手立てはあるさ」しばしの沈黙のあと、羅飛は静かに答えた。

一時間後、羅飛と慕剣雲は法医学研究所の資料庫にやってきていた。管理員は韓灝に連絡を入れ、許可が取れると〈四一八〉事件に関する法医学資料が専従班の捜査員二人に差しだされた。大量の死体写真にくわえて、羅飛の望みどおり二人の死体の歯列標本も手に入った。二つの標本を両手で取りあげ、ざっと眺めると、大ぶりな形状だった男の標本をもとに戻し、もう一つの女の歯列標本を手元に残して入念に目を走らせる。

慕剣雲はそばで静かにたたずみ、比較する資料がいっさいない状況で、歯列が十八年前の死者のものかを羅飛がどう判断するのか見守っていた。

すこしして、羅飛のとった奇妙な行動に慕剣雲は度肝を抜かれた——模型を口元に近づけ、それに自分の唇を合わせたのだ。それだけでなく舌までも伸ばし、石膏で作られた二列の歯をそっとなぞっていた。おそろしいほどに精神を集中させ、息さえも止めて、目を閉じ、全身の神経を舌の先のごく小さな面積に集中させているかのようだった。

瞬間、慕剣雲の胸を戦慄が襲う——羅飛の仕草と表情は、口づけ以外の何物でもなかった。

その通り、羅飛は歯列標本に口づけていた。感覚と感情は遠く過ぎ去った年に舞い戻り、かつての逢瀬の光景も、慣れ親しんだ唇の触れあいも、骨や胸にまで刻みつけられた感覚も永遠に熱を失うことはなく、記憶の奥底に沈んでいた事柄の一つひとつが、ふたたび明確な姿で浮きあがってきた。

慕剣雲は無意識に顔をそむけ、その光景から目を逸らした。相当な時間が経って、物音が耳に届いた——羅飛が標本をトレーに戻したのだろう。

それで慕剣雲が視線を戻すと、眼前には羅飛が茫然と立ちつくしていて、珠となった涙が途切れることなく滑り落ちている。複雑な思いが心のうちに広がっていく。数日間をともに過ごして、羅飛の頑強さと冷静さは充分に思い知っていたが、そんな男が雨のような涙を流すのを見ては、いつになく心を動かされないではいられなかった。

「どうだったの？」羅飛の内心が波及したのか、慕剣雲の声も震えぎみだった。

「孟芸だ」一言答えるのと同時に、抑えきれなくなった羅飛は嗚咽しはじめた。

相手の内心の苦衷は切々と感じていた。静かに息を吐き、穏やかな声をかける。「そうか……それでも、あの犯人が孟芸でないことは証明されたのね。わたしたちの調査も、間違った道をこれ以上進むことはなくなったわ」

「どういう意味だ？」羅飛は涙をぬぐい、怒りをにじませて問い詰める。「〝間違った道〟というのはなんのことだ。時間の差は間違いなく存在するんだ、どうしてまだ信じない？」

「でも事実は動かせないの！」羅飛の頑固さに煽られて、慕剣雲も声を張りあげる。さきほど羅飛が置いた歯列標本を指さした。「孟芸は死んでいるの、爆発が起きたときに死んだのよ！　あなたが受け入れたくないのはわかるけれど、これは事実、だれにも変えられない事実なの。もう理解しないと。いったいいつまで執着するつもり？」

羅飛は静かに立ちつくしていたかと思うと向きなおり、一言も答えないまま、肩を落として出口に向かった。

第七章　死の坑道

十月二十四日夜、二十時十一分。

刑事大隊の宿泊所の食堂で、慕剣雲《ムージェンユン》は夕飯を食べおえた。ただ考えごとにけりがつかず、部屋には戻らずに食堂の隅で静かに座ったまま、眉間にかすかにしわを寄せ、なんの意味もなく空の食器に視線を落としている。すぐに、その姿に目を留める男が現れた――料理を受けとったところで、彼女の座る一角に向かい歩いてくる。男は痩せ細った体型で、髪はぼさぼさ、まん丸の眼鏡をかけて、警察の黒色の制服を着ているが威厳は感じられず、むしろどこか滑稽に見える。

しまりのない足音を耳にした慕剣雲は、やってきたのが曾日華《ゾンリーホワ》だと気づき、顔を上げてかたちだけの微笑みを見せた。「こんばんは」

曾日華は慕剣雲の向かいに座り、にやにやと話しかけてくる。「美人が一人きりじゃないか。お相手をいたしましょう」

この相手の軽口には慣れてしまっていて、慕剣雲は気に留めずに返事をした。「この時間にご飯？」

「仕事だよ――まったくやっかいだ」頭を振り、箸を手に取って目の前の料理をかき回し、また続けた。「進展はゼロだよ」

技術畑の曾日華は四人の作戦チームには入れられず、まもなく始まる〈エウメニデス〉との二度目の対決に直接は参加しない。いまの最優先任務は警察のデータシステムを使い、事件につながる可能性がある人物全員を調べあげふるいにかけていく作業で、重大事件を扱うとき警察がよく使う手立ての一つだった。大海で針を浚《さら》うような趣も多少あるが、丹念に作業をすれば満足な収穫が手に入ることも珍しくなかった。一年前に石家荘《シージアジュアン》市で死傷者百人を超える爆発事件が起き、全国を震撼させた。直後から警察は爆発物の知識を持つ人間をしらみつぶしに当たっていき、ほどなく容疑者の靳如超《ジンルーチャオ》に狙いを定めて、捜査を成功に導いたのだった（二〇〇一年に起きた実際の事件）。

　今回の十八年をへだてた一連の殺人事件では、犯人の〈エウメニデス〉はいっそう絞り込みやすい特徴を備えているはずだった。爆発物、犯罪捜査、格闘術、インターネットなど多方面の技術に精通している、そんな人間が専門的な訓練なしで生まれたとは想像できない。だから調査を始めるときは内心それなりに自信を持っていたが、結果にはひどく失望させられることになった。

　この二日、曾日華とその指揮下のチームは、全国の軍や警察の関連組織で訓練を受けた男をひととおり調べあげたが、〈エウメニデス〉の足どりをたどれそうな怪しい痕跡はなにひとつ浮かんでこなかった。ついには、省の公安庁の幹部や国家安全局（情報機関の地方支局）といった特殊な部門にも連絡を取って調査への協力を要請した。しかし返ってきた情報では、特殊工作員たちのなかにも、〈エウメニデス〉の特徴に当てはまると同時に犯行の機会があるような容疑者は一人もいないということだった。

　成果が皆無だったことに曾日華はひどく気落ちした。理解ができなかった――多彩な技能を身につけたこれだけ優秀な人間が、なんの前ぶれもなくそこいらから湧いて出てくることがあるだろうか。どれだけ気をつかったとしても、成長の過程でなにか痕跡は残しているはずだろう。どんな理由があって、その痕跡をここまで奥深くに隠しおおせたのだろうか。

　同じような疑問はいまも頭を悩ませているが、もともと楽観的なたちで、それがふだんの気分に影響を及ぼすことはない。少しばかり愚痴をこぼすことがあっても、次の瞬間には忘れている。美人と向かいあって座った曾日華は、おのずと食が進み、がつがつと食事をかきこみながら冷やかすように訊いた。「あれ、あの相棒はどうしたんだ？　午後のあいだじゅう、べったりくっついていたと聞いたけど」

羅飛《ルオフェイ》のことだとわかり、笑って答えた。「そう、それがわたしの任務だから」

「へえ、羨ましいな」おおげさにため息をついてみせ、抑えた声で意味ありげに訊く。「あいつのことはまだ疑ってるのか」

「いいえ」慕剣雲は首を振って、正直に答えた。「羅飛とあの録音との関係はもう調べがついたの、韓《ハン》隊長にも報告してある。羅飛が殺人事件の裏にいた可能性は、いまではほぼ否定できるわ」

「えっ？　でもあの録音はたしかに羅飛の声だっただろう？　いったいどういうことか、聞かせてくれないかな」曾日華は答えをせっつきながら、不満そうにつぶやく。「まったく……ぼくから手に入れた録音なのに、そこを飛ばして報告するなんて、ずいぶんな仕打ちじゃないか……」

「警察学校に現れた〈エウメニデス〉には、たしかに羅飛が関わっていた――その名前を考えだしたのが羅飛と孟芸《モンユン》だったの。でもそのあとの殺人事件についてはなにも知らない。二人は犯人に利用されたのよ」

慕剣雲はことの成りゆきをひととおり話してやった。話を聞いた曾日華は目玉をぐるぐると回し、いろいろと納得のいった様子だった。「そういうことか、面白い、面白い……ぼくは調査の範囲を狭めて、深く掘っていったほうがいいんだな」

曾日華の考えていることがわかり、うなずいて賛成する。

「そう、事件当時の警察学校内部の人間を重点的に調べるの。そうでないと〈エウメニデス〉の存在を真似ることはできないから」

「そういうことだね！　わかったぞ」食事のことなどどうでもよくなりはじめ、真っすぐに慕剣雲を見つめて尋ねる。「ほかに羅飛はどんな話を？」

「手がかりを見つけたの。でももしかすると……なんにもならないかもしれない」

慕剣雲は二分間の〝ずれ〟についての情報を曾日華に話した。コンピュータの専門家であるこの男もかなり綿密な思考力を備えているには違いなく、この件への意見を聞きたいと思ったのだった。

曾日華は一瞬頭を悩ませて、すぐさま自分なりの結論を出した。「きみの考えに賛成するよ、〝ずれ〟というものは存在しない」

慕剣雲は目を輝かせる。「確信があるの？」

「きみの話だと、羅飛は爆発現場で発見された死体が孟芸のものだと確かめたんだろう。そして警察の記録は疑いようがない――爆発は一回だけ、発生時刻は午後四時十三分だね。孟芸が四時十三分に死んだなら、それから二分間羅飛と会話を続けるなんてことがありえるか？　孟芸の声を羅飛は間違いなくよく知っていたから、別人の真似だってこともないだろう？　会話の内容もやりとりが成立していて、事前に録音された可能性は否定できる。だから、ほんとうにそのずれが存在したなら、必然的な結論としてぼくらは〝死人が口をきいた〟という事実に直面するわけだ」早口で披露された理路は充分に整理されていた。

死人が口をきく。当然それは、なにがあろうと起こるはずがない状況だ。慕剣雲もその理屈をぶつけたが、羅飛から言い返された。「起こるはずがない状況――だったらそれが考えの糸口になる。こちらは合理的な説明をつける必要がある。その説明が生まれれば、事件の真相まではすぐそこだ」

羅飛の頑固さを前にして、どのような感情で接すればいいかわからないほどだった。合理的な説明？　慕剣雲にとっていちばん合理的な説明は、羅飛の認識した時間が間違っていたというものだ。二分間……それにしてもささやかな話だ。だれにだってそのくらいの間違いは起こりうる。なのに羅飛はどうしてあれほど自分を信じているのか。

慕剣雲は、かつて恩師から受けた一つの助言を思いだした。その後の人生でもいくどか役に立った言葉だった。

——もし理解できない選択をする人間がいたら、強情さに腹を立てるだけで終わってはいけない。相手の心の奥に、まだ自分が探りあてていない秘密があるのではないかと考えてみることだ。

その考えに従ってみるなら、あの羅飛はなにかを隠しているのだろうか。そもそもずれという話が、意識的に固執してみせている煙幕弾だとしたら？　だったら目的はなにか？

慕剣雲は、羅飛の立場に自分を当てはめて問題を考えてみようとした。曾日華がやってきたときに試みていたのがそれだった。

曾日華も同じことを考えていた。

「こんな簡単な理屈は、ぼくたちより羅飛のほうがわかってるだろう。なのにずれの話から離れようとしないなら、なにかで嘘をつかれているかもと考えてみたほうがいいんじゃないか？」突然、曾日華がそう口にした。口ぶりは、ある程度の自信があるかのように聞こえる。

内心で考えていたことをそのまま言われ、眉を持ち上げた。「どういうことでしょうね？」

「たとえば、孟芸の死だ。羅飛が間違いなくほんとうのことを言っていると確信はあるのかな？」

慕剣雲ははっとする。相手の言葉ははっきりと理解できた——孟芸は羅飛の恋人だった。その親愛の情は、当時の事件によってさらに深まったかもしれない。もし孟芸が死んでいないとすると、間違いなく事件の容疑者となる。となると羅飛はその事実を隠して、警察に対して情報を攪乱し、自分の愛する相手を守るのでは？　もしくは、隠された秘密をみずからの手で解き明かそうとするのでは。

この推測に、慕剣雲は興奮を覚えた。そうだ、法医学研究所の資料庫で、羅飛の涙を目にした自分は、孟芸が確かに死んでいるのだと確信した。しかしいま思いかえしてみると、あれはもしや、恋人がまだ生きていると知って感極まった涙だったのでは？　あのとき羅飛から顔を背けるべきではなかったと軽い後悔を覚える。そのせいで最初の一瞬の反応を目にできなかったのだ。

「羅飛を相手にするなら、もうすこし気をつけたほうがいいな」曾日華は口に食べ物を詰め込み、声はすこし聞きとりづらい。「あいつが事件の突破口になるかは知らないけれど、とにかく一筋縄じゃいかない相手だ」

「ええ」慕剣雲はうなずく。「今晩、大きな発見があればいいけれど」つぶやくように言う。

「今晩？」曾日華は頭を振りながら食べていたものを飲みこんだ。「韓灝《ハンハオ》たちのこと？」

「いいえ。ほかにも手がかりをつかんでいるの。羅飛について のね」考えているのはもちろん黄少平《ホアンシャオピン》のことだ。かろうじて生きながらえているあの男は、今晩の密談を提案しながらひどく鋭い視線を向けてきて、確かにとても重要な秘密を握っているのだと信じずにはいられなかった。その秘密とはなにか——いずれにせよ、羅飛に関わる秘密に違いないとわかっていた。すでに相手の提案に応じ、一対一で顔を合わせることに心を決めていた。

曾日華は、話の続きを耳をすませて待っていた。しかし慕剣雲は立ちあがっている。「さて、もう行かないと」

「ちょっと、どんな手がかりなんだ？　行くまえに教えてくれないか」食事から顔を上げ、慌てた様子で尋ねてくる。

慕剣雲は悠然と笑った。「それぞれの役目に専念しましょう」そう言ったかと思えば、食堂の外に向けて歩きだしていた。曾日華はなにもできずに後ろ姿を見つめながら、むなしく文句をこぼす。「なあ、ちょっと……ひどい、ひどい仕打ちだ！」

十月二十四日夜、二十二時四十七分。

刑事大隊会議室。

一日のあいだずっと、〈エウメニデス〉がホテルに残していった受信機は警察の厳重な監視下に置かれていた。〈エウメニデス〉が映像のなかで明かした情報を信じるなら、この受信機はこれから、彭広福《ペングァンフー》が捕らえられている具体的な位置を表示することになる。これを受けとって警察は、最新の〝死亡通知書〟の執行日に、謎に包まれた恐ろしい相手に新たな戦いを挑む機会を与えられたのだった。

今回の〈エウメニデス〉からの挑戦では、前線で作戦に参加する警察官は四人のみと要求を受けている。韓灝と熊原《シオンユエン》の二人は当然欠くわけにはいかず、それぞれが一名ずつ助手を連れてこの小分隊はできあがった。すでに何度も姿を現した尹剣《インジェン》とともに、熊原が選んだ特殊部隊の部下も初めての登場ではない。二日前の朝、東明家園《ドンミンジァユァン》で鍵開けの腕前を見せた若者で、口うるさいたちの韓灝もその経歴には心から納得した——柳松《リウソン》、二十五歳、身長一メートル七八センチ、体重七十キロ。格闘術、爆弾処理、射撃、運転技術など多数の技能を身につけ、そして鍵開けの職人芸を持っている。特殊警察に在籍して四年が経ち、個人で二等功労表彰を一度、チームで三等功労を二度受けていた。

韓少虹《ハンシャオホン》の死から教訓を得て、今回の四人組はお互いのことをはっきりと認識している。同じような協力体制のほころびを衝かれることは絶対にない。とはいっても、この作戦の吉凶になかなか確信は持てなかった。

熊原は一度、信号を受信して四人のチームが前線部隊として出発したあと、距離を空けてべつの精鋭部隊を追随させたらどうかと提案した。敵と対峙することになれば、二隊が呼応し両面から挟み撃ちにして、相手の上手《うわて》を行く可能性をぐんと引きあげられる。しかし韓灝は熟考したすえに、その策を却下した。

もちろん相応の理由はあった――今回の作戦も第一の目的は、〝死亡通知書〟に名前を書かれた男を救うことだ。ただし警察が置かれている状況が前回の攻防とは根本から違う。昨日の作戦では、韓少虹の行動経路を警察は把握していて、それゆえあくまで主動的に作戦計画を立てることができた。対して今回は、被害者がどこにいるかもわからず、敵からの情報を待っているしかない。ある意味、警察が〈エウメニデス〉に戦いを挑もうとするのは、実際のところ相手から機会を授けられるのに懸かっているのだ。〈エウメニデス〉が突然警察との戯れに興味をなくしたら、なんの苦もなく彭広福の命を奪い、ふたたび通知書で予告した罰を執行しおおせることになる。

そのために韓灝は、この戦いで勝利を収めるにはまず交戦の機会を確保するのが必要だと考えた。だからこそ〈エウメニデス〉が決定したゲームの規則は厳密に守らなければならない。相手に状況の主導権を渡すことになるのは確かだが、それも受けいれるべきことでしかない。

その前提のせいで、今回の四人組の作戦は、山に虎がいると知りながらあえて山に向かう――と俗に言うとおりの悲壮な色合いを帯びていた。しかし四人はみな警察組織の精鋭で、困難な挑戦ほど闘志はかきたてられる。通知書に書かれた執行日――十月二十五日が近づくにつれ、じわじわと積みあがってきた戦闘欲は頂点に達していた。どの視線も受信機の表示窓を見すえ、信号が現れるときを待ちかまえている。

同じ待つ時間でも、韓灝にとってはまた別の心情が混じっていた。十月二十五日は永遠に平凡な一日にはならない、という思いに襲われる。一年前、同じ十月二十五日、その日に起きたことは自分の人生をがらりと変えてしまった。あのときの光景はいまもまざまざと目に浮かぶ。

その事件は、のちに省都の警察によって〝双鹿山《シュアンルーシャン》公園警官襲撃事件〟と名づけられた。

警察の記録では、パトロールで偶然通りがかったのが事件の発端となっている。ただそれは、完全な事実ではなかった。あの日の夜、韓灝と鄒緒《ゾウシュー》は居酒屋から出てきたところで、二人ともそれなりに酒が入っていた——この部分は、その後の外部に向けた発表では道理にかなうよう抹消されていた。

国の公安部から禁酒規定が課されて、酒を飲んでもいい機会はかなり限られていたが、それでも刑事隊の中では飲酒が習慣として残っていた。無理もないことではあって、ふだんからストレスの大きい仕事に就いていれば、男なりのやり方で気分をほぐす必要がある。さらにその日、韓灝たちは大きな事件を解決に導いたばかりで、そのあとちょっとばかり店に入って一、二杯楽しむぐらいなら、警察官どうし理解してもらえることだった。

鄒緒は韓灝のいちばんの友人で、だれよりも近しい相棒だった。同じ年に省都の刑事隊に入り、どちらも群を抜いた任務への適性を見せて、刑事隊の双子星と呼ばれた。このときは警察内部の人事異動が行われていた時期で、まもなく刑事大隊長の席が空くことになっていたが、だれもがなんの異論もなく、未来の大隊長は鄒緒と韓灝のどちらかから生まれると考えていた。

親友同士の二人に競争が生まれるのは避けられなかったが、その競争はまぎれもなく建設的なものだった。二人は友情で結ばれていただけでなく、長年任務をともにするうち、互いを支えとし信頼しあう関係が育まれ、深くつながった正真正銘の相棒同士となっていた。しかし、その日の夜の出来事のせいで二人の運命は正反対の軌跡を描くことになる。

店を出た二人は、街を目的もなく歩きながら、酔いを醒ましつつ事件を解決する過程の見事だった点を思いかえしていた。そうしていると、酒と煙草を売っていたある店の前で、二人の強盗犯——彭広福と周銘《ジョウミン》に偶然出くわした。犯人たちはちょうど高級品の酒や煙草を盗みだしてきて、夜の闇に紛れて逃げだそうとしているところだった。

鄒緒と韓灝は、二人のちんけな泥棒をものの数にも入れていなかった。図抜けて有能な刑事二人にとってはむしろ、口元に差しだされた食後のデザートのようなものだった。彭広福と周銘は警察に見つかったことに気づいて、当然一目散に逃げだしたが、鄒緒と韓灝は見失うことなく追跡を続け、数分後、男たちは夜の闇に包まれた双鹿山公園に足を踏みいれることになった。

体力を使い果たした強盗犯たちは、庭園に造られた人工の岩山に身を隠した。そこは省内でも有名な観光地のひとつで、壮大な規模でそびえたつ山々は曲がりくねりながら連なり、絶景を洞窟が結び、地形は相当に複雑だった。追う側にとっては探索はかならずしも容易ではない。しかし、もとより鍛えあげられていた二人の刑事はたちまち岩山の地形を把握したうえで、各々二手に分かれ、外側から中心を包囲にかかった。それに対して強盗犯たちははるかに不恰好な動きで、ひとところに固まってじりじりと死角に追いつめられていく。両側の出入口はそれぞれ鄒緒と韓灝が確保し、犯人たちは袋の鼠となる運命かに見えた。

韓灝はすでに意気揚々としていた。物陰に身を隠した、刃物を持った犯人たちをいち早く視界にとらえている。拳銃を取りだし、投降するよう二人に声を張り上げた。彭広福と、続けて周銘は手にしていた刃物を落としたが、その次の動作は完全に予想外だった。

敵は拳銃を取りだしたのだ。

強盗たちが銃を持ち歩いていたことに韓灝は仰天し

たが、戦術を切りかえるにはもう遅かった。

そして、一瞬のうちに銃撃戦に突入した。

予想外の事態とはいえ、優秀な刑事二人と強盗犯二人、本来なら勝敗は見えすいている。しかし血液中のアルコールは韓灝の戦闘能力をがくっと下げ、先に火を噴いたのは周銘の銃だった。韓灝は左脚を撃たれ、銃声を聞いて慌てて駆けつけた鄒緒もまだ臨戦態勢とはほど遠かった……

韓灝にとって、一生思い起こしたくない銃撃戦だった。刑事隊の双子星は一人が死に一人が怪我を負い、強盗犯の周銘はその場で韓灝に射殺されたが、もう一人の犯人、彭広福は姿をくらました。

どこから見ても受け入れがたい惨敗で、それ以上に鄒緒の死は韓灝の心に消えないわだかまりを残していった。

それから起きたことは、また別の意味で韓灝にとって衝撃であり、皮肉だった。

韓灝と鄒緒はともに表彰を受けた——これは、警察内のある不文律によるものだった。警察官が犯罪者たちとの交戦で死傷した場合、死傷者は必ず功労を挙げたとして表彰を受ける。人情味のある埋めあわせの手立てが、長い年月を経て揺らぐことのない伝統に変わったものだ。このときも例外ではなく、鄒緒は一等功労表彰を、韓灝は二等功労を受けた。二人が強盗犯たちと岩山で対峙し、勇敢に交戦した経緯も、道理にかなうよう飾りたて膨らまされたのち、省内の有名新聞いくつかの紙面を飾った。そして二人は警察組織内の精鋭から、巷に知られた大衆の英雄にたちまち祭り上げられた。

鄒緒が銃弾の犠牲になっていたせいで、大衆の目と称賛の声はなおさら韓灝に集中し、この事件に関してほんとうの意味で恩恵にあずかったのは韓灝だった。この状況は、警察の上層部が対面していたやっかいな問題も解決してしまった。次の刑事大隊長の人選だ—

『死亡通知書　暗黒者』登場人物表

羅飛（ルオ・フェイ） 龍州市公安局刑事隊長
鄭郝明（ジョン・ハオミン） 省都A市の市公安局刑事
韓灝（ハン・ハオ） A市公安局刑事大隊長
尹剣（イン・ジエン） 刑事、韓灝の助手
曾日華（ゾン・リーホワ） 刑事、省公安庁の技術顧問。コンピュータの専門家
慕剣雲（ムー・ジエンユン） 警察学校講師。犯罪心理学の専門家
熊原（シオン・ユエン） A市公安局特殊警察部隊隊長
柳松（リウ・ソン） 特殊警察部隊隊員

韓少虹（ハン・シャオホン） 〈エウメニデス〉の処刑対象、貿易会社経営者。車で人を轢き殺したが執行猶予判決になった。

彭広福（ペン・グアンフー） 〈エウメニデス〉の処刑対象、強盗犯。警官襲撃事件で指名手配を受ける。

鄧驊（ドン・ホワ） 〈エウメニデス〉の処刑対象、富豪。十八年前、麻薬取引に関与。

郭美然（グオ・メイラン） 〈エウメニデス〉の処刑対象、レストラン経営者。他人の夫を奪い、前妻を自殺に追いこんだ。

阿華（アー・ホワ） 鄧驊の助手
薛大林（シュエ・ダーリン） 十八年前の市公安局副局長
孟芸（モン・ユン） 十八年前、警察学校時代の羅飛の恋人
袁志邦（ユエン・ジーバン） 警察学校時代の羅飛のルームメイト
白霏霏（バイ・フェイフェイ） 袁志邦の元恋人
黄少平（ホアン・シャオピン） 十八年前の事件に巻きこまれた男

—実力の伯仲する候補者二人からどちらかを選ぶ必要はもはやなく、鄒緒の死によって悲しいことに難題も穏便に消え去っていた。

三ヵ月後、韓瀬は省都公安局本部の刑事大隊長に任命された。はたからは、その人生は一件の偶然によって一段と完璧になったように見えただろうが、韓瀬自身はそう考えていなかった。

韓瀬が内心に抱えている苦痛がどれだけのものか、ほかのだれにも理解はできない。彼からすれば、鄒緒の死は徹頭徹尾、自分の失策が原因だった。肩の階級章は親友の血に染まっている。一日が過ぎるたび、その血は肩の肌の奥深くに染み入っていき、拭えるはずもなく、忘れさせてもくれなかった。

胸の奥の苦しさから逃れるため、韓瀬が真っ先に憂さをぶつける相手として選んだのは、逃亡した犯人の彭広福だった。その男を見つけだそうと、ほとんど常軌を逸した打ちこみようで調査を進めた。一時期、省内のさまざまな筋に潜んでいる警察の情報提供者は、だれもかも新任の刑事大隊長に締め上げられて難渋していた——耳と目のすべてを彭広福の行方をたどることに振り向けさせられ、もともとの商売にも影響が出るうえ、ほかの事件についての警察の捜査能力も奪われた。最終的には警察組織の上層部が出張ってきて、ようやく涸《か》れた湖に魚を探すような韓瀬の無分別な行動は制止されこの件はひと区切りがついた。

しかし苦痛と怨恨の炎は韓瀬の胸のうちに秘められ、自責の念をくべられて永久にくすぶりつづけていた。数えきれないほどの回数、夢のなかで韓瀬は双鹿山公園の銃撃戦の光景に戻り、一度また一度とその手で彭広福を〝撃ち殺した〟。ただそんな空想の光景も、目が醒めたあとの内心の憂鬱を深めるだけだった。

彭広福が生きて逃げのびる一日ごとに、韓瀬にまとわりつく苦痛はまた一日続いていく。夢の中までも韓瀬は彭広福の射殺を望んでいる——それは警察内部に知れわたっている話だった。〈エウメニデス〉も、韓灝と彭広福の穏やかならぬ因縁に勘付いたのだろう。だから彭広福を探しだしたあと、すぐに殺さずに警察に〝死亡通知書〟を差しだし、手がかりを残して警察の到来を待っているのだ。

いたるところ棘に覆われた海胆《ウニ》を投げわたされ、警察はそれを手に取らなければならないようなものだ。

韓灝がひどく具合の悪い、矛盾を含んだ立場にいるのは専従班のだれしもが理解していた。専従班の指揮官としては、いま最優先の任務は〝死亡通知書〟に名前を挙げられた被害者の安全を確保することだ。しかし現在では、その被害者というのは韓灝自身が仕留めることを夢にまで見た犯罪者で、警察の四人組は警察官を襲った男を救うため、吉凶の定まらない道に足を踏みださないといけないのだ。

やりにくいと感じているのは、はっきりと表に出ていた。問題の映像を目にしてから、韓灝の神経はきつく張りつめたままだ。今日の日中、作戦チームのほかの男たちが限られた時間で英気を養っている間、韓灝は一瞬たりとも気を緩めず、いつまでもつききりで受信機を睨みつけていた。その小さな機械が、一生の運命を左右するかのように。

その姿を目にした熊原は、心の底から気がかりだった——目を血走らせ、どこか心ここにあらずの様子で、間違いなく、重要なときを控えた専従班の指揮官にふさわしい状態ではない。いくどかためらって、とうとう抑えきれずに声をかけた。「韓隊長、今回は距離を置いたほうがいいんじゃないか……この件、相手は隊長の痛いところに付けこむつもりに見える」

韓灝の身体がびくりと動き、とりとめなく漂っていた思考が戻ってくる。「距離を置くって？　いや、無理に決まってる」歯ぎしりせんばかりに言う。「ここで退くのは、負けを認めることだろうが。そんなことはできない」

熊原は苦笑する。韓灝の内心の考えは肌で感じられるような気がした。専従班の指揮官たる身で、いまここで退くのは、〈エウメニデス〉を前にした警察の無力と弱気を示すようなものだ。

両手で額を揉みほぐすと、韓灝はずっと生気がよみがえって見えた。

「わたしのことで心配はいらない。なにが大事かはわかっているんだ」落ちついた声で言った。「彭広福はいずれ死ぬことになるが、〈エウメニデス〉の手にかかることはない——法律がふさわしい罰を与えるんだ。わたしたち刑事が彭広福を捕らえるのは法律が役目を果たすため、彭広福を守るのも、同じように法律が役目を果たすためだ。もし彭広福が〈エウメニデス〉に殺されたら、わたしにとってはやつが法律の罰を逃れたことになる。そんなことが起きるのは絶対に許さない」

うなずく熊原の目には、賞賛の色が浮かんでいた——これが、真の男の決然とした言葉だ。一度つまずいても全身にみなぎる力は消えず、その力で這いあがり、最後には目の前に立ちはだかる困難を粉々に砕いてみせる。

相手の様子に感化され、熊原もかなり心を打たれていた。握り拳を作って、力をこめて机に叩きつけた。

「おれも絶対に許しはしないぞ。彭広福を見つけた瞬間から、一歩も離れずに見守って、必ず連れかえって——〈エウメニデス〉ではなく、法の裁きを受けさせてやる」

その言葉に応えるように、机の上の受信機が突然音を発した。画面の中で赤い点が一つ点滅し、ぴぴぴ、と音が鳴っている。決然とした言葉に喝采を送っているのか、それとも冷ややかにあざ笑っているのだろうか。

受信した信号は命令となる。十月二十五日までまだ一時間十三分を残して、作戦チームの四人組は彭広福を探し、保護する道程に足を踏みだしたのだった。

　目標の位置を突きとめる過程は、技術的にそう難しいものではなかった。受信機の探索機能が起動すると画面にはいくつかの同心円が表示され、この同心円が位置関係の目安になる。円同士の間隔は現実の五キロメートルを表す。同時に、受信機の位置を中心として、東、西、南、北に対応した座標軸が四方に広がる。信号の発信地は画面上に点滅する赤い点として表示され、円の中心からの相対的な位置も数値として表示されていた。

　信号が示した位置は、市公安局本部の東方向から北に二十三度寄った方角、直線距離で五十三・六キロメートル離れた場所。担当の捜査員たちが確認した結果、その地点は省内の泰林《タイリン》県安峰《アンフォン》郷に位置するとわかった。韓灝たち四人はただちにパトカーに乗りこみ、安峰郷に急行した。

　四十分後、彼らは安峰郷に到着する。受信機に表示された赤い点は、円の中心のすぐそばに近づいていたが、それでもまだ少し北に進まなければならない。実際の状況を目にすると、ここからは安峰郷の周縁部、住人のいない山奥に入っていくらしく、地形はいっそう険しく複雑になる。

　時間はすでに深夜になり、僻地の空気はうら寂しく静まりかえっていて、人の気配はすこしも感じられない。柳松が運転する車は、二回行きつ戻りつしてようやく、北に向かう舗装されていない狭い道を見つけた。その道に入って間もなく、左右の山肌は険しい斜面となり、弱々しい月の光もさえぎられていく。車のライトが照らすほかは真っ暗で、伸ばした手すらも闇に溶けてしまいそうだった。

　さらに数キロメートル進むと受信機に表示された点まではもう目前となり、時刻も二十五日の零時が迫っていた。車内の四人の神経は限界まで張りつめている。息詰まる戦いの時が、ひたひたと迫ってきていた。

ついに山道が行き止まりになると、前方の山肌に真っ暗な洞穴があるのが見えた。車はこれ以上先に進めないが、受信機の表示する信号はこの前方を指している。車に乗った全員が、探し求めた目標はこの洞穴に潜んでいると理解していた。

「警戒を緩めるなよ」韓灝が抑えた声で指示する。「すぐに車から出ないで、ライトで状況を確認しろ」

柳松は承知して、慣れた手つきでハンドルを操り、足元のアクセルを同時に踏むと、パトカーはうなり声を上げながら方向を変えた。それとともに車の前方のライトが四方を照らし、韓灝たちには洞穴の周辺の様子が見えるようになる。

改めて見ると、人の手で掘られたものらしく洞穴はきれいに整った形をしていて、入口のあたりには使い物にならなくなった作業機械が放置されていた。

「これは……廃坑になった坑道か？」尹剣が推測をつぶやく。すぐにほかからも同意が返ってきた——泰林県内の山地は石炭層がいたるところにあり、以前は違法採掘の小さな炭坑が絶えなかった。そのうちに地方政府がかなり厳しい取り締まりを行って、そうした炭坑は操業停止を余儀なくされ、結果山地には放棄された坑道が相当数残ることになったのだった。

映像内の光景を思いだしてみると、たしかに坑道の雰囲気と似たところもあった。ここが〈エウメニデス〉の設定したゲームの舞台らしい。警察はこうしてやってきたが、〈エウメニデス〉と彭広福はどうか。先に待っているのだろうか？

熊原たちの視線がしだいに韓灝に集まっていく。専従班の指揮官として作戦指令を下すのを待っているのだが、韓灝の両眼は洞穴を食い入るように見つめたままだった。全身の血液が沸きたって逆流し、額には青筋が浮かんでいる。

暗闇に覆われた洞穴は怪獣の口のごとく、いななき、あざ笑い、そして近づくものを呑みこもうとしているように見えた。このなかで、どんな恐ろしいことが起きようとしているのだろうか。

〈エウメニデス〉にとってこれは、たんなるゲームなのかもしれない。熊原たちにとっては、危険を覚悟した戦いだ。そして韓灝にとっては、過去と未来につながる苦しい選択の時だった。〈エウメニデス〉はこちらを手のひらのなかでもてあそぼうとしている。では自分は――この機会をものにして、敵を負かすとともに、ずっと心に付きまとってきた悔いを晴らせるだろうか?

その問いに否応なく答えが出るときが来ていた。退路はない。もとよりもう退くことはできない。

「ライトで坑道の中を照らせ」最初の命令が口にされた。柳松はすぐさま命令に応える。その運転技術は驚くほど巧みで、洞穴前の狭い空間でも、二、三度切り返しただけでパトカーは最適な位置に落ちついた。

ライトの光は真っすぐに伸び、洞穴の内側がかなりの奥まで照らしだされる。入口から少し入ったところに立っている男が、全員の視界に入る。容貌や身体つきも、服装も、映像に映っていた彭広福本人のものだ。光を当てられて驚いた彭広福は不安げにもぞもぞと身体を動かすが、ごく限られた幅の動きしかできない。ロープかなにかで拘束を受けているらしい。

熊原は腕時計を見た。時刻は二十五日の午前零時を過ぎていて、〈エウメニデス〉はいつ彭広福に手を出してもおかしくない。眉間にしわを寄せ、韓灝に声をかけた。

「行くか?」

熊原の考えは韓灝にもわかった。坑道のなかは地形が入り組んでいて、犯人が身を隠し逃亡するのにかなり好都合だ。彭広福の安全を確保するためには、すぐにでも洞穴から連れだしたほうがいい。ついに逡巡を止め、毅然とうなずくと、仲間にひととおり視線を向け、静かな声で言った。「行くぞ」

一同はただちに命令に従う。

出発の前から、明かりのない場所に踏みこむ可能性は予想していて、四人はそれぞれ懐中電灯を装備している。一同は右手で銃を抜くと同時に、左手に握った懐中電灯を点けた。パトカーを降りてそれぞれの位置に就き、お互いを援護できる戦闘態勢を整える。目もくらむような強力な明かりをすばやく各方向に走らせ、四人は周囲の地形と状況を確認する。

そこは左右を小さな山に挟まれて伸びる山道で、いま一同がいるのが道の突き当たりだった。おそらくは、もともと人が足を踏みいれる場所でなかったのが、炭坑のためにこの道を切り開いたのだろう。坑道が見捨てられてからはこの場所も当然荒れ地に戻り、人けがなくなった。あたりを見回してみると、山肌は荒れ放題の茂みと雑木林に覆われ、風が吹き過ぎるなかに影が揺らめく、恐ろしいほどに険しい土地だった。

韓灝は考えを巡らし、そばにいた尹剣に声をかけた。

「車のライトは消してこい」尹剣はうなずいて、運転席に身体を入れライトを消し、そのままキーも抜きとった。韓灝の意図は全員に伝わっている。〈エウメニデス〉が洞穴の外の林に潜んでいたなら、四人が坑道に入ると車のライトでこちらばかりが照らされて不利な立場に置かれるうえ、外を向いたとき目がくらみ視界を奪われることになる。車のライトを消せば、この場を照らす明かりは四人が持つ警察用の懐中電灯だけとなる。それなら視界ではある程度警察側が優位に立てるのだ。

すべて用意が整うと、韓灝の合図に従って皆は陣形を変え、しんがりの熊原が周囲を警戒しながら、迅速に、ただし慎重に、坑道に向かい回りこみながら前進していく。

四人がものものしい臨戦態勢をとったのとはうらはらに、洞窟の中でも外でも異変は一つとして起きなかった。なんの障害もなく洞穴にたどりつき、すみやかに懐中電灯であたりを探ったが、さきほど目にした拘束されている男以外、見える範囲に人の姿はなかった。

銃を手にした熊原と柳松は背中合わせに立ち、それぞれ洞穴の入口と、奥の方向に懐中電灯を向けて、警戒の態勢をとった。ここまでの探索の結果、二方向に注意を配っていれば、洞窟の入口近くにいる一同が敵の奇襲を受けるおそれはないということになる。韓灝と尹剣は仲間の援護を受けながら、縛られた男のもとに二人で近づいていった。

懐中電灯の光が向けられ、探し求めた男の容貌があまさず照らしだされた。三十手前のまだ若い男で、髪とひげは伸び放題、眼窩は深く落ちくぼみ、ひどく憔悴し痩せ細った姿だった。しかし容貌を見れば、目の前の人間こそが動画に映っていた警官襲撃事件の容疑者、彭広福だと確信を持てた。

洞窟に人間が入ってきたのに気づいて、彭広福は赤く血走った目を見開き、ああ、ああと口を開いてわめいた。左右の手はロープで縛りあげられ、そのうえ右手には手錠がかかって、坑道を支える骨組につながれているせいで身動きがとれないのだ。

無意識のうちに、尹剣は懐中電灯を相手の口元に向ける。開かれた口のなかでは途中までしかない舌がむなしくうごめいていて、声は一つも言葉になっていない。尹剣は歯を食いしばって、動画のなかのむごたらしい光景を思いかえした——〈エウメニデス〉は彭広福が警察に情報をしゃべらないよう、舌を切ってみせたのだ。その手にかかった男の悲惨な姿をいま目の当たりにして、たとえ警察官とはいえ、こころなしか背筋が寒くなるのは避けられなかった。

とはいえこれで、警察は彭広福の身柄を確保した。舌がなくとも、知っている情報を伝える手段はほかにあるだろう。もしかして〈エウメニデス〉は高慢にも、警察に坑道から彭広福を連れだすことなどできないと考えているのだろうか。そう思いいたって、軽侮と愚弄を向けられた怒りが尹剣にこみあげてきた。

対して、韓灝の感情は尹剣とは根本から違っていた。その両眼は彭広福の顔をぎりぎりと睨みつけ、視線で相手に二つの穴を穿《うが》とうとしているかのようだ。ここにいるのは一年間、手を尽くして探してきた男であり、人生最大の辱めと苦痛を与えてきた男だ。それがついに目の前に現れたのだから、できることならこの場で相手を憤怒の炎で焼きつくしたかった。

しかしいまは、自分の炎を抑える必要があった。四人が果たすべき任務は彭広福を無事に公安局本部まで連れかえること、その結果〈エウメニデス〉との対決で決定的な勝利を収めることだ。

彭広福のほうも、坑道に現れた警察官たちによって自分が生きのびる希望が見えたと理解しているようだった。身体と心、二つの責め苦に痛めつけられて精根尽き果てていたのが、最後に残った活力がよみがえっている。ああ、ああとかすれた叫び声を上げ、両目の中に生への期待がひらめいた。

韓灝は冷静になるよう自らに言い聞かせて、尹剣に命じた。「ひとまず、手錠を外せるか見てみてくれ」

その声は、彭広福の記憶を呼びさましたようだった。身体をがくがくと震わせて、茫然と韓灝に目を向ける。懐中電灯から反射した弱い明かりのなかで、時間がかかってようやく相手の容貌がはっきりと見え、記憶のなかの一光景と結びついた——

一年前、あれも暗闇に覆われた夜のことだ。あの日経験した戦いは、短い時間だったとはいえすり減ることのない印象を残している。いまここで、記憶に刻まれたあの声、あの顔が、また目の前に現れたのだ。

彭広福の顔に浮かんだ表情は期待から驚愕に、そして驚愕から恐怖に転じた。だらりと口を開け、見苦しい舌の根が動いているが声がいっさい出てこない。

韓灝はふん、と冷たく笑うと一歩歩き寄って、左手を伸ばし相手の髪をつかんだ。彭広福は上を向かされて、目の前に立った上背のある刑事と正面から向きあうことになる。そして寒々しく、突き刺すような声が耳に届いた。「わたしのことがわかるか？　一年前の罪の償いはしてもらうぞ」

彭広福の目が怯えたようにきょろきょろと動いたかと思うと、わあわあとわめきだす。恐怖に満ちた、切羽詰まった調子の声で、目こぼしを求めているようにも、急いでなにかを言おうとしているようにも聞こえた。

なにを言おうとしているのか。怒り狂う韓灝と恐ろしい〈エウメニデス〉、いまここで選ばせたら、どちらにより恐怖を抱いているのだろうか。

「隊長。この手錠、なんだか変です」尹剣の声が聞こえて、韓灝の思考は苦しい過去を抜けだし、いまいる現実の場所にふたたび戻ってきた。彭広福から手を放し、助手に視線を向けると、すぐに次の一言が続く。

「鍵穴がどこにも見当たりません」

「柳松、尹剣と替われ」警戒にあたっていた熊原が、開錠に手こずっているのを聞きつけて、すぐに部下の特殊部隊員に命じた。錠開けこそ、柳松がなにより得意とする技術だ。

尹剣も意図を察して、すぐさま柳松と位置を交換した。柳松が進みでて、彭広福を縛めている手錠に精神を集中させ調べはじめる。

普通の手錠とは違い、これはかなり大きくがっしりした作りで、彭広福の手首にはめられた様子は、どちらかというと鋼鉄で作られたサポーターのように見えた。もう一方の環は坑道内の骨組につながれている。骨組は坑道を中から支えるために組まれたもので、複雑な構造をしており、支点はすべてリベットでがっしりと壁に打ちつけられ、簡単に取りはずせる望みは断じてなかった。

彭広福を連れだすなら、手錠を外さなければならない。しかし尹剣の言ったとおり、手錠のどこにも鍵穴は見当たらず、そのかわり、箸ほどの太さの電線が手錠につながっている。

「電子手錠だ！」柳松が事態を理解した。「鍵で開けるんじゃないんだ。スイッチを見つけないと」

「リモコンが必要ってことか？」熊原が眉間にしわを寄せる。柳松の腕前はよく知っていた。鍵穴のある錠なら、この部下は針金一本で片づけてみせる。しかしいま障害になっているのは電子錠で、リモコンを〈エウメニデス〉が握っているとすると、この場で手錠を外す難度は格段に上がることになる。

しかし状況は、熊原が考えたよりはいくらかばかり希望があるようだった。

「リモコンは使っていないと思います――この電子錠は有線制御で、操作のためのスイッチはコードの先にあるはずです」そう話しながら、柳松は懐中電灯の光でコードの伸びる先を探った。

コードは支柱に固定されつつ坑道の奥深くに伸びている。しかし十数メートル進んだところで地形に沿って向きを変え、ここから一目で見通すことはできなかった。

「見に行ってきます」柳松は、コードが見えなくなる曲がり角を指さし、韓灝の指示を仰ぐ。作戦時の態勢に入った以上、あらゆる行動には上官からの命令が必要だった。

「単独行動はだめだ」韓灝はしばし考えこむ。「こうしよう。熊隊長、柳松と組になって進んでくれ。この場所はわたしと尹剣が守る」

しかし熊原は、韓灝からの指示を拒んだ。「いや、出発前に計画を固めただろう――目標を発見した時点から、おれの任務は目標の安全を守ることだ。どんな事態になろうが、一歩たりとも離れるわけにはいかない！」

韓灝はうなずく。相手が決めごとに固執する理由もわかっていた。前回の作戦では、まさしく韓少虹《ハンシャオホン》が熊原の護衛できる領域を出てしまったせいで、最終的に

〈エウメニデス〉が奇襲を成功させることになった。

自分でもそのときの油断が心にわだかまっていて、同じような展開の再来は絶対に許せない。だから彭広福のもとに留まることにこだわるのだ。

「それなら尹剣、柳松と二人で行ってくれ」指示を修正する。「身の安全に注意しろ。トランシーバーを点けて、連絡は途切れさせるな」

「了解」尹剣はいっさいの逡巡なく答えた。見かけはおとなしくひ弱そうで、ふだんは韓灝からの叱責を受けどおしだが、任務の遂行時となればやはり刑事隊の精鋭の一人だ。

尹剣と柳松は互いを援護しながら、コードが伸びていくのをたどって坑道の奥に足を踏みいれていく。間もなく曲がり角にさしかかり、二人は韓灝の視界から消えた。坑道の入口を守っているのはこれで熊原と韓灝の二人になり、熊原のほうは警戒態勢もそれまでとは変え、絶えず周囲に視線を走らせて、監視する範囲を広げている。韓灝は持ち歩いていた手錠を取り出すと、改めて彭広福の腕と坑道の骨組とをつないだ。柳松たちがスイッチを見つけて電子手錠が外されたとき、自由を取りもどした彭広福が予期しない行動をするのを防ぐためだ。

尹剣と柳松は曲がり角を通りすぎたが、コードはまだ伸びつづけ果てが見えなかった。細心の注意を払いながらおそるおそる足を進め、また二、三十メートル歩くと、それまでの坑道よりも開けた場所に行きついた。ちょっとした広間のように十数平方メートルの空間が作られていて、その壁にはもう三つ横穴が掘られ、それぞれの方向に道が伸びている。

鉱山の地下で坑道を掘っていくのは鉱脈の位置に左右されるから、こうして道が分岐するのもごく当たり前ではあった。しかし三ヵ所掘りすすめられた坑道は、電子手錠のスイッチを探し求める二人にとっては困惑の種だった。

広間の中央で、もとは箸ほどの太さがあったコードは被覆を剝がされ、これまでよりも細い、内側にあった三束の電線が露わにされていた。電線はそれぞれ、坑道の骨組が続いているのに従って三つの坑道に伸びていく。しかしここからは電線を骨組に這わせるのではなく、中空の鉄パイプの内側に引きこまれて、なおさら行方をたどるのが難しくなっていた。

「どういうことなんだ、これは？　どうして三本に分かれたんだ？」専門知識をほとんど持っていない尹剣は、柳松に尋ねるしかない。

「二本はダミーかもしれないな」推測を口にし、柳松はトランシーバーを使って、目の前の状況を韓灝と熊原に報告した。

柳松の推測には熊原もひとまず同意した。つまり三方向の電線のうち、終点が本物のスイッチにつながっているのは一つだけで、のこり二つは警察を惑わせるための目くらましでしかない。

韓灝との議論のあと、尹剣たちには単独行動はとらず二人一組で動くように言い、三つの電線を順に終着点までたどり、スイッチが見つかったら一つずつ試してみるように命じた。コードがつながっているのは手錠であって爆弾ではないのだから、ダミーのスイッチを押したところで取りかえしのつかない結果は起きまい。

命令に従って尹剣と柳松はまず、いちばん左の坑道に入った。電線は骨組の鉄パイプに隠れているので、二人はその鉄パイプをたどって進んでいくしかない。鉄パイプが途切れると電線が顔を出すが、すぐに隣りあった鉄パイプの中に姿を消してしまい、それがいくども繰りかえされ、二人がひたすら奥に四、五十メートルほど進んだところで、ようやく嬉しい発見に巡りあった。

電線が中に引きこまれたまま顔を出さない鉄パイプがあり、代わりに出口のところには円形の装置が取り付けられていた。装置の中央にはボタンが付いていて、パイプの中に隠れてはいるが、指を伸ばせば届く位置にある。

警戒態勢を崩さない尹剣の横で、柳松はしゃがみこんで入念に観察する。そしてトランシーバーで報告した。「電線の一つで、終点にスイッチがあるのを発見しました。信号の発信機が設置されていて、スイッチを押すと特定の周波数の電気信号が流れ、周波数が手錠の設定に合致すれば、手錠が開くことになると思われます」

「よくやった」坑道の入口を守っている韓灝は熊原と視線を交わしあい、そして指示が出される。「いま、そのスイッチを押してみろ」

「了解」指示に従った柳松がスイッチを押すと、電子手錠を見ていた熊原と韓灝のほうでは、緑のランプが一度点灯するのを目にした。

「スイッチを押しました」柳松がトランシーバー越しに報告する。

しかし緑のランプが点いたあとも手錠に変化はなく、依然として彭広福の腕をしっかりと拘束している。

手錠に近寄って、緑のランプが点ったところを熊原が改めて観察してみると、その場所にはランプが三つ並んでいて、どうやら先ほどの柳松と自分の推測は裏づけられたようだった――三カ所の電線のうち二つはダミーで意味があるのは最後の一つ、それがランプに対応しているのだ。正解のランプが点いたときだけ、手錠は外れるということか。

熊原と韓灝は続けて命令を下す。「すぐに、次のスイッチを見つけて押すんだ!」

尹剣と柳松はわずかな逡巡もなく、ただちに分岐点まで引きかえし、次の電線をたどって中央の坑道に足を踏みいれていく。四、五十メートルたどっていくと、ここでも鉄パイプの終点に装置が取りつけられていた。

柳松は報告のあと、ふたたびスイッチを押した。手錠では別のランプが緑に光ったが、それでも外れる様子はない。

「三つめのスイッチに向かえ！」熊原の命令に躊躇はないが、しかし内心には一抹の迷いがよぎっていた。三分の二の確率でもまだ当たらないというのは、ただの運の問題で片づけていいのか。

数分後、二人は最後の装置にもたどりついた。柳松がスイッチを押したが、起きたのは同じことだった――緑のランプが点灯したが、手錠はなにか反応する気配もない。

熊原と韓灝は顔を見合わせる。どちらにも困惑の表情が浮かんでいた。まさか、三つともダミーだったのか。こんないんちきを仕掛けて、〈エウメニデス〉はなにを狙っているんだろうか？

そのとき、トランシーバーから柳松の声が聞こえてきた。「もしかしたら、推測が間違っていたかもしれません。ダミーは一つもないんだ」

「ダミーがない？」三つともが本物だったというのか。だったら手錠はとうに外れているはずだろう。とまどって熊原は首を振る。「なにが言いたい？」

「どのスイッチを押したときも、点いたのは緑のランプです。ということはスイッチは三つとも正解」柳松はトランシーバー越しに説明する。「でもランプは全部で三つある。もしかすると、三つが同時に点灯しないと手錠は開かないのかもしれません」

それだ！　柳松の話を聞いて、熊原の頭を悩ませていたものが氷解した。電子装置の設定で、緑のランプが成功を、赤いランプが失敗を表すのは、全世界で共通の法則だ。そこから考えれば、緑のランプが三つ同時に点けば手錠が外れないはずはない。

熊原は興奮しながら、即座に指示を出す。「いますぐ、スイッチを三つ同時に押してみてくれ」

トランシーバーから返ってきたのは、期待を裏切る答えだった。「できません。スイッチは三つすべて別の場所にあって、少なくとも三人いないと、同時に押すのは無理です」

その通り、柳松と尹剣たちが直面した厄介な問題を説明する言葉だった。三つのスイッチはそれぞれ分かれた三つの坑道の先にあり、そしてどれも、力を加えたときだけ信号が流れ、そうでなければもとに戻ってしまう方式のボタンだった。装置は鉄パイプに取りつけられ、移動させることはできない。三つのスイッチを同時に入れるのに、それぞれの坑道に三人が入る以外の方法があるだろうか。

説明を聞き、熊原と韓灝も即座にいま置かれた正確な状況を理解した。結果、二人の表情も曇っていく。

「警察からは、四人しか現場に行けない」韓灝が苦笑いを浮かべる。「これで、やつがなぜそんなゲームのルールを決めたのか分かったわけだな」

そう、〈エウメニデス〉の悪辣な思惑はもはや明々白々だった。彭広福を縛めている手錠を外したいなら、警察側はスイッチが置かれた三ヵ所に三人を向かわせなければならず、くわえて彭広福には護衛が必要だ。つまり警察官たち四人組は完全にばらばらにされ、一人ひとりが単独行動の不利な状況におかれてしまう。

「二人を呼びもどせ」熊原は韓灝に向かいそう提案した。「相手の目的は見えすいてる。向こうの狙いどおりに行動するわけにはいかないだろう。ここで従ったら、ますます思いどおりに動かされるだけだ。四人でここにとどまって、増援を要請するんだ」

それがいちばん間違いのない行動なのは確かだった。彭広福の身はすでに警察が確保しているのだから、これ以上〈エウメニデス〉が定めたルールを遵守する必要はない。動かず応援を待つのは不面目とも思えるが、なにはともあれ主導権はこちらが握っていられる。

しかし熊原が考えるほどに事態は単純ではない。続く柳松の言葉によって、熊原は真に状況の厳しさを教えられることになった。

「待ってください、報告します!」部下の口ぶりは切迫している。「装置のそばにメモを見つけました。〈エウメニデス〉の署名があります!」

熊原はすぐに訊きかえす。「なんと書いてあるんだ」

「坑道内に爆弾を仕掛けた、爆発時刻の設定は二十五日午前一時」メモに書かれた文章を早口で読みあげる。

その言葉を聞きながら、警察官たち四人はほとんど同時に同じ動きをした——時計を見たのだ。

現在、時刻は二十五日の午前零時四十五分になっている。

全員の額にじわじわと冷汗がにじんでいく。

いまの状況で、〈エウメニデス〉からのメッセージを能天気に冗談として片づける者はいないだろう。となれば、彼らに残された時間はもう十五分しかない。十五分が過ぎてもここに留まっていたら爆発が起き、四人は彭広福とともに洞穴に呑みこまれることになる。

動かず応援を待つ策は実行不可能となった。これからどうするか。

爆弾を解体するか?

熊原たちには爆弾処理の技術があるとはいえ、坑道の地形はあまりに複雑だ。〈エウメニデス〉がどこに爆弾を潜ませたか予想がつくはずもない。地面に積もった粉塵の下か、坑道の壁の割れ目か、放置されたがらくたの中か、坑道を支える中空の鉄パイプまでも爆弾を仕掛ける場所になりうる。ここからの短時間で爆弾を探すと言っても、それはどう考えても遂行不可能な任務だった。

爆弾そのものが見つからないのに解体はできない。それゆえ、爆弾を解体するという考えは一同の脳裏をちらりとよぎっただけで、だれも口に出さないまま却下された。

とれる行動は一つ。自分たちは、一時よりも前に坑道から撤退しなければならない。

ただし初めからの作戦目標――彭広福を安全に連れかえる――を達成するのに力を尽くす必要もあった。

しばしの沈黙が流れる。尹剣と柳松は続く命令を待ち、韓灝と熊原はしかめた顔を見あわせ、頭は急速に回転し対処の策を探している。

五、六秒ほど後、心を決めたのは熊原だった。

「最後に一度、試してみよう。まだ時間はある。三つのスイッチを同時に押して、それでも外れなかったら――」彭広福をちらりと見る。「こいつの手を置いていくしかないな」

彭広福はその言葉のほのめかしを察したようだった。これで手錠が外れなかったら、警察官たちは自分の腕を切り落としてここから連れだすことになるのだ。熊原が腰に差している磨きあげられたサバイバルナイフにこわごわ目をやりながら、恐れをなした様子で口からひゅうひゅうと音をたてる。

三つのスイッチを同時に――韓灝の思考はその一言から離れられなかった。それが意味するのが、警察側の四人がそれぞれ単独で行動することであり、それこそ〈エウメニデス〉が周到に狙った状況だというのは充分に理解している。敵の計画どおりの行動を、実行してしまっていいはずがあるか？

しかし……ここまでの状況になって、それより良い選択があるだろうか。時間は音もなく流れていき、一秒ずつがこのうえなく貴重だ。これ以上時間を使う余裕も、考えを巡らす余裕もない。決心が必要だった。

一同の期待を向けられながら、指揮官として韓灝はついに心を決めた。熊原にうなずいてみせ、提案に賛成だと伝えて、間をおかず口を開く。「あいつらの応援に行ってくれ、わたしはここに残る」

「いいや。おれは護衛対象から絶対に離れない。それがおれの任務だ」熊原からは拒絶が返ってくる。〈エウメニデス〉がどう計画を立て、行動しているとしても、最終的に狙いを付けている相手はやはり彭広福だ。

だから結局のところ、彭広福の護衛が警察にとってなにより重要であり、なにより危険な任務だと熊原は充分に理解していた。それだけの任務を、軽々しく別の人間に委ねることは断じてできなかった。

韓灝は口を開き、なにか続けようとしたらしかったが、相手の目の揺るぎない光を見て言葉を呑みこんだ。

いまの熊原が断固とした覚悟で、なにがあろうと彭広福から一歩も離れないことはわかった。専従班指揮官の自分が命令しても、おそらくその決意は動かせないだろう。

諦めたように静かなため息をつくと、熊原の肩を叩いた。「用心するんだぞ」

韓灝はふだん軽々しく感情を露わにしたがらない。しかしその一言を口にしたときには、なにげない言葉のようでありながら、うちには濃密な想いがこめられていた。

熊原は温かな気分になった。「安心してくれ、おれがいれば、やつは近づく望みすらないさ」決然とした言葉には力と、自信がみなぎっていた。

その通り、特殊部隊隊長の熊原の実力は疑うべくもない。その男が対象を護衛するなら、どれだけ凶悪な敵だろうと手出しできるものか。

韓灝はうなずき、最後に一度熊原を見つめると、この場所を去ると伝えるため背を向けた。

坑道の入口を離れた韓灝は、足どりを速める。いまこの場面で時間はきわめて重要で、片時も足を停めることはできない。分かれ道のある開けた空間にはすぐたどり着き、息を切らせながら懐中電灯で周りを照らし、この場所の地形を観察した。そのとき、黒い影がそばの横穴から飛びだしてきた。韓灝ははっとして、反射的に飛びのくと同時に、人影に向かい薙《な》ぐように肘を振るった。

人影は両手を突きだして攻撃を止めながら、低い声で呼びかけてきた。「隊長、おれです！」

それが尹剣の声だと気づいて安堵した韓灝は、相手を問い詰める。「どうしたんだ？　真っ暗なところから飛びだしてきて」

「懐中電灯が点かなくなったんです」ひどく気落ちした声だった。手にはライターを持っていて、その火しか明かりになるものはないらしい。

こんなときに壊れやがって。しかし時間は差し迫っていて、もうこの問題にかかずらっている余裕は二人になかった。

「柳松は？」また韓灝が尋ねる。

尹剣は背後を指さした。「この穴の奥にいます。のこりの穴二つに、おれたちがそれぞれ入る必要があります」

「わたしは真ん中に入る。きみはその横だ」簡潔に、力強く命令する。「到着したらトランシーバーで連絡してくれ、身の安全には気をつけるように」

「了解！」


役割が決まると二人はそれ以上言葉を交わさず、それぞれの横道に入り電線の先にあるスイッチを目指した。しばらくして、無事に目標物にたどり着いた韓灝は、すぐにトランシーバーを使い到着を知らせた。尹剣が横道に入るのは二度目のはずだが、韓灝よりもかなり遅れている。きっと明かりがないせいで手こずっているのだろう。

とはいえ、待っていると尹剣からの到着の知らせも受信した。時間は零時五十二分になっている。

「全員でボタンを押せば、手錠は外れるはずです」ここでは柳松が三人を指揮することになる。「おれのカウントを聞いて、三まで数えたら同時に押して、それから五秒間指を離さないで。一、二、三！」

柳松の声が聞こえるのに合わせ、三人は同時にそれぞれの前にあるスイッチを押しこんだ。とともに、韓灝は待ちきれないような口調で訊いた。「熊隊長、そっちはどうだ？」

しかし、なぜかトランシーバーから熊原の答えは返ってこない。

「熊隊長？　熊隊長？」さらに二度呼びかけるが、相手からは一言もない。

どこか不吉な予感が、トランシーバーを通して広がっていく。

「もう充分だろう、撤収だ！」柳松が急いた調子で撤収の号令をかけ、直後、真っ先に坑道の入口に向かい駆け出していった。長く熊原に付き従ってきた経験で、こうした異状がひどく尋常でないことだと身に染みて理解している柳松は、抑えきれない焦燥に駆られていた。

続いて韓灝も飛びだし、横穴を出ると、柳松のすぐ後で入口に向かい駆けていく。柳松に追いつかんばかりの勢いでともに坑道の曲がり角を通りぬけ、そこで二人は同時に、血なまぐさいにおいを嗅ぎとった。

懐中電灯の光が急いで振り向けられ、坑道の入口近くの惨状を照らしだした。彭広福を拘束していた電子手錠は外れている。なのに彼は、自由な人生を得てはいなかった——坑道の骨組の下にぐったりと倒れこみ、首元からは大量の鮮血が流れだして、生命の名残はどこからも感じられない。

もう一つの光景に、最初に到着してそれを目にした柳松は狂乱せんばかりだった。彭広福から二、三メートル離れたところで、熊原があおむけに倒れている。頑強な特殊部隊隊長は力をこめた手で喉元を押さえているが、いま見ている間にもせわしない呼吸とともに鮮血が指のあいだから一度また一度とあふれつづけ、収まる様子がなかった。だれが見ても、喉に深手を負い気息奄々の状態だった。

「隊長！」柳松が悲痛な声を上げ、駆け寄って膝を突き、上司を胸に抱いた。熊原はまだおぼろげに意識を残していて、懸命に目を見開き、信頼する部下が駆けつけたのを知ってわずかに安堵したような表情を見せる。そして口を開き、何かを言おうとするが、その息は喉のところで消えてしまう——そこにはぞっとするような傷が深々と刻まれ、もはや空気で声帯を震わせることはできず、傷の上にむなしく鮮血の色の泡を増やすばかりだった。

韓灝は一度足を停めたが、こちらもすぐに駆け寄って膝を突いた。無惨な姿を目にし、苦しげに眼を閉じる。とても見るに堪えないという様子だった。そして震える声で呼びかける。「熊原……熊隊長？」

熊原は韓灝の声を耳にすると、うつろだった眼がしぶとく光を取りもどし、最後に残ったひとすじの力をふりしぼって身体を持ちあげ、両手で韓灝の腕を懸命につかんだ。その手には青筋が浮いている。

韓灝は顔を向けて見つめあう。熊原の視線には鉤のごとくこちらを引き寄せる魔力があって、心の奥深くに食い入ってくるかのようだった。突然なにかを感じたように、熊原の口元に耳を近づけ、大急ぎで尋ねる。

「なにを言いたいんだ？」

熊原はひゅうひゅうと音を立てるだけで、なんの言葉も発せない。喉元の傷口では、血がつぎつぎ泡となって盛りあがったかと思えば一つまた一つと破れ、それとともに、大量の血液がいまもだくだくと流れだしている。喉への一撃は動脈にも達しているようだった。〈エウメニデス〉が韓少虹を殺したときとまったく同じ手口だ。音も気配もなく一刃で命を奪い、被害者にはわずかな生きる望みも与えない。

そこに、尹剣も坑道の入口に急いで現れたが、目のまえの光景に唖然とした様子で、三、四メートル離れたところに立ちつくし、混乱したように尋ねる。「これは……どういうことです？」

「くそったれが、なにをぼさっとしてるんだ！」韓灝が急に声を張りあげる。「すぐに車を出すぞ、車に行け！」

それを聞いて尹剣は我に返り、歯を食いしばって、坑道の外のパトカーに向かい突っ走っていく。韓瀬と柳松は力を合わせ、虫の息の熊原を助け起こして後に続いた。先頭の尹剣が運転席に潜りこみ、エンジンをかけたのと同時に、韓瀬たちも到着し、熊原を車の後部座席に横たえた。

「韓隊長、行くのはどこの病院ですか？」狼狽している尹剣はまともに思考できず、市街に戻る道筋すら思いだせなくなっている。ハンドルをきつく握りしめることしかできず、指の間からだらだらと汗がにじみ出てくる。

答えはない。韓瀬は、腿の上に寝かせた熊原を茫然と見つめていた——熊原は目を閉じ、喉元にはもう血の泡が浮かんでいない。

柳松は右の人差し指を伸ばして、震える手を熊原の鼻先まで近づけたが、そこに息の流れはほんのわずかも感じられなかった。茫然とした柳松はしばらく黙りこんでいたが、突如として怒れる獅子のごとく身体を跳ね上げた。

「畜生、畜生！　くそ野郎が！」涙混じりの声で、狂ったようにわめいている。そして拳銃を振りまわしながら、車から飛び降りようとした。

「戻れ！」韓瀬は飛びかかって柳松を車内に引きずりこみ、尹剣をふりむき怒鳴りつけた。「早く車を出せ！　ぐずぐずするな、すぐに爆発するぞ！」

尹剣ははっと我に返った。午前一時まで時間はいくらも残っていないのだ。慌ててハンドルを回し、アクセルを何度も勢いよく踏みこむ。パトカーは坑道の前で百八十度向きを変えると、険しい山道に向けざあっと矢のように飛びだしていった。

「降ろしてくれ、やつを見つけだす、殺してやる！」柳松はいまも狂ったようにわめいているが、韓瀬にがっちりと押さえつけられ、車もどんどんスピードを上げていた。ようやくあがくのをやめた柳松は、大声を上げて泣きはじめた。

韓灝は後部座席でがっくりとうなだれた。そのそばにはまだ温かい熊原の身体があるが、勇猛な特殊部隊隊長がもうその目を開くことはなかった。

沈黙のあと、韓灝は髪を両手で掻きむしり、苦しげに圧し殺した、くぐもった叫びを上げた。「わあぁっ……」

韓灝が声を上げたのと同時に、坑道でも予告のとおり爆発が起きた。火炎とともに振動があたりを包み、坑道の入口の岩石が崩れ落ちて積みあがり、彭広福の死体を――現場の痕跡と手がかりすべてとともに、その奥深くに隠していった。

第八章　深まる疑問

四時間前。二十四日夜、二十一時。

省都の中心街。

慕剣雲《ムージェンユン》は、人通りに賑わう都会のただ中を歩いていた。照明は絢爛と灯り、着飾った男女たちにとっては、夜がまさに盛りあがりを迎える時間だ。

省都は繁栄をきわめる現代的な都市に違いないが、しかし慕剣雲が道を折れ、通りからその裏にある一本の路地に逸れていくと、たちまち別の世界に足を踏みいれることになる。

そこでは夜の闇も深まり、行き交う人影は見当たるはずもなかった。狭い路地の左右では、もとから薄暗い街灯がおおかた故障していて、照明としての役目をまったく果たしていない。目の前の光景を見さだめるには、淡い月光を頼りにするしかない――背の低い家々が道の左右に立ちならび、模糊とした影が伸びている。ごくたまに影のなかから動くものが現れ、道を横切っていく。が、それは行き場のない野良猫で、おおかたは足を止めてみゃあ、とつかのま鳴き、路地に足を踏みいれた思いがけない訪問者のことをほの暗い視線で眺めまわす。背を反らして高々と頭を持ちあげ、張りつめた警戒を崩さない。訪問者が近づいてくるよりも早く、彼ら闇夜の精霊たちは身を翻し、すばやい動きで去っていった。敏捷で、薄気味の悪い姿だった。

冷たい秋風が路地を吹きすぎていく。それが運んでくる寒さは街中よりもはるかに強烈だった。慕剣雲は両手をコートのポケットに入れ、脇を締めて自分の身体と服の隙間をなくした。

とてもまともな場所とは言えない――眉をひそめながらそう考える。

だがそれは、現実に存在する場所だ。多くの人々はとうに忘れているが、それでも存在しつづける、どんな都市にも存在する場所――しかもそれは、人でにぎわう市街から離れていない。

存在するものには、いずれだれかが対面することになる。

慕剣雲は、目指す小さな家にたどり着いた。薄暗い路地に対面したあとには、この路地でももっとも恐ろしい相手に対面しなければならない。

あのような男と顔を突きあわせたいと思う人間はいない。ましてうら寂しい夜の時間だ。爆発に巻きこまれたあの男は、怪物、あらゆる相手に悪夢を見せる怪物だ。

人間の心理に精通した専門家として、慕剣雲ははっきりと知っている――周りに悪夢を見せる人間は、往々にして自身がだれよりも悪夢に耐えているのだと。

だからあれは怪物でありながら、それ以上に哀れな被害者だ。

いまから会う相手、黄少平《ホアンシャオピン》は、悪夢の始まりに立ち会っていたのだから、その手の中には悪夢を終わらせるための鍵を握っているのではないか——慕剣雲はそこに望みを抱いていた。一人でここへやってきたのは、その答えを求めるがゆえだ。

家の住人も彼女のことを待ちかまえていたようだった——ノックの音が響いたかと思うと、すぐに扉が開いたからだ。

扉の向こうに男は立っていた。室内の黄みがかった明かりはその顔の半分ほどに影を投げかけ、醜い容貌をなおのこと恐ろしいものにしていた。

「こんばんは」慕剣雲から声をかける。嫌悪感を相手に気取られたくなかった。

「来たか」相手の視線は、慕剣雲の背後をちらりと眺める。

なにを確かめていたのか理解して、微笑みながら言った。

「わたし一人ですよ」

裂けた唇の端が上にまくれ上がり、微笑んだつもりなのが見てとれる。ただその微笑は、どこからも快さをもたらさない。うなずいて言う。「入れ」

男の横を通って慕剣雲が家に入ると、扉が閉められた。家と外界とを扉がへだてて、息苦しい雰囲気が広がってくる。

「好きなところに座っていいぞ」もごもごと言う。好きなようにと言うが、選択肢はろくになかった。家のなかは、木製の腰掛けが一つあるだけで、ほかに腰を下ろせるのは隅にある薄汚れたベッドしかない。

腰掛けをベッドの近くに動かそうとすると、杖を頼りに苦労しながらベッドに向かう姿が見えた。慕剣雲はそちらに歩き寄り、支えてやろうとした。その考えを察したらしく、ちらりと視線を送ってくる。言葉には出さないが、拒絶の意志はどこから見ても明らかだった。

ぎくりとして、そこから前に進めなくなる。男の視線にはなにか謎めいた気配があるかのようだった。容貌は周りをたじろがせ、境遇は憐れみを誘うが、いま唐突に現れたその気配には、近づくのをためらわせる威厳があった。

気配は一瞬よぎっただけだった。すぐにうつむき加減になって、ひとりベッドに歩いていく。静まりかえった空気のなか、二人はベッドの枕元と腰掛けとに座り、向きあう形になった。

いま出鼻をくじかれたことで、慕剣雲はあたりさわりのないやりとりをするのをやめ、強気の態度で本題に入ることに決めた。

「警察に伝えたいことがあるの?」真剣な面持ちで尋ねる。警察、の二文字を強調して言い、会話の主導権を握った。

「いいや」首を振って返す。訂正したのはまさにその二文字についてだった。「警察に伝えるつもりなら、とっくにもう伝えてるさ——いま、あんたにだけ伝えるんだ」

ははっ、と乾いた笑いを返す。改めて自分の身元を念押ししておく必要があると思った。「でも、わたしも警察です。警察学校の講師で、いまは〈四一八〉専従班に入っているから」

「知ってるさ」真っすぐ慕剣雲を見つめると、顔の筋肉が震える。「だから、いまから一つ約束してほしいんだ。そのあとでないと話は教えられない」

相手が要求を口にするだろうと予想していた慕剣雲は、黙りこんだあと尋ねた。「どんなこと?」

「おれが話す秘密は、ほかの警察の連中に伝えちゃいけない。自分ひとりで調べるだけだ」

「どうして?」美しい眉をひそめる。いまひとつ話が理解できなかった。

「警察が信用できないからだ」その声は耳障りだが、表情はひどく真剣だった。「おれの知ってることのせいで、おれの命が危なくなるかもしれないんだ。だから長い間ずっと、だれにも話してこなかった」

「どういうことなの？」ただちに相手のほのめかしについて考え、愕然として訊きかえす。「もしかして、警察のだれかが事件に関わっているって言いたいの？」

軽く鼻を鳴らして応える。「そんなにいっぺんに質問するもんじゃない、そのうちにわかるさ。まず答えてくれ、おれの頼みを聞いてくれるか？」

真実に迫るため、ほかに手だてはなさそうだった。

「約束する」悩むことなく答える。事件の真実は、いま明らかになっている部分に輪をかけて恐ろしいのではないかという予感がある。しかしだからこそ、自分には隠されている秘密を明らかにする責任があった。

相手はじっと慕剣雲を見すえ、しばらく間があって、喉元が動きだし、話しはじめようとしているのを感じた。こちらはその前から息をひそめ、耳をそばだてて構えていて、ついに相手の言葉が耳に届く。「爆発事件が起きる一ヵ月前に、市の公安局は麻薬取引の現場を押さえた。その事件を調べてみるといい」

「ええっ？」思わずまごつく。てっきり、爆発事件の現場に関する秘密を話しはじめるものだと思っていたのが、その口からは唐突にべつの事件が飛びだしてきた。その事件については聞いたことすらない。

その反応を見ても、相手は意外そうでない様子だった。うなずいて返し、再度念を押す。「〈三一六〉麻薬売買事件だ」

「それが爆発事件とどう関係するの？」怪訝に思いながら尋ねる。

「調べてみろ、きっと手がかりが見つかるはずだ」目を細めると、視線にこもった憂鬱が深まる。「まだなにもかも話すわけにはいかない。あんたにおれを守る能力があるか、確かじゃないからな。まずは能力を証明するんだよ」

その目を見かえすと、急に慕剣雲の心の奥がひやりとする。一つの疑問からどうしても逃れられなかった。「あなた、いったい何者なの？」意識せずに口にしていた。ひどく傷つけられた容貌の恐ろしさは変わっていないが、いま発せられた言葉や、その目の奥にあるもの、そしてこちらが聞いたこともない事件を話題にしたこと――どれもただの食うや食わずのくず拾いにふさわしくなかった。

唇をめくり上げ、歯をむき出しにして、ふしゅう、と気味の悪い笑い声を上げる。「きょう、あんたとその話をする気はないな」

慕剣雲は、頭を落ちつかせるのに数秒かかった。自分が振りまわされすぎていることを感じて、話の方向を変える必要があった。

「警察に隠していることが山ほどあるようね」冷たい声で脅しつける。「いまから、あなたを専従班に連れていったほうがいいのかも」

へっ、と笑いが返ってくる。「だったらさっきの約束を破ることになるな。おれに見る目がなかったのを悔やむしかないが……秘密はおれの腹の中で腐ったままになる。あんたも、十八年前にいったいなにが起きたのか、もう知るのは無理だ」

その口ぶりから、脅しにいっさい効果がなかったのを察した。諦めとともに口を引きむすび、引きさがる逃げ道を作る。「わかった、やっぱり約束は守るわ……でも、賄略もなくあんなことを言っただけで――どうすれば、わたしをからかってるんじゃないとわかるの？」

「麻薬の事件を調べれば、どういう意味かはわかる」相手は繰りかえした。心の準備は充分だったらしく、頑強な態度で取りつく島もない。

「そうか……」これればかりはどうにもできない。相手を突破できる箇所が見つからないなら、現時点の陣地を守るしかなかった。相手の言葉に従う。「まずは調べてみるわ」

「このことはほかのやつに言うなよ」改めて念を押す。「おれたちが向きあってるのがどれだけ恐ろしい相手か、あんたはまだわかってないんだ。いまでもおれはぼろぼろだ、さらに傷つけるのは心が痛むだろう?」

慕剣雲はうなずいた。相手の真剣味のある態度を見ていると、内心うっすらと不安を覚えてしまうが、それでも尋ねずにはいられなかった。「どうしてわたしを選んだの? 警察を信じないなら、わたしのことはどうして信じるの」

視線に顔を何周か眺めまわされる。そして相手はまた、へへっ、と不気味に笑った。

慕剣雲は眉を寄せる。視線と笑い声のどちらも内心がぞっとするように感じた。

「どんな物語も、いつか終わるときが来る」かすかな声で答える。「最初にあんたを見たときわかったんだ、この見世物はあんたで終止符を打つことになると」

それが答えになるものか。慕剣雲はひとり首を振る。目の前の怪物が、いったいなにを言おうとしているのかすらつかめなかった。

まったく腹立たしいことだ。心理学に精通した自分が、目の前の怪物に手のひらのなかで転がされるとは。

「おれの言うとおりにするんだ……なにか見つかったら、また会いに来い」手を振って、もう帰ってほしいと伝えてくる。

「じゃあ……このくらいにしましょう」諦めて立ちあがる。もう、相手の口からはどんな情報も得られないとわかっていた。〝〈三一六〉麻薬売買事件〟——それが今回得られた唯一の収穫だ。

いや、それだけではないかもしれない。急に思いいたる——〈四一八〉の事件で黄少平が演じた役割は、なにも知らない被害者でおさまるはずがない。そしていま、その顔を隠そうとしていない——この訪問の最大の価値だと言ってもよかった。

ともかく、例の麻薬取引摘発について調べてみよう。いずれにせよ、事態をいま以上に悪くすることはないはずだ――そう考えながら、慕剣雲は玄関に歩いていく。扉を目の前にして、一度振りかえった。

「信用してくれてありがとう」微笑みながら言う。相手はまだたくさんの秘密を抱えている。その口を開かせようとするなら、まずは心のなかにある警戒と隔たりを取りのぞくことだ――それにかけては、微笑みはいつでも武器として効き目がある。

男も笑った。うなずいて応え、扉を閉めていく訪問者を見送る。

家はふたたび世界と隔絶された状態に戻り、室内にひとりでぽつんと残された。

その顔から笑みが消える……かと思うとため息をついて、表情が険しくなっていく。

むしろ、おれがあんたに感謝するほうだ――内心ひそかに噛みしめる。あの手ごわい相手が近づいてくるより前に、この駒がうまく働いてくれればいいが。

三十分後、慕剣雲は公安局本部の刑事大隊に戻ってきた。韓灝《ハンハオ》たちはちょうど会議室で受信機を見つめ、緊張と焦燥感とともに目指す場所の信号が現れるのを待っているところだった。そこに割って入ることはせず、直接曾日華《ゾンリーホワ》に会いに行く。

曾日華は宿泊所の部屋で過ごしていて、テレビをあてもなく見ながらひどく暇そうにしていた。慕剣雲が訪ねてきたのを知ると、かなりはしゃいだ様子だった。

「また来てくれるだろうと思ってたんだ」喜色満面で言う。「専従班のなかで、きみがいちばん信頼してるのはぼくだ、そうでしょう?」

来客用の椅子に勝手に腰かけ、言葉は返さなかった。こういう口数の多い、うぬぼれた手合いを相手にするなら、沈黙を保つのが最善の選択だと知っている。

「へへっ」曾日華も向かいの椅子に座り、得意満面で足を組む。「なにかな、話してくださいよ。握ってた手がかりっていうのはどう進展したのかな？　なにか難題にぶつかったとか？　ぼくが検討してみるから」

「あなたには、ある記録を探してきてほしいの」慕剣雲は、訪問の目的を単刀直入にさらけ出した。

　紳士ぶった態度で肩をすくめる。「言ってください。なんの記録？」

「十八年前のべつの事件、〈三一六〉麻薬売買事件について。事件記録を調べたいの」

　曾日華は目をぱちくりさせ、ひどく怪訝そうな様子だった。「それでなにをするんです」

　秘密を守ると約束していたから、ここへ戻ってくる間に慕剣雲は受け答えを考えていた。

「べつに」あっさりと返す。「ただ偶然耳にしたから、ちょっと知りたくなって」

　曾日華は吹きだした。「今日はいったいどうしたんだ？　だれもかれも昔の事件に興味を持ったりして」

「えっ？」その言葉を聞いた瞬間、慕剣雲ははっとして訊きかえしていた。「ほかにだれか、この事件を調べようとしているの？」

「羅飛《ルオフェイ》だよ」口をゆがめる。「いまただの暇人なのは、ぼくたち三人だから。でもあいつが調べてるのは〈三一六〉麻薬売買事件じゃなくて――夕飯のあとにここに来て、双鹿山《シュアンルーシャン》公園の警官襲撃事件の事件記録を調べてくれと頼まれた」

「それを調べてなんになるの？」思わず尋ねる。

「さあね」言葉を切るが、またうさんくさい態度で煙に巻いてくる。「もしかすると、憂さ晴らしに韓大隊長の大手柄を見かえして楽しもうっていうのかも」

　慕剣雲は首を振り、これ以上くだらないことを言わせないようにする。「いいわ、話が逸れてしまった。本題に戻りましょう……わたしの欲しい記録は手に入れられる？」

　曾日華の表情が硬くなる。「易しくはないな……なにしろ十八年前だから……」眉をひそめる慕剣雲を見ると、嬉しそうに笑いだし、雰囲気が変わる。「でも、易しくない一件こそ腕の見せどころってやつで——へへっ、警察組織の内部資料と言わず、ビン・ラディンの隠れ場所だって、美人に頼まれたら探しだしてみせますからね」

　慕剣雲も笑う。「じゃあ無駄口を叩いてないで、いますぐ働きなさい」

「イエス、マーム！」敬礼をしてみせるが、その姿はお茶目な猿のようだった。そして机に向かうと、持ちこんでいたノートパソコンを立ちあげた。ネットワークを通して、曾日華は部屋から出ずとも警察組織の資料庫に足を踏みいれることができる。省公安庁の技術顧問とあって、ネットワークに関しては最上級の権限を握っているのは間違いなかった。

　すでに決着のついた事件である以上、〈三一六〉麻薬売買事件はそもそも機密には指定されておらず、事件記録はたちまち見つけだすことができた。しかしすぐに慕剣雲を座らせて閲覧させるのではなく、なにか操作を続けている。

　そばで見ていると、急にこの痩せた男に好感めいたものが浮かんできた。

　たしかに、ふだんはどちらかといえばぶしつけで締まりがないが、コンピュータの前に座った曾日華の姿はどこから見ても軽やかかつ優雅で、その振る舞いは無味乾燥な数字の世界を前にしているというよりも、まるで熟練した音楽家がピアノを演奏しているかのようだった。

　しばらくして動きを止めると、慕剣雲に向かい微笑みかける。「じゃあ、ここの宿泊所の受付に必要な記録を取りにいって」

「えっ？」慕剣雲はとまどう。

「受付にはプリンターがあるんだ」曾日華が説明する。

「ああ」合点がいく。「じゃあ……このパソコンを持っていけばいいの？」

　相手は両目を見開き、すさまじく腹を立てたように見せる。「それは侮辱じゃないか？　ぼくがそんな泥臭いことをするようなやつだって？　このまま行けばいいんだ、もう向こうでは印刷されてるから」

「どういうこと？」慕剣雲はここでも困惑する。「受付に持っていってもないのに」

「ぼくが行かなくても、勝手にデータが行ってくれたんだ」指を二本伸ばして、花を手にする釈迦のように、ノートパソコンから伸びるケーブルをつまみあげる。

「これさえあれば、ネットにつながったあらゆるプリンターを操作できる。宿泊所の受付どころか、中南海《ジョンナンハイ》（北京市内、政府の中心機関が集まる一帯）だってなんてことはないさ」得意満面に言う。

　そうか。慕剣雲は感心する。曾日華の技倆をもってすれば、ネットワークにつながったプリンターに侵入することなど問題ではないのだ。ただ中南海を例に出すのはさすがにちょっと言いすぎだろう。相手の滑稽な物腰を見ていると、笑いがこみあげてきて異論を唱える気がなくなる。立ちあがり、礼を言いながら部屋を出て受付に向かった。

　受付では、いきなり稼働しはじめたプリンターを前に職員が狼狽していた。慌てふためいているが、一ページずつ資料が吐きだされてくるのを止められない。彼女の困惑は、慕剣雲がやってきてわずかにおさまったようだった。

「わたしが使う資料なの。申しわけないけれど綴じておいてくれるかしら」慕剣雲はそう言いながら、自分の身分証と部屋番号の札を見せた。

　相手が警察の経費で処理される宿泊客だと知って、慕剣雲が資料を受けとることにもなんの文句もなかった。しかし若い職員は我慢できずに訊いてくる。「どういうことなんですか？　なにがあったら、そちらの資料が突然ここから印刷されてくるんです？」

「二一二号室のパソコンの回線をこっそり切っておくといいわ、そうしたらこういう妙なことはもう起きないから」慕剣雲は声を抑え、秘密めかして職員をからかう。自分の態度もうっすらと曾日華に影響されていることに気づいた。

職員はわかったようなわからないような様子で無邪気に笑うと、頼まれたとおり資料を順序どおりに揃えていったが、最後の一枚がでてくると目をみはった。

「これも入れますか？」

それに目をやると、相手が驚いた理由がわかった。最後の一枚は、こちらの必要とする資料ではなかった――そこには薔薇の花がカラーで印刷されていた。まばゆくあでやかな花の色彩は、滴らんばかりに鮮烈だった。その一枚を手に取った慕剣雲は、知らず知らずのうちに心がほぐれている。紙の上の花でしかないが、事件捜査中の張りつめた空気のなかで、いくらかばかりの温かみがありがたかった。とはいえ微笑みながらしばらく眺めただけで、紙を埋めつくした花々を職員に手渡して言う。「これは入れなくていいから。あなたにあげるわ、サービスへのお礼よ」

若い職員も嬉しそうに笑う。厳めしい刑事大隊の内部、緊張感のただよう折であっても、喜びは単純な仕組みで広がっていく。

同じ十八年前に起きた〈三一六〉麻薬売買事件と〈四一八〉殺人事件にはどんなつながりがあるのだろうか。爆発に巻きこまれた黄少平が、どうしてその一カ月前に起きた別の事件に視線を向けさせようとするのか――ぼろ家を出た瞬間から、そうした疑問は慕剣雲を悩ませて離れることがない。さいわい、これで〈三一六〉事件についての記録は苦労せずに手に入れることができたから、疑問も解決する見込みはある。

受付から立ちさって自分の部屋に向かう間、歩きながら事件記録におおまかに目を通しはじめると、たちまちあることを知り、動悸が速まった。〈三一六〉事件の専従班班長、この件の捜査の総指揮官は、当時省都公安局の副局長を務めていた薛大林《シュエダーリン》だったのだ。

薛大林——重要な手がかりにもかかわらず、警察はこの名前に目を向けてこなかった。〈エウメニデス〉が関わった事件すべてのなかで、いちばん初めに命を落とした被害者は薛大林だ。

この人物の立場と、一連の事件での役回り、どちらを見ても初めから〈四一八〉専従班はある程度注目しているべきだった。なのに、羅飛が当事者として現れたせいで、十八年前も現在も、みなの注意は同じ日の凄惨な爆発事件のほうに向けられてしまい、薛大林殺害の真相についての調査は手薄になっていた。ここで〈三一六〉麻薬売買事件の話が持ちだされたのは、捜査員たちに対して、薛大林の死とその後に起きた爆発事件がどこかでつながっていると知らせているのか？

間違いなく、とても新鮮であるとともに興味深い観点だった。十八年前の、以前の専従班が事件を捜査していたときも、二つの事件はべつべつに調べられ、表面に見えている以上の密接なつながりが二件の殺人事件にあるとは考えられていなかった。

専従班の考えが足りなかったからではない。さらに前に〈エウメニデス〉が警察学校で仕組んだ四件の騒ぎがまったくの無関係だったこと、それが四月十八日の殺人事件を前にした警察の解釈と判断に影響したのは確かだった。

しかしいま慕剣雲は、警察学校での四件の騒ぎが羅飛と孟芸《モンユン》の競いあいから生まれたもので、ほかの第三者が〈エウメニデス〉というアイデアを借りて殺人事件を計画したのだとすでに理解している。その人物は、警察の型通りの思考回路を利用して、殺人事件どうしのつながりを隠し捜査の妨害をしようとしたのだろうか。

わずか数歩のあいだに、膠着《こうちゃく》していた状況がいきなり大きく開けている。そのことは〈三一六〉事件の記録にさらなる期待を抱かせてくれた。足を速めて自分の部屋にたどり着き、心を落ちつけて事件記録を入念に読みこんでいく。

しかしその後の展開は、予想したほど順調にはいかなかった。それから二時間以上をかけ、慕剣雲は事件記録の内容を一ページずつ詳細に調べていったが、〈エウメニデス〉の一連の殺人を解決するにあたって価値のある手がかりは得られなかった。わずかなつながりは〝薛大林〟という名前一つから増えることはなく、これには落胆せずにはいられなかった。記録のどこかに袁《ユエン》志邦《ジーバン》か孟芸の名前が見つかるものと期待していたのに、実際には二人は麻薬取引とどこも関連していなかった。

公安局副局長だった薛大林は、当時も大量の事件の指揮を担当していたはずだ。まさか、〈三一六〉事件の専従班班長だったこと一つだけが、この事件と薛大林の死をつないでいるというのか？　説得力は皆無としか思えない。しかしなぜ、黄少平はわざわざこの事件を話に出したのだろう――慕剣雲は、まだ自分が気づいていない深意が必ずあるはずだと信じていた。

新しい糸口は見つからないまま、長く資料を読みつづけたせいで、頭がすこし朦朧としてきた。立ちあがって窓辺に向かい、窓を開けて屋外の空気を深々と吸いこんだ。晩秋の涼やかさが血液に沁みいり、回転させすぎて熱を持っていた頭がしだいに冷えていく。目を閉じ、〈三一六〉麻薬売買事件の経緯を思いかえしていった――先ほど資料を読んだ結果、必要な内容は記憶に刻みつけられている。

事件の呼称が示している通り、麻薬売買事件は一九八四年の〈四一八〉殺人事件の一ヵ月前に起きているが、これは捜査が終結した時期でしかなく、事件の始まりははるか前だった。

言ってみれば、事件そのものの経緯よりも、事件の社会的な背景のほうが興味深く思える。

八十年代初め、国際警察が国をまたいだ麻薬取引への締め付けを世界各地で強めたせいで、国際的な犯罪集団が苦心して長年維持してきた〝麻薬回廊〟は一つまた一つと潰され、新たに安全な経路を見つけだす必要に迫られた。そこで、〝改革開放〟の成果が見えはじめていた中国も重要な目標の一つとなった。

A市は中国の貿易における中心地の一つで、交通の便が良く、情報の伝達も速かった。国際的な大きい潮流の影響で、長年絶えていた麻薬取引が市内で行われはじめたのだ。即座に警察は目を付け深刻に受けとめて、公安局副局長の薛大林が、市内の麻薬取締特別作戦の責任者に任命された。

薛大林率いる麻薬取締班は、すぐに重大情報をつかんだ——東南アジアからやってきた犯罪集団が、A市で現地の組織と大規模な麻薬取引を行おうとしている。その取引の日時が一九八四年三月十六日だった。ここで〈三一六〉専従班が設置される。

この情報は、警察が犯罪組織の内部に潜りこませていた協力者——鄧玉龍《ドンユーロン》からもたらされた。事件記録に記されていた情報によれば、当時鄧玉龍はまだ二十五歳だったが、警察の協力者となってすでに七年が経っていた。

記録によると、この若者はもともと学校に行かなくなったちんぴらで、ふだんから街中で暴力をふるい、当時の不良たちのなかでもそれなりに名が知られていた。こういう手合いはえてして同じ末路をたどるが、鄧玉龍も例外ではなかったらしい。

十八歳の誕生日を祝う宴会で、酒を飲みすぎた鄧玉龍はべつのちんぴらを刺して警察に逮捕された。牢屋に入れられて罰を受けるのは避けられないように思えた。そして人生は否応なしに転落の道を進んでいくのだ。

しかし、そこに現れて救い出す人間がいた。それが薛大林――その時期は上層部に昇進する前で、治安大隊の指揮官として中間管理職の一人だった。

薛大林からの手助けの方法はごく単純で、警察の出動記録を書きかえ、鄧玉龍が人を傷つけた時間を午前零時六分から、前日の二十三時五十六分に変えたのだった。たった十分間の違いだが、それで容疑者の鄧玉龍は〝成人〟から〝未成年〟に変わり、法律によって受ける罰もはるかに軽くなった――判決は懲役三年、執行猶予二年だった。

それまで薛大林は鄧玉龍と縁もゆかりもなく、この手助けには当然条件が付いていた。留置場から出てきた鄧玉龍は、表向きは反省しないちんぴらのようでいながら、実際には警察の――あるいは正確に言うなら、薛大林の協力者になっていた。

とびきりの素質とそれまでの多面的な経験を備えた鄧玉龍にとって、この役職をこなすのは朝飯前だった。薛大林との密接な協力があって、二人は申し分のない利益を手にすることになる。管区内での薛大林の事件解決率は飛躍的に上がり、出世の前途にもどんどん光が射してきた。鄧玉龍は、薛大林のひそかな力添えを得てちんぴらたちの中での名望を集めていき、そのうちさらに上の立場の〝大哥《ダーグー》〟に気に入られるようになった。

大哥《あにき》と呼ばれる劉洪《リウホン》は、当時のA市において、その筋では飛ぶ鳥を落とす勢いの人物と言って間違いなかった。市場経済が開放されてまもない時期、劉洪は回転の速い頭脳と、恐れ知らずの剛腕を生かしてたちまち裏の市場をわがものにした。初めは強請《ゆすり》から手を広げていき、のちにはみかじめ料をかき集め、その後は直接投機に関わって、またたくまに相当な財産を蓄えていった。ある程度腕に覚えのあるならず者たちもつぎつぎとその下に集い、劉洪の野心はふくらみつづけ、自分が支配する裏社会の王国を築きはじめていたのだ。

そこで視界に入ってきたのが鄧玉龍で、ちょうど劉洪は腕っぷしが強く頭も回る助手を求めているところだった。そこで、鄧玉龍は配下に取り立てられることになる。

その時期、警察も劉洪たちの一味を倒すことを考えはじめており、敵の内部に鄧玉龍が潜りこんだのはまさしく、願ってもない良い知らせだった。

さらに喜ばしい知らせが続いた。ほかの土地の麻薬業者がA市に販売ルートを築こうと考えたとき、地盤を押さえている劉洪を避けるわけにはいかず、向こうから交渉が持ちこまれた。麻薬取引の莫大な利益の誘惑を前に、劉洪はこの商売に手を染めることに決め、A市での取引を一手に担う元締めとなる決意をした。

まずは数度、小さい規模の取引が成功に終わると、両者は一九八四年三月十六日に本格的な、大規模な取引を行うことを決めた。

鄧玉龍は時機を逃さず必要な情報を警察に流していた。これだけの重大な情報に、警察はこれ以上ないほど沸きたった。そして鄧玉龍の存在によって、作戦を成功させる見込みも格段に上がっていた——この時期の鄧玉龍は、一年弱の働きを見こまれて劉洪の腹心の部下となっており、よそ者との麻薬売買でもほとんどすべての過程に関われる立場だった。

三月十六日当日、劉洪は鄧玉龍ともう一人の護衛を連れて取引の場所に向かった。彼らを迎えるのは、市外で場数を踏んできた三人の麻薬業者だ。警察を指揮する薛大林はその前から私服刑事を周囲に待機させており、鄧玉龍が合図を送ってきた瞬間、すぐ検挙にかかれるようになっていた。

しかし予想外の事態が起きた。市外の業者の一人が私服警官に気づき、犯罪者たちは即座にその場を逃げだそうとしたが、警察に道をふさがれ、両者が銃撃戦になったのだ。A市の警察は、国際的な犯罪組織の凶悪さをはじめて思い知ることになる。何重もの警察の包囲を前に、彼らは生きて戻る見込みはないと知りながら最後の瞬間まで抵抗し、その場にいた刑事二人に怪我を負わせたのだ。

作戦はそこで失敗に終わってもおかしくなかったが、その中で鄧玉龍はめざましい働きをし、彼の内部からの裏切りのせいで犯人たちの抵抗する力は削がれていた。最終的には、劉洪を含めた五人の容疑者全員がその場で射殺された。警察の全面勝利だった。

押収できたヘロインは五・八キログラム、現金は七十万元（約七二〇〇万円）にのぼる。つながりをたどり、警察はさらに劉洪が率いていたやくざめいた犯罪集団の一味も、その後の作戦で根絶やしにした。

この件をみごと検挙したことで〈三一六〉専従班は部隊として二等功労章を、薛大林は個人で一等功労を受けて、前途は洋々と開けることになった。しかしだれもが予想しなかったことに、わずか一ヵ月後、薛大林は〈エウメニデス〉によって突然惨殺されたのだ。

これが〈三一六〉麻薬売買事件のいきさつだった。

ふたたび秋風が吹きよせ、うら寂しくむせび泣いて、夜の闇の静けさがなおのこと際立つ。慕剣雲は両手を持ちあげて頭の左右を揉むが、それでも思考は前に進まないままだった。いま手にしている情報から考えれば、〈三一六〉麻薬売買事件は完全に独立した事件だった。その後に起きた〈四一八〉殺人事件とのつながりは、いったいどこにあるのだろう。

慕剣雲の考えが行き詰まっていると、急にドアのチャイムが鳴った。だれかが訪ねてきたのだ。腕時計に目をやるとすでに午前一時近くなっていて、反射的に尋ねた。「だれなの？」

「ぼくだよ」ドアの向こうで響いた声は、いやというほど聞いたことがあった——曾日華だ。

こんな遅くに？　あの男、なにしに来たんだろう？　うっすらと疑念を抱かずにはいられなかったが、それでもしばしためらったあと、部屋の入口に向かいドアを開けた。「まだ寝てないのはわかってたから」腕組みして戸口に立った曾日華はへらへらと笑う。「あはっ……どうかしたの？」笑って調子を合わせたが、部屋に招き入れようという素振りは見せない——暇つぶしにちょっかいをかけに来ただけなら、そんな気分でないのは言うまでもなかった。

その考えを見ぬいたらしく、曾日華は軽く笑って答えた。「きみの悩みを晴らしに来たんだ」

「えっ？」慕剣雲はとぼける。「なにに悩んでるって？」

「いいよ、ぼくには隠さなくても」曾日華はずかずかと部屋に入ってきて、ソファに目を留めて腰を下ろす。「あんなに急いで〈三一六〉麻薬売買事件の記録を見ようとしたのが、ちょっと知りたかっただけなんて単純な話じゃまさかないでしょう？ ずいぶん人を馬鹿にした話だ。いいかな、きみが行ったあと、ぼくは関係資料をひととおりすみずみまで読みこんだんだ」

「好きにすれば」背を向けて慕剣雲はドアを閉めると、四両の力をもって千斤を動かすという太極拳の妙技のごとく、前のめりに突っかかってくる相手を受け流すことにした。「こんな遅くにやってきて、いったいなんの話がしたいの？」変化のない声で尋ねかえした。

曾日華は指を二本立て、得意げに机をこつこつと叩く。「教えに来たんですよ、〈三一六〉麻薬売買事件と〈四一八〉殺人事件がいったいどこでつながっているのか」

心臓がどきりと跳ねるが、相手が本気かすぐには測りかね、なにも知らないふりを続けた。「事件はつながっていたの？」

「ちょっと、いったいなんのつもりなんだ」曾日華はいらだち、きつい目つきになる。「これ以上とぼけたら、なにも言わないで出ていくからな」

相手が立ちあがろうとするのを見て、慕剣雲は慌てて近づいていき制止した。「ちょっと待って……」

曾日華は慕剣雲のほうを向く。

「わかったわ」降参したようにため息をつく。「からかうつもりはなくて……でも約束をしてるの、秘密を守らないといけなくて」

「だれかな？　羅飛《ルオフェイ》か？」即座に敏感な反応が返ってくる。

「いいえ、べつの人。だれとは教えられないけど」

「まあいいさ、知りたいわけじゃない」曾日華は手を振った。その相手が羅飛でないと聞いた瞬間、正体を探ることへの関心は一気に下がった。

「そういうことなら、そっちはとにかく秘密を守っていればいい。ぼくは知っていることを話すから。それでとくに困ることはないだろう？」曾日華の人の良さは確かで、つい先ほどの不愉快も一瞬で忘れてしまい、いまは自分から話をまとめようとしている。

「わかった、話してみて、じっくり拝聴するから」曾日華の正面のソファに腰を下ろす。「でもほんとうに、二つの事件がどこでつながっているのか見つけられなかったの」

「見つけられなくて当然、きみが持っていった資料にそのつながりは記されていなかったんだから」慕剣雲に向かって身を乗りだし、激しい顕示欲を露わにする。

「きみが出ていった直後にこの資料に目を通してみたけど、価値のある情報は〝薛大林〟の三文字だけだった。だから、薛大林を中心に周辺を掘りさげてみたんだ――コンピュータを使えば朝飯前だからね。それで面白いことを見つけたってわけ」

その言葉が耳に届き、慕剣雲も意識を引きよせられる。この手がかりの調査にほかのだれも干渉させる気はなかったが、曾日華のたどり着いた成果に触れないでいることはできなかった。しばらく考えこんだあと、ようやく相手の話題に応える。「なにを見つけたの」

「女だ」曾日華は、謎めかして押し殺した声で言う。

慕剣雲は眉をひそめ、困惑の表情を返す。

「白霏霏《バイフェイフェイ》」それに応えて曾日華は女性の名前を口にしたが、慕剣雲はまったく聞いたことがない名前で、脳内にかかったもやは深まるばかりだった。

しかし曾日華は突然に話題を変える。「袁志邦宛ての〝死亡通知書〟のことは覚えてる？　罪状はなんと書いてあった？」

それははっきりと記憶していた。慕剣雲はうなずく。

「女性を弄んだ」その件で羅飛と議論したこともある。

「警察学校の一九八四年時点の記録を調べあげて、妊娠したあとに棄てられて、最後には川に身を投げたっていうその女性の記録を見つけたんだ――それがいま言った、白霏霏のこと」

白霏霏。心の底に響いてくる名前だった。きっと本人も、とても美しい女性だったのだろう。しかしそれは、いままでの自分の疑問とどうつながるのか。慕剣雲は思考に集中し、そのとまどいはきつく寄せられた眉根を通じて、美しい容貌に映しだされる。

「当時、白霏霏は警察学校の最終学年で、行政管理専攻に通っていた」曾日華の話は続く。「自殺するまえには市の公安局に実習に行っていて、薛大林副局長の事務担当秘書を務めていたんだ」

一瞬にして慕剣雲の思考は高速で回転し、たちまち続く要点にたどり着いていた。「白霏霏が死んだ時期はいつ？」

「三月二十日」曾日華は即座に、的確に答えを返した。この点にも目を付けていたらしい。

三月十六日、薛大林は麻薬取引を検挙し手柄を挙げた。三月二十日、薛大林の事務秘書だった白霏霏が死ぬ。四月十八日、薛大林が死ぬ。同日、白霏霏の元恋人だった袁志邦が死んだ。付け足しの枝葉の情報をすべて取りはらうと、十八年前に続けて起きた事件の間には単純ではっきりしたつながりが見えるようになった。秘密を探る者にとっては、間違いなくさまざまな想像を引きだしてくれるつながりだった。

慕剣雲の心臓がばくばくと跳ねはじめる。そう、これこそが黄少平から探ることを託されたものだ――〈三一六〉麻薬売買事件と〈四一八〉殺人事件の裏にあるつながり。ただ、このつながりはなにを意味するのだろうか。もし黄少平が、真実を知りながら生きのこっていたとして、あれほど過酷な仕打ちを受けてなお、十八年間を通して口をつぐまざるを得なくさせるような力とはどういうものなのだろう？

そうした問いが脳内をぐるぐると巡り、複雑に入り乱れ、糸口は簡単に見つからなかった。そのとき、またしてもドアのチャイムが鳴った。

曾日華が座っている場所のほうがドアに近く、立ちあがってドアを開ける。部屋の前に立っていたのは羅飛で、おそろしく重苦しい顔をしていた。

「羅刑事？」曾日華は少し意外そうに声をかけるが、不機嫌にも襲われていた。美しい心理学講師がこちらの仮説と語りにうまく引きこまれていて、もうひとくさり話を続けようというところに、突然この羅飛が邪魔に入ったのだ。

しかしその不満をこぼすことはしなかった。目の前に立つ羅飛の表情は凍りついてしまったかのようで、ふだん不真面目な男でさえも心の底から不安が湧きあがってきた。

「どうしたの？」慕剣雲もやってきて、恐ろしい予感を抱きながら尋ねる。

羅飛は二人に視線を向け、そして息詰まるほどに圧し殺した声で言った。「現場の部隊が大変なことになった」


十月二十五日、午前二時八分。

省人民医院救急救命室。

羅飛《ルオフェイ》たちが駆けつけると、そこはひたすら悲しみの空気に覆われていた。

熊原《シオンユエン》はパトカーの中ですでに息がなかったが、柳《リウ》松《ソン》は法医学研究所の検死室でなく、病院に車を向かわせると言いつづけた。そんなものは一同にとっていくらかの心の慰めになるだけの行動で、しかもごくわずかな間しか効き目はなかった——当直の医師は熊原を前にして、なんの努力も試みることなく特殊部隊隊長の死を宣告した。

警察官たちの中での熊原の地位は相当なもので、その死の知らせが伝わったとたん、警察組織の上層部は震撼した。市公安局の宋《ソン》局長や特殊部隊の幹部たちがつぎつぎと病院に駆けつけ、殉職者を悼むとともに、ことが起きるまでの経過を知ることになった。

柳松ははじめの悲痛な様子からは抜けだし、両眼を赤くして、人けのない物陰に腰を下ろして黙りこくっている。だれも話しかける者がいないのは、話さずともその内面が見てとれたからだった——この若者の、静まりかえった見かけの下には恐ろしいほどの怒りの感情が隠されていた。

専従班の班長、そして今回の作戦の直接の指揮官である韓灝《ハンハオ》はとてつもない苦境にいた。起きたことを宋局長に報告しおえると、その声はかすれ、精神は疲労の限界にあるように見えた。

自慢の部下がここまで消耗している姿を前に、宋局長は思わず心におぼろげな痛みを覚え、ため息をついた。「おい、きみは戻って休んだらどうだ。ここの処理には他から人を回しておくから」

韓灝はおし黙ったままうなずいた。その通り、自分はあまりに疲れていて、起きたばかりの出来事が悪夢のように自分に取り憑いて離れない。どこに逃げればこれを振り切れるのだろうか?

その場で答えは見つからず、茫然としたまま人々の間を通り立ち去る。羅飛たちが視界に入るが、韓灝は力なく視線を落とすだけだった。声をかける気力すら失ってしまったようだ。

「韓灝！」宋局長が唐突に意気を奮い起こし、声を張りあげた。その声は名を呼ばれた一人だけでなく、その場にいた全員の視線を引きつけた。

韓灝は足を止めて振り向く。表情はどこか当惑したようだった。

宋局長は韓灝の前に歩いていくと、その目をきつく見すえ、一言一句に固い意思をこめて言う。「きみはまだ〈四一八〉専従班の指揮官だ、忘れるなよ！　やつとの戦いはまだ始まったばかりなんだ！」

韓灝の身体が震える。迷いが断ちきられたようだった。両眼が光を持ち、輝きだす――怒りと固い決意、それとともに希望のこもった光だった。

そう、この悪夢を振りきる手だては一つだけ、あいつを打ち負かし、徹底的に叩きつぶすことだ。そう頭に思い浮かべながら、歯を食いしばり、疲労の蓄積した背中をふたたび伸ばす。固く握られた拳にも力がみなぎった。

宋局長が労《いたわ》りの言葉をかけたのは、相手のこの姿を見るためだった。これを見てようやく安心し、うなずいてみせる。「もう行くんだ、ゆっくり眠れ。明日も専従班の仲間たちが待っているからな」

そうだ。ひそかに自分に言い聞かせる。専従班のみなだけではない。あいつ、〈エウメニデス〉も、自分のことを待ちうけている。宋局長が言ったとおり、あいつとの戦いはまだ始まったばかりだ。ふたたび歩を進める韓灝の身体には力が蓄えられていく――わたしもおまえを待っているぞ。決して簡単に打ち砕かれたりはしない。

そのとき同じ部屋にいた尹剣《インジエン》は、去っていく隊長の後ろ姿を見送っていた。柳松の憤怒とも韓灝の疲れとも違い、惨劇を経験して間もないながら極端な感情に陥ってはいない。正反対に、その思考はめまぐるしく動いていた――かすかに細められた目がそれを物語っている。

　この悲劇的な局面で、その頭はなにを考えているのだろう。

　そばに近づいてきた羅飛が、軽くその肩を叩いた。

「ああ、羅刑事……」急に思考を中断させられた尹剣は、どこか狼狽した様子だった。内心の考えを見ぬかれるのを恐れているかのように。

「なにが起きたんだ？」熊原の遺体があるほうに視線を送る。羅飛の声はもの悲しさに満ちていた。そこに慕剣雲《ムージェンユン》と曾日華《ゾンリーホワ》もやってきて、尹剣が事態の経過を話すのを待っている。

　尹剣は意識を集中させ、もつれた思考のなかから一つの手がかりを探りだした。そのあと、四人の部隊が目的地を目指し、坑道に入り、個別行動を強いられ、最後にはみじめな敗北を喫するまでの様子をひととおり詳しく語った。羅飛は集中して聞きいり、相手が語るとおりに現場の状況を想像していく。実際に居合わせてはいないものの、必要な情景はその脳内でしだいにつなぎ合わされていった。

　もとから羅飛が危惧していたように、このゲームはそもそも〈エウメニデス〉が入念に仕組んだ罠だった。敵のルールに従って警察がゲームの舞台にやってきたとき、その一挙一動を支配される運命はすでに決まっていたのだ。警察は四人の精鋭を駆りだしたのだから、〈エウメニデス〉がまともに襲いかかってくることはありえないと考えていた。しかし敵は警察の力を分散させるための策をすでに練りあげていて、奇襲を見事に成功させた。

　しかし、なぜこんなことを？　これだけ手のこんだことをしておいて、たんに警察を振りまわすだけが目的だったのか？　羅飛はずっとそこで頭を悩ませていた。現在の状況は、〈エウメニデス〉のもくろみが実現した結果に違いない。悲痛な結末とはいえ、羅飛の内心の疑問を解く糸口にはなる。

〈エウメニデス〉が実現しようとしたなにかが、この悲痛な結末にはあるのだろう。ただし、それはいったいなんだろうか？

熊原の死か。

理由は？

これからの対決で、専従班から手ごわい相手を一人排除したかった？　強引な理屈の最たるものだ。そうだとしたら、わざわざ警察を挑発する理由がどこにあるのか。

自分の力を見せつけて、専従班の士気をくじこうとした？　これも話が通らない。実際、熊原の死は一同の怒りと闘志を煽るばかりだった。

でなければ、なにか直接には気づきにくい特別な目的を実現しようとしたか。これについては、羅飛にはひとつ思い浮かぶことがあった。

尹剣から現場で起きたことの説明を聞いてからは、仮説にまでなっていた。ただあまりに大胆な推測で、いまはまだ口に出すことができない。

さらなる証拠、さらなる推理が必要だった。

もしくは、事態がさらに進むことを座して待たなければならなかった。

そうしているあいだも、もしかすると疑問のどれかが予想もしない形で解決するかもしれない。羅飛はそのための努力も惜しまない構えだった。そこで尹剣の肩を叩き、抑えた声で言う。「ちょっとここを出ないか。個人的に話したいことがある」

尹剣はぎくりとして、無意識に羅飛の視線を避けた。この警察学校の先輩と初めて対面したときから、相手のすごみを思い知らされている。龍州《ロンジョウ》からやってきたこの刑事は、つねにほかの人間には見えないものを見ていた。刑事としてはうらやむべき能力だが、いまの尹剣は相手のその能力に漠然とした恐れを感じていた。

しかし相手の申し出を断ることもできない。二人は病院の建物を出て、人けのない場所にやってきた。

「なにが訊きたいんですか?」切りだしたのは尹剣だった。

「さっき、双鹿山《シュアンルーシャン》の事件の記録を洗っていたんだ——あれはきみの担当だったな」

「どういうことですか」尹剣はどうして相手が突然この話をしたのかわからず、意外そうな様子だった。

「記録を見るに、きみは現場の検分をしたんだろう、いくつか確認しておきたいことがある」羅飛は一度言葉を切り、考えを巡らせながら話していく。「事件の記録によれば、あのときの撃ちあいでは韓灝が計三発撃って、二発が外れ、一発が強盗犯の周銘《ジョウミン》の頭部に当たってその場で死亡させた。周銘は計四発撃って、一発が韓灝に怪我をさせ、一発が鄒緒《ゾウシュー》を殺し、残りの二発が外れた。もう一人の犯人、彭広福《ペングアンフー》は一発撃ったが外れた。鄒緒は銃を撃つ前に命を奪われた、これでいいか?」

尹剣はうなずく。事件記録の文章は自分がこの手で記したもので、一年が経っているとはいえはっきりと記憶に残っていた。

ふむ、と応えて羅飛は話を続ける。「発射された弾丸は、現場から証拠として回収された。重要な物証はこのうち三発だ——それぞれ韓灝と鄒緒、強盗の周銘に当たったぶんだ。血の付いたこの三発が撃ちあいの経過を証明してくれる。これは鄒緒の血液が付着した弾丸で、検査の結果、周銘の銃から発射されたとわかった。事件記録からコピーしてきたんだが、間違いはないか?」

羅飛は一枚の写真を見せてくる。尹剣が視線を向けると、そこに写った弾丸はありありと記憶に残っていた。まだらになった血には罪が刻みつけられている。

「そう、その弾丸です」尹剣は答える。

「写真はあるんだが、よく見えないところがあって、実物の様子を一度思いだしてもらいたいんだ——この弾丸の先に、目につくような変形だとか擦り傷はあったか？」そう尋ねる羅飛の表情は謹厳さを増し、重要きわまりない部分に切りこむかのようだった。

相手の狙いがわからず、疑念を抱えながらも率直に答える。「ありました」

羅飛はなにか考えている様子だったが、弾丸についての話題はやめ、べつの話を始めた。「撃ちあいの現場の近くに観賞用の池があっただろう。現場の血痕から考えて、韓灝はそこに向かったんだったな」

「はい。逃げた彭広福を追いかけて、池のところまで走って力尽きたんです」尹剣が説明する。

「わかった、ありがとう」尹剣を見つめる羅飛の眼には、底知れないものが潜んでいるようだった。見返す尹剣にも理由はわからない。

羅飛はなにか言いたげだったが、結局は口を開かなかった。時間が過ぎ、羅飛は黙ったまま首を振り、ひとり立ち去る。

尹剣は建物の軒下に立ちつくしている。羅飛に尋ねられた質問の一つずつがいまも耳元で響き、それとともに、一年前に事件現場を検分したときの光景が脳内につぎつぎとよみがえってくる。次の瞬間、なにかに思い至ったような気がした。たちまち気分が重くなる。

遠ざかっていく羅飛の後ろ姿を見つめながら、無意識に目尻がぴくりと震えた。


十月二十五日早朝、四時二十分。

刑事大隊宿泊所。

病院から戻ってきた慕剣雲は曾日華を呼び、二人は途中になっていた話の続きを始めた。

曾日華にとって、悲喜の入りまじる一日だった。熊原の殉職には心の底からの悲しみを覚えたが、その一方で、きっかけをうまくつかみ慕剣雲との距離を一気に縮めることができたのだ。ほかの捜査員たちが各々休んでいるあいだも、曾日華は美しい同僚と二人きりで、〈三一六〉麻薬売買事件について議論を続けていた。

「劉洪《リウホン》の一味の残党が報復している、というのは？」

慕剣雲は、頭に浮かんだ推測を口にする。この推測にも根拠はあった。〈エウメニデス〉の攻撃の対象はすべて警察に向かっているように見える。しかもいま考えると、十八年前に殺された人々は〈三一六〉事件と多少なりともつながりを持っているのだ。

髪の根元をいじっていた曾日華は、その言葉を聞いて考えを巡らし、ふけを一つ弾き飛ばして言った。

「その可能性は否定できないな」

慕剣雲は眉をひそめる。曾日華の無遠慮な振る舞いが不服な様子だったが、こらえて口には出さない。

「明日の会議でこの情報を伝えて、正式に調査を始めるのはどうかな」曾日華が提案した。

「だめ」慕剣雲はぼろ家で交わした約束を思いだし、手を振ってその提案を拒否した。

「どうして？」曾日華は怪訝そうだった。「いったいだれと約束してるんだ？」

慕剣雲はしばし迷ったあと、情報を一部だけ打ちあけることにした。「わたしの情報元は、この情報をあまりおおっぴらに広めると、自分の身に危険が及ぶかもしれないと心配しているの。その人を守って誠意を見せるほうが、この先も情報が手に入るでしょう」

「なるほど」曾日華は肩をすくめ、かまわないと伝えてみせる。上に報告しなくともいいと思っている。自分は慕剣雲の唯一の協力者ということになり、それも良い気分だった。

「じゃあ、次はどうするつもりなんです？」続けて尋ねる。

慕剣雲は考えを決めていた。「どうにかして接触しておきたい相手が一人いるわ。〈三一六〉事件について、だれよりも信頼できる関係者。新しい進展を引きだせるかもしれない」

「だれのことかわかったぞ」曾日華は目をぐるりと回

し、その三文字を口にした。「鄧玉龍だ」

確かに、当時警察の協力者として劉洪の近くに潜りこんでいたのだから、鄧玉龍以上に〈三一六〉麻薬売買事件を知っている人間はいないだろう。その後の〈エウメニデス〉による残酷な殺人がほんとうにこの事件に端を発しているなら、真相を探る突破口も当然、この人物にあることになる。

「こいつの情報を調べてみますよ、いまどこにいるかわかるはずだ」曾日華はそう言いながらノートパソコンに向かい、事件記録に記されていた個人情報をもとに、ネットにつながったデータベースを検索する。問題の人物の近況はすぐに画面に表示された。

「こいつが？」驚かずにはいられなかった。

慕剣雲が覗きこむと、画面の左上には中年男の半身の写真が表示されていた。精悍な顔つきで、両眼は爛々と輝き、一目でただものではないと知れた。写真の横の氏名の欄には、〝鄧驊《ドンホワ》〟の二文字が記されている。

「どうして名前が違うの？」慕剣雲は怪訝そうだ。

「この男を知っているの？」

「きっと改名したんだ」曾日華は机を指先でこつこつと叩き、尋ねた。「こいつか——まさか、知らないとか？」

慕剣雲は首を振る。

そっとため息をつく。「まったく、学校に長くいすぎたから……まあいい、こいつを見たことがなくても、〝鄧市長〟の三文字は聞いたことがあるでしょう？」

「鄧市長？」思いがけない驚きに小さく声を漏らし、改めて写真の男を眺めた。確かにそうだ、省都に暮らしていてその三文字を知らないものはいない。

〝鄧市長〟はA市の市長ではない。この呼び名は、男の地位をたたえてどこかの暇人が付けたあだ名だ。その正体は実業家だった。事業は不動産業から映像業界への投資、海洋貿易に飲食業や娯楽施設などさまざまな領域にわたり、資産額は想像もつかない、省内でも指折りの富豪だ。それだけでなく、表と裏どちらの世界でもなみなみならぬ影響力を持ち、本物の市長すらこの男を前にすると一歩を譲った。鄧市長が吼え声を上げれば、省委員すら震えあがる――巷にはそんな言葉まで広がっていた。

　慕剣雲は思いもしなかった――いまをときめくこれほどの人物がもとはならず者で、しかも警察の協力者を何年も務めていたとは。

　もしかすると〝鄧玉龍〟という名前を〝鄧驊〟に変えたのも、その不面目な過去を隠すためではないだろうか。

　正真正銘の大物だ。十八年前の事件の調査に協力させるにしても、問題の事件が相手の触れたくない過去につながってくるとなると、その困難さは想像がついた。

　そこまで考えると、慕剣雲は無意識に眉間にしわを寄せ、表情には落胆がにじむ。これでは、自分一人の力では扱いきれない。しかし、直後に思いなおした――
――どう転ぶにしても、一度力を尽くしてみよう。

第九章　ほどけゆく繭

十月二十五日、午前八時半。

龍宇《ロンユー》ビルは省都の中心部、もっとも人でにぎわう一画にあり、二十七階建てなのは三かける九、〝三陽開《サンヤンカイ》泰《タイ》〟（陽の気が増し泰平となる、の意。九は陽数の極とされる）の意味を込めて縁起をかついでいる。ビル全体が龍宇グループの系列会社で占められ、龍宇グループの董事長（取締役会長）こそが〝鄧《ドン》市長〟の名で称えられる鄧驊《ドンホワ》だった。

ビルの正面の広場に立ちながら、慕剣雲《ムージェンユン》は心中ひそかに、〝龍宇《ロンユー》〟の二文字はもしかして〝玉龍《ユーロン》〟をひっくり返したのだろうか、と考えていた。〝鄧市長〟は名前を変えたとはいえ、みずからの過去を完全に忘れてはいないらしい。

数分前に慕剣雲は、〝鄧市長〟の麗々しい振る舞いを目の当たりにしていた。タクシーを降りたその直後、黒の高級車の隊列が威風堂々とビル前の広場に入っていくのが視界に入った。前後に位置していた四台のベンツからは、黒の制服に身を包んだ若い男たちが十数名、続々と降り立つ。どれもがっしりとした体型で、精悍な顔つきをしていた。駆け足でビルの入口に向かい、きっちりと左右に隊列を組んで、入口の中と外で厳重な護衛体勢を整える。その後、中央にいたベントレーがゆったりと動き、玄関前の送迎位置に横付けした。屈強な若い男がまず助手席から姿を現し、前後にひととおり目を配ったあと、ようやく後部座席のドアを開け、はるか高みの地位にある主役が車外に姿を現した。背が高く、肥満の気配もなく、動きは力強く頑健で、護衛に囲まれながら早足でビルに入っていった。

疑問の余地なく、それが龍宇グループの長――鄧驊で、慕剣雲が対面しようとしている相手だった。

この行動の困難さは充分に予測していたが、実際の過程は想像以上にやっかいだった。警察の身分証を見せるとビルにはすんなりと入れたが、その直後、一階のロビーにある受付に阻まれることになった。受付嬢とロビーの警備員には具体的な面会相手を言うように求められ、しかもその相手に電話で確認が取れてからでないとビル内のオフィスエリアには入れなかった。

これはどうしようもない。心を決めて言うしかなかった。「そちらの董事長の、鄧驊に用があるの」

「お約束はされていますか？」受付嬢はうさんくさげな目で慕剣雲を眺めまわす。董事長の客で、たった一人で訪ねてくるような相手は見たことがないのだろう。

慕剣雲は身分証を突きつける。「警察の者です。重要な事件を調査中で、いまから鄧驊に会って話を聞きたいの」弱気ではだめだろうと固い表情を作り、厳めしい雰囲気を見せて、強引に相手をうなずかせようとする。

それは多少の効果があったらしく、受付嬢はすこしためらったあと、受話器を取って内線をかけ、短い会話を始めた。

「華哥《ホワさん》、警察のかたが鄧董事長に会いたいと……ええ、事件の捜査で、董事長に話を訊きたいって……はい、わかりました」

電話を切ると、受付嬢はすまなそうに笑顔を向けてきた。「申しわけありません。捜査協力要請書を用意したうえで、そちらの局長から董事長に面会時間を申しこんで、またお越しいただけますか」

書状を書かせたうえ、局長まで通して時間の約束をしろと？　慕剣雲は相手をきつく睨みつける。来客への対応に至るまで、さすがに形式的すぎはしないだろうか？

しかし相手はにっこりと笑ったままで、融通が利きそうな気配はどこにもない。いらだちながら口をゆがめる——個人的に鄧驊に接触するのは不可能らしい。

ここは引きかえすことにしよう。

ここまでの仕打ちを受けては、最後に一言かけていく気も起きない。慕剣雲は受付に背を向けてビルの出口に向かい、頭では、どのルートを通せば影響を最小限に抑えながら鄧驊との対面を実現できるか考えていた。警察学校の幹部から局長に申し入れてもらうか？　だがそれでは、ことの次第を上司にのこらず話すしかなくなってしまう。もしくはこの手がかりを一時的に捨てて、黄少平《ホアンシャオピン》に会いに行くか。

判断に困り悩んでいると、一人の警備員がいきなり後を追ってきた。「申しわけございません、刑事さん、ちょっと待ってください」

慕剣雲は足を停める。「どうしたの？」

「董事長はご面会に応じます。着いてきていただけますか」そう言いながら身体を引き、案内をするような素振りを見せる。

ええっ？　奇妙に思わずにはいられなかった。受付に目をやると、さっきの受付嬢は受話器を持ちながらこちらに視線を向けていて、慕剣雲が向きを変えて通路を戻ると、電話の相手に短くなにかを言って電話を切った。にっこり笑った顔はそのままだった。

自分が立ち去るまえに電話は一度切れていたのに、また通話が始まっていた。電話の相手の気が変わったに違いない。しかしこんな短い間に、こんなに急に態度を変えさせるような事情とはなんだろう？

いまの状況では、深く考えられるような時間はなかった。警備員に連れられてエレベーターの前まで来ている。

「十八階でお降りください、そちらに迎えの者がおりますので」警備員はうやうやしく言い、慕剣雲をエレベーターに乗せた。

エレベーターの内装はとても豪華で、ある意味で龍宇グループのなみなみならぬ力を示している。隅には背の高いカメラが立てられており、つまり自分の一挙一動はすべて監視されているということだった。どこか居心地の悪さを覚える。

十八階への到着はあっという間で、言われたとおりそこには迎えが待っていた。

上背のある若い男だった。歳はだいたい三十歳前後、四角ばった顔に、太い眉と大きな目、壮健な身体つきで、生気がみなぎった姿だった。おぼろげな記憶で、ベントレーの助手席に座っていた男だと思いだす。おそらくは、鄧驊を間近で護衛するボディガードの束ね役だろう。

「おはようございます。警察学校の講師で、〈四一八〉専従班の一員の慕剣雲といいます」自然な態度で右手を出しながら、自己紹介する。

「おはようございます」若者も手を伸ばし握手する。手は大きく、力強かったが、同時にその視線が相手の表情を一瞬のうち眺めていく。鋭い光はつかのま現れては消えた。

「阿華《アーホワ》（通常は同輩や目下に親しみをこめる言い方）、と呼んでください」手を放しながら、淡々とそう言った。

慕剣雲は受付嬢が電話の相手を尊敬のこもった口調で呼んでいたのを思いだして、笑みを浮かべる。「華哥《おにいさん》と呼んだほうがお似合いかもね」

阿華はにこりとも笑わなかったが、表情はずっと和らいだ。「着いてきてください、董事長が待っています」手ぶりで促し、奥に歩いていく。歩幅が大きく、慕剣雲は小走りに近い足どりでないとその歩みについていけなかった。

その階はどこもひどく静かで、ほかの従業員たちの往来はいっさい見なかった。ただ、通路の曲がり角には黒い制服の屈強な護衛がところどころ配置されていて、どうやらこの階で働くのは鄧驊ひとりだけのようだった。何度か通路を曲がると金属製のドアが前方に現れ、そこも内外を黒服の若い男が守っていた。

阿華が先を行き、ドアの向こうに案内される。後に付いて通ろうとしたとき、急に警報音が鳴りだして、即座にドアの内側にいた男が手を広げ、慕剣雲を押しとどめた。

「申しわけありません、身につけている金属のものは、一時的にこちらの従業員が預からせていただきます」

阿華が説明する。

このドアは金属探知機になっていることに、ようやく気づいた。慕剣雲は眉を持ちあげる。驚きはしたしから、不服に思ったが、他人の縄張りに足を踏みいれるのだから、相手の決めごとに従うものだろう——ポケットから鍵を取りだして、黒服の男に手渡した。

警報音が止まる。阿華は満足したようにうなずいて、道を空けて前方を指さした。「董事長は突き当たりの執務室に。お一人でどうぞ」

阿華が指さした先までは十数メートルあった。一人で歩いていくと、静まりかえった通路では自分の足音まで聞こえてくる。

突き当たりにある大きな部屋の前にたどり着くと、鍵はかかっていないのがわかった。軽くノックをするとすぐに室内からどっしりした声が返ってきた。「入れ」

扉を開ければ、目の前に広がったのは驚くほど広い執務室で、幅は六メートル、そして奥行きは十メートルを超え、授業に使う教室に迫りそうな大きさだった。しかし部屋の内装は、この世でいちばん豪華な教室でも及ぶことはない。足元には緋色の高級な絨毯が敷かれ、ちり一つ落ちていない。まったく同じ作りの無垢の木製の棚が絨毯の上に乱れることなく並び、黒色のなかにかすかに赤みを帯びている。絢爛たる天井の装飾には豪奢なヨーロッパ風の照明が取りつけられ、王室めいた富貴な威儀を放っていた。なによりきらびやかなのが、部屋の壁すべてに目もくらむクリスタルガラスが張られていることで、室内の情景がガラスに反射を繰りかえし、初めて足を踏みいれると軽いめまいを覚えて歩を進めることができなかった。

「そこに座りなさい」男のどっしりした声がふたたび聞こえる。その言葉は簡潔で力強く、硬さはないが、相手の心を貫き、抵抗を許さない力があった。声の出どころに目をやると、奥行きのある部屋の突き当たりに巨大なデスクが置かれ、その向こうに一人の男が座っている。威厳を放つ物腰で、吊りあがった眉と虎の眼を持つその男が、写真で目にした〝鄧市長〟、鄧驊だった。

これほどの状況で、これほどの人物を前にすると、心理学に通じている慕剣雲であってもたじろぎ、怯えを感じずにはいられなかった。しかしほどなく精神を落ちつけ、驕《おご》らずへりくだらずの態度で前に向かう。

「座りなさい」ふたたび鄧驊が言うが、それは客をもてなす口調には聞こえず、自分の部下に命令するかのようだった。

慕剣雲は鄧驊の正面の客用椅子に腰を下ろすと、微笑みながら話を切りだした。「董事長のご趣味は並はずれていらっしゃる」

「わたしの部屋には影ひとつ作りたくないのでね」鄧驊は無表情のまま答えた。

たしかに、四方にこうしてクリスタルガラスを張りめぐらせば、室内のどの場所に座ったとしても部屋の状況はあまさず目に収めることができ、視界に入らない死角はどこにも生まれない。

「心理学の観点から分析すると、これは董事長が内心なにかを恐れているということに思えるわ──あらゆることを自分の制御下に置いていないと気が済まない」慕剣雲は鄧驊の目を見つめながら、言葉の競り合いで先手を取った。

それを見つめかえす鄧驊の眼のなかには、驚くほど暗く沈んだなにかが潜んでいた。すこしすると慕剣雲は耐えきれなくなり、室内の豪華な装飾を眺めるふりをして視線を逸らした。

それからも来客を数秒見つめつづけたあと、鄧驊は ようやく口を開く。「きみは警察官か？　名前はなんだ」

「慕剣雲、省の警察学校の講師で、〈四一八〉専従班の一員」自分の素性をひととおり明かした。

「〈四一八〉専従班か、知っているぞ」鄧驊はうなずいてみせ、続ける。「十八年前から知っている」

「ええっ？」慕剣雲は眉を持ち上げる。「十八年前は、あの事件は機密扱いのはずでは？」

「この街には、わたしにとって秘密などない」鄧驊はなんの遠慮もなくそう言い返し、はっ、とすぐに冷たく笑った。「一つの事件を延々と十八年、これがいまの警察の手際か」

その指弾が警察の泣きどころを衝いているのは間違いなく、慕剣雲はしばらく黙りこんだ。きまり悪い気持ちでややためらったあと、この機に今回の訪問の本題を切りだすことに決めた。「こちらでは新しい手がかりをいくつかつかんでいて、事件解決にとても近づいているの。ただ……董事長の協力が必要で」

「ほう？」視線がぴくりと動く。「言ってみろ」

どうにか会話の主導権をつかんだ慕剣雲は、すかさず用件を明かす。「わたしたちは、〈三一六〉麻薬売買事件の隠れた事情が、今回の連続殺人とつながっていると考えているの。だから〈三一六〉事件についての事情を、さらに深く知りたいと思っている」

鄧驊は、相手を馬鹿にするようにくすりと笑った。

「二つの事件はよく知っている、きみたちよりもよく知っているぐらいだが、二つの間にはどこにもつながりなんかないさ。〈三一六〉麻薬売買事件は省都警察の歴史でもいちばん成功した戦歴で、刑事隊の誇りだ。〈四一八〉殺人事件はただの自我肥大した異常者がわけもわからずやっているだけで、いまも未解決なのは警察の恥だ。どうしてこれがいっしょくたにできる」

軽蔑の視線と居丈高な態度を前にして、慕剣雲は研ぎ澄ました手を打たなければならないことを察した。
「〈四一八〉事件の被害者の一人は袁志邦《ユエンジーバン》といって、その元恋人は白霏霏《バイフェイフェイ》というの。二つの事件はよく知っているというなら、このことも覚えているでしょう——白霏霏は、当時薛大林の事務秘書だったけれど、〈三一六〉事件からすこしして、その子は川に身を投げて死んだの。この陰のつながりに注目する意味がないと思う？　ひょっとすると白霏霏の死はそもそも自殺ではなくて、実は〈三一六〉事件を締めくくる一部で、同時に〈四一八〉事件の序章だったかもしれないの」有無を言わさぬ口調で事件の要点を口にするとともに、鄧驊の反応を注意深く観察した。

鄧驊は長く黙りこんでいた。意表を衝かれたらしい様子で、長年鍛錬されて感情はほぼ表に出なくなっていたが、その眼の奥にはおののきの反応がよぎっていた。どうやら、いま話した事実をこれまで知らなかったか、もしくは知っていても他人に知られたくはなかったようだった。

長い間のあと、目を細めながら言う。「それはきみたちが推測したのか？　ほかにどんな手がかりが見つかった？」

他人の言葉に答えられないときは、反対に質問するのが得てして攻守を逆転させるための最善の方法となる。慕剣雲は相手の抜け目なさに感心するとともに、自分がたしかに問題の急所を衝いていることを知った。いまの自分は、ひとまず対等に渉り合えるだけのものを握っているのを感じとる。

「いまのところはこれだけ。もっと詳しいことを教えてほしいの、なんであろうと〈三一六〉事件に関わることだったら、きっとどこかでわたしたちの役に立つはずだから」心から頼みこむ。

「ふん」鄧驊は冷たく笑った。「時間を無駄にする気はない。きみを助ける必要はないし、助ける義務もないだろう」

「でもあなたは、それより前に、時間を無駄にすることを決めている」すこしも気落ちせずに慕剣雲は微笑んだ。「でなかったら、気分が変わってわたしをこの部屋に入れることはなかったでしょう？」

「そんなわけがあるか、間違いだ」なんども首を振る。事情をなにひとつわかっていないと言いたげだった。「きみを来させたのは協力するためではない、これのせいだ――何者かがファックスで助手のところに送ってきて、わたしは気が変わったんだ」

　そう言いながら、一枚の用紙を投げて渡してくる。紙に書かれた文章は、鄧驊の表情がこれほどまでに険しい理由を物語っていた。書かれていたのは――

　死亡通知書
執行対象：鄧玉龍
罪状：殺人、裏社会との交際
執行日：十月二十五日
執行者：Eumenides

　この突発事態は、慕剣雲にとっては完全な予想外で、その顔から笑みが消えた。「どういうこと？」

「それはわたしから訊くことではないかな――〈四一八〉専従班の一員に」鄧驊は冷たく言う。

「ごめんなさい……」慌てて考えを整理しようとする。「その……電話をかけないと」そう言いながら携帯を取りだし、急いで韓灝《ハンハオ》の番号にかける。

　すぐに韓灝の声が聞こえた。「もしもし？　慕先生か？　ちょうど探していたんだ、急いで刑事隊のところに戻ってくれ、これから緊急会議を開くんだ」

「了解」続けて慕剣雲は、自分の側の最新状況を報告しはじめた。「〈エウメニデス〉がまた新しい標的を明かしました。龍宇グループ董事長の鄧驊です」

「そうだ、わたしたちもさっき、やつの送った〝死亡通知書〟を受けとった」言葉を切ると、すこしいぶかしむように尋ねた。「きみがなぜ知っているんだ」

「いま龍宇グループに来ていて、鄧驊と同じ部屋にいるんです」

「鄧驊と同じ部屋に？」さらに怪訝そうになる。「どうしてそんなところにいるんだ？」

「ええと……十八年前の事件を調べていて、そこで手がかりが出てきたので話を聞く必要があったんです」

歯切れの悪い説明をする。はっきりとは話せないことばかりだ。

しかし緊迫した状況下で韓灝は細かいところまで気にせず、今度は指令を口にした。「そういうことなら鄧驊に伝えるんだ、しばらく安全な場所で過ごして、外出しないようにと。警察からは先鋒隊がすぐに到着するから、詳しい護衛計画はそれから決定する……それと、きみはすぐには戻ってこなくていい。その場にとどまって、先鋒隊が到着したときに引きつぐんだ」

「わかりました」電話を切る。韓灝たちがすでに行動を始めていると知って、張りつめていた気分がわずかに落ちついた。

それから慕剣雲は、目の前の〝死亡通知書〟に隠されている意味について思案しはじめた——自分が〈三一六〉麻薬売買事件という手がかりをたどって鄧驊に行きついた直後に〝死亡通知書〟が届いたのは、単純な偶然のはずがない。十八年前の殺人事件、十八年後の〈エウメニデス〉の出現、二つの連続殺人はいま鄧驊という一点で重なりあったのだ。きっとここに、すべての秘密を解くための鍵が隠されている。

しかしその思考は鄧驊によってすぐに断ち切られた。さきほどの電話から気になることを嗅ぎつけたらしく、鋭い目で慕剣雲を見つめながら尋ねる。「慕刑事、今回のきみの訪問は完全に個人的な行動で、専従班からの指示は受けていなかったようだな」

その問いにはきまりの悪い気分になったが、間をおかずに対応の言葉を組みたてる。「そう、わたしは独自の協力者、独自の手がかりを握っていて、単独で手がかりを調査する権限もあるの」

「協力者？」鄧驊はくすりと笑う。かつての自分の立場を思いだしたのだろうか。そのあと、なんの表情もない顔でうなずき、静かな声で言った。「なるほど、それはいい」

慕剣雲はあまりこの話を続けたくはなく、話題を変えた。「こちらの同僚がすぐに到着してあなたを守るわ。それまでは外に出ないでほしいの。警察が到着したら、詳しい護衛計画を伝えるようにする」

それを聞いても鄧驊は無関心な様子で、質問を返してくる。「それはつまり、わたしの行動はすべて警察の指示に従うということか？」

「そう、すくなくとも今日の間はそうしていて」慕剣雲は日付を強調した。今日こそが〝死亡通知書〟に記されていた十月二十五日だからだ。

「そうか、慕刑事、いくつか理解してもらわないといけないことがある。聞いておいてほしい」鄧驊は手を振ってみせる。断固としてぶしつけな話しぶりだった。

「第一に、だれもわたしの行動に指示はできない。毎日の計画はすでに予定が組まれていて、すこしでも変更すれば巨額の経済的な損失が生まれるし、その後の計画がすべて崩れることになって、わたしとしては受けいれるわけにはいかない。今日のあいだはほとんどこの執務室を出ることはないが、夜八時四十分には空港に向かって、飛行機で北京に出発することになっている」

慕剣雲にも、これだけの大物であれば行動を外からの影響で変えるのは困難だろうと思えた。しかしそれでも、説得を試みようとする。「でも今日は特別な状況でしょう。あなたを殺そうとしている人間がいて、しかもおそろしく危険な殺人犯なのに」

「それが、きみに理解してほしい二つめのことだ」鄧驊が揺らぐ気配はない。「だれかが自分を殺そうとしているというのは、きみたちには特別な状況かもしれないが、わたしにとっては違う。わたしの経歴は知っているだろう、一歩ずつ、なにもかもが命と引き換えに手に入れてきたものだ。この世でわたしを殺したい人間は数えきれない。裏社会でわたしの首にいくらの値が付くか知っているか？　百万だ。この値段なら、海外から一流の殺し屋を呼んでこれる。もし今日、だれかが自分を殺すつもりだから予定を変えないといけないというなら、わたしの人生はなにもできなくなってしまう」

慕剣雲はあっけにとられ、そして苦笑しながら首を振った。鄧驊の話は常識外れに聞こえるが、しかしよくよく考えてみれば充分に筋が通っている。この男の経歴は、ちんぴらから警察の協力者、そして現在は一流の富豪に上りつめて、裏と表どちらの世界でも疑いようのない地位を築いているとはいえ、その過程ではどれだけの苦境や障害を経験し、周囲の勢力からどれだけの恨みを買ってきたことか。どころか、その手こそが、すでに人知れず血にまみれているのだ。いまではだれもの視線が集まる高みに立っているが、それに踏みつけられてきた人々、さらにこの男を踏みつけて上に立ちたい人々からすれば、憎み消し去りたいと思わないはずがないだろう。

殺人犯から死の予告を受けとったならだれだろうと慌てふためくはずだが、この男にとっては食事や睡眠のような日常なのだ。

莫大な権勢を手中に収めた男は話を続ける。「念を押しておきたいことの三つめだ。それだけの人間がわたしを殺そうとしているが、まだわたしは生きている。結局、その百万の懸賞金に食いつく殺し屋はもういないんだ。なぜなら、鄧驊を殺すのはそもそもが実行不可能な任務だとわかってしまったから」

「いいえ、今回の犯人は違うの。ここ数日で、もう二つの事件を起こしていて……」

慕剣雲が話しおえないうち、またしても鄧驊にさえぎられた。「きみに解説してもらわなくても、そいつがなにをしたかは知っている――一昨日の午後には、徳業《ドーイエ》ビル前の広場で韓少虹《ハンシャオホン》という女を殺した。今日に日付が変わってすぐ、郊外のある坑道で、双鹿山《シュアンルーシャン》の警察襲撃事件の犯人だった彭広福《ペングァンフー》を殺し、護衛を担当していた特殊部隊の隊長、熊原《シオンユエン》も同時に殺された。そのほかに、罪を犯して逃げていた犯罪者十何名かを殺している」

慕剣雲は驚愕して相手を見つめた。それは警察内部の機密なのに、この男はどうしてそこまで詳しく知っているのか。まさか当人が言うように、この街にこの男にとっての秘密などないのか。

「〈エウメニデス〉がネットに現れてから、この事件には注目していたんだ」鄧驊は相手の内心の考えを見ぬいて、自慢げな口ぶりで説明を始める。「わたしにできることはきみの想像をはるかに超えているんだ。これからは、疑いなど持たないほうがいい」

そのとおりだ。慕剣雲はなにもできずに相手の傲慢を受けいれるしかない。事件の捜査にすら、公安局長みずから電話で約束を取りつけないといけない相手だ。その人物に調べられないことなどあるだろうか。

慕剣雲は静かにため息をつく。「それだけのことを知っているなら、自分が直面している危険は知っているでしょうね。いまの時点で、この犯人は殺人を予告して失敗させたことがないの」

「それは、殺された人間が警察から保護を受けられると信用しきっていたからだろう。わたしは、そんなことの轍《てつ》は踏まない」鄧驊の眼が光り、内心の平静と自信を露わにしていた。「わたしには部下の若いのが束になって付いている。あいつらがわたしの安全を守ってくれるさ。だから、警察が関わるとしたらこちらの作戦に合わせるだけで、わたしが警察の計画に従うことはない。お仲間が到着したら、わたしの助手の阿華と相談するといい、なにをすればいいかはあいつが教えてくれる」

警察の精鋭たちを自分の護衛組織の駒にするとは、だれが聞いてもばからしい要求でしかない。しかし鄧驊が龍宇ビルに入ってきたときの陣容、そしてビル内の厳重な警備体制を思いかえしてみれば、たしかにこれだけの言葉を口にする資格はあった。

警察が護衛を行うにしても、これ以上のなにができるだろうか。さらに重要なのは、黒服の護衛たちは鄧驊の身を守ることを仕事にしていて、一年を通して片時も目を離さず上司を守りつづける。これは警察には絶対にできないことだ。殺人の脅威があったとしても、たしかに鄧驊には、みずからの部下を手放して見も知らない警察を信用するような理由はない。そのうえ部下たちは長年その命を守ることに成功しつづけていて、一方警察は立て続けに二度の失敗を犯し、いままさに窮境にある。

慕剣雲は鄧驊を見つめる。無言の時間が続いた。内心に湧きあがってくるのは複雑な感情で、それが畏怖なのか、羨望なのか、それとも相手の境遇を知っての悲哀なのか定かでなかった。たしかにこの男は、常人には手の届かない権勢と地位を手にし、しかも自分を守れるだけの力を持っている。しかし、来る日も来る日もそうして守られたなかで暮らすのは、牢屋に入っているのとどれだけの違いがあるのか。雑多な世界の空気を吸うこともできず、人生の根本にある自由の喜びを失ってしまったなら、そんな権勢と地位を手にするだけの価値はほんとうにあるだろうか？

いま考えるべき問題ではないのかもしれないが。

静かなノックの音が、沈黙に覆われた室内の空気を破った。

「入れ」鄧驊の声にはやはり威厳がこもっている。

ドアが開いて、阿華が入ってきた。足どりは無駄がなくて力強く、全身どこからも圧倒されるような生気が発せられているが、鄧驊を前にした表情には崇拝と敬意しかなかった。

「董事長。例のファックスを調べましたが、正泰街《ジョンタイ》の写真屋から送られていました。ただ店の人間は無関係で、そこのパソコンにウイルスが仕込まれて遠隔操作されています。相手は腕利きですね、たどっていけるような痕跡はいっさいありません」

「ふん、予想のうちだ」鄧驊はうなずき、慕剣雲に向きなおる。「さて、慕刑事、こちらの言いたいことはもうはっきりと伝えたから、ロビーに下りて警察を迎えにいくといい。こっちではまだ進めないといけない仕事が山ほどある」

あからさまにここを出ていけと言われていた。となれば立ちあがって退出を告げるしかなく、阿華は慕剣雲を執務室から送りだすと、自分は鄧驊のところに引きかえした。

鄧驊はデスクの上、監視カメラのモニターを見つめている。慕剣雲が金属探知機を通り、黒服の男に案内されて、最後にエレベーターに乗りこむまでの姿があまさず映っていた。そして尋ねる。「この女をどう思う?」

「とても賢くて、洞察力も充分」阿華は簡潔に評し、そのあとつけ加えた。「友人にするなら、あまり心を許しすぎないように。敵にするなら、かなり厄介ですね」

鄧驊はそれに応えない。しばし黙りこんだあと、慕剣雲について今度は説明を始めた。「あの女は〈四一八〉専従班の一員だ。いまは十八年前の別の事件、〈三一六〉麻薬売買事件を調べているところ。いまの時点で、当時の爆発事件の被害者、袁志邦に白霏霏という恋人がいて、それが薛大林の事務秘書だったことまで突きとめた」

阿華の視線が引きしまる。

「あの女には協力者がいる。そいつは、もっとほかのことも知っているかもしれない」鄧驊《ドンホワ》の顔がわずかに曇る。「ひととおり調べて、そいつを見つけだせ」

阿華はうなずいた。長年鄧驊に付き従ってきて、たいがいのことは言葉で言われずともなにをするべきかわかった。

「いますぐだ」それ以上はなにも言わない。阿華の能力はわかっていた――調査力、格闘術、射撃、どれをとっても一流の警察官に引けを取らない。その忠誠心もわかっている――いつでも自分のため弾除けになる男だ。それだけの助手がそばにいて、まだ案じることがあるだろうか。

同時刻、刑事大隊会議室。

〈四一八〉専従班が集められ、緊急会議が開かれていた。すこし前にこちらでも、鄧驊の名前を記した〝死亡通知書〟を受けとっていた。

〈エウメニデス〉は今回も変わらずしたい放題で、殺人の前に被害者だけでなく、警察にも計画を伝えてきた。

二日前と出席している顔ぶれは同じではなく、慕剣《ムージエン》雲《ユン》が先に龍宇《ロンユー》ビルに行っているのにくわえて、殉職した熊原《シオンユエン》の代わりに柳松《リウソン》が、専従班における特殊部隊の代表となっていた。

坑道の対決での敗北は、一同の心に無視できない影を落としていた。両眼はどれも充血し、一晩中安眠できなかったように見える。そのなかでもとくに柳松が不安定な様子で、韓灝《ハンハオ》が事件の状況を報告したときもどこか心あらず、視線がふらついて、息は荒く、明らかに思考は議題から外れていた。羅飛《ルオフェイ》はそのおかしな様子に気づき、そっと眉をひそめた。新しい戦いが幕を切って落とされようとしているのに、こんな状態では重任に耐えられない。

新しく受けとった〝死亡通知書〟を一同に示したあと、韓灝は数分間を使い今回の標的に選ばれた人物―

―鄧驊について説明した。この男の省内での影響力が理由で、今回も事件は上層部の幹部たちから注視されていた。さらに専従班は、上層部から至上命令を受けている――事件を解決できるかにかかわらず、標的である鄧驊の生命の安全を確保すること。

韓灝が話を終えると、会議は自由に発言できる討論時間に入る。最初に立ちあがったのは柳松だった。長く言葉を心に抑えこんでいたようだった。

「尹剣《インジェン》、いくつか訊きたいことがある」正面から名指しして話しはじめ、語気はひどくとげとげしかった。韓灝と曾日華《ゾンリーホワ》は意表を衝かれ、困惑した様子だ。羅飛は眉を持ちあげて、新しく専従班に入った若者にさらに意識を集中させた。

「なにが訊きたいんだ?」尹剣は懸命に落ちついた口ぶりを保っていたが、それでも内心が激しく揺さぶられているのは察することができる。

「夜、坑道にいたときだ。おれと韓隊長とおまえ、三人は一人ずつ分かれて三つのボタンを押しにいったな。おまえはどうして、おれたち二人よりあんなに動きが遅かったんだ?」柳松は言葉を切り、さらに強調する。「おまえがあの道に入るのは二度目だったんだ、どうしてボタンに到着するのが韓隊長より遅いなんてことになるんだ?」

その質問は予期していたらしく、尹剣は落ちついて答える。「懐中電灯が壊れて、ライターを明かりにするしかなかったんだよ。あんな暗い場所では動きにくいに決まってる。そのせいで韓隊長と誤解が起きて、分かれ道のところでちょっとした格闘になった――これは韓隊長が証言してくれる」

それを聞いて一同の目が韓灝に注がれると、すぐにうなずいて返す。「そうだ、証言できる。それに、問題の懐中電灯は装備課に送ったが、偶然の故障で間違いなかった」

「はっ、故障ね?」柳松はやすやすと終わらせる気はないらしく、冷たく笑うとまた続ける。「わかった、ならば訊くが――おれたちがボタンを押した直後、熊隊長の応答がトランシーバーから返ってこなかった。おれと韓隊長はすぐに坑道の入口まで取ってかえして、だいたい同時に到着したときには、熊隊長はもう息も絶え絶えだった。二人で力を合わせて隊長を車の後部座席まで運んで、おまえはそのまま運転席に乗りこんでエンジンをかけた。ここまでの間で、おまえは熊隊長には触れていないな？」

尹剣は唾を飲みこみ、しばらく黙りこんでから答えた。「そうだ」

柳松の両眼が糸のように細められ、視線が怖いくらいに鋭くなる。「なら、車のシフトレバーに血の指紋が付いていたのはどういうことだ？　その血はどこからやってきたんだ」

柳松が問いかけたとき、羅飛たちの最初の反応は、机の上に置かれた尹剣の手に視線を向けることだった――その手はきれいなもので、どこにも傷痕は見当たらない。血の付いた尹剣の指紋が実際にシフトレバーに残っていたなら、それは別人の血でしかありえない。

「それは……」今度は答えることができない。尹剣は言葉に詰まり、すこししてそばにいた韓灝に目を向ける。自分の代わりに答えを出してくれるとでもいうように。

韓灝は柳松を見つめていた。こちらも、会議の場に突然こんな空気が流れるとは思わず、この話題を続けるのではなく、反対に尋ねた。「柳松、こんなことを訊いてなにが言いたい？　遠慮せずに言うんだ」

柳松は歯を食いしばる。「熊隊長があんなにあっさりと殺されるとは思えないんです！　あのときは厳重な警戒態勢だったのに、あんな短い間に喉を切られるなんてありえますか？　ただ……ただ、警戒を完全に解いてしまうような相手が犯人だったら」

柳松の言葉は、尹剣が熊原を殺したとあからさまに訴えていた。挙げられた根拠も成りたつように聞こえる——韓瀬がボタンにたどり着くよりも尹剣はやや遅れて到着していて、この時間で犯行を行うことができる。シフトレバーになぜか付いていたという血痕は、疑いをさらに深めるものだった。

しかしどんな根拠を挙げようと、尹剣が熊原を殺したというのは強引がすぎる推測に違いなかった。思いついたままを話すのが常の曾日華さえ、首を振っている。「そ……そんなことがあるか？　レバーの血痕は前から付いてたんじゃないか？　尹剣がそのとき付けたってどうして言いきれるんだ？」

「行きの運転をしたのはおれだ、はっきり覚えてるが、そのときは絶対に血なんて付いていなかった」柳松は強い自信とともに言う。「おれはさっき車のそばを通ったとき、窓越しに偶然見つけたんだよ」

「だが、きみの考えていることは事実と違う！」韓瀬が突然声を張りあげる。それは怒気をはらんでいるように聞こえ、柳松の態度にひどくいらだっているらしかった。その威厳ある態度を前に、柳松の勢いが失せる。唇を舐めて、それまでの激しい剣幕は格段に収まってしまう。

韓瀬は静かにため息をつき、いくらか気を落ちつけて、説明を始めた。「昨夜、尹剣は病院まで運転したあと、時間がなかったものだからギアをニュートラルに入れずに車を降りて、熊隊長を下ろすのを手伝いに来たんだ。わたしが気づいて、後ろから手を伸ばしてレバーを動かした。だからレバーに血の痕が付いていたなら、きっとわたしが付けたことになる」

曾日華が息をつき、場をなだめようとする。「ほらな、全部誤解だ。柳松、ちょっと思いつめすぎてるぞ」

柳松はこのような展開になると思わず、たちまち黙りこむ。まだなにか言いたげだったが、続ける言葉が見つからず、居心地の悪そうな様子で逡巡していた。

「その……それは……」

「いいだろう」韓灝は慰めるような口ぶりになっている。「きみの気持ちはわかる。熊隊長が襲われたことには、わたしも同じくらい心が痛む。とはいえ軽々しく同僚を疑うのは許されない。熊隊長の手並みはこの場のだれも否定しないが、今回の敵の狡猾さと残忍さはこちらの想像を超えているんだ。前の事件では、韓少虹の護衛は万に一つのしくじりもないと全員が思っていたのに、やつは成功させてみせた……坑道で熊隊長を置いていったのも、隊長を信頼していたからだが……そうだな、二度とも責任がだれにあるかといったら、真っ先にわたしが……」

韓灝の声は徐々に暗く沈んでいき、悲痛な感情は一同に広がっていく。柳松もうつむいて、目の周りが赤らんでいる。

「わたしは決めたんだ、この事件が解決したら、刑事大隊長の職を辞して、警察を辞めると……」韓灝は続ける。しかしここで目元の筋肉がぴくりと動き、語気にはふたたび力がみなぎっていく。「だがその前に、なんとしてもやつを見つけだしてやる。かならずこの手で、やつに罰を与えてやろう」

韓灝の闘争心に一同は鼓舞されたらしく、尹剣と柳松がそれぞれ顔を上げ、曾日華も安心したように笑う。羅飛一人だけがうっすらと眉を寄せ、まだなにかを考えているように見えた。

「さて、わたしたちは新たな戦いを前にしている。これで情勢を逆転させて、最後の一戦としたいところだな」韓灝の視線が部屋を見まわす。「いまから任務の分担を伝える。柳松、きみは特殊部隊の必要人員を連れて先に龍宇ビルに向かえ。標的の鄧驊を保護するんだ。羅刑事、きみも同行して、柳松に協力して現場での戦略通りに動いてくれ」

柳松が元気よく応じた。「了解!」羅飛はなにも答えないので、韓灝は眉間にしわを寄せる。「羅刑事、なにか意見があるのか？」

「いや、なにもないな」いま我に返った様子で、尹剣に視線を向けたあと、柳松を見た。「柳刑事に協力して、任務を果たすよ」

「よろしい、ならいますぐ出発だ」韓灝は曾日華に目を向けた。「きみは本部に残って、情報の伝達と調査を担当してくれ」

「わかりました」曾日華はうなずく。この配置はまったく意外ではない。技術職員の自分が現場に出動することはめったになかった。

ほかの任務の割り当てを終えて、最後に尹剣に向かい言った。「きみはわたしと行動しろ。刑事隊だけでまた会議をして、詳しい作戦の組み立てを詰めた後で、現場の応援に向かうことにする」

尹剣は静かに韓灝を見かえした。視線がぶつかる一瞬、二人の間でなにかが通じあったように見えた。


十月二十五日午前、九時十五分。

手短に準備を済ませて、柳松と羅飛は時間を無駄にせず、特殊部隊の精鋭六名を連れて龍宇ビルに急行していた。この六人はみな二日前の徳業《ドーイエ》ビル前での一戦にも参加しており、そのときの失敗と、熊原隊長の殉職によって心の奥には憤怒の炎が点っていた——激励などいっさいなくとも、だれをも打ち砕くほどの闘志をみなぎらせている。

羅飛は柳松の横に座っている。さきほどの会議のあいだ頭に浮かんだが、その場の空気を考えると口に出せなかった疑念があった。柳松と一対一でいるいまは、絶好の機会だった。

「柳松、聞きたいことがある」相手を軽く肘でつつく。

「なんです？」柳松は窓の外を眺めていたが、こちらに視線を向ける。

「韓灝は、病院に到着したあとにシフトレバーに触れたと言っていただろう。そのとききみも車にいたわけで、そのことは覚えてるか？」

　柳松は首を振る。「そんな記憶はないんですが、ただ確実とも言えなくて……あのときは熊隊長のことしか目に入っていなくて、車に乗っていた人間が何をしていたかはぜんぜん気にしてませんでした」

　うなずいて理解を示す。確かに、そのとき柳松の精神は激しく動揺していて、周囲の出来事を鮮明に記憶しているはずがなかった――それゆえ羅飛は疑問を心のなかにとどめるしかなく、会議の場で韓灝の説明に反論することはできなかった。

「羅刑事も、この件には裏があると思ってるんですか？　韓灝が尹剣をかばおうとしていると？」考えこんでいる羅飛を見てなにかを感じとり、柳松はこらえきれずに質問した。

　この相手のことは開けっぴろげで率直な若者だと理解していたので、羅飛自身も隠し事はしないことにした。「きみの意見には心から賛成だ――熊隊長があんなにあっさりと喉を切られるとはとても思えない。ただ、この件には疑問が山ほどあるのに、地固めに使える証拠が一つもない。だから会議のときにはなにも言わなかったんだ。こんな重要な局面で、ほんとうに同志に誤解を向けていたらかなりまずい」

　柳松はやるせない様子でため息をつく。「おれも、内部に問題があったなんてのはいやです」

「韓灝の言葉を検証できる方法があるんだ」羅飛はいきなり柳松の肩を叩く。「ただ、きみの協力がいる」

　柳松の目が輝く。「どんな方法ですか？」

「韓灝の言ったことがほんとうなら、レバーに残っているのは韓灝本人の指紋のはずだ。嘘をついていたなら、レバーに付いているのは尹剣の指紋――だれにだってわかる、簡単な理屈だろう」

　柳松は失望したように首を振った。「指紋鑑定をするんでしょう？　それはもう考えたんですが……でも、その件で指紋鑑定を頼むのはいまはとても無理です――

——韓瀬本人が刑事隊の隊長で、自分に不利な鑑定をさせると思いますか？　羅刑事以外、その疑いに賛成してくれる人なんかいない。鑑定の要求すら言いだせないんです」

「指紋鑑定は必要ない」羅飛は微笑んだ。「例のパトカーを見にいくように、きみからだれか友達に頼んでほしい——知ってるだろうがおれは龍州《ロンジョウ》から来ていて、力になってくれそうな相手がいないいんだ」

「頼めるとは思いますけど、でも……なにを見るんですか？」柳松は相手の考えが理解できない。

「レバーの指紋が、まだ残っているか」相手が考えられるように間を置き、それからまた詳しく説明する。「血の指紋がまだ残っていたら、あの二人は他人に調べられるのを恐れていないということで、おれたちの疑いはただの誤解だったということになるはずだ。指紋が消されていたら、この切羽詰まった状況であいつらは時間を割いて指紋を消したということで、それはとてつもなく怪しい」

「そうだ！　それこそ理屈が通ってる」柳松は敬服した様子で羅飛を見て、携帯を取りだし、協力してくれる友人を電話帳から探しはじめる。


同時刻、刑事隊長の執務室では、尹剣が韓灝と向かいあって座っていた。部屋は重苦しい雰囲気に覆われていて、空気までもが凍りついてしまいそうだった。

ひどく長い時間が経ったあと、息づまる沈黙が、ようやく重たいため息によって破られた。

「全部知られてたのか。あの時、手に付いた血を見られていた……」

「その通り」

「……ごまかしてくれたのを感謝しないと」

「感謝されるようなことじゃ……正しかったかどうか、自分でもわからないんだ……」

「はっ……正しかったかなんて、この世には言いきれないことばかりなのに。そんなもの、だれにも言えるはずがない」

「理由は？　どうしてこんなことを？」

「……ほかに道はなかった」

「やつに脅されたということ？」

「まあ、ね……小さな間違いが、大きな間違いを生んで、その次にはさらに大きな間違いがやってきて……一歩目の方向を間違えれば、もう戻ることはできないんだ……」

「もう、ここで立ち止まったほうが……」

「いや、ここでは止まれない！　まだ機会はあるんだ。この手で終わらせてみせる」

「もう止めないと。今回の作戦にも参加させるわけには……なにか理由をつけて」

「もう起きたことは？……どうすればいい？」

「……わからない。答えなんてわからない……この秘密を永遠に守りつづければ、一生で最大の過ちを犯すことになるかもしれないのに……」


十月二十五日午前、九時三十分。

柳松と羅飛たちが龍宇ビルに到着すると、慕剣雲は一階のロビーで待っていた。

警備員と受付嬢はまたしても一行の前に立ちふさがった。柳松が身分証を見せたがそれでもなんの効き目もなく、こんな状況に置かれたことでみなそろって困惑していた。

「これで〝鄧市長〟、鄧驊の流儀がわかった？」慕剣雲は苦笑しながら言う。「わたしは先に思い知らされたけど。面会を望むなら、まずは受付で〝華哥《ホワグー》〟という人を呼んでもらう必要があるわ」

保護対象の身を守るためわざわざやってきたというのにその相手からここまで冷たくあしらわれ、柳松は不平不満を覚えないではいられず、その感情がそっくり顔に出ている。しかし羅飛の考えは違っていた。

「これもいいことだな」そう口を開く。「おれたちが会うのにもここまで苦労するなら、当然、〈エウメニデス〉が犯行に及ぶ機会ははるかに減るわけだ」

「ビルの中の防犯体制はまだ見ていないでしょう、金属探知機まであるの。一生このビルに住みつづけたら、それこそ神さまにだって殺せはしないわ」慕剣雲はおどける。「ただ鄧驊は今日、北京行きの飛行機に乗るらしいの、出発は夜八時四十分」

羅飛はひとりうなずきながら、内心で考えこむ。〈エウメニデス〉はその情報を握っていたからこそ、死刑執行の日付を今日に定めたように見える。空港は避けようのない公共の場であり、きっと双方の戦いの重点になるだろう。

そこに柳松の携帯が鳴り、隅に行って話しはじめた。羅飛はべつのことを思いだす。

「どうして早くここに来ていたんだ？」慕剣雲に向かい尋ねた。

「新しい手がかりを手に入れたのよ」すこしばかり得意げに答える。「いま思えば、この手がかりはたしかになかなか役に立ったようね」

新しい手がかり？　興味を惹かれ、詳しいことを聞きだそうと思ったときだった。柳松が急いで駆けもどってきた。ひどく興奮した表情を浮かべている。

「血の指紋は消えていました！」羅飛に向かい告げる。

「やつらはほんとうに指紋を消したんだ」

羅飛の気が引きしまる。とうとう、内心の疑いを確信に変える根拠ができたのだ。同時にそれは、自分がとても厄介な難題に直面しているということでもあった。

「どうすればいいでしょう？」柳松は期待を込めた目で羅飛を見る。二人が知りあって間もないが、この龍州からやってきた刑事に対しては完全な信頼と尊敬が生まれていた。その横で、慕剣雲はあっけにとられた表情を浮かべている。

羅飛は張りつめた気分のまま考えを巡らせ、目の前にいる二人の同僚を見た。「幹部級の上役に話をつけないといけないな。そっちの伝手《つて》は見つけられるか？韓灏にはつながらないようにしないといけない」

柳松は苦しい思いで首を振る。昨日であれば可能なことだった。しかしいまでは、だれよりも近しかった上司の熊原が、敵の刃によって無残に殺されてしまっている。

柳松が無理となると、羅飛の視線はおのずと慕剣雲に向けられた。

「やってみるわ」状況がわからないが、話を無下《むげ》にもできない。慕剣雲は尋ねる。「とりあえず、まずはなにが起きているか教えてくれる？」

慕剣雲にはなにも隠そうとは思っていなかったが、しかし羅飛はそれ以上話を続けられなかった。上背のある、初めて目にする若い男がこちらに近づいてきたからだ。

慕剣雲は、その男が鄧驊のボディガード——阿華だと気づき、ひとまず疑問を心の奥に収めて、互いのことを簡単に紹介した。

「あなたが羅飛ですか」警察官たちと順に握手したあと、阿華の視線は羅飛に向いて長く動かなかった。

そうして見られるのはあまりいい気分ではなく、怪訝に思って尋ねる。「おれを知っているのか？」

「こちらの鄧董事長があなたを探しています、わたしに着いて上にいらしてください。ほかのかたは——」董淡々と話す。「しばらくロビーでお待ちください。董事長からは、専従班の韓班長が到着したら、班長一人と合同警護の手はずを話しあうようにことづかっていますので」阿華はやはり淡々とした口調で、言葉にはなんの感情もこもっていない。

慕剣雲はすでに心の準備ができていたが、柳松のほうは相手の傲岸な態度をまともに受けとめ、とてつもなく腹を立てていた。しかしここには任務遂行のために来ていて、怒りを爆発させるわけにはいかない。いらだちをこめて鼻を鳴らすことしかできなかった。

「五分だけ待ってくれるか、こちらで相談しておきたいことがあるんだ」羅飛が阿華に向かい言う。

「いえ、董事長はきわめて急を要する要件があって、羅刑事にはいますぐこちらに来て会っていただきます。そちらの用事は、また下りてきてから話しても遅くはないでしょう」阿華の言葉遣いは礼儀正しいが、言葉の裏からは拒否を許さない、大物らしい存在感がにじみだしていた。長く鄧驊のそばにいたせいで、耳や目を通して影響されているのだろう。

阿華は話を終えると、その場に立ちつくしたまま羅飛を見つめていた。羅飛は、いまここで自分が上階に行かなければ阿華もずっと動かないのがわかっていた。すこし考えてみると、こちらの調査は重要だが、すべての核心は標的となった鄧驊という男にある。これを押さえておけばもう波乱など起きない。となれば、まず〝鄧市長〟に会いにいくのも悪くはないだろう。

そこまで考え、柳松に向きなおり言った。「まずは行ってこよう。きみたちはしばらく待機して、おれが戻ってきてから話はする。軽挙妄動はなにがあっても慎むんだ、なにが真実かは、きみが考えるほど単純なわけがない」

柳松はうなずく。これまでの出来事で、羅飛の言葉を疑うことはなくなっていた。

羅飛は慕剣雲に目をやり、改めて念を押す。「おれが戻るのを待つんだ」その視線は力強く自信に満ち、かなりの安心感を与えてくれた。そして羅飛は阿華に従い、ビルの東にあるエレベーターに向かった。

歩いているあいだ、阿華は社内用の無線機を使って、羅飛が現れたことを鄧驊に報告した。鄧驊にとっては多少意外なことだった。たしかに羅飛は自分が探している相手だが、こんなに早く向こうから訪ねてくるとは思わなかったからだ。

鄧驊が羅飛に会おうとするのは、慕剣雲が口にした〝協力者〟を至急に探しだすためだった。阿華の調査によれば、〈四一八〉専従班に参加してからの慕剣雲は、十八年前の過去につながりをもつ相手二人と接触していて、そのうちの一人が羅飛だった。阿華の調査結果を知った鄧驊は、ひとまず慕剣雲に手がかりを与えた情報元は羅飛の可能性が高いと判断していたが、その相手がみずから龍宇ビルを訪ねてきたというのは一つ手間が省けた。

鄧驊はゆったりとした椅子に座り、悠然とした態度で相手の到着を待ちかまえた。

数分後、ノックの音が響き、鄧驊が入室を許可すると阿華が羅飛を連れて入ってきた。はじめてここに来たみなと同様に、羅飛もこの執務室の広さと豪華さ、そしてほかでは見ない壁の内装に仰天していたが、その直後には気を持ちなおして鄧驊の向かいの椅子に腰を下ろした。阿華は両手を下げて鄧驊の横に立った。

「羅飛——羅刑事」鄧驊は羅飛を眺めまわし、軽く会釈していちおうの礼儀を示した。「おはよう」

「おはよう」羅飛は姿勢よく椅子に座り、同じように軽く会釈して済ませる。鄧驊の傲岸な態度はすでに聞きおよんでいて、今回は向こうが招いてきたのだから、いくらか横柄にふるまってもかまわない。

「龍州市の刑事隊長が、どうしてこんなところにいる？」鄧驊は羅飛の両眼を注視しはじめ、遠慮なく尋ねる。

「〈エウメニデス〉と署名された手紙を受けとったからだ」羅飛は見つめかえす。怯える様子はどこにも見えなかった。

「〈エウメニデス〉？」鄧驊はさらに質問を続けた。「どうしてやつがきみに手紙を書くんだ？」

「あんたも〈エウメニデス〉の手紙を受けとっただろう。それはどうしてか、教えてくれるか？」羅飛の口調は淡々としているが、攻防の形勢が気づかぬうちに入れ替わっていた。

鄧驊は静かにはっ、と声を上げて、うわべだけの笑みを見せる。「わたしたちにはいろいろと共通点があるようじゃないか？　どちらにも〈エウメニデス〉が手紙を送っている。十八年前、最初に〈エウメニデス〉の〝死亡通知書〟を受けとったのは、ちょうどそれぞれわたしたち二人の友人だった」

「おれたちの友人？」韓灝から鄧驊の素性を聞かされたとき、その過去にはまったく言及がなかった。そのため相手の言葉を聞いた羅飛は思わず軽い驚きに襲われ、しばらく言葉に詰まってようやく気を取りなおした。「どういうことだ？　まさかあんたは薛《シュエ》大林《ダーリン》の友人だったのか？」

「ほう？」鄧驊は韓灝の表情を見て、はじめ不思議そうにしていたが、やがて訊いた。「十八年前の〈三一六〉麻薬売買事件は知らないのか」

「知っているよ、省都の警察にとっては伝説だ」羅飛は迷うことなく答える。「あのときはまだ警察学校の学生だったが、そのころは刑事捜査専攻の全員が語り草にしていたよ。協力者を使って犯罪者を検挙した、模範的な作戦例だった」

その言葉を聞いて、鄧驊の顔にはめったにない本心からの笑みがよぎった。その過去は、自分の人生でもなにより誇りにしている出来事であり、さらに人生の旅路における転換点といってよかった。十八年が経ち、下の世代でも随一の刑事が熱をこめて話しているのを聞いて、鄧驊の胸には言いあらわしようのない満足感がこみあげてきた。

「わたしがその協力者、鄧玉龍《ユーロン》だ」口の端を持ちあげ、底知れない、興奮の色を見せる。「あの事件がどれだけ見事だったか、きみが永遠に知ることはないだろうな」

羅飛はひどく驚かされた。目の前にいる鄧驊が、当時警察内部に名をとどろかせた〝孤軍の英雄〟鄧玉龍だとはつゆも考えたことがなかった。しかし鋭敏な頭脳は、すぐさま次の連想を始めている――薛大林は十八年前に殺害され、いま鄧驊は〝死亡通知書〟を受けとっている。どちらも〈三一六〉麻薬売買事件の関係者ということは、この裏になにか見えないつながりが秘められているのではないか。

しかし鄧驊は深く考える時間を与えず、すぐさま別の質問を投げかけてくる。「白霏霏《バイフェイフェイ》は知っているか？」

「白霏霏？」たしかに多少覚えのある名前だった。眉を寄せてしばらく悩み、ようやく思いだすことができた。「袁志邦《ユエンジーバン》の昔の恋人だな？　袁志邦の〝死亡通知書〟に書かれた罪状は、この女子についてのことだった」

鄧驊はずっと羅飛のことを注意深く観察していたが、ここでようやく合点がいった。

ここまでの短い会話で、自分の探している相手が羅飛でないことは確信できた。そうとなれば、求める相手は唯一残ったあの男しかありえない。どの面から考えても、羅飛よりはずっと扱いやすい相手だ。

「いいだろう、羅刑事、わたしたちの面会はもう終わりだ。話ができて楽しかった」ここから帰るようにうながしたが、少しまえに慕剣雲を相手にしたときよりずっと丁重な態度だった。

省都の警察の伝説。羅飛が口にしたその言葉を鄧驊が思いかえすと、抑えきれない興奮に襲われる。これほどの感覚は何年も味わったことがなかった。

だから、初対面のこの刑事には知らず知らずのうちにかなりの好感を抱くようになっていた。

しかし羅飛はそれほど鄧驊を理解できていない。

「終わり？」羅飛には話の筋がうまくつかめなかった。いきなりここへ呼びつけたのは、脈絡のないことをいくつか聞くためだったのか？　いったいどういうことだろう？

「そうだ」鄧驊は腕を持ちあげて時計に目をやった。「十時にはグループの管理職を集めて会議を開く。もう五分しかない、即刻となりの会議室に向かわないといけないんだ」

羅飛も反射的に自分の腕時計を見て、善意から一つ告げた。「時計が進んでいるな。いまの正確な時刻は九時五十分だ」

鄧驊はまた笑った。「これが習慣なんだ。わたしの時計はつねに通常よりも五分進めてある。こうすればたとえ五分遅れても、通常の世界では時間ちょうどになる」

時計を進め、他人よりも早く自分の時間を進ませる——たしかにそれは立派な習慣で、数多くの成功者が同じことを実践している。刑事である羅飛は、つねに自分の時計を正確な時間と一秒たりともずらさないよう保つのを習慣にしていた。

羅飛はそのまま相手の話に調子を合わせようとしていたが、そのとき、脳に電流が走ったかのように、これまで考えてこなかった思いつきがどんと飛びだしてきた。

羅飛は口を開け、呆然と椅子に座ったまま、遠くを見るような表情になる。

「羅刑事」阿華が来客の思いがけない様子を見て、一歩進み出てくる。「もう戻ってかまいませんよ、仲間に伝えることがあったのでは？」

「そうだ、おれは……行かないと！」急に椅子から跳びあがり、大股に執務室の外へ歩き去っていき、そのうち歩みは小走りになった。

「どうしたんだ、あいつは？」阿華は怪訝そうに羅飛の後ろ姿を見つめている。

鄧驊も理解に困るといった様子で首を振り、そして阿華を見た。「興味深い、優秀なやつだな。ただ、あいつはこちらの探している人間とは違う」

阿華はその意味を察してうなずいた。「それなら、残った相手は明らかです。阿勝《アーション》たちは三十分前に出発して、もうすぐ報告が戻ってくるはずです」

「おまえだけでなく、阿勝も使い物になってくれるやつだ。あれにも失望させられることはないだろう。しかも、あいつが相手にするのはただの死にぞこないの役立たずだからな」そう話しながら、椅子から立ちあがる。「さて、この件は一度忘れることにしよう。会議室に付いてこい」

阿華は董事長を護衛しながらとなりの会議室に向かう。そのとき、羅飛はエレベーターに乗って一階に下りていた。姿を現すとすぐに、柳松や慕剣雲たちに囲まれた。

慕剣雲は〈六一三〉麻薬売買事件と鄧驊の秘密が気になって訊く。「どうだったの、なにを話したの？」

柳松はまったく別の一件を考えており、勢いこんで話しかけてくる。「羅刑事、これからどうしますか？いますぐ上層部の幹部に話をしますか」尹剣は熊原の死に切り離せない関わりがあると、すでに決めつけている様子だった。尹剣を捕らえ、事態の真相が日のもとに曝《さら》されるのを待ちきれないでいる。

しかし、二人が聞いたのはそっけない返事だった。

「いや、いまはそんな場合じゃない」羅飛はひどく息をはずませていて、必死に走ってきたばかりのようだった。「切羽詰まった事態なんだ。すぐに行かないといけない。きみたちはここに残ってくれ。戻ったら全部話す」

「なにがあったの？」慕剣雲は羅飛と出会って以来、これほど焦った様子は見たことがなく、気づけばかすかな胸騒ぎを感じている。柳松はあっけにとられ、不満げに質問を重ねた。「尹剣のことはどうするんですか、このまま放っておくって？」

羅飛は脳内の整理がついておらず、どうにか気分を落ち着け、すこし考えると早口に言う。「鄧驊は夜八時四十分の飛行機に乗るんだったな、おれは五時までには戻ってくる。このビルを出ないかぎりはなにも起きないはずだ。柳松、慌てるんじゃない、あの件は急いでも仕方がなくて、向こうも逃げるに逃げられないんだ。さあ、ほんとうに時間がないぞ。覚えておけ、おれが戻るまでなにもするな、いいか？」

羅飛の剣幕を前に、慕剣雲と柳松はそれぞれうなずくしかない。それを見て、わずかばかり安心する。そうだ、鄧驊の警備態勢はすでに目の当たりにしたが、このビルを出ないかぎりなんの危険もありはしない。そして鄧驊が無事ならば状況は動かないと考えていた。そんなことよりも自分には、いますぐに駆けつけないといけない場所がある。羅飛はすでに、そここそがすべての罪の根源だと確信していた。

鄧華の執務室でのあの一瞬で、鄧華の一言によって、羅飛にまとわりつき、苦しめてきた難題がたちまち氷解していた。二分間のずれも、十八年の沈黙も、すべてに筋の通る説明が見つかった。

その人物の前にいますぐ飛んでいきたくてたまらなかった。あらゆる感情が胸の中に積み重なり、つかえて破裂してしまいそうだった。もう一秒たりとも待つのが耐えられない。ただ一言だけ訊きたかった——なぜだ。

二十分後、羅飛は目指す場所にやってきた。

あのときの荒れ果てた路地、あのときの薄暗いぼろ家だ。しかし沸きたっていた心は冷えこんでいた。

来るのが遅かったと知ったからだ。

家の玄関は開け放たれているが、なかに人はいない。足を踏みいれると、数度訪ねてきたときと比べて家のなかは一段と乱雑になっているのに気づく。家具はひっくり返され、布団は切り裂かれ、ごたまぜになっていたがらくたも乱暴に床にぶちまけられていた。

羅飛は、自分は遅かったのではない、遅すぎたのだと知った。

問題の相手はすでに姿を消していて、しかもその後に別の人間たちがここに来ていた。なにかを探すのが目的だったようだ。

あいつはどこに行った？　後から来たやつはなにを探していた？　それは見つかったのか？

疑問が次々と羅飛の頭のなかを巡り、頭を絞って考えたが、その場ではなんの糸口もつかめない。

そう、あいつはおれが来ることを知っていた。おれが二分間のずれについて疑問を口にしたときから、きっとおれが会いに来ると知っていた。あいつはおれのことをすみずみまで知っているから、その二分間がすべての謎を解く突破口になると知っていた。

だから先にここから姿を消した。

ひょっとして、いまもどこかの物陰からおれを覗き見て、得意げに忍び笑いをしているのか？

自分の頭の鈍さが心から悔しかった。あれほど重要な手がかりが目の前にさらされていたのに、解き明かすのが遅れてしまった。あの相手を訪ねて間近で話し、答えを求めることまでしたのだ。まるで虎にその皮を剝ぐ相談をするようなものだ。

改めて思いかえせば、ほかにもひどくあからさまな手がかりはあったのに、なぜか自分は見逃していた。

たとえば鄭郝明《ジョンハオミン》が残した捜査日誌、そこに書かれた爆発の生存者についての文章を羅飛ははっきりと記憶している。

……

一九八四年四月二十五日、小雨

ここ何日かの調査ではまったく収獲がなかったが、今日ようやく転機が訪れた。

午後、爆発現場の生存者がやっと意識を取りもどした。ただ取り調べを始めると、なにも思いだすことができなくて、自分の名前すら言えなかった。医者によると、重症の怪我人にはよくある記憶喪失現象で、こちらからなにか働きかけて記憶がよみがえるのを早めないといけない。
　コンクリート管のところで何枚か写真を撮ったが、早くても現像できるのは明日になる。写真があの男の役に立てばいいが。

……

一九八四年四月二十六日、晴れ時々曇り

……

　コンクリート管の写真を男に見せたら、はじめはなんだかぽかんとした様子だった。それから例の銅線を見せて、おまえのポケットに入っていたものだと教えた。意識を失う前のことを思いだそうとがんばって考えるよう励ましてやった。
　それを見せられてもしばらく途方に暮れていて、こっちが失望しかけたとき、相手の表情に変化があった。なにかを思いだして、かなりの苦労で言葉にしようとしているような様子だった。口元に耳を近づけると、最初の言葉が聞こえた。「その……管に、お……おれは、住んでた」
　そのとき自分は飛びあがらんばかりだった。話が続いた。名前は黄少平《ホアンシャオピン》、安徽《アンフィ》省の農村生まれ。実家の両親は亡くなって、一人この省都に出稼ぎにやってきた。仕事が見つからなかったので、ひとまずコンクリート管に住みながら、くず拾いをして日々を過ごすことにした。
　それから、事件の日になにが起きたのかを訊いた。ただ、記憶の回復は充分でなかったようで、首を振ってなにも言わない。明日、爆発現場の写真を持っていけるといいが。

……

一九八四年四月二十七日、快晴

……

黄少平に爆発現場の写真を見せると、血の気が引いた様子だった。そこで、男一人と女一人、合わせて二人がこの工場で爆死したと教えてやった。おまえもその場にいて、爆発で大変な怪我をしたのだと。きっかけを与えると、黄少平はようやく少しずつ、あの日の状況を思いだしはじめた。

事件の日の午後、黄少平は三人（男が二人、女が一人）が次々と例の廃工場に入っていくのを目にして、なんだか妙だと感じた。三番目に女が入っていったあと、とうとう好奇心を抑えきれず、こっそり廃工場の中に入って覗き見ていた。そこには後から来たほうの男と女がいて、会話も一部耳に入ってきた（内容は羅飛の供述とおおむね一致していた）が、なにが起きているのか理解するよりも前に、突然爆発が起きた。

……

こんなにもあからさまだったのに！

あの生存者は、くず拾いの黄少平などではなかった。

記憶を失ってなどいない。はじめになにも思いだせないと言ったのは、どうやって自分の正体を隠すかまだ思いつかなかっただけだ。

あとになって話した個人的な情報も、すべて鄭郝明刑事から教えられたものだ。あの刑事は生存者の記憶をよみがえらせることに焦りすぎて、あまりにも多くの情報を教えていたのだ。写真、ポケットのなかの銅線、それを使ってあいつは苦境から流れに乗って見事に変身し、くず拾いの黄少平という身元をきれいに自分のものにしたのだ。

それからも記憶喪失を装う同じ手口で、すこしずつ警察が握っている情報を探りだし、自分でも警察側の資料を基に、自分に有利な目撃者証言をでっちあげてみせた。

そうだ、その通りだ。きっとそうだ！

しかしなぜ？　どうしてそんなことを？　なにを理由に？

羅飛は対面して問いただすことばかりを考えていた。腹じゅうに怒りを抱えながら、羅飛は家を出ると、諦め半分であたりを見回し、しばらくすると声を張りあげた。「どこにいるんだ？　どうして姿を見せない？」

声を嗄《か》らすほどに叫び、全身の力すべてを爆発させてしまいそうだった。

そばを歩く通行人たちは怪訝そうに羅飛を眺め、気が狂った男を見るような目を向けてくる。

しかし羅飛は狂ってなどいない。彼は知っていた——あの相手はきっと暗がりからこちらを伺っている、間違いない。

まったく思いちがいはしていない。

求める相手は人目につかない場所にいた。そこは路地の外にあるアパートの六階、廊下の壁に開けられた窓の内側で、高みからあたりを見渡せるうえ、こちらからは路地での出来事がはっきり確認できるが、強烈な逆光になって羅飛からは決してこちらの居場所を見さだめられないようになっていた。

数十分前には、自分が長年住んでいた家に黒服の男たちが何人か入っていくのを見ていた。それが何者なのか知っていたし、何のためにやってきたのかも知っていて、目にしたときには安堵の息をつきさえした。計画が成功する可能性がまたすこし増したことを意味していたからだ。

そう、これは急ごしらえでひねり出した一手だった。かなり慌ただしい状況だったが、かなりの成功を収めたようだ。

慕剣雲がその駒だった。

ほんとうは必要のない一手だったが、自分が相手にしているのは手ごわい敵で、そのためにこの奥の手を使わざるを得なかった。

敵はついにこの家にたどり着いた、それも自分の判断を裏づけている——二分間のずれが話に出たときから、羅飛がきっと戻ってくることはわかっていた。

はじめから、二人にとってこれからの対決——対面しての対決は、避けられない運命だったのだ。

「姿を見せたくないんじゃない、ここはふさわしい場所でないってだけだ」ぶつぶつとつぶやく声は、亡霊のようにしわがれている。そして杖を頼りに、よろける足どりで一歩ずつ階段を下りていった。

もう終わりは近い、ともに最後の楽章を完成させよう——内心しみじみと考える。まえの楽章がどれだけ華麗でも、見事な終止符を打てなければ、人を満足させる作品にはならない……

第十章 〈エウメニデス〉の誕生

十月二十五日昼、十一時三分。

興城路《シンチョンルー》のレストラン、碧芳園飯店《ビーファンユエンファンディエン》。

興城路はA市開発区の中心に位置している。近くには新興の先端企業が数多く集まり、大勢の若いビジネスマンが働いているので、この通りも市民たちからは〝白領路《ホワイトカラー通り》〟と称されていた。

碧芳園飯店は興城路の南側から百メートル入ったところにあるレストランで、規模こそ大きくないが、典雅で特色ある雰囲気の内装でビジネスマンから広く愛されている。十一時を過ぎたころ、ちらほらと何人か男女が店に現れ、まだピークには早いが、店内の従業員たちは統率のとれた動きで仕事に打ちこみはじめた。

そこに、場違いな男が一人やってきた。

襟の大きいトレンチコートをまとって、大ぶりなフードを頭にかぶって顔の上半分を隠している。また顔には白いマスクも着けていて、下半分まで隠されていた。うつむきかげんで、身体全体をコートのなかに硬く縮こまらせ、秋風がひとつ吹けば倒されてしまう弱々しい病人のように見えた。

さらに男の身振りが、身体のどこかに問題を抱えていることを強く裏づけていた。杖で身体を支え、右足はぐったりと地面に引きずり、力を入れるのがひどく難しいようだった。そうして身体をかしがせながら、一歩一歩に苦労しつつ店のなかに入ってくる。

ビジネスマンが集まるこの地区で、こうした客を見ることはめったになかった。ある程度妙には思ったが、従業員の小紅《シアオホン》は丁寧に迎えいれる。

「お客さま、お一人でしょうか?」うやうやしく声をかけた。

男は反応ひとつ返さず、真っすぐに店の隅にあるテーブルに向かっていった。そのテーブルはやけに奥まった場所にあり、外に向いた窓のどこからも離れているので、どの客もそこで食事をしたがらなかった。

しかしこの男はなぜかそのテーブルを選んで座った。それに加えて、わざわざ左右に壁が迫った席に腰を下ろしている。それでは狭い隅に押しこめられることになるが、同時に店内の全域を苦労せず視界に収めることができた。

小紅はメニューを男の前に差しだしたが、軽く押しのけられた。

「飯は食わない」しわがれた声で言う。ひどく弱々しく、肺の奥深くから苦労して絞りだしたような声だった。「ここのオーナーに用がある」

「どんなご用でしょう?」困惑しながら相手に目をやる。まさかオーナーの知り合いだろうか? しかし男はマスクを外さず、それにうつむいたままで容貌はほほんの少しも見えなかった。

そして一言吐きだす。「取り立てだ」

小紅は首を振って立ち去る。借金の話では自分ではどうにもできない。オーナーのところへ知らせに行った。

レストランの経営者は郭美然《グオメイラン》という二十七、八歳の女で、世間ずれしていて気は強く、容姿もなかなかのものだった。毎日正午近くなると店にやってきて、一日の準備の進みを確かめる習慣だった。小紅から報告を受けると、郭美然は厨房から出ていき、ひとまずカウンター越しに遠くから眺めてみたが、記憶のどこにもこんな男との借金でのつながりとやらは思い当たらなかった。すこしの逡巡のあと、面と向かって問いただし、昼のピークのまえにことを片づけることに決めた。

こうした相手はちっとも怖くなかった。弱い女とあなどってほしくはない、こうした渉外がらみのことを処理するのはお手のものだ。

「お客さま、ご用でしょうか？」テーブルまで行き、尋ねた。

男はわずかに顔を向けてちらりと視線を送ってくる。

「おれは取り立てに来た」

郭美然は笑顔を見せる。「いつあなたにお金を借りましたかね？」

「おれからじゃない。ほかのやつからの借りを返してもらいにきた――」

「ええ？」当人の借金でないとわかれば、なおのこと恐くはない。色気のある目を細めて訊いた。「だれのかしら？」

「許韻華《シューユンホワ》という女だ」その名を口にすると、男は突然顔を上げ、恐ろしいほど血走った目がこちらを向く。

郭美然の顔色がさっと変わり、語気もとげとげしくなる。「あなた、だれなの？」

男はなにも答えなかった。右手が突然こちらに伸びてきて、郭美然の左腕をつかんだ。つかまれた腕にひやりとした感覚が伝わってきて、視線を落とすと、一本の手錠で自分と男の手がつながれていた。

「なにやってるの？」郭美然はどなりつけ、手錠から逃れようとするが、男が引きもどす力は驚くほど強かった。姿勢を保てずによろけ、男の横に腰を下ろすはめになる。

「なんのつもり！」これには恐怖が勝り、もはや店内の客を脅かさないことなどかまわずにとにかく声をふりしぼって叫んだ。「早く、だれか呼んできて！」

近いところにいた小紅がはっと我に返り、慌てて厨房に走っていく。店内の客たちは思い思いに好奇の目を向けてきた。

男は右手で郭美然を押さえ、左手でフードを取り、そしてゆっくりとマスクを外して、隠されていたその素顔を露わにした。その瞬間、店内に叫び声が響きわたる。臆病な女の客たちは慌てて顔を覆って店を出ていき、食べ終えていない昼食など放ったらかしにしていく。

それは、化物のように恐ろしい容貌だった。無惨にごつごつし、全面が傷痕だらけで、両頰のあたりの筋はよじれ、口の端は斜めにえぐり取られて歯ぐきがあらかた露わになっていた。

これほどの顔つきを二度と見たいという者はいないだろう。

しかしいま、その顔が郭美然をじっと睨みつけ、露出した歯ぐきに至っては不気味にうごめいて、まるで相手を嚙み砕き呑みこもうとしているかのようだった。

「きゃあっ――」郭美然はヒステリックな悲鳴を上げる。「あんた、いったいだれなの？　なにを考えてるの！」

ただならぬ様子の叫び声が響くなか、厨房から何人か若い男が飛びだしてきた。先頭の男は凶暴な顔つきで太っており、手に握った包丁が目を奪う。

犯人の容貌を目にすると、やはり震えあがった様子だった。しかし意を決して歩き寄っていき、包丁を振りまわしながら脅しつけた。「なにをやってるんだ？　すぐにオーナーを放せ！」

緊迫した現場から客たちはつぎつぎと距離を置くが、何人かの物好きは遠くから見物していた。

男はなにも言わず、左手をコートのポケットに入れた。なにかを取りだしたらしく、手をしっかりと握っている。

見ているほうは落ちつきをなくし、包丁を胸の前に構えとげとげしい声で訊く。「なにを出した？　早く捨てろ！」そして後ろを振り向いて、そこにいた仲間に怒鳴った。「早く、警察に通報しろ！」

傷の刻まれた男の口が開いたのは、笑みを浮かべたつもりらしい。左手に握ったものを振りうごかした。「捨てられないな」

こちらをからかうような落ちつきはらった態度に、さらに緊張がつのり、太った男は唾を飲みこんだ。「な……なんなんだ、それは」

「起爆装置だ、爆弾のな」男がそう言いながらコートの前をつかんで開くと、腰には四角いプラスチックの装置が取りつけられていて、装置につながったコードはその手元まで伸びていた。さらに説明を付け足す。「おれがこの手を放したら、爆弾は爆発する」

その声はしわがれていたが、その場の全員の耳にはっきりと届いていた。たちまち店内に慌てふためいた叫び声が響きわたり、みな先を争って店外に逃げていく。包丁を持っていた男もほんのすこしだけ躊躇したあと、すぐに退散する人々に加わった。

たった数十秒の間で、小さな店は一気にがらんとし、隅の席に座った男と郭美然だけが残った。郭美然のほうはすっかり肝を潰した様子で、あがく気力さえ消えうせ、涙声で叫ぶばかりだった。「助けて！　助けてっ……」

同時刻、龍宇《ロンユー》ビル。

韓瀬《ハンハオ》に率いられた警察の応援部隊が遅れてビルに到着したが、そこに尹剣《インジェン》の姿はなかった。

「尹剣は？」陣営のどこにいるか、柳松《リウソン》は見つけようとする。いまはだれよりも重要に思える相手だった。

「わたしもわからない」韓瀬は眉を寄せる。「会議のあと姿を消したんだ、いまは携帯にかけてもつながらない」

「逃げたんだ。あいつは熊《ユエン》隊長の死にきっと関わってるんだ！」柳松は興奮してわめく。「なんで探させようとしないんですか」

「わたしの部下だ。逃げたかどうかはきみの判断することじゃない」柳松を睨みつけ、遠慮なく言う。「いまの最優先の任務は鄧驊《ドンホワ》の安全を確保することなんだ。上層部が何度も念押ししている方針だから、理解してもらいたい。でなかったらわたしは、きみを〈四一八〉専従班から追放する権限もある」

慕剣雲《ムージェンユン》がやってきて柳松を下がらせ、落ちつくようにと視線で伝える。状況はよくわかっていないが、いまは専従班の戦力は一体になっているべきだと思っていた。ほんとうに尹剣が事件に関わっていて逃げだしたとしても、韓瀬の怠慢を追及するのは目の前の重大な戦いが終わってからでも遅くない。

柳松は一度深呼吸し、胸のなかに詰まったものを吐きだした。韓瀬は尹剣を守ろうとし、さらに尹剣が逃亡するにまかせていると確信があったが、自分にはなにもできない。そこで、羅飛《ルオフェイ》が出発する前の言葉も頭によみがえった。

〝おれが戻るまでなにもするな〟

そうだ、龍州《ロンジョウ》から来たあの刑事なら状況を動かせると信じられる。必要なときまでに戻ってこられれば、真相は明るみに出され、罪を犯したものはだれも逃げだせないだろう。

そしていまの自分の最重要任務は、標的となった人間の安全を守ることに違いない。敵との戦いの焦点はいまそこにある。

そこに思いいたって、柳松の精神は徐々に落ちつきはじめる。

阿華《アーホワ》もロビーに姿を現し、鄧驊の命令に従って、護衛態勢の詳細を検討するため韓灝を階上に連れていこうとする。

韓灝はこの時点で上層部から、〝鄧市長〟には充分な敬意を失わないように指示を受けていた。それゆえ相手の傲慢な態度にも過剰な反応はない。しかし、エレベーターに乗りこもうとしたそのとき、携帯が突然鳴りだし、番号を見ると刑事大隊の本部からだった。電話を取ると、話しているのは曾日華《ゾンリーホワ》の声だ。

「韓隊長、新しく情報が入りました」その口ぶりは、簡単な話ではなさそうだった。

「話せ」韓灝は簡潔に答える。

「興城路の碧芳園飯店で、立てこもり事件が発生したという通報です。犯人は爆弾を身につけて、店の女のオーナーを人質にしていると」

「管轄の分局に処理させろ！」思わずいらだちがにじむ。「いまをどんなときだと思ってる？〈四一八〉事件と無関係なことでかけてくるな！」

「無関係じゃないんです！」電話の向こうの曾日華は語気を強めた。「開発区分局の人員はもう現場に駆けつけて、犯人と一度接触しています。それで犯人から、会いたい人間が三人いると要求があったんです」

韓灝はなにかを予感して、即座に尋ねた。「どの三人だ？」

「慕剣雲、鄧驊、羅飛」曾日華は三つの名前を伝え、それからつけ加えた。「それと、犯人は〈四一八〉爆発事件の生きのこり――黄少平《ホアンシャオピン》です」

韓灝は衝撃を受けた。黄少平？ なぜあの男がいきなり登場してこんな騒ぎを起こす？ これこそ波が去らぬうちに波が来るというものだ。情勢はみるまに複雑になっている。張りつめた気分で考えを巡らせ、命令を伝えた。「すぐに慕剣雲と羅飛に伝えて、現場の対応に協力させろ」

「鄧驊はどうするんです？」曾日華から質問が返ってきた。

「絶対に行かせられない」韓灝は迷うことなく答えた。警察が全力をあげて守っている対象なのだ、危険な現場に向かわせることなどできるものか。

「わたしが行きます。董事長の代理になるでしょう」そばにいた阿華が突然割って入ってきた。韓灝と曾日華のやりとりを聞いていたらしい。黄少平こそ、彼らが見つけようとし、まだ見つけられていない相手なのだ。

韓灝は阿華に視線を向け、その鋭敏な耳に驚く。阿華が鄧驊の代理として興城路の現場に向かうことに、べつだん異議はなかった。現在、なにもかもの根幹はこのビルにいるあの男に集中していると、心の底から理解している。外界の情勢がどれだけ変転するにしろ、突きつめればすべてはこの目的に帰する。ほかの人間がどう動こうとも、自分は鄧驊から目を離さず、唯一の挽回の機会から離れずにいることだ。


十一時四十二分、興城路、碧芳園飯店。

羅飛が駆けつけたときには、開発区分局の刑事たちがすでに現場を取りかこんでいた。犯人が爆弾を身につけていることを考えて、現場の周囲百メートルの範囲で人々を避難させ規制線を張っている。そうはいっても暇な野次馬たちは規制線の外に集まりつづけ、どんなに言い聞かせても立ち去らなかった。各方面の記者たちもつぎつぎに駆けつけ、現場レポートのための最適な位置を慌ただしく奪いあっている。

現場の責任者である陳《チェン》刑事に羅飛が名乗ると、相手も羅飛の到着を待っていたところだった。しかしすぐに羅飛を店に入れることはない。これは犯人の要求のせいで、最初に面会するのは慕剣雲ということになっていた。

すこし先にいた慕剣雲が視界に入る。警察から提供された防爆スーツを着たところで、これから現場に入るようだった。羅飛は歩いていって、肩を軽く叩く。

慕剣雲はこちらを振りかえって、ほっとしたように笑った。いまのような状況で顔を合わせると、互いへの親近感のようなものが心理的に生まれやすくなるものだ。

「心配はいらない。あいつは、きみのことは傷つけないから」慕剣雲を落ちつかせようと言う。

「いいえ、自分のことは心配していないの」慕剣雲は首を振り、明るい眼差しで羅飛を見つめかえした。

「いちばん危険なのはあなたよ、最後に会うことになっているんだから」

そうだ。犯人が三人と対面するつもりなら当然、一人目との対面で爆弾を爆発させるはずはない。そうして考えると、最後に対面する一人がいちばん危険になる。

羅飛は苦笑した。ただ、自分とあの男との恩讐をだれが真に理解しているだろうか。この筋書きは、最後にはどんな結末に向かっていくのだろうか。

そうぼんやりと考えていると、慕剣雲は店に向かって歩きだしていた。長い距離ではなく、すこしすると店の入口を入り、ひとり店内に足を踏みいれることになった。

魔物のごとく醜い男は店の隅に座っている。その場所は入念に選ばれていて、視界に入りにくいうえに安全だった——店の外にいる警察からすると、この場所は様子をうかがえない死角であり、狙撃手でも正確な射撃は不可能だった。郭美然は怪物の横で縮こまり、猛烈な恐怖に襲われて身体のかすかな震えが止まらなかった。

待ち望んでいた新たな人物が現れて、郭美然はぱっと顔を上げ、生への渇望をむき出しにした。

男は手を上げて、慕剣雲に挨拶を送る。その表情は平静で、どこか親しみの情すら感じられた。

歩いていって二人の向かいに座った慕剣雲は、男を見つめて尋ねた。「なにをしようとしているの？」その目は明るく鋭敏で、相手の心の奥底まで見すかしそうだった。

「どうにもできなかったんだ」男は目を細める。「頼れるのはあんただけなんだ」

「どういうことなの？」慕剣雲は訊きかえしながら、男の言葉を反芻していた。いまこの状況で、相手のことを捜査の協力者として扱いつづけるべきか、それとも爆弾を爆発させようとしている危険な男として扱うべきか決めかねていた。

しかしどちらにせよ、この男が〈四一八〉事件の中核にある秘密を握っているのは間違いない。その口からはさらに真実を引きだしたいと思っていた。

「あいつらに見つかった。いままさに、おれの命が危ないんだ」男はしわがれた声を喉から絞りだす。「恐ろしいぐらいの力を持ってて、おれじゃ相手にならない。ここにこもるしかなかったんだ、これだけの人間に見張られてたら、なんとか生きていられる」

慕剣雲は半信半疑で相手を見つめる。自分の行動で漏れた情報が、この哀れな男にまで影響を及ぼしたのだろうか。ただ、いまの話がほんとうだとしても、この行動はさすがに度を超していないか？

「罪のない人を傷つけてはいけないわ」郭美然を指さす。「いますぐ解放してあげて――外にあれだけ警察がいるんだから、もうあなたは守られてるでしょう？」

郭美然はその言葉に合わせて向きなおり、横に座った怪物を懇願するように見つめた。

しかし相手の反応は、弱った女にとって絶望でしかなかった。男はきっぱりと首を横に振った。「いや、いまはだれも信じない。おれは、あんたのこと以外信用しない」

慕剣雲は苦笑を浮かべる。ここまで信用されるというのは光栄と悲哀、どちらに思えばいいのだろう。すこしだけ考えこんだあと、流れに乗じて戦略を変えることにした。「わたしを信頼しているなら、この人を解放してわたしを人質にして。わたしが相手をするわ」

しかしその提案ははっきりと拒絶された。「だめだ、あんたにはもっと大事な用がある――いますぐに黒幕の人間を見つけだして、おれが安心できるようにしてもらわなきゃならない。あんたにはもう話しただろう、解決の糸口は〈三一六〉麻薬売買事件にある」

「もう調べているわ」率直な目で相手を見つめる。

「しかも約束を守って、あなたのことはだれにも漏らしていない。あなたの状況は思いすごしだとしたら？

もっと時間が欲しいの――手がかりはいくつか見つかっているから」

「いや、これ以上の時間はやれない。ただ――」男は突然声を抑えた。「ほかの手がかりは教えられる」

「どんな手がかり？」慕剣雲の気分が奮い立つ。それこそ自分が待ちこがれていたものだ。相手がさらなる秘密を知っているのは確信があったが、まさかいまここで新たな進展があるのだろうか。

男は横を向き、命令するような目で郭美然を見た。「おれのポケットに入ってるものを取りだしてくれ」言われた側はなんであれ拒むことはできず、おとなしくポケットに手を入れ軽く探って、一通の封筒と、梱包されたビニール袋のかたまりを取りだす。そして男に言われるまま、ビニール袋のほうを慕剣雲に手渡した。

ビニール袋は何重にも巻かれたうえに封がされ、なかになにかが包まれているようだった。慕剣雲がそれを開けようとしたとき、男に制止された。

「いや、ここで見たらいけない」真剣な口ぶりで言う。「ここを出て、周りにだれもいない所に行って開けるんだ。いいか、絶対に中身をほかの人間に見られないように」

どんな秘密が隠されているのだろう。慕剣雲は眉をひそめる。「なら、もう出たほうがいいの？」

「ああ行け、それで鄧驊のところの人間を呼んでこい」目に力をこめて慕剣雲を見ると、陰気に言う。「あんたが、このゲームの行きつく先を決めるんだ」

血走った目に見つめられて慕剣雲はひどく気分が悪くなる。それでもすこしの逡巡のあと、相手の頼みどおりに席を立った——新しい手がかりを得たのだから、真っ先にすることは当然、いったいなにが手に入ったのかを確認することだ。

ぐずぐずしてはいけないことは理解していた。慕剣雲の協力者はたがが外れてしまっている。もしほんとうに惨事が起きたら、罪のない人間が命を落とす悲劇となるうえに、連続殺人の究明もふたたび袋小路に入ってしまうのだ。

そのことに気づいて、動作から一段と余裕が失せていく。男はその後ろ姿を見送りながら、ゆっくりと唇をほころばせ、泣き顔よりも見苦しい笑みを見せた。

慕剣雲が店から出てくるのに気づいて、外で見守っていた陳刑事がすぐさま出迎えにいく。「どうでした、新しい要求はありましたか？」羅飛はその後ろに付いて、心配そうな表情を浮かべている。

「人質は解放してくれませんでした……次は鄧驊の関係者を呼べと」はぐらかしながら答えると、急いで人ごみをかき分けていく。あたりは警察や記者で埋めつくされ、手がかりの確認ができるような人けのない場所はどこにも見当たらない。早足で進んでいくと、通りに出てタクシーを止め、後ろへ鈴なりになっていた記者たちをどうにか振り切った。

「どういうことだ？」陳刑事はあきれたように首を振り、羅飛もうっすらと異状を感じていた。そこからすこし離れた場所では、三十歳ほどの精悍な男が鋭敏で引きしまった表情を浮かべ、立ち去ろうとする慕剣雲を目で追いかけている。

その男こそ鄧驊の腕利きの助手――阿華だった。いまから主人の代理として、得体の知れない男との面会に赴こうとしている。

慕剣雲が乗ったタクシーが一同の視界から消えると、今度は阿華も防爆スーツを着こんで碧芳園飯店に向かった。

一分後、阿華は男の前に座っていた。

「鄧董事長はおまえには会わない。だからわたしが代理で来た」冷静沈着に話す。魔物のような外見の怪物を前にし、その怪物はいつでも爆発させられる爆弾を身につけているというのに、阿華にはみじんの緊張や不安も見えなかった。

「来ないのはわかっていたさ、値の付けようのない身体だからな」男は意外には思っていないようで、両眼をぎょろりと動かして、また口を開く。「華哥《ホワグー》みずから来てくれたなら充分な扱いだ」

「へえ？　わたしを知っているのか」内心ではすこしぎょっとしていたが、表向きはなんの変化も見せない。

「もとの名前は饒東華《ラオドンホワ》、小さいときに両親を亡くし、五歳で孤児院に入れられた。その身柄を引きとったのが鄧驊で、それからは教育を受けさせると同時に、格闘術や運転技術、射撃とさまざまな技能の訓練を受けるのに金を出した。ボディガードとして、あんたの多方面の力量は一流の刑事にも劣らない。あんたは鄧驊に深い恩義を感じて、身を捧げる覚悟であいつについていき、自分を生まれ変わらせてくれた父親とまで思っている」男の声はしわがれて耳障りだったが、話の筋はおそろしく明確だった。

「はっ」阿華は笑う。「こんなつまらない命も、注目を惹くことはあるのか」

男は阿華を見つめる。血走った目の奥になにか奇妙な感情が現れたかと思うと、静かにため息をついた。

「見方によれば、おまえたち二人はそっくりだな」

阿華はこれ以上もったいぶられるのが許せず、いきなり視線が鋭くなった。「それで、おまえは何者なんだ」歯を噛みしめ、声がわずかに暗く響く。

「おれがだれかはどうでもいい、大事なのはおれがなにかを知っているってことだ」口をゆがめ、どこか得意げに見える。「おれは〈三一六〉麻薬売買事件について、あらゆる秘密を知ってる」

「秘密？」阿華は冷たく笑う。「もう十八年前のことだろう、秘密なんてだれが信じる？　しかも、おまえのようなできそこないの口から出てきた秘密を」

「そうだ、あんたたちは驚くほどの権力を握ってる。それに比べたらたしかにおれはちっぽけだ」男は突然、底の見えない眼で阿華を見る。「ただ、例の録音テープは？　あれは権勢があっても恐れるほどの力があるだろう？」

阿華の目尻がかすかにひくつく。あからさまではないが、感情の変化をうかがうには充分だった。

「なんのテープだ？」間があって、心を落ちつけてから尋ねた。

「命取りになるテープだよ」歯の隙間から気味の悪い声を絞り出す。「白霏霏にとっての命取り、そして鄧玉龍にとっての命取りだ」

この状況で鄧驊の本名を耳にして、阿華の瞳がわずかに縮む。

「おれはテープのコピーを持ってるんだ」顔を上げて阿華を見つめた。視線からは挑発の意思が伝わってくる。

阿華の視線は男を眺めまわす。無残なありさまの顔から、ねじれ曲がった身体まで、余すことなく見透かすことができる。口を開く。「おまえみたいなやつは、さぞ苦労して生きてきたんだろうな」

「ずいぶん苦労したな」阿華の言葉に同意する。感慨深げな様子だった。

「ならその命をせいぜい大事にして、いままで触れられなかったものを楽しむといい、きれいな女に、うまい酒に……ほかのなんでもいい。欲しいものがあればこちらで用意してやろう」阿華の顔に笑みが浮かび、その眼には誘惑するような光がひらめく。

龍宇グループの力を疑うものはいない。鄧驊の代理である阿華には、数々の夢を叶えてやれるだけの能力がたしかにあった。

しかし男は心を動かされる様子もない。

「おれが欲しいのは鄧驊の命だ」造作もないことのように、あっさりと口にする。

「その冗談は、残りの人生と引き換えになるぞ」

阿華の視線は突然氷柱のように鋭くなり、さらに声の響きには寒気を覚えずにはいられなかった。向かいに座っている郭美然はこの対決には縁もゆかりもないが、阿華の姿には恐怖を覚えている。その圧迫感は、横に座った怪物が放つ恐ろしさすら上回っていた。

しかし怪物は相手の威圧にもひるまず、傷ついた呼吸器の奥から毒蛇のようなしゅうしゅうという嘲笑の声を上げた。

「おれはとっくにぼろぼろだ。十八年間、死ぬよりも苦しみながら生きてきた。おれが命をつないできたのは、〈三一六〉事件の真相が明るみに出る日をこの目で見るためだったんだよ。希望が失せたこともあったが、最近になって信頼できる相手を一人見つけた。その女には、長年隠されていた秘密を明かすための能力も、意志の強さも、度胸もある。おれは信用しているんだ、おれが死んだとしてもあの女が代わりに願いを叶えてくれる」

「そいつに問題の品を渡したのか?」阿華の表情が険しくなる。自分の前にこの男と対面した慕劍雲のことを思いだし、店から出てきたときに手にしていたビニールの包みのことを思いだした。

　男はふん、と息を漏らすだけで、なにも答えない。口をつぐんでいたほうが多くのことを語る場合もあるとわかっていた。

　阿華はがばりと立ちあがって、男を見つめて冷ややかに言う。「おまえは自分だけじゃなく、あの女が死ぬ運命も決めたんだな」そう一言言いのこし、急いで店を飛びだしていく。

　外にいた陳刑事はまたしてもばつの悪い時を迎えることになった。レストランに入っていった二人目までもが、こちらからの質問をそっくり無視して、脇目も振らずに急いで規制線を越えていったのだ。

　人ごみに紛れていた何人かの黒服も同時に動きだし、たちまち阿華のそばに集まってくる。阿華からの指令を聞くと、一同は何台かの車に乗りこみ、先ほど慕剣雲が姿を消した通りめざして突進していった。

　阿華たちが姿を消すのを見送りながら、羅飛は無意識に深く息を吸いこんだ。もうわかっている——とうとうあの男と顔を合わせるときがやってきた。

　防爆スーツが差しだされたが断った。あの相手との間に大層な防壁は必要なかった。防がねばならないものがあるとして、たわいもない防爆スーツなどあの相手にどれほど効き目があるのか。

　その結果、羅飛は身一つで、なににも守られずレストランに足を踏みいれた。

　男のほうも複雑な思いとともに羅飛を待っていた。相手の姿が現れたのに気付くと、唇をゆがめて、薄気味悪い苦笑いをひねりだした。

　羅飛は男の醜い容貌を視界に収めると、頭のなかでかつての記憶を引っぱりだし、この容貌と、はるか昔に知っていたある姿とをつなぎあわせようとした。しかし努力は実を結ばない。二つのおもかげにはもはや一つの共通点も残っていないのだ。あの爆発は相手の顔だちを徹底的に破壊して、凜々しく垢抜けた若者を見るに堪えない化物に変えていた。

羅飛は、この相手がだれか知る機会を永遠に与えられないはずだった。しかしいまでは、あの二分間のずれが秘密を明らかにしてくれていた。

慕剣雲も含め、だれもが二分間のずれを気にも留めていなかったが、羅飛だけは一度も自分の考えを捨てなかった。二分間のずれが存在したこと、このずれになにか重要な問題が隠れていることを疑わなかったのだ。はじめは孟芸《モンユン》が爆発によって死んでいないのではないかと推測し、その推測にこの上ないほど期待を寄せた。しかし法医学研究所に残された歯列標本によって幻想は崩され、それとともに真相への道もますます見当たらなくなっていった。

警察の記録にある爆発は一度きりで、時間は午後四時十三分。そして羅飛が無線越しに聞いた爆発の時間は四時十五分。どう考えても、この二つの時間が一致しないのなら間違いなく警察の記録が真実で、トランシーバーから聞こえた爆発音のほうに偽物の可能性がある。しかし別の問題があって、四時十五分に爆発の音を聞くときまで、羅飛はトランシーバーで孟芸とときれずに会話を交わしていたのだ。これはひどく不合理な矛盾を生むことになる――孟芸はほんとうの爆発が起きた四時十三分に死んでいる。それなのに羅飛との会話は四時十五分まで続いていたのだ。

羅飛はこの矛盾に心の奥深くまで囚われ、昨日の午後、宿泊所の部屋に数時間こもっても糸口は見つけられなかった。自分の時間への認識を信頼しすぎていたのか、あのずれはそもそも存在しないのか――そう疑いさえしていた。

自分の認識を疑うことは、なかなか受けいれがたい。まだなにか見落としている点があるはずだった。

しかし今日の午前、鄧驊が決定的なことに気づかせてくれた。その発見で矛盾は解決されたうえ、そこから数珠つなぎにさまざまな謎をぬぐい去ることができた。

胸のつかえが下りるとともに、どこかに悔やむ気持ちもあった。この問題にはもっと早く気づけたはずだった。

死んでいる人間は当然人と会話ができない。しかし会話が断ち切られたとき羅飛が見た時計は四時十五分を指していた。

なら可能性は一つしかない。

だれかが時計の時間を進めていた。

十八年前に使っていた壁掛け時計は、人の手でぜんまいを巻かないと動かなかった。羅飛は毎晩ぜんまいを巻き、時間を正確に合わせていた。もしだれかが事件のまえに時計の針を進めていたなら、いままで考えてきたような時間の矛盾が生まれることになる。時計の針を動かした人間には、その細工がだれにも気づかれないとわかっていたのだろう。なぜなら事件のあと、時計のある寮の一室は孟芸のメモと〝死亡通知書〟が置かれていた場所として、警察が立ち入り禁止にして調べるはずだからだ。そして羅飛は事件の関係者として、公安局に連れていかれ長時間の尋問を受ける。羅飛がふたたび寮に戻ってくるときには、ぜんまいを巻かれていない時計はとうに止まっていて、針が進められていたという事実は隠されたままになる。

そのせいで羅飛は、爆発が起きたのを時計が示すとおりの十六時十五分だと考えて、十六時十三分に死んだはずの孟芸が自分と話していたという現象に頭を悩ませていたのだ。

それが明らかになったなら、次に検討するべきはどうして時計を進めたかだ。

考えるまでもない、その人物は羅飛に時間を錯覚させようとしていたのだ。

それはだれだ？

一つの名前が、否応なしに先頭に浮かびあがってくる。

　袁志邦《ユエンジーバン》。

　羅飛と同室の袁志邦こそ、ほかのだれよりも時計に細工する機会のあった人間だ。それに、羅飛が日常の習慣として時間を正確に把握していることも知っていた。それ以上に重要なのは、その時計がとても正確に動いていて、たった数分動かすだけで羅飛の時間の認識に決定的な影響を及ぼすと知っていたのは、羅飛を除けば袁志邦だけだったという事実だ。

　しかし、どんな意図があったのか。

　袁志邦を事件の計画者という立場に置いて考えてみると、まず予想がつくのは袁志邦が爆発によって死んでいないということ。さらに、トランシーバーで聞いた爆発の音は本物でないということも推測できる。孟芸との会話でわかるとおり、そのとき袁志邦は爆弾を取りつけられて孟芸のすぐ近くで縛られていたのだから、爆発が起きたなら二人とも生きのこれるはずがない。

　となれば実際には二度の爆発——一度は本物、一度は偽物——が起きたということだ。偽の爆発が起きたのは当然本物よりも前で、羅飛が偽の爆発音を聞いて袁志邦と孟芸が死んだと思っていたそのとき、袁志邦には、孟芸の自由を奪ったうえで本物の爆発までに逃走するための時間が数分残されていた。

　これで袁志邦が時計を進めるための理由ができた。目的はごく単純、二度の爆発のずれを隠すためで、偽の爆発のほうが先に起きるが、羅飛が寮の時計を見たときには本物の爆発とちょうど同じ時刻だと思いこむというわけだ。

　しかしまたしても矛盾が生まれてしまう。羅飛が目にした時刻によれば、本物の爆発よりもあとに偽の爆発が起きたことになる。これはこれで、推測した袁志邦の目的とは正反対の結果だ。

　もしや、袁志邦の計画は予定の時間どおりに進まなかったのだろうか？

かったのではないか。

偽の爆発が起きたとき、進められた時計は十六時十五分を示した。これは袁志邦が、爆発が起きたと羅飛に思わせようとしていた時刻で、一方では袁志邦の計画で本物の爆発が起きる時刻でもあった。

しかし実際の爆発は十六時十三分に起きている。ずれは存在した。ただし二分間早まっている。

ほんとうの爆発が、袁志邦の計画よりも二分早く訪れたということだ。

羅飛は袁志邦のことを知っていて、その性格や行動の周到さを覚えている。計画を外れたところで爆発が起きたとして、計算の手抜かりが理由で時間が早まったとは思えない。

同じことで、袁志邦の立てた計画なら、いきなりなんの関係もない男がのぞき見に現れて、しかもその男が袁志邦の起こした爆発から生きのこる――などということが起こるはずがない。

大量の可能性のなかから、羅飛はいちばん筋の通る説明を探りあてていた――突発事態だったのだ。あの場でなんらかの突発事態が起きて、綿密な計画を立てた袁志邦にも対処が不可能だった。その結果として、爆発は二分早く起きることになる。抜け目なく逃げだしていた袁志邦だが遠くまでは逃げられず、結果、元の姿をとどめない〝生存者〟となった。それからは黄少平の名前を借りて生きることを余儀なくされる。

さらには、その二分間のずれは袁志邦の完璧な計画に隠しきれない瑕《きず》を残していくことにもなった。その瑕は多くの人々にとっては気に留めることもないものだが、瑕の下に隠れた真実を羅飛が見抜く起点になったのだ。

もちろん、納得のいかない点はまだ解き明かされずに残っている。その答えは当人しか知るはずのないものだ。

羅飛は店の隅に座った〝怪物〟を見すえながら、一歩一歩距離を近づけていく。目の前にいるのはかつてのだれよりも近しい親友で、認めあい、尊敬しあった相手だ。しかし自分の愛する恋人を殺され、十八年にわたる重い責苦を背負わされた相手でもあった。

〝怪物〟の向かいに腰を下ろすまで、羅飛の視線は一度も相手の顔を離れなかった。その醜い顔の下に、内心のあらゆる疑問の答えを探しているかのようだった。くわえて、この男がふたたび羅飛と向きあったときどのような表情をするのか、目に焼きつけたかった。

しかし羅飛にはなにも見えなかった。袁志邦は血走った目でこちらを見かえし、その顔は固い角質をかぶせたかのように内心の感情をいっさい表に出さなかった。

この男は、顔面の神経と同じように、あの爆発のなかであらゆる感情が焼き尽くされたのかもしれない。

長い沈黙のあと、口を開いたのは袁志邦だった。鼓膜に痛いしわがれた声で問いを向ける。「おれを恨むか」

恨む？　羅飛は答えに詰まった。そう、自分は犯人を恨んでいた。きしらせた歯がぐらつき、まなじりに血涙をたたえるほどに。その犯人は、自分のだれよりも愛する恋人と、だれよりも近しい友人を殺したのだから。しかしいま、目の前に現れたのは皮肉な真相だった。

その友人こそが、自分の恋人を殺していたのだ。

羅飛の心中は混乱に覆われていた。自分の感情にどう向きあうべきか、これまでの恨みと、四年間の嘘偽りのない友情と、十八年前への懐かしさをどう結びつければいいか。

袁志邦がまた口を開く。「おれのことは知っているな。おれが、おまえたちの想像するような悪魔でないのはわかってくれるはずだ」

そう、二人はかつて四年をともに暮らし、同じ釜の飯を食った兄弟同士であり、そこに生まれる思いは血を分けた家族にすら劣らない。そして互いに理解もしていた。警察学校に入ったのは、同じ理想と目標を抱いているゆえだと――自分の力によって悪を罰すること。

「悪魔じゃない？」しばらくして、羅飛は歯を食いしばりながら問いかえした。「おまえがやったのは、悪魔にしかできない所業だ」

袁志邦は首を振る。相手の詰問に納得していない様子だった。「おまえは十八年警察官をやってきて、捕らえてきた犯罪者も数えきれないだろう。わかるだろうが、犯罪者のうちのかなりは、悪人ではない。法を破ってしまったそのとき、目の前にそれよりましな道がなかっただけだ」

羅飛ははっとする。その道理は理解できた。人生の旅路では、だれもがたくさんの別れ道に直面し、最善に思えた道を選んで進んでいく。しかし、もしその最善の道が法を破ることだったなら、その当人の運命は悲劇の色を濃くまとうことになる。羅飛は、明澤島《ミンゾー》や〝恐怖の谷〟での事件（それぞれ以前の作品『鬼望坡』と『恐怖谷』で描かれる）を思いだしていた。彼らが容認できない罪を犯したのは、生まれつきの悪《あく》だからではない、普通であれば出会わないだろう人生の選択に出くわしてしまったからにすぎなかった。

しかし、だからといって目の前の男を許せるだろうか。否、一つの理由ですべてに反論できる。

「どうして孟芸を死なせた？　どうしておれにあそこまでの苦しみを背負わせた？　どうしてなんだ！」袁志邦の目を睨みつける。飛び出た眼からいまにも羅飛の苦しみが噴きだしそうだった。

「おれが死んだのを証明する人間が必要だったからだ、そうでないと計画を続けられない」袁志邦はひどく冷静で、果てには質問を返してきた。「おまえたち以上に適任がいたと思うか？」

羅飛は言葉に詰まり、その顔には諦めたような悲しい笑みが浮かんだ。そうだ、その役目に羅飛と孟芸よりも向いた人間がいただろうか？　見知った仲の二人が証言するからこそ、警察は袁志邦の死を信じる。二人はトランシーバーを持っていて、芝居も無線越しに繰りひろげられることで真実らしく聞こえる。そして大事なことに、二人は〈エウメニデス〉という架空の存在の創造者だった。だから異状に気づいたあともお互いの仕業だと思いこんで、すぐに警察に通報することはなく、知らず知らずのうちに袁志邦が芝居を最後まで演じきるのに協力させられてしまう。

事実として、あの一幕でこれほど完璧な役割を果たす人選はほかになかった。孟芸を犠牲にすることを選び、羅飛を生かしたのは、四年をともに暮らした感慨が影響したのだろうか。

この苦しみと憎しみは、どこまで遡ればいいのだろう。

「計画、計画のためか……」羅飛は袁志邦を見つめ、理解に苦労して首を振る。「〈エウメニデス〉とやらになるのが目的か？」

「おれのことを〈エウメニデス〉だと思ってるのか？」袁志邦は陰気にため息をつく。「間違いだ、もともと〈エウメニデス〉はおまえたちが作った。おまえが〈エウメニデス〉なんだ、孟芸もそうだ……それだけじゃない、大勢の人間の心に〈エウメニデス〉はいる、この世界にはいくらでも罪が存在していて、人は〈エウメニデス〉の存在を必要としているからだ」

「いいや」テーブルに手を叩きつける。「人が必要とするのは法律だ」

「法律はすべての悪を成敗できない。権勢を手にしたやつらは法律よりも上に立つし、抜け目のないやつらは、法律の光が照らさない暗がりに身を隠す」袁志邦の口ぶりも真剣な色を帯びていく。「この理屈におれは十八年前に気づいたんだ、おまえは十八年刑事をやってきて気づいてないっていうのか？　それか、愛した女が死んだからって、公正なんてかなぐり捨てておれに反論しているだけか？」

どう答えるべきなのか、羅飛にはわからなかった。自分は法律の守り手だ。だが、ほんとうに法律はすべての悪に制裁を与えられるのか？

袁志邦の右手が突然上にあがり、手錠でつながれた郭美然の手も引かれて持ちあがった。長時間切羽詰まった状況にいたせいで意識が朦朧としかけていたところに、突然刺激を受けて、きゃあ、と神経症めいた悲鳴を上げた。

「この女を見ろ」郭美然に向けて下唇を突きだす。「こいつは、はじめこのレストランの従業員でしかなかった。ただ自分の若さと、それなりの見た目を生かしてオーナーを引っかけて、その意気地のない男は妻と子供を棄ててこいつのところに走った。それからは従業員からオーナーに早変わりだ」

郭美然に向けられた羅飛の視線に、ちらりと軽蔑の色がのぞく。自分の触れられたくない過去を話に出されたほうは、怯えながらも戸惑っているようだった。

袁志邦の話は終わっていない。「それだけだったらまだいい。こいつは前妻が離婚のとき財産を半分持っていったのに恨みを持った――自分こそが恥知らずな盗人なのに、人が自分のものを奪ったととがめるんだからな。毎日電話をかけて、SMSを送って、あらゆる手段で嫌がらせをしつづけた。聞きたくもない下品な言葉を投げつけて、はてはわざわざ、例の夫と自分がベッドでしてることを話して聞かせた。かわいそうな女は侮辱に耐えかねて、神経が弱ってうつ病になり、最後には薬を服《の》んで自殺したんだ」

羅飛は目をみはり、視線に混じった軽蔑が憤怒に変わった。

「おまえも怒ってる、だろう？」袁志邦は羅飛の感情を見抜く。「なのにこういう人間が相手だと、法律は罰を与えられない。悪事をし遂げておきながらいまも自由の身で、被害者のものだったはずの愛を受けとり、被害者のものだった財産をばらまいてる。こういう場合、こういう罪を前にしたとき、〈エウメニデス〉に現れてほしいと思わないっていうのか？」

そう言って、袁志邦は茫然としている郭美然に顔を向けた。「その封筒を開けろ」命令を口にする。

郭美然に抵抗は許されず、なにも言わずにさきほど、袁志邦のコートのポケットから取りだした封筒を開けた。中に入っていた一枚の紙に書いてあったのは――

死亡通知書

執行対象：郭美然
罪状：殺人
執行日：十月二十五日
執行者：Eumenides

「いや！」この通知書にこめられた恐ろしい意味を漠然と予期して、郭美然は泣きわめきながら懇願しはじめた。「悪いのはわかってる、もうこんなことはしないから……お願い、二人とも、お願い……それだけは許してよ……」

袁志邦は郭美然の手を持ちあげて羅飛を指さし、無情に言った。「この刑事に聞いてみろ、人を殺した犯人が改心すると誓ったら、法律は許してくれるか？」

郭美然は相手の言葉にこめられた意味を読みとって、怯えて口もきけなくなり、身体を震わせると椅子にへたりこんだ。足の間を湯気をあげる液体が濡らしていく。

袁志邦は蔑むように首を振り、羅飛のことを見る。

羅飛は深く息を吸いこんだ。自分の考えを形にし、袁志邦による誘導から脱けだす。

「〈エウメニデス〉だって？　法律とは反対の側から、悪を裁く。そうだな、だれだってそんな幻想を持ったことはあるかもしれない……だが――」首を振って、袁志邦に目をやる。「どこの頭のおかしいやつだって、そんな考えをほんとうに実行なんかしない！　おれと孟芸はこいつを作りはしたが、そのときのおれたちだって、お互いに張りあっていたずらを仕掛けただけだ。そのために殺人？　考えたことすらなかったよ」

「考えたことがないのは、おれが直面したような選択を迫られなかったからだよ！」袁志邦の声が昂まり、なおさら耳にきつくなる。「そうだ、だれだって狂ったことは考えるが、そこから実際に狂うやつはほんのすこしだ。大多数のやつらはまだ現実が見えてるって理由じゃない、そいつらには自分を説きふせて、狂わせるだけの理由が足りないんだよ！　でもおれには、それだけの理由があったんだ……」

　心が揺さぶられる。息をひそめ、耳を傾けることに決めた。

　袁志邦の声は憤りで翳りが深くなっていき、左右の眉も吊りあがっていく。そして、十八年前に起きた、正常だった人間を狂気に追いこんだ悲痛な過去を話しはじめた――

　袁志邦が慕剣雲に事件の要点を示したように、すべての根源にあるのは、省内の警察を騒がせたあの〈三一六〉麻薬売買事件だった。そして鄧驊が羅飛にほのめかしたように、この事件がどれだけ〝見事な〟模範だったか、多くの人々は永遠に知ることがない。

　当時は鄧玉龍《ドンユーロン》という名だった鄧驊は、まだ二十かそこらの歳でなみなみならぬ頭の働きと胆力を見せていて、この二つはまさに名を成す者が必ず備えている素質だった。〈三一六〉事件では、この二つの素質が存分に生かされると同時に、当人に充実した収穫をもたらしたのだった。

　私服刑事が取引現場を包囲したあと、警察と犯罪組織との銃撃戦をたきつけたのは鄧玉龍なのだが、それとともに二つのことを行っていた――一つは内部から突然攻撃を始め、ほかの犯罪者たちを全員銃殺したこと。もう一つは、麻薬と現金の半分を隠蔽したことだった。

鄧玉龍は入念に頭を働かせ、文句なしにやりとげたつもりでいたが、薛《シュエ》大林《ダーリン》の目はその行動を見逃さなかった。事件が終結した次の日、薛大林は鄧玉龍を執務室に呼びだし問いつめた。しかし、みずから育てあげた金メダル級の協力者を失いたくなかったのか、それとも自分の燦然たる手柄に影が差すのを嫌ったのか、結局のところ二人の対決は予想を裏切る形で終わった。鄧玉龍は賢《さか》しく回る舌で相手を説得し、薛大林は追及をやめるとともに金の半分を見返りとして受けとり、鄧玉龍のほうは隠蔽した麻薬を処分することを約束した。

しかしことはここで終わらず、別の人間が現れたことでかえって複雑になっていった。それが薛大林のもとで秘書を務めていた白霏《バイフェイ》霏《フェイ》だった。そのころ、装備課がちょうど外国から盗聴装置を購入し、薛大林も一台支給されて、ふだんは白霏霏に管理を任せていた。まだ若い白霏霏がこうした目新しい品に興味を持つのは当然で、仕事場で試して遊ぶこともあった。そして薛大林と鄧玉龍が密談を交わしたとき、その場に白霏霏はいなかったが、作動させていた盗聴装置を通して起きていることをなにからなにまで耳にし、しかもすべてが録音されていたのだ。

当時、白霏霏はまだ実習生で、ものの考え方は浅く、それほどの社会経験も積んでいない。自分が崇拝している上司と英雄が、違法な取引に手を染めようとしていると知って心から慌て、思い悩んだ。深く考えることをほとんどしないまま、すぐに薛大林に会って自分の盗み聞きを打ちあけ、堕ちる手前で引きかえすように、なにがあろうと鄧玉龍と組んで手を汚さないようにと戒めを言って聞かせた。

薛大林は仰天し、仕方なく我慢強く相手をしていたが、しょせん白霏霏はこの男の相手ではなかった。いくらもしないうちに状況はつかんでいた。問題の会話を白霏霏は一人で盗み聞きしていただけで、そのうえまだほかの人間に洩らしてもいない。そこで薛大林は相手からの忠告を聞きいれたようなふりをして、現金と麻薬についてはすべて上司に報告し、鄧玉龍にはいちばん重い内部処分を与えると答えた。白霏霏は心から喜んで、問題の録音テープを自分から薛大林に渡して処分させることとすらした。

あとの目から見ると、このときの薛大林がなにを感じていたのかは探るのが難しい。躊躇や煩悶の苦しみを味わったのだろうか。もしくは、ここでも鄧玉龍が弁舌巧みに説きふせたのだろうか。どちらにせよ、最終的に薛大林は自分が置かれた窮状を痛ましい形で解決したのだった――二日後の夜、白霏霏は職場から帰宅する途中に郊外の小さな川で溺死した。

白霏霏の上司だった薛大林は、最近、失恋の痛手で白霏霏の気分がひどく不安定になり、〝楽になる〟ことすらなんどか考えていた、と証言した。失恋の影響という筋書きには警察学校の友人たちからも異議が出ず、恋の悩みが原因の自殺、と白霏霏の死にはあっけなく結論が出た。

世間の糾弾の矛先は、白霏霏のまえの恋人――袁志邦に向いた。この件で袁志邦がどれだけ悩ましく苦しい立場に置かれていたかは、当人だけが知っていることだった。

羅飛が言ったとおり、たしかに袁志邦は女性に困ったことがない手合いだったし、本人も若くてきれいな女子と付きあうのが望みだった。だが下種な始まりかたをすることはなく、心から相手を好きになり、愛するようになり、全身全霊を注ぎこみ、全身全霊を差しだす。しかしそのころはまだ二十過ぎの若僧で、衝動を抑えるのもまだ慣れているとは言えず、それで何度も付きあっては別れを繰りかえしていた。いまの世の中であればなんということはないかもしれないが、そのころ、八十年代では、袁志邦には相当にひどい評判がついて回った。

袁志邦と白霏霏の交際も、はじめの甘ったるい時期を経てそのうち刺激がなくなり、そのころには性格の食いちがいが露わになっていった。何度かのぶつかり合いとすれ違いを経て袁志邦から別れを切りだし、白霏霏は納得していなかったとはいえ、最終的には現実に向きあうことになった。ただ、二人はそれでも敵同士にはならず、仲のいい友人のままだった——袁志邦がどこか独特の魅力を備えていたのは否定できない。たとえ手に入れられなくとも、女子たちは袁志邦を気にいり、信頼し、心が動くことさえあって、あとになっても心地よい付きあいを続けていた。

だから、白霏霏が恋に破れて川に身を投げたという理由は、ほかの全員が欺かれたとしても袁志邦を欺くことはできなかった。さらに重要なことに、袁志邦には白霏霏の死のほんとうの理由を簡単に思い浮かべることが可能だった。

薛大林を説得できたと思っていた白霏霏は、とても舞いあがった気分でいた。こうして嬉しいことをだれかに話したいと思ったとき、真っ先に浮かんだのが袁志邦だった。そうしてこの件をはじめからおわりまで話して聞かせたのだが、そのときは袁志邦もこの件をさほど深くは考えていなかった。もともと、薛大林は警察学校の男子たちにとってのあこがれの的で、それを白霏霏がぎりぎりのところで救ったと聞いて、袁志邦は光栄なこととすら感じていたのだ。

しかしそのあとの展開は急転直下だった。白霏霏が前触れもなく川で溺れ、薛大林は責任を袁志邦に押しつけようとしていた。袁志邦自身が刑事捜査専攻でもずば抜けて優秀な学生だったからというより、たとえ間抜けだったとしても、この件の裏に隠された事情は見抜くことができた。

袁志邦は重い苦しみを背負わされていた。この降って湧いた状況に、どう応えればいいのか。

そのとき白霏霏はもう恋人ではなかったが、それでも敵を討つことを誓った。それが、袁志邦の女性への態度であり、流儀だった――一度深く愛した女なら、別れのあとであっても、かつて交わした約束は永遠に有効でありつづける。

袁志邦は、永遠に白霏霏を守ると、もしだれかにひどい扱いを受けたら、きっと自分が代わりに無念を晴らしてやると告げたことがあった。

口にしたことは、きっとやりとげてみせる。

しかしどうすれば？

卒業を控えた警察学校の学生だった袁志邦は、もちろん通常の法律の手続きを真っ先に思い浮かべた。しかし、現実は動かしがたかった。唯一の証拠である録音テープは相手の手中に落ちていて、自分と比べ薛大林たちは決定的に有利な立場にいる。通常の手続きに進めば寸毫《すんごう》たりとも勝利を収める可能性はないと、袁志邦ははっきり理解していた。

苦痛と怒りのなかで袁志邦は懊悩《おうのう》し、将来の法律の守り手が、法律を根底から疑うようになっていった。法律の制裁が及ばない相手を、この世には法律の光が当たらない暗がりがいくらでもあることを、目の当たりにしてしまった。

袁志邦が復讐の意思を捨てることはありえなかったが、ほかの方法を考える必要があった。

警察学校でも名望を集めていた劉《リウ》という老教師は、こんな金言を残していた――優秀な刑事と優秀な犯罪者は多くの点で同じ気質を持っている。鋭敏さ、緻密さ、冒険心、知識欲……両者は、一枚のコインの両面のようによく似ている。反対の面で起きていることを目に収めようとするのは、両者がなによりも望むことなのに、なによりも困難でありつづける。

いま、運命は袁志邦というコインを宙に放り投げた。

それがふたたび落ちてきて、テーブルの上で回転し逡巡したのち、上を向いていたのはもう一つの面だった。

袁志邦は、みずからの力で薛大林と鄧玉龍に制裁を加えることに決めた。それが自分にとって引きかえせない道なのは、充分に理解していた。

これで自分は法律と相容れない道を進むことになる。刑事から犯罪者に姿は変わり、悪を成敗したいという生まれもった切望と夢はここで潰《つい》えてしまうのか。

それには納得がいかなかった。どちらも切り捨てないための方法を探し求め、そのとき、絶妙な示唆が飛びこんできた。

羅飛と孟芸からの示唆だった。

〈エウメニデス〉、孟芸の脳内から生まれた架空の存在は、そのころ警察学校の内部に波乱を巻きおこしていた。羅飛と孟芸のおこないはほかの人々を欺けても、負けず劣らず鋭敏で、しかも羅飛と同じ部屋で暮らしている袁志邦の目は欺けない。その名前にこめられた観念は、袁志邦によって磨きあげられ、研ぎすまされていった。〈エウメニデス〉は悪ふざけ同然の存在から、真の犯罪者として産み落とされるのを待つようになった——罪を裁くために存在する犯罪者だ。

この時点で袁志邦は、自分が新たな道を行くことを決めていた。薛大林と鄧玉龍を殺さなければならない、それは通らなければならない起点だ。その起点を選ぶことで、自分は進む方向をねじ曲げなければならなかった。その後自分は、法律とは徹底的に相容れないこの道で、法律と同じく罪に制裁を与える使命を果たしていくのだ。

自分が真の〈エウメニデス〉となる。

多くの人々の心の奥に、狂った考えは潜んでいる。袁志邦が言ったように、羅飛や孟芸もそうした考えを持ったことがないとは限らない。

しかしだれもその考えを現実には持ちこまない。正常な生活を捨てるだけの理由がないからだ。

しかし袁志邦にはその理由があった。白霏霏の敵を討つとすれば、それは正常な生活を永遠に手放すことを意味していた。

実行のための能力は手の内にあった。警察学校での教育で事件捜査、爆破、鍵開け、格闘術、運転技術をはじめ数々の技能を習得しており、どの技能を身につけるにあたっても、すぐれた資質に助けられて群を抜く存在でいられた。

しかし、自分が直面している困難と危険も理解していた。

そもそもの起点からして楽なことではない。

薛大林を殺すのはまだ多少簡単だが、鄧玉龍を始末するのはそれほど容易ではなかった。長年の一筋縄ではいかない遍歴から狐のような狡猾さと鋭敏さを身につけ、どの瞬間をとっても最上級の警戒を崩さない——それは劣悪な環境で生きのびるための本能となっている。もし自分が一度しくじれば、相手は恐ろしい反撃を仕掛けてくるのは間違いなく、相手の力は血の雨吹き荒れるその経歴が充分に裏づけていた。

それとともに袁志邦は、自分の身につけた技能は目的のため有益だが、自分の身動きをとれなくする泥沼であることも承知していた。警察は推察と調査に長けた人間を無数に抱えていて、自分が一つ技能を見せるたびにそれが追跡のための手がかりに変わる。これほどがんじがらめの状態で、どこに身の置き場があるだろうか。

重ね重ねの思案を経て袁志邦は、この問題を解決する方法は一つしかないと考えを固めた——自分が存在しない人間になることだ。

〈エウメニデス〉は存在したことのない人間でなければならない。いっさいの記録がなく、いっさいの資料がない、たどっていける痕跡がいっさいない存在。これなら、強力な相手だろうと、くまなく目を光らせている警察だろうと対象を見失い、〈エウメニデス〉に手出しができなくなる。

そのために袁志邦は腹を決めた。まず成すべきは、自分が死んでいるという見かけを作り上げることだ。

自分が存在しない人間になる。

その目標を達成するには協力する他人が必要だが、だれかに自分の計画を漏らすことも不可能だ。自分が目指すのは徹底的な〝消滅〟で、この世界から自分と結びつくつながりを消し去る必要がある。

この狙いを果たすため、力を借りる相手として最適な人選が羅飛と孟芸だった。当然、自分の最初のゲームにこの二人を参加させることに決めたとき、心の奥底では潜在的な理由も働いていただろう。

目標と人選が定まると、袁志邦は計画を立てはじめ、必要な行動を実行に移していった。

顔も知らない相手との文通を始めた。これで、節操なしというはたからの評判を一段と裏づけ、一方でこの文通相手は警察が〈エウメニデス〉を追跡するときの目くらましになってくれる。

一九八四年四月十七日、つまり事件が起きた前日。袁志邦は孟芸からトランシーバーを借りて、機械の内部に遠隔操作できる小型の爆弾と電波妨害装置を忍びこませていた。

四月十八日の早朝、袁志邦は薛大林の家に侵入した。もともと鍵開けには熟達していたから、眠りこけていた薛大林にはまったく気づかれなかった。造作もなく相手を仕留めると、薛大林が家に隠していた汚れた金を探しだして、自分が〝消滅〟してから行動を続けるための経費とした。

午前中、袁志邦は金を隠すとともに、正常な生活に別れを告げるための最後の準備を進めた。この世でのあらゆる情を断ち切った——〈エウメニデス〉としての責任を背負うと決めたときから、支払わなければならない対価として決まっていたことだ。

午後、袁志邦は文通相手との〝デート〟に出発した。

寮の部屋を出るまえに壁の時計の針を五分進め、これで自分の計画から時間にまつわる難点はすべて取りのぞかれた。それとともに戸口の状差しに〝死亡通知書〟を残し、ドアを開ければだれでも一目で気づくようにした。

そして部屋を出る。途中、孟芸と〝ばったり〟顔を合わせるように仕組んで、自分の向かう場所を伝えるのといっしょに、羅飛からの伝言ということにして寮の部屋で早くから待つように言い、トランシーバーを持っていくようにも念を押した。

孟芸は羅飛の部屋にやってくるとすぐに、用意してあった〝死亡通知書〟に気づく。羅飛が書いたものだと考え、時間を無駄にせずにすぐさまトランシーバーで羅飛に連絡を取ろうとするが、袁志邦が仕掛けておいた電波妨害装置によってトランシーバーは用をなさない。選択肢を奪われた孟芸は部屋にメモを残し、ただちに袁志邦を追って出発する。〝デート〟の場所はその日に聞かされているから、孟芸は問題の廃倉庫にたどり着き、そこでその場に〝縛りつけられ〟時限爆弾を仕掛けられたという袁志邦を目にすることになる。

そのとき袁志邦はすでにくず拾いの格好に着替えていたが、余裕のない状況で孟芸は気に留めなかった。至急に羅飛と連絡を取ることで頭がいっぱいで、しかしトランシーバーは使い物にならない。事前に計算していた時間が近づくと、袁志邦は電波妨害装置を切り、これで羅飛と孟芸は無線を通じて会話ができるようになった。

午後四時十分、孟芸が羅飛の指示を聞いて爆弾の解体を進めている最中、袁志邦はトランシーバーに仕込んでいた爆弾のリモコンを操作した。威力は小さい爆弾だったが、機械を破壊して、孟芸をしばらく意識朦朧とさせるだけの効果はあった。

羅飛は無線越しに爆発の音を聞き、そのとき寮の時計が指している時間は四時十五分だった。

一方で袁志邦はすみやかに行動し、くず拾いの黄《ホアン》少平《シャオピン》を隠し場所から引きずりだしてきて自分のいた位置に寝かせた。それから孟芸と黄少平をひとつに拘束し、正確な時刻と照らしあわせながら、爆弾が爆発する時間を四時十五分に設定した。これで爆発が起きたあと、警察の記録と羅飛の証言に時間のずれが生じない。ここまで作業を終えた時点で、この場を離れるための時間は二分以上残っており、安全な場所に到達するのには充分だった。設定どおり四時十五分に爆発が起きると、袁志邦はこの世界から消滅し、どの資料にも記録されていない〈エウメニデス〉がどこからともなく出現する。計画はすみずみまで完璧で、どこにも破綻や瑕があるはずはなかった。

その通り、完璧な計画だ。ここまで話を聞いて、羅飛もそれは認めざるを得なかった。しかし同時に、実際にはこの計画は完遂されなかったことも羅飛は知っている。生じたのはたった二分のずれだったが、その二分間はあまりに多くのことを変えてしまった。

「なにがだめだったんだ?」羅飛はこらえきれずに訊く。「突発事態が起きたんだろう、いったいなにが予想外だったんだ」

袁志邦の視線は遠くをさまよい、その思いは十八年前の情景にとどまったままのようだった。羅飛の質問になにかを思いだしたようで、その目は感情の変化を、無念と後悔を映しだす。羅飛を見つめ、一つの名前を口にした。「孟芸だ」

羅飛の心が震える。

「おれの計画は孟芸を見くびっていた。だれよりも見くびっちゃならない相手だったのに」真剣な口調で言う袁志邦の言葉には、賞賛の気持ちと尊敬がこもっていた。「おれたち二人は孟芸と張りあって、結局どちらもほんとうに勝つことはできなかったんだな」

「孟芸は……なにをしたんだ?」羅飛の声に震えが混

じる。当時起きたことを知りたかったが、悲惨な出来事を聞くのが怖かった。

袁志邦は目を細める。その言葉に導かれ、二人の意識はともに十八年前の爆発事件の現場に戻っていく。


時間は十六時十三分に近づき、設定した爆発の時刻まではたったの二分ほどしか残っていない。

爆発の衝撃を受けた孟芸は少しずつ意識を取りもどしていた。顔は血にまみれ、聴力もかなり奪われていたが、その思考はいち早く動きはじめていた。

自分が見知らぬ男といっしょに拘束されているのが目に入る。男は両目を閉じてぴくりとも動かないが、死んでいるのか意識を失っているのか。そうしていると男の腰に取りつけられた爆弾が見えた。表示された時間はカウントダウンが進んでいる。

拘束のなかでもがき、かろうじて爆弾に触れることができたが、自分に爆弾処理の技術はなく、手元に利用できる工具などなにもない。残された時間はあまりにも短く、どうすれば生きのびれるのか？

顔を上げてあたりを見まわすと、早足で歩き去ろうとする後ろ姿が目に入った。

その後ろ姿は、見知っているのになじみのないものに感じた。

この倉庫で起きたことがよみがえる。自分をここに縛りつけていったのはあの男だ！　声を張りあげる。

「袁志邦！」

袁志邦は足を止め、振りかえって孟芸を見かえした。一、二秒の沈黙が流れ、その顔には疚《やま》しさと詫びの気持ちが刻まれていた。

「すまない」静かにそう言って、また向こうを向き倉庫から出ていこうとする。

孟芸は一瞬にして状況を理解した。自分は袁志邦にはめられたのだ。目の前の二人の男の服が入れ替わっていることから、さきほど起きたことを思いだし、相手の目的には察しがついていた。どうしてなのかは知らないが、自分はこの謀略の犠牲に選ばれてしまった。

「ばかやろう！」悲憤のままに叫び声をぶつける。「止まって、こっちを見て！」

その声は抗うのを許さない力を帯びているかのようで、倉庫の出口近くまで来ていた袁志邦はなにかに操られるかのようにふたたび足を止め、孟芸のことを見つめた。この時点では、自分の計画に孟芸によって予想外の事態が起きるとは考えていない。自分はすべてを掌握しているという自信があった。

二分後には用意した爆発が起こり、その二分で自分は充分に逃げきれる。孟芸にはどんな形にしろ助かる手段はない。数秒長く足を止めたからといって、いったいどんな問題が起きるというのか。

しかし袁志邦は相手を見くびっていた。孟芸は自分が助かることなどはなから考えていなかったのだ。袁志邦を睨みつけ、迷うことなく爆弾のコードに手を伸ばし、つかんだかと思うと力まかせに引きちぎった――

――袁志邦は予想外のことにあっけにとられ、ここでようやく気づいた。孟芸は自分を道連れにしようとしている！　はじかれたように飛びあがり、倉庫の外に駆けだしていく。しかし結局は逃げきれない運命だった。考える間もなく爆発は起きていて、灼熱の空気によって容赦なく押し倒され、次の瞬間には意識を完全に失っていた……

緊迫した一連の経過を聞きおえた気分を、羅飛はどう言いあらわせばいいかわからなかった。二筋の涙が目から流れおち、天井を仰いで長いため息をつく姿は、どこか胸のつかえが取れたように見えた。

「おれが言ったせいじゃなかったのか……」羅飛は小さくつぶやいた。孟芸の死は、自分が爆弾解体の判断を誤ったのが原因ではなかった。その心に十八年のしかかり続けていた重たい石を、下ろすことができそうだった。そしてまた、孟芸がそれほど壮烈な死を迎えていたとは考えもしていなかった。みずからの手で爆発を起こし、命の終わりを早めるのと引き換えに、袁志邦の綿密きわまりない計画を打ち砕いたのだ。

絶望に追いこまれ、次の瞬間には命が尽きようというそのとき、死を平静に受けいれ、敵に致命的な一撃を与えられる者がどれだけいるだろうか。

それゆえに、手痛い対価を払わされた袁志邦ですら、その光景をあとになって思いかえせば、孟芸に心からの崇敬を抱かずにはいられないのだった。

ひと呼吸おき、羅飛は目をこすると、袁志邦を見すえて深く重々しい声で言った。「それでこそ孟芸だ、あいつは絶対に負けを認めなかった。だれもあいつを負かすことはできなかった……おれも同じだったな」

その声には自負の思いを感じ、またなにかを宣言するかのように聞こえた。

「そうだ」袁志邦は羅飛の視線を真っすぐに受けとめた。「おれは孟芸を打ち負かせなかったし、おまえのことも負かすことはできなかった。十八年前、孟芸はおれの命の半分を奪っていった。十八年が経って、おまえが出てきたことで、残り半分の命ももうすぐ終わる。ただ……おまえたちもおれを負かすことはできなかったな……わかるだろう、おれたちは十八年泥仕合を続けて、結局勝ち負けを付けられずに終わるんだ」

勝ち負けは付かない？　羅飛は首を振る。「おれはおまえを見つけだした。計画はもうこれで終わりだ」

袁志邦は傷ついた唇をゆがめて笑う。「おれを見つけだしても、〈エウメニデス〉を見つけたことにはならないな」

胸の奥がひやりとする。言葉の意味が理解できた。十八年前の爆発によって、袁志邦はまともに動けない身体になっていた。自分の計画を実行する力はもはやなかった。だから黄少平の身元を借りて雌伏を続け、十八年待つしかなかったのだ。

十八年を費やして一人の後継者を育て、自分の技能と心情を受けつがせる。

いまはその後継者が世に名を知らしめるころだ。

羅飛はそのことももう考えついていた。

「そいつも見つけだしてやるさ」羅飛の眼には確固たる自信が表れていた。

「あれは見つけられないぞ」袁志邦はなにか考えありげだった。「あれには記録がない、書類がない、どんな情報もない。存在していない人間を相手に、どうやって探すっていうんだ」

「鄧驊だ。そいつは鄧驊のことを狙ってる、そこから見つけだしてやる——それに、今回の計画のかなめがどこにあるかはわかっているんだ」羅飛は威勢よく答えた。

袁志邦は急に黙りこみ、なにかを楽しむかのように羅飛を眺める。すこししてまた話しだしたが、話題はまったく違う方向に向いていた。

「いまのおまえの姿を、おれは見たかったんだ」だしぬけにそう口にする。

羅飛は言葉に詰まる。相手がなにを言いたいのかわからなかった。

袁志邦は話を続ける。「十八年前、あの爆発が起きるよりもまえだが。いつかおれたちがこうなると、考えたことはあるか？ それぞれテーブルの反対の側に座り、決して相容れない立場を代表して、争いを続け、全力を振り絞っても勝ちを収められる保証はない」

羅飛は黙っている。考えを巡らせているようだった。

袁志邦がまた口を開く。「考えたことがあるだろう、おれと同じだ。おれたちの性格には、根底のところで同じものが流れてる——冒険心だ、刺激と挑戦に惹かれる性分だ。そういう性格の人間にとって、すぐれた敵を待ちこがれる欲求は、すぐれた友を持つ欲求のはるかに上を行く。だからおまえも、おれと同じように数えきれないほど想像したはずなんだ。おれたちが対立する立場になって、生きるか死ぬかの戦いになり、相手を倒すか、もしくは倒されるときのことを」

　羅飛の喉の奥から声が漏れる。異議があるのか受けいれたのかはわからない。

「その想像を現実に変えたのがおれだ」静かに息を吐く袁志邦からは、満足と無念の両方を感じた。「さっきおれはおまえの眼を見た、戦いの眼だ、おれがどれだけ興奮したかわかるか？　おれに感謝してくれ、おまえに手紙を書いて、このゲームに参加する機会を与えたのはおれなんだ——そして期待は裏切られなかった。おまえのことを羨むべきなんだろう、この先も一級の敵と戦いつづけられるのに、おれときたら。退場の時間がやってきてる……」

　羅飛は袁志邦を長々と見つめ、首を振った。「おまえは狂ってる」

「狂ってる？」袁志邦は吹き出して笑った。「ろくでもない世の中じゃ、それは褒め言葉だ。おれは狂ってる。ただそれは罪に制裁を与えるために狂ったんだ、根本では、おれのしていることはおまえたち警察と同じなんだ」

「殺される理由もない人間を、おれたちは殺したりしない！」羅飛は興奮して言いかえす。「おまえが殺したなかには、孟芸も、鄭郝明《ジョンハオミン》も、熊原《シオンユエン》もいる。なんの罪も犯していないのになぜ殺した？」

「理由がない？　それはどういうことだ」袁志邦は肩をすくめる。「聞くが、もし孟芸を、鄭郝明を、熊原を殺していなければ、おれが殺したのは殺されても仕方のない連中だけだ。そうしたらおまえは、おれを捕まえるか？」

「もちろんだ」羅飛は逡巡せずに答える。「おまえが法を破っているかぎり」

　袁志邦は郭美然を引っぱり起こす。「なるほど、もう一度この女を見ろ。かりにおれが法を守る善良な市民だとして、それでもこの女の悪行には我慢がならない。いまおれがこいつを殺そうとしたら、おまえはそれを止めるために銃を出して、おれを射殺するか？」

今度はすこし考えこむが、答えは変わらなかった。

「するさ」

「しかしおまえもこの女を憎んでいて、その死を望んでいる。おれのすることに異論はないのに、それでもおれを殺さないといけない――」袁志邦は語りかける。「なぜなら自分の側の規則を守る必要があるからで、その規則が大多数の人間を守るとおまえは思っている」

羅飛はうなずいた。「そうだ」

「おまえがしたくてもできないことをおれはしたのに、おまえに射殺される。殺される理由があると言っていいか？」

羅飛は首を振る。正しい答えがわからなかった。

「なぜ迷うんだ？　代わりに答えてやろう、殺される理由はある。おれたちはそもそも別の位置に立っていて、互いを認めあっていても、同じような正義を求めていても、それぞれの規則を守るためには、顔を合わせたら殺しあうしかないんだ。おまえはおれを、おれはおまえを殺さないといけない――これが警察と殺人犯のたどる道だ。罪に制裁を下すためなら、おれたちは犠牲になる用意ができている。もっと多くの人間の利益を守るための犠牲だ。だからおれたちが殺しあうのに、理由がないなんてことはない」そう語り終えると、袁志邦は深々とため息をついて続けた。「おれが殺したのは罪人と警察、それだけだ。それを除けば、殺されるべきでないただの市民は殺してない。身代わりに引っぱってきた黄少平だって、死に値する罪を犯していた」

羅飛の心に冷たいものが広がっていく。しかし相手の説く理屈には反論できなかった。まさしく、自分たちはもはや長年の知友ではなく、共に並び立てない敵同士に変わっている。相手は本物の殺人犯で、片時も休まず警察の捜査と追跡に狩りたてられてきた。警察を相手にする袁志邦にだけ慈悲を求めるのに理由は付けられるか？

「なら、おまえにとって脅威になるか、計画の実行を妨げる警察官がいたら、おまえは殺すんだな？」間があって、羅飛は冷たい声で言う。

袁志邦はうなずく。「戦争と同じだ、戦士一人ひとりの犠牲は許される」

「はっ」羅飛は冷笑する。「ならどうしておれを殺さない？」

袁志邦は得体の知れない目つきを向け、唐突に一言口にした。「ナマズだ」

「なんだって？」羅飛は聞きまちがいでないかと思った。

念を押すようにはっきりと口にする。「ナマズ効果だ、聞いたことがあるだろう」

羅飛は当惑する。〝ナマズ効果〟というのは聞いた覚えがあった。ノルウェーに由来がある一つのたとえ話だ。ノルウェー人はイワシが好きだが、漁師は海でイワシをとったあと、よく生簀《いけす》のなかに凶暴なナマズを入れておく。ナマズと出会ったイワシは警戒心を持って必死で泳ぎ、結果生命力が目に見えて強くなって、港に着いたときの生存率も大きく上がるという。

「おまえがそのナマズだ」羅飛が理解しきっていないのを見て、袁志邦はさらに話す。「おまえがいるからこそ、あいつも意気を保って、片時も気を緩めずにいられるんだ。だからおまえを死なせたりはしない……おれから教えることはもうなにもないんだ、これからはおまえがあいつのいちばんの敵であり、いちばんの師になる」

袁志邦の言う〝あいつ〟がだれのことかは当然わかっていた。この相手から自分が〝ナマズ〟に選ばれているのは、光栄に思うべきなのか腹を立てるべきなのか見当もつかない。冷たく相手を睨みつけて、羅飛は言いかえした。「おまえもずいぶん思いあがったな。おまえたちの計画で血が流れるのはすぐに止めてやるよ。小さなイワシなんか、じきに漁師の皿に載せられるだろうな」

「ほんとうにおれを止めるか？」袁志邦は乾ききった唇を舐める。「鄧驊を殺すのを止めるのか？」

「当然だ」羅飛の口ぶりは確信に満ちていた。「おれにできないと思うのか？」

「おまえにはできるさ、ちっとも疑ってはない、ただ、おまえはそれをしない——」袁志邦は意味ありげに羅飛を見た。「鄧驊はどんな人間か、よく知ってるだろう。殺人、麻薬売買、裏社会との結びつき、犯してきた罪は挙げきれないぐらいだ。ほんとうにおまえは、そんなやつを助けるのか？」

「法には法の基準がある。鄧驊の罪と、おまえたちの殺人は別の問題だろう。法律を飛びこえて他人の命を奪っていく、それは絶対に許すわけにいかない」羅飛は丹念に自分の態度を説く。

袁志邦は口をゆがめ、気味の悪い歯がのぞく。目の端にも狡猾そうな笑みが浮かび、陰気な声で言った。

「いまそう考えているのは、まだ苦しい選択に出会ってないからだ」

黙った袁志邦を羅飛は見つめる。なにが言いたいかわからない。

悠然とした口ぶりで続ける。「いくらでも退路が開けてるやつっていうのは高潔ぶっていられる。だから鄧驊を殺すのを許さないんだ。でも退路がなくなったときも原則とやらは守れるか？　そうなればきっとおれのことを理解できるさ」

羅飛は眉をひそめた。「どういう意味だ？」

袁志邦はふふっと笑い、切り札を出すことにした。

「慕剣雲はこの店を出ていくとき、おれから受けとったものを手に持っていた。むかしから観察力は鋭いから、これも見逃してはいないだろう？」

店から出てきたとき慕剣雲の様子がおかしかったのを思いだし、ふいに冷たいものが走って、すぐに訊きかえす。「なにを渡したんだ」

「なにを渡したかはどうでもいい」袁志邦は顔の筋肉を引きつらせ、かすれた不気味な笑い声をあげる。

「大事なのは、慕剣雲は十八年前の録音テープのコピーを持ってると、鄧驊が思いこんでるってことだ」

一瞬間があり、羅飛はたちまちなにを言われているのかに気づいて、手をテーブルに叩きつけて立ちあがった。「くそったれが、おまえは……おまえは慕剣雲を死なせようとしてるんだぞ」

「おれは産毛一本にも触れてないがな──あの女を殺そうとしてるのは鄧驊だ」袁志邦は淡々と言う。

「おまえ……」羅飛の頭は手のつけようのないほどに混乱し、湧きあがった憎しみをどうにも抑えきれなくなって、袁志邦のコートの襟元をつかんで締めあげた。

「どうして慕剣雲を巻きこんだ！」

袁志邦は正面から見つめかえし、ひどくゆっくりと答えた。「おまえに選ばせるためだ」

羅飛の手がかすかにわななきだす。しばらくしてようやく感情を抑えこみ、袁志邦から手を放すと、携帯を取りだし急いで慕剣雲の番号にかける。

呼び出し音が鳴るが、いつまで経っても相手は出ず、そのまま自動的に切れて終わった。

いてもたってもいられず、電話をテーブルに叩きつける。

「行ったほうがいいぞ、羅刑事」袁志邦は落ち着きはらった態度でそう促す。「あまり遅くなると、選ぶ権利すら失うかもしれない」

凶暴な目つきで相手を睨みつけるが、怒りの頂点に達しているのにこの場では何にもできない。携帯を手にとって、店の外に向かい歩きだした。

「待て」袁志邦が唐突に呼びとめた。

足を止めて振り向く。

「再見《さよなら》の一言もないのか?」袁志邦の視線をよぎるなにかは、最後の名残惜しさのように見えた。

羅飛はその目つきを読みとる。袁志邦が生きてこの店を出ることはもはやないとわかっていた。

法律に背いたこの男は、自分が法律の裁きを受けることを望まないだろう。

ならばこの瞬間は、二人にとって永遠の別れとなる。

そのまま二人は見つめあう。かつての友情、十八年間の思い、そして最後に残った恨みと怒りがその短い一瞬に刻みつけられていた。

「もうおまえを見ることはない。おまえがこれから行くのは地獄だからな」羅飛は歯を食いしばりながらそう絞りだし、もう足を止めることはなく大股に歩き去っていく。

羅飛が一歩を踏みだすごとに、袁志邦の身体に残った気力が吸いとられていくかのようだった。ゆっくりと椅子に身体をあずける。たった数十秒の時間でどっと疲れたように感じた。

自分はなすべきことをすべて済ませ、もはやこの世に心残りは一つもない。この身体にしては、成しとげられないはずの仕事を自分は十八年で山ほど成しとげてきた。しかしいま、務めを果たした喜びはなく、底のない孤独だけを感じていた。

そう、この道に一歩を踏みだしたときから、孤独は運命づけられていたのだ。

開発区分局の陳刑事は、人生でもっとも不愉快な一日を過ごしていた。管区内で立てこもりが起きただけでも混乱することこの上ないのに、さらに腹立たしいことに、犯人と対面した三人はそろって出てくるなり姿を消してしまい、一人として現場の状況を伝えてくれなかった。しかしそれでも羅飛は、一言怒鳴っていった。

「退《ひ》け!」

「退け、退け！」陳刑事に詳しい状況はわからなかったが、羅飛の暗く沈んだ顔を目にすればまずいことになったと察し、慌てて部下たちに現場から距離を置くよう指示した。しばらくして、くぐもった音が聞こえたかと思うと、碧芳園飯店は崩れ落ちてがれきの山となっていた。その振動は周りの建物いくつかの窓ガラスまで砕いていった。

羅飛は規制線を出て大通りの近くまで歩いてきていたが、爆発の音が聞こえると胸が縮こまり、目を閉じ、しかし振り向くことはなかった。

現場は混乱に覆われ、悲鳴が上がったり、後ろに逃げだしたり、さらに前に押し寄せる物好きもいた。通りに出た羅飛は、慕剣雲が向かった方角を眺める。しかしこのあたりは四方八方に道が伸びていて、自分は土地勘があるわけでもないのにどこに向かえばいいのだろうか。

あてもなく歩いていると、急に携帯が鳴りだした。番号を見ると慕剣雲からの電話で、慌てて通話を始めると、向こうから聞こえてきたのは曾日華の声だった。

「もしもし、羅刑事？　さっき電話をかけました？」

「曾日華か？」吉か凶かわからず、じりじりしながら尋ねる。「どこにいる？　慕剣雲はどうした？」

「人民医院です。慕先生が危ない目に遭って。ちくしょう、ぼくが駆けつけたから大事にはならなかったけど」勢いあまって悪態が出てくるのは、昂ぶった感情が完全には落ちついていないようだった。

羅飛はすぐさまタクシーを停めて人民医院に向かい、その道中で曾日華がおおまかな経緯を語るのを聞いた。

曾日華は、碧芳園飯店に向かうよう慕剣雲に伝えたあと、放っておけない気分になって、公安局の刑事大隊を離れて興城路の現場に駆けつけていたのだった。規制線の外に到着すると、ちょうど慕剣雲がタクシーに乗って立ち去るところが見えた。そこでこちらも車を拾って後を追う。すこし行ったところで慕剣雲は車を降り、道ばたの人けのない路地に入っていった。なにをしようとしているかはわからないが、様子を見るに人目を避けているようではあったので、曾日華はその先まではついていかず路地の入口で待っていた。しばらくして、二人の若い男がなにかを探しながら路地に入っていき、はじめ曾日華は気に留めていなかったが、直後に路地から慕剣雲の悲鳴が聞こえてきて、そこでなにかがおかしいと気づき急いで飛びこんでいったのだった。

するとと慕剣雲は路地の奥で押し倒されていて、黒服の男たちのうち一人は見張りに立ち、一人が慕剣雲の身体をまさぐってなにかを探しているところだった。曾日華が路地に飛びこんできたのを見て、見張りをしていた男がすかさず進みでて、二人は揉み合いになった。しばらく格闘が続いて男が応戦しきれなくなってきたところ、慕剣雲のところにいた男が指笛を吹き、二人はそれ以上とどまることなく一目散に逃げだしたという。慕剣雲の身が心配だった曾日華は追いかけることなく、気を失っていた慕剣雲をすぐに背負って、路地の出口でタクシーを拾い病院に直行したのだった。

病院で検査を受けたところ、さいわい慕剣雲はただの脳震盪《のうしんとう》で、手当を受けるとともに大事はないとわかった。曾日華が羅飛に電話をしたときには意識も戻っていた。

そわそわしていた気分がようやく多少落ち着いた。病院に到着して二階の病室に飛びこむと、慕剣雲はベッドに横になって休んでいて、窓の外を見つめながらなにか考えごとをしているようだった。そのそばに曾日華が座って、制服の腕を片方ぞんざいにまくりあげ、何カ所かの青痣に紅花油を塗っている。

「大丈夫か？」気づかいの言葉をかけると、部屋にいた二人の視線が同時にこちらに向いた。

「なんてことない、ただのひったくりです」曾日華は唇を引きむすび、また悪態が漏れてくる。「くそったれが、ぼくに挑もうなんて、まったく技術職員を警察官扱いしてない。この曾日華、警察学校では格闘術の科目でも上のほうだったんです」

羅飛と慕剣雲は顔を見あわせていた。二人の内心では、男たちはただのひったくりなどではないと知っている。

「袁志邦からなにを渡されたんだ？」羅飛は慕剣雲に近づき、単刀直入に訊いた。

「袁志邦？」慕剣雲は話についてこれない様子で、困惑したように羅飛を見る。

「あの黄少平は袁志邦だったんだ。この話はまたあとで説明する。いますぐ教えてくれ、あいつは何を渡してきたんだ？」羅飛はそう話しながら、せかせかと窓辺に歩いていき、カーテンの陰に隠れて階下を見回した。

病院の前に何人かの男がいる。なにげない様子で散らばっているが、出入りのための道が押さえられていた。胸の奥で警戒のかちりという音が響く。これは収拾がつかない事態になっている。

室内では、慕剣雲も曾日華も羅飛がいま明かした秘密に心から驚愕していた。羅飛の表情を見て、慕剣雲も事態の重大さを察する。ポケットから一枚の紙きれを取りだした。「これなんだけれど……どういう意味かわからなくて」

近づいて紙を受けとると、そこには一言だけ書かれていた。〝すまない〟

曾日華も近寄ってきたが、わけがわからない様子で首を振る。羅飛はやるせない気分で目を閉じ、長いため息をついた。

すまない――

十八年前の爆発の現場で袁志邦はこの一言を口にし、その後孟芸は命を投げだす結果になった。いま、同じ一言が慕剣雲に送られ、同じように女性を危険な泥沼に踏みこませている。

鄧驊が慕剣雲を見のがすことはない。あの男が手にしている強大な権勢が機構として動きはじめれば、防戦できる人間がこの市内にいるだろうか？　慕剣雲は敵の魔の手からは逃げられない運命で、録音テープの行方を吐かせるための恐ろしい責め苦を受けることになる。

しかしテープはそもそも存在しないのだ。もちろん鄧驊はそんなことを信じない。

どんな悲惨な運命が慕剣雲を待っているか、羅飛は想像したくもなかったが、無意識に想像せずにはいられなかった。

その機構に抗う力は羅飛にもない。鄧驊が握っている権力はあまりに大きく、録音テープくらいの鉄壁の証拠がないのなら、この市で指一本でも触れられる者がいるだろうか？

苦しみながら頭を働かせ、とうとう理解した。慕剣雲を救うための方策は一つしかない。

法を外れた手段で、鄧驊を死体にすることだ。

しかしそれは言うまでもなく、羅飛が長年守りぬいてきた原則に背くことになる。どうすればそれに向きあえるのか。

慕剣雲の危機——それが袁志邦の出した最後の切り札だった。

片方には慕剣雲と正義、片方には鄧驊と原則。羅飛はどちらかを選ばなければならなかった。

第十一章　最後の対決

十月二十五日、十六時十一分。

龍宇《ロンユー》ビル。

羅飛《ルオフェイ》はようやくここに戻ってきた。

刑事隊と特殊部隊、二つの陣営から選ばれた人員は一階のロビーに集められていて、韓灝《ハンハオ》が詳細を決定した護衛計画の発表を待っていた。

羅飛の姿を見た柳松《リウソン》がすかさずやってくる。

「どうです？　おれはなにをすればいいんですか？」隊列から羅飛を引きはなし、焦った口調で訊いてくる。

しかし羅飛は、予想外の答えを返してきた。「いや、なにもしなくていい」

「ええっ？」柳松は困惑して目をみはった。「準備をしておけと言うから、部隊の政治委員に連絡を取ったんです。おれからの報告をいまも待っていて、どんなに深刻な問題でもあいつは上層部の幹部に話を上げてくれるっていうのに」

羅飛はつかのま黙っていた。「いまはまだ必要じゃない……今日の夜が過ぎてからなにもかも話す」そして顔を上げてあたりを見回し、尋ねた。「尹剣《インジエン》は？」

「いなくなったと、韓隊長が。きっと逃げたんです！」柳松は声を抑える。「このまま待っていたら、あとから捕まえようとしても無理ですよ」

暗い気分になって柳松を見る。この場では伝えられない言葉が山ほどあり、最後には相手の肩を叩いて、誠意をこめた声で言うしかなかった。「おれを信じろ。熊《シオン》隊長の死については、かならず説明はする」

柳松は諦めたように、は、と息を漏らす。相手がなにを企んでいるのか見当もつかない。しかし、尹剣が敵と通じていたという証拠は一つも握っておらず、この状況を前にしては、悔しく思いながらもなにができるわけでもなかった。

「さて、あっちに行ってみよう」羅飛は人の集まっている場所を指さした。「韓隊長が今日の作戦行動を発表するのを聞くんだ。いまいちばん大事なことはそれだ」

　ここで韓灝も羅飛に気づき、はっと視線をこちらに向けて、声を張りあげて尋ねてきた。「羅刑事？　向こうはなにがあった？」

「あの黄少平《ホアンシャオピン》は実は袁志邦《ユエンジーバン》で、過去の〈エウメニデス〉でもあった。やつは死んだが、悪はまだ消えていない」羅飛は韓灝のところに歩いていって、ひととおりおおまかな状況を簡潔に話した。薛大林《シュエダーリン》と鄧驊《ドンホワ》の罪のこと、慕剣雲《ムージエンユン》が危険にさらされていることといった、人前では明かせない内幕はひそかに省略した。

　集中して話を聞いていた韓灝は、必死に頭を働かせるにつれしだいに頭に血が上っていき、こめかみに青筋がはっきりと浮きだしてきた。考えこみながら訊く。

「つまりだ、いまは新しい〈エウメニデス〉が現れていて、最近の一連の事件はそいつの仕業だということか」

　羅飛はうなずく。「なんの情報もない、何の記録もない、存在していないように見える人間だ」

「わたしたちが待ちうけることにしよう」韓灝は歯を噛みしめ、暗く重々しい声で言う。「今日は、そいつにとっても最後の日になる」

　選ばれた警察官の戦士たちは韓灝を囲んで立ち、復讐の炎は心の奥に抑えつけられていた。柳松でさえ、ついに敵と対面するこのときには韓灝に抱くわだかまりを脇に置き、命令が下されるのを待っていた。

　護衛計画は韓灝と鄧驊が話しあって共同で決めたものだった。

　龍宇ビル内の警備体制は破りようがなく、計画の重点は鄧驊が龍宇ビルを出たあと、どうやって身の安全を保障するかだ。

鄧驊の主張が通り、核心部、身辺からの警護は鄧驊自身の護衛部隊が担当することになった。警察側のおもな任務は周辺部での警戒と、主要な出入口の検問だ。鄧驊は十八時三十分に龍宇ビルを出発して、空港で二十時四十分発の北京行きの飛行機に乗りこむ。協議で決まった計画では、柳松が特殊部隊員を率いて先に出発し、経路の交通状況と安全を確認することになった。鄧驊の乗った車隊は、韓灝が率いる刑事隊員たちとともに移動する。空港に到着すると、鄧驊はみずからの防弾車のなかでしばらく待機し、警察の人員が通行人を整理し、搭乗のための手続きを済ませたうえで、車を降りてすぐに保安検査場に向かい、周囲を囲まれた状態でラウンジに向かうのだった。

一連の過程を通して見てみると、外界と接触する機会はあらゆる手を尽くして最小限に抑えられている。鄧驊の乗るベントレーは龍宇ビルの入口に横付けし、回転ドアを出て即座に乗りこめるようになっている。同様にベントレーは空港の地下駐車場でエレベーターの前まで向かい、車を降りてすぐにエレベーターに乗る。この間、周囲の通行人は接近を許されないうえ、護衛たちがすぐ近くで目を光らせる、風をも通さない警備態勢だった。

唯一、外界とのつながりを隔絶できない時間が、ラウンジでの待機のあいだだった。ほかの乗客がラウンジに入ってくる権利は警察にも制限できない。とはいえ保安検査場を通過したあとであり、どの乗客も小さな剃刀の刃ひとつ持ちこめない。そのうえ護衛たちに守られ、警察が目を光らせているのだから、〈エウメニデス〉は鄧驊に近づけたとしても、どんな手出しができるものか。ラウンジは完全に密閉された空間で、すこしでも騒ぎが起きれば〈エウメニデス〉は何重もの包囲に閉じこめられ、逃げようにも逃げおおせることはできない。

さまざまな面から考えて、鄧驊の命を奪うのは、達成不可能な課題なのだ。

しかし、自分こそ不可能を可能に変える存在だと――これまでなんども証明してきたのも〈エウメニデス〉だ。

十八年引き延ばされてきたこの対決は、どのような結末を迎えるのか。

答えはこれから数時間のうちに明らかになるだろう。

任務の割り当てが終わると、柳松をはじめとした特殊部隊員たちが最初に出発していく。羅飛は韓灝たちとともに、ロビーで待機を続けることになった。今晩起きる出来事のかなめがどこにあるか、羅飛は充分に理解している。そのかなめの部分に目を光らせておけば、〈エウメニデス〉を取り押さえる望みはあった。

同じように韓灝も、かなめの時を待っていた。そここそ、事態をひっくり返せる唯一の機会だった。すでに自分は負けどおしで、この一戦では退路などなにひとつない。

強大な重圧にさらされ、その両眼は血走り、時間が迫ってくるにしたがって精神状態も一触即発、崩壊寸前にまで追いこまれていた。

パトカーのシフトレバーの血痕では、危うく秘密が明るみに出るところだった。尹剣がかばってくれたのは運が良かった。

〝小さな間違いが、大きな間違いを生んで、その次にはさらに大きな間違いがやってきて……一歩目の方向を間違えれば、もう戻ることはできないんだ〟

そうして進んでしまったのが韓灝だった。始まりは一年前のあの夜だ。

一歩目は酒を飲んだことだ。アルコールが韓灝を麻痺させ、判断力と敏捷さも大きく鈍らせていた。このせいで、双鹿山《シュアンルーシャン》公園でのあの撃ちあいでは悔やむべき悲劇が起きたのだ。

あのとき、周銘《ジョウミン》と彭広福《ポングアンフー》は岩山の隅に追いつめられ、韓灝と鄒緒《ゾウシュー》は二方面から回りこんで包囲にかかった。先に犯人たちと遭遇したのは韓灝で、周銘が銃を出して抵抗し、韓灝の脚を撃ちぬいた。こちらもすぐに反撃したものの、その動きはふだんよりもはるかにのろかった。

　鄒緒は別の岩山から回りこんできていて、ちょうどそのとき二人の犯人の横から現れたのだった。銃を撃つ周銘を見て、慌てて反射的にしか動けず、身を躍らせて相手を押し倒した。まさにそのとき、韓灝の銃が火を噴いた。

　その弾丸は強盗犯には当たらず、鄒緒の胸を撃ちぬいていた。

　鄒緒は倒れこんだ。しかし最後の力をふりしぼって周銘にがっちりとのしかかり、さらに銃を奪っている。韓灝も傷ついた脚を引きずりながら向かってくる。

　二人の気迫を前にした彭広福はそれ以上ぐずぐずせず、一目散に逃げだした。

　韓灝が周銘に銃を突きつける一方で、心臓に弾を受けた鄒緒は一度だけ息を吐いて、あっけなくこと切れた。戦友が自分の一発で息絶えたのを目の当たりにし、韓灝はこれ以上ない悲しみに襲われ、天を仰いで泣き叫んだ。周銘は片隅に縮こまり、しきりに慈悲を求めている。

　しかし怒りと自責が韓灝の全身を呑みこみ、アルコールの力が加わってもはや自分の行動を抑えられなかった。周銘はもう抵抗をやめていたのに、相手の頭に銃を突きつけ、そして引き金を引いた。

　周銘の鮮血が顔に撥ねとんで、韓灝はようやくいくらか正気に戻った。自分がいくつもの過ちを犯したのを意識する。自分の刑事人生を打ち砕いてあまりある過ちだった。

　つかのまの懊悩と逡巡を経て、その過ちを隠蔽することに韓灝は決めた。

　目撃者はどこにもいないが、いま現場には、三発の銃弾が残っている。韓灝は二発撃ち、それぞれ鄒緒と周銘の命を奪っていた。周銘が撃った一発は韓灝を傷つけている。警察がことの真相を推測するには、この物証があれば充分だった。

どうにかしないといけない。

鄒緒の身体をまさぐって、貫通しかけて背中に顔を出していた銃弾をつまみ出す。そして周銘の銃を手に取ると、岩山の壁面に向かい二発目を撃ち、その弾丸をつまみあげて鄒緒の傷に埋めこんだ。

続けて四苦八苦しながら池まで歩いていくと、鄒緒を死に至らしめた弾丸をきれいに洗い、撃ちあいの現場に転がしておいた。神はこちらに味方してくれたらしく、銃声を聞いた派出所の巡査が駆けつけてくるまえにすべてはつつがなく済んでいた。

そうして、この件の実際の経緯は完璧に隠された。韓灝は戦友を誤って撃ち、容疑者を勢いに任せて殺した罪人から、栄誉に輝く英雄となった。地元の新聞は連日自分の事跡を報道し、市民たちは口々に褒めそやし、警察内部では最上級の功績として扱われた。

しかし内心では苦しみが湧きあがりつづけている。忘れられなかった。鄒緒が倒れこんだあの一瞬が、周銘の血潮が自分の顔に飛んできた熱い感触が、この手で戦友の身体の傷に触れ、鮮血が指をつたい流れていったことが……あの夜に起きたすべてを、忘れることができなかった。

しかしそれもすべて忘れなければならない。真実をねじ曲げる一歩を踏みだしてからは、あともどりはできない運命だった。狂ったように彭広福を探しはじめたのは、逮捕して事件を解決するためではなく、相手を仕留めること、自分以外に唯一真実を知る人間を仕留めることが目的だった。

それなのにいつになっても彭広福は見つからない。狂気に近い敵討ちの行動は最終的に上司から制止され、この件には手をつけないでおくしかなかった。それからは彭広福が永遠に警察の手中に落ちなければ、秘密も永遠に隠されたままだと希望を持つようになった。

しかし運命は韓灝を見のがそうとしなかった。警察は彭広福を見つけられなかったが、それ以上に狂った、恐ろしい人間が見つけだしてしまったのだ。

〈エウメニデス〉。

二日前の夜、刑事大隊の会議室でのこと。彭広福の姿が画面に映しだされたそのとき、韓灝の心は深く沈みこんでいった。〈エウメニデス〉は双鹿山公園の事件の真相を握っているようだった。こいつは、ほかの悪人全員を殺しておきながら彭広福を生かしている。その邪悪な意図は、韓灝にとっては歴然としていた。

その晩目にした映像の最後で、〈エウメニデス〉は彭広福の舌を切りとり、骨を震わすほど不気味な声で言った。〝これがおまえの機会だ。これを生かせるといいだろうな〟

彭広福に向けられた言葉だとだれもが考えていた。〈エウメニデス〉が彭広福の舌を切りとったのも、警察を相手に自分の情報が明るみに出るのを防ぐためだと考えた。

韓灝だけが、〈エウメニデス〉のほのめかしを理解していた。

彭広福は舌を切られても、文字を書くことはできる。専従班によって保護され、公安局に連れて帰ることになったら、双鹿山での真実を証言して警官殺しの罪を晴らそうとするのは間違いない。

だから機会とは、〈エウメニデス〉から韓灝に与えられた機会だった。この機会をかならずものにしなければならないのはわかっていた。

公園での撃ちあいの秘密がこの先も隠されつづけるためには、絶対に彭広福を生きて連れもどすわけにはいかない。

韓灝の頭脳があれば当然、どのような利害関係が生まれるかはすぐに理解できた。その後〈エウメニデス〉からかかってきた電話は、改めて韓灝に念押ししていった。

「わたしに感謝するといい、おまえのちっぽけな秘密を暴かなかったことをな。機会はもうその手のなかにあるんだ、つかむのにどうすればいいかはわかるだろう」

……

「難しい？ そうだな、もちろん難しくはある。ただわたしが手を貸す。現場ではおまえに有利な状況が生まれるが、それは一瞬だけ現れて消えてしまう。心を決める必要があるぞ、一瞬の躊躇も許されない」

……

「どうしてなにも言わない、まだ決心がつかないのか？ 躊躇したらなにが起きるか、説明する必要がありそうだな。おまえは英雄から犯罪者に変わり、おまえが鄒緒を殺したのはだれもが知ることになる。卑しいやつらはひどく陰湿な心でおまえの〝動機〟を憶測するはずだ、大隊長になるためにわざと戦友を殺したんだと。おまえは軽蔑され、反論など聞き入れられない。一方で彭広福はあの程度の罪の重さなら生きのび、おまえの窮状をあさましい笑顔で見守るだろう。鄒緒を死なせたのは彭広福で、おまえの責任ではないが、あいつを最終的な勝利者にしたいと思うか？」

……

「だれもおまえのことは疑わない。韓少虹《ハンシャオホン》を殺してみせた直後でだれもがわたしの力は知っているだろう、わたしの仕業だと信じてくれるから、おまえはなんの心配もいらない。現場には爆弾を仕掛けておいた。おまえがなにをしても、爆発がすべての証拠を消してくれる」

……

「どうしてか？ これはゲームだ。自分で進めもしないのに結果を知るなんてぜいたくなことが許されるか？」

……

相手の策謀なのはわかりきっていたが、韓灝が進む道はほかになかった。

坑道の現場で韓灝は一度、熊原を引き離そうとした。しかし熊原は頑として彭広福のもとを離れないと言いはった。予想したなかでも最悪の局面だった。

しかし予想したからには、最悪の局面に対応するための方策もわかっていた。

苦しい決断だった。しかし最初の過ちが生まれたときには、いつか収拾のつかない結果を招くことが決まっていたのだ。

一歩目があり、二歩目がある。一度目があり、二度目がある。

韓灝はふたたび戦友を死なせた。今回は事故ではなく、自分の意志による殺人だった。

熊原はいっさいの警戒心もなく、韓灝の刃物はあっけなくその喉を切り裂いた。このときも鮮血が噴きだし、韓灝の手をつたって流れおちた。

その次が彭広福だった。

熊原は倒れこんだが、頑強な身体には生命が残っている。しかし喉に刻まれた傷口のせいで一言も話すことはできず、目を見開いて、怒りと困惑とともに韓灝を見つめるしかできなかった。

そこに切りかかる勇気は韓灝になかった。坑道の奥を目指し必死に駆けだすと、地獄から逃げるようにも、地獄に向かっていくようにも思えた。

熊原の視線を向けられてひどいめまいに襲われ、否応なしに精神も朦朧としていた。だから尹剣が突然現れたときも、すぐに相手のことに気づけなかった。反射的に揉み合うあいだ、熊原の血が尹剣の手にもなすりつけられていた――これが、シフトレバーに血の指紋が現れた理由だ。

明かすなら、四人が病院に到着したあと、明るい場所に来た尹剣はすぐに自分の手に付いた鮮血に気づき、そこから非常に恐ろしい推測に至っていた。自分は熊原の死体に触れていないのだから、この血は韓灝に付けられたものでしかありえない。自分の推測が信じられなかったが、そのほかに合理的な説明も見当たらなかった。

尹剣は、困惑を胸のうちに収めた。その目から見た韓灝はたんなる上司ではなく、憧れの的であり導師であって、自分の目の前でその印象が崩れるのには耐えられなかった。だから目を逸らすことを選んだ。

しかし、柳松が耳目のある場で問題を俎上に載せた。韓灝が説明を考えだしてごまかしているあいだも、尹剣は沈黙を選んだ。

しかし韓灝は、黙ったままにはできなかった。尹剣を欺きつづけることはできないと知り、二人きりで話ができるよう図った。

韓灝はなにもかもを打ちあけ、ひとかたならぬ情誼《じょうぎ》で結びついていた二人だからこそ、尹剣は秘密を守ると誓った。しかし、韓灝がこの先道を誤りつづけるのも耐えがたかった尹剣は、これ以上〈エウメニデス〉の道具とならないよう即座に専従班班長の職を退くことを韓灝に望んだ。

立ち止まることは韓灝にできなかった。〈エウメニデス〉は自分を解放しないからだ。午前の会議よりまえに〈エウメニデス〉から電話があった。ゲームに参加しつづけるよう迫る電話だった。

……

「坑道のなかにはカメラを仕掛けておいたんだ。爆発のまえに起きたことは記録されて、こちらのパソコンに転送してある。おまえはゲームを続けないといけない」

……

「そうだ、おまえに鄧驊を殺せないのはわかっている。ずっと護衛が付き添っていて、気づかれずに殺すことはだれにもできないからな。まさか、刑事大隊長に人目のある場で殺し屋を演じてもらうか？　いや、そんな理不尽は要求しない。そんな要求が果たされないことはわかっているから」

……

「おまえからは手助けだけでいい——簡単な手助けだ。わたしは空港のラウンジに現れる。こちらの準備ができるまで、警察の目を逸らしておいてほしい。別の場所に警戒を向けさせるんだ、おまえにとっては朝飯前で、だれにも疑われることはない」

……

「ああそれだけだ、そこからあとはわたしが自分で済ませる。実際にどこに現れるかは、そのときに携帯のSMSで教える」

……

「これが最後のゲームだ。ゲームが終わればあの映像は消す、約束しよう」

……

韓瀬に相手からの申し入れを断る力はなかった。しかしこのゲームでは、自分なりの思惑があった。

敵の約束を信じるほど純朴ではない。自分の手でゲームの終わりを、真の、徹底的な終わりを迎えさせる必要があった。

すでに失敗は極限まで来ていたが、だからといって状況をひっくり返す機会がないわけではない。

だから尹剣が自分を止めようとしたとき、相手を昏倒させた。その後縛り上げて、ロッカーに鍵をかけて閉じこめてきていた。

尹剣の扱いについて不安はなかった。今晩の戦いで勝利を収めれば、尹剣はまた自分のもとに戻ってくる。そこに一点の疑いもなかった。

今晩の決戦のときがかなめだった。この一戦がすべての結末を決める。

同時刻、こちらも不安な気分に襲われている男がもう一人いた。鄧驊《ドンホワ》だ。しかし頭を悩ませているのは〈エウメニデス〉からの脅しではない。〈エウメニデス〉への恐怖はまったくなかった。

考えてみれば、いまのような地位を築くにあたっては、〈エウメニデス〉にも感謝すべきかもしれなかった。薛大林《シュエダーリン》を殺してくれたのだから。

薛大林はだれよりも鄧玉龍《ドンユーロン》のことを知っていた。留置場から若者の身柄を引きうけたときから、自分が虎を育てているのだと気づいていた。

虎は人を襲う。〈三一六〉事件では、徐々に成長していた虎がその危険な本性を露わにしていた。

薛大林にとってその虎は必要で、それゆえ息の根を止める機会があっても放っておいた。しかし間違いなく、その後の任務では鄧玉龍をこれまで以上に厳しくしつけ、虎としての本性を抑えつけるはずだ。

薛大林にはそれが可能だった。調教師の手にした縄は虎の首輪に伸びている。鄧王龍がどれだけの野性を秘めていても、その手のひらからは逃げられない。

〈エウメニデス〉はまさにそのとき薛大林を殺してくれた。虎は野生に戻り、もはやだれにも手なずけられなくなった。鄧驊と名前を変え、大事業を立ちあげる準備を始めた。

手元に隠していた麻薬を生かして、鄧驊は壊滅状態からよみがえりつつあった大陸の麻薬網をまたたくまに押さえ、その間に大量の資金を積みあげていった。長年の協力者としての経験で、警察の取り締まりの手段は知りぬいていたしさまざまな人脈を積みあげていて、その強みは法律の手から逃れる役にも立った。

明晰な頭脳を持っていた鄧驊は、麻薬の事業は長く続けられるものではないと悟っていた。警察が打撃を加える決心をするまえに、この莫大な利益がある市場から引きあげたのだ。側近たちはこの行動にまったく納得していなかったが、そのうち全国で麻薬取締キャンペーンが行われ、大勢の麻薬業者が破滅を迎えたことで、鄧驊の先見の明への崇敬はさらに増した。

このとき鄧驊は飲食店やスパといったレジャー産業への投資を始めていた。表と裏、どちらの社会にも張り巡らせたつながりを生かし、その事業は日増しに繁栄していく。ほどなく鄧驊は省内でもいちばんの規模の総合レジャー施設を建設し、またこの場所を舞台として、上流の人脈を増やしていった。

その過程では、あらゆるたぐいの争いも間断なく襲ってきた。裏社会、商売人相手、役人が関わってくることさえあった。手を結ぶときの鄧驊の態度はだれよりも大らかだった。争うときの鄧驊の態度はだれよりも容赦がなかった。そうして、力がいや増していくと同時に、恨みを買う相手も増えていった。

本人が言うように、この世界で鄧驊を殺そうと考える人間は数知れなかった。

それゆえ、〈エウメニデス〉が送ってきた脅しを見ても、心の底からなんとも思わなかった。これまでの半生を死の脅威のなかで過ごしてきたのだから、いまさらなにが違うというのか。

刺客をはねのけるための方法はいくらでもあり、どの方法も血みどろの場での試練に繰りかえし耐えてきたものだった。そのうえ今回は、警察が大々的に警護に加わっている。

もちろん、なによりも信頼を置いているのは身近に置いた、有能で信頼に値する男――阿華《アーホワ》だった。

阿華がいるかぎり、だれも自分には近寄れない。その点は疑っていなかった。警察の大仰な態勢を見ていると可笑しさのようなものさえ感じた。

いま鄧驊の考えを支配しているのはべつのこと、〈三一六〉麻薬売買事件に関することだった。

十八年前のあの事件が、いまになってこれほどやっかいな形で尾を引くとは思いもしなかった。あの身体の不自由な男はいったい何者だ？　当時の〈四一八〉事件とはどうつながっているのだろう？　まさか白《バイ》霏霏《フェイフェイ》と近い関係にあって、そこから〈三一六〉事件の秘密を知ったのか？　薛大林と袁志邦《ユエンジーバン》の死、そして自分が受けとった〝死亡通知書〟は、白霏霏のための敵討ちなのか？

そうした問題が鄧驊を悩ませていた。しかし角度を改めてみれば、そんな疑問は重要ではなかった。

あの男は死んだからだ。

そもそも、男が爆発を起こさなかったとしても生きのびることはできなかった。すでに鄧驊は現場の警察に手を回し、男が顔を見せれば——投降と逃亡どちらでも、狙撃手が即座に撃ち殺すよう計らっていた。

これが〝鄧市長〟の力だった。この市で操れることはいくらでもある。

いま頭を悩ませているのはあの女——慕剣雲《ムージェンユン》だ。頭のなかを行き交う考えはすべてがあの女にまつわることだった。

——ほんとうに例のテープを手に入れたなら、たしかに厄介なことだ。この問題はいますぐにでも解決しないと……

——阿華に託せたらずっと安心できたが、阿華は今日、自分に同行して北京に行かないといけない。

……

——阿勝《アション》には期待に応えてほしいものだ。あれもよく働くやつでまだ若い。これで鍛えさせるのもいいだろう。

……

——そんなに悩むものじゃない。どんな嵐も大波も乗りこえてきたのに、まさか十八年前の小川で船が沈むっていうのか？

——わたしの建てた王国はだれにも打ち倒せない。この力の前に立ちはだかる人間がいたら、粉砕される運命が待っている。

……

——しかし惜しいのはあの女だ、どこを見ても気に入る点ばかりなのに。

それぞれが思惑を秘めて待ちうけていた夜が、とうとうやってきた。

十月二十五日夜、十八時三十分。

鄧驊は厳重な警備の執務室を出て、予定どおり空港に向かおうとする。

ロビーの韓灝は先に情報を受けとっていた。刑事隊員たちがすかさず動きはじめ、ビルの入口近くの通行人を追いはらった。それと同時に、運転手はベントレーをビルの前の送迎場所に横付けし、特殊部隊員たちがそれに合わせて周囲を固めた。

すこしして、黒服に身を包んだ十数名の護衛が続々とやってきた。そろってどれも上背があり、黒のサングラスで顔の半分を隠している。動きは見事に揃っていて、まるでパイプラインから産み落とされたようで、部外者から違いはほぼわからなかった。

護衛たちは二列に並び、ビルと車との間に、密に守られた通路を作りあげた。そこに、鄧驊がロビーに姿を現す。その横にはもう二人の黒服の護衛にくわえて、もっとも信頼されている腹心——阿華の姿ももちろんあった。

阿華は鄧驊のすぐ横に控え、歩調を合わせている。車の前までやってくると一歩先に出て、後部座席のドアを開けて鄧驊を迎えいれた。緊迫した状況とはいえ、鄧驊は落ち着きはらった様子で、大人物らしい鷹揚な挙措を崩さなかった。

そこには羅飛《ルオフェイ》もいる。一連の護衛態勢からは外れ、つまはじきにされているように見える。

しかし、心の奥では多くの秘密を握っている。〈エウメニデス〉が二度目の殺人ゲームを仕掛けてきたとき、羅飛はその裏にさらに深い策謀が隠されていることを感じとっていた。その策謀はおそらく、韓灝《ハンハオ》と彭広福《ペングァンフー》の遺恨とどこかにつながりを持っているはずだった。

　そこから羅飛は双鹿山《シュアンルーシャン》の警官襲撃事件の記録を手に入れ、するとすぐに疑問点が見つかった。なかでも一番は、鄒緒《ゾウシュー》を死なせた弾丸に明確な損傷の痕があったことだ。

　本件の経過によればその弾丸は、強盗犯の周銘《ジョウミン》の銃から発射されたもので、撃たれた鄒緒の身体に残っていた。しかし、その損傷の痕跡は明らかに硬い物体と衝突してできたもので、現場の状況と合わせると、硬い物体というのはおそらく周囲にあった、岩山に使われた花崗岩のはずだった。

　鄒緒に命中して死に至らしめた弾丸が、どうして現場の岩山にぶつかっているのか。

　この疑問点を気に留めて考えを進めてみると、大胆でしかし合理的な推測が生まれた。実際の真相とかなり近い推測だった。

　しかし、そのような憶測を口に出すことはできなかった。相手にするのは刑事大隊長であり、専従班の班長であり、また省都の警察内部でも名の知れた人物なのだ。

　羅飛には予想がついた。自分の考えを聞いてもだれも捜査しようとはしないだろう。だれであれ韓灝に疑いを、刑事としてのしあがってきた英雄という印象に疑いを向けるような理由はなく、そうしようとも思わないだろう。

　そのうえ、双鹿山の事件の直接の責任者は韓灝がだれよりも信頼する助手——尹剣《インジェン》だった。羅飛が見つけた疑問は、尹剣も気づいているかもしれない。しかしそこから羅飛のように推測を広げることはなく、その弾丸は発射されるまえになにかの理由で損傷していたのだろうと信じようとしていた。

　ゆえに羅飛の考えはただの推測であり、その推測には羅飛自身ですらさほどの確信がなかった。どんな行動に出ることもできず、さらなる証拠を探しつづけるだけだった。

　そして坑道で起きた事件を知り、疑いはさらに深くなった。柳松《リウソン》と同じように羅飛も、熊原《シオンユエン》の実力はみじんも疑っていない。特殊部隊長が、そこまでの短時間で物音もなく喉を切られて殺されるとはとても想像がつかなかった。

　唯一ありえる説明は、熊原が奇襲に遭い、奇襲の相手にまったく警戒を払っていなかったという場合だ。柳松は疑いの矛先を尹剣に向けたが、尹剣には犯行の動機がないと羅飛はわかっていた。

　その視線は一歩進んで韓灝に向けられた。もしこれまでの自分の推測が事実だったら、韓灝は彭広福がこの先生きのびることを絶対に容認できなかったからだ。そして彭広福を殺すには、まず熊原という障害を消す必要があった。

　そこに柳松が血の指紋の話を持ちだし、羅飛に自分の推測を検証するための方法をもたらした。指紋は実際に急いで拭われていたと聞き、ようやく確信を持つことができた――韓灝は熊原の死に間違いなく深く関わっており、そして尹剣はすくなくとも内幕を知っている存在だ。

　羅飛は警察組織の上層部にいる幹部たちに連絡をとり、正式な捜査として疑問点を調べることに決めた。羅飛の考えでは、これは〈エウメニデス〉に先んじる一手で、あとに続く策謀を完全な骨抜きにし、この対決において警察の側が情勢を一転させ、今度は先手を取れる契機とするつもりだった。

　しかしそれより前に袁志邦から新たな一手が飛びだしてきた――羅飛に一つのジレンマを突きつけたのだ。もし羅飛が〈エウメニデス〉の策謀を阻止すると、結果として鄧驊が助かり、同時にそれは、慕剣雲を炎燃えさかる危険な穴に陥れることになる。

　慕剣雲を救うなら、唯一の方法は鄧驊を死なせることだった。

この件で羅飛はなにもする必要はない。〈エウメニデス〉の思うように行動させればよかった。結論に至るまではとても苦しかったが、病院を出たとき羅飛はすでに心を決めていた。

自分の選択が警察官としての原則に反していることは知っていたが、このほかにましな道は存在していなかった。認めたくはないが、心を決めたその瞬間、羅飛はあの世にいる袁志邦とどこかで通じあっていた。

悪をなしたからといって、それが悪人だとは限らない。悪事の理由はごく単純かもしれない。

悪と、その上をいく悪の二つしか選べなかったからだ。

曾日華《ゾンリーホワ》には慕剣雲を見守り、なにがあろうと目を離さないように言いつけてきた。自分は現場に向かい、最後のゲームをこの目で見とどける。

いま羅飛は、鄧驊がベントレーに乗りこむのを目にしている。意気軒昂とした姿だが、しかし羅飛の目からは死体も同然に見えている。

〈エウメニデス〉の計画はすでに動きだしていて、計画の中核を破壊されないかぎりだれも止めることはできなかった。

羅飛はロビーにいる韓灝に目をやった。この男こそが〈エウメニデス〉の計画の中核だ。

計画の細部は羅飛にもわからない。いまの韓灝の考えがわからないのと同じだ。

だれもがそれぞれの秘密を抱え、だれもがそれぞれの道で選択を行い、例外はなく自らにとっていちばん有利な方向に進んでいく。

最後に彼らは、同じ終点を目の当たりにすることになる。その終点とはいったい——

静かな音が聞こえ、鄧驊の乗ったベントレーが出発した。護衛たちも車に乗りこみ、ベントレーの前後に広がって防備の車隊を組む。韓灝と部下たちは二台の警察車輛に分かれて乗り、隊列の両端を守った。

車は疾駆し、一同を乗せて物語の終わりに向かって進んでいく。

夜の闇が訪れてまもない時分で、街中の通りには明かりがきらめき、無数の人々が行き交っている。車の隊列はそこかしこから注目を浴び、目にした人々は、どこかの高官が乗っているのだと考えた。でなければ警察まで動員はしないだろう？

道中にはなんの邪魔も入らなかった。十九時十七分、車隊はなにごともなく空港に到着する。先に着いていた柳松たちはすでに出迎えの準備を済ませていた。駐車場のエレベーター一つを完全に鄧驊の専用とし、ベントレーはエレベーターのすぐ前に停車する。護衛たちと警察官が車を降りて位置に就いてから、阿華が助手席から姿を現し、鄧驊が乗っていた後部座席のドアを開けた。

しかしすぐには姿を見せない。車内で礼装用の帽子とマスク、サングラスを身につけているところだった。すこしして降りてくると、通行人から正体がわからないようにと、全身を厳重に服や小物で覆っていた。

そのやり口を目にして、羅飛は思わずそっと首を振った。あれだけの護衛と警察に周りを囲ませておいて、自分を憎む相手の目を避けたいなど、そう簡単にできるものか。たとえ風をも通さぬ宇宙服に身を包んでいても役には立たないだろう。

阿華は鄧驊の至近距離で目を光らせ、黒服の護衛たちが周囲を囲み、警察の人員は先導と周辺の警戒を任務とする。そうして厳重な警護態勢のもと、用意された特別客専用の通路を通って保安検査場に直接向かい、一同は検査を通過してラウンジに入っていった。警察官たちは身分証を呈示して、空港警察の協力が得られて職員用の内部通路からの通行が許可されていた。

空港公安分局からは駱《ルオ》局長も上級機関からの指示を受けて、みずから現場に出動し、鄧驊の護衛任務に関して調整にあたっていた。鄧驊たちが保安検査場を通過するのを見て、笑いながら韓灝に話しかける。「韓隊長、これでこちらの任務はおおかた終わったようなものだな。空港のラウンジは世界でいちばん安全な場所と言っていいくらいだからね。いままで、この内側で殺人事件が起きたなんて話は出たことがない」

そう、考えてみれば剃刀の刃一枚持ちこめない空港ラウンジで、犯人はどうやって殺人を行うのか。しかも鄧驊の周りは忠誠心に満ちたボディガードたちと、実弾入りの銃を持つ警察官たちが固めているというのに。

鄧驊の状況は間違いなく、金庫の中と並ぶほど安全だった。

このとき時刻は十九時三十五分、あと三十分ほどで北京行きの飛行機への搭乗が始まる。空港ではこの便の乗客全員の身元を確認していたが、怪しいところのある人間は一人もいなかった。北京に到着すると、あちらの重要人物——今回の北京行きの目的である相手が専用車で迎えに来るらしく、その相手の身元と地位を考えれば、北京での鄧驊の安全は間違いなく保証できた。

となると、〈エウメニデス〉に残された時間はたった三十分しかないようだった。

鄧驊たちは、ラウンジ内の広々とした場所に位置取っていた。その中心に近づけないよう護衛たちは円状に固まっている。ラウンジ内のほかの搭乗客たちは、ものものしい構えを見るとちらちら好奇の視線を向けてくる。と同時に、警察が追いはらわなくとも、よけいな面倒に巻きこまれないようにと自分たちから承知して距離を置くようになっていた。

韓灝はその場の警察官たちに指示を出し、ラウンジ内に均等に配置されるようにしていた。敵はかならずやってくると信じており、こちらはラウンジ全体の状況を制御し、敵がどんな小細工もできないようにする必要があった。

〈エウメニデス〉からはすでに断片的な情報が伝わっている——ラウンジ内で鄧驊殺害のための準備を進めるので、そのとき近くに警察官がいてはいけない。韓瀬が綿密に手配をしておけば、向こうは近くの警察官を移動させるよう韓瀬に頼まざるを得なくなる。

それの反応を韓瀬は狙っていた。

羅飛はというと、鄧驊と韓瀬の動き両方に目を配っている。〈エウメニデス〉の最終目標は鄧驊だと把握していて、つまり鄧驊を監視することは〈エウメニデス〉を監視することと等しかった。また同時に、韓瀬は〈エウメニデス〉が握っている重要な駒だとも知っており、つまり〈エウメニデス〉の襲撃の過程では必然的に韓瀬が不自然な行動を見せる。そのため羅飛は韓瀬に意識を向け、犯行に関わっているという動かしがたい証拠を握る必要があった。

〈エウメニデス〉による殺害は成功させる。鄧驊が死ぬのは因果応報というものだが、それを機として〈エウメニデス〉と韓瀬を法のもとに捕らえる——それが、いまから羅飛が達成しようとしている目標だった。

韓瀬も、羅飛も、鄧驊までもがこのときあたりを探している。三人は同じ目標を求めていた——〈エウメニデス〉だ。

しかし、そいつはどこにいるのか？

だれもその姿を見つけられていないうち、その相手は彼らのことを見ていた。

そして携帯を取り出し、ＳＭＳを打ちはじめる。

〝到着済み。協力が必要〟

たちまちメッセージは韓瀬の携帯に送られる。こちらは着信の設定をバイブレーションに変えていた。人目につかないよう携帯を取りだし、表示された文章に目を落とす。

目元が二度ぴくりと動いた。険しい目つきになり、とてつもないすばやさでラウンジ内を見回した。あいつは、〈エウメニデス〉は、どこに隠れている？

どこにいるのか、韓瀨は確信が持てない。ありえそうな人間は何人もいた。

さっきトイレから出てきた若い男は、空いている椅子を探して腰を下ろす前に、こっちを長々と見ていた。新聞を広げているが、めくるのが速すぎる。新聞以外のなにかに気を取られているように見える。

作業用のエリアでネットにつないでいる男は、スーツに革靴で、公務員らしく見える。ただ、室内なのに、どうしてずっと大きなサングラスをかけているのか。

窓辺に立っているあの男は、外にいるほうきを持った清掃員を延々と眺めている。なにがそんなに面白い？　ガラスの反射を使ってラウンジの中の状況を観察してはいないか？

……

警察組織を動かして尋問を行うわけにはいかなかった。〈エウメニデス〉が警察に捕らえられるのは避けなければならないからだ。ゆえにひそかに観察し、脳内で必死に推測し、検討するしかなかった。携帯は左手にきつく握られ、汗にまみれている。

自分を観察している眼があるとはいっさい気づいていない。

羅飛だ。

羅飛は、韓瀨のわずかな動作と精神状態の変化に気づき、たちまち敏感に察した――〈エウメニデス〉が現れたのだ。韓瀨の視線の先を追ったが、やはり間違いなく怪しげな相手となると、だれとも絞りこめなかった。

韓瀨の目元がまた引きつる。手に握っている携帯がふたたび震えたからだった。

携帯の画面にメッセージが表示されている。〝鄧驊から南に十メートルの警察官二人を移動〟

深く息を吸いこんだ。名指しされた刑事隊員の二人を見る。敵がいつ来ても対応できるよう注意を配っている。

〈エウメニデス〉が彼らを動かそうというのは、いま〈エウメニデス〉が近くにいるのか、それともこの方向から襲撃を実行するのだろうか。

あまり深く考える余裕はない。いまは〈エウメニデス〉の指令に百パーセント従ってみせなければならなかった。それで、速足になって二人の隊員の前まで歩いていく。

「二人とも、あそこにいる格子柄のセーターの男を調べろ」保安検査場のある方向を指さす。一人の男がそちらから歩いてくるところで、ここからは七、八十メートル離れていた。

二人は疑う様子もなく、すぐにその男に向かい歩いていった。当然の帰結として、空いた場所は韓灝が埋める。

しばらくして、またメッセージが届いた。〝よくやった。実行後はおまえの方向から逃げる。邪魔をしないこと〟

韓灝は歯を食いしばる。もう来ているのか？　どこにいる？

〈エウメニデス〉は韓灝の疑問を察したかのように、メッセージでその問いに答えた。〝護衛の部隊のなかにいる。黒服の下に赤のTシャツ〟

〈エウメニデス〉は護衛たちのなかに隠れているのだ！　韓灝の心臓がどくんと脈打ち、悟りを授けられたかのような納得が降りてきた。そうだ、鄧驊を襲うのなら、その護衛の集団に紛れるより現実的な方法があるだろうか。みな統一された服を着て、大きなサングラスをかけていて元々見分けがつきにくい。それに注意力は周囲のわずかな気配に振りむけられていて、そのうちのだれかが入れかわっていたとしても、周りからは気づかれないだろう。

〈エウメニデス〉はそこに紛れこんでいる。黒の制服に着替えサングラスをかけているが、内側に着る服までは手が回らなかったのだ。ほかの護衛たちの制服は内側に白のワイシャツだが、偽者は赤いＴシャツを着ている。

それに思いいたると、韓灝の全身の毛穴一つひとつまでが引きしまった。目のまえに〈エウメニデス〉がいる。目に意識を集中し、護衛たちの黒服の袖口に視線を注いだ。

彼らが内側になにを着ているかは腕の先から見えている。ほかはすべて白のワイシャツだったが、その中に一人だけ例外がいた。

その一人は、阿華のすぐ近く、輪の中央からも近いところに立っていた。その振る舞いは、周りの護衛たちとはすこし違っていた。ほかは視線を外に向けて、警戒しながら周囲の動きを見張っている。この男だけが顔を横に向け、ほかからの視線を避けようとしているらしく見える。

心臓がばくばくと打ちはじめた。まさかあれが〈エウメニデス〉なのか？　必死に感情を抑えつける。勝敗を逆転させるかなめの時が来たのだ、これから打つ危険な一手は、わずかな不手際も許されない。

こちらから相手の正体を確かめることに決めた。

向こうがこちらを見ていない隙に、受信したばかりのＳＭＳから相手の番号を呼びだす操作をし、発信キーを押す。

ＳＭＳの返信はできない。警察の捜査が進んだとき、手がかりが残ってしまう。しかし通話なら問題はない、現在の技術では各通話の内容をさかのぼることはできないからだ。通話の記録は残ってしまうが、説明のための口実はいくらでも考えだせる。〈エウメニデス〉さえ死ねば、あらゆる問題は解決されるのだ。自分は専従班の班長であり、すべての証拠品の管理と処分は自分の権限のうちだ。〈エウメニデス〉の携帯とパソコンも同様に。

自分に不利になる証拠は破壊してしまえばいい。疑いを向けられたとしても自分の立場は揺るがない。〈エウメニデス〉には死んでもらう。ようやく自分の悪夢は終わる。

韓灝が協力する態度を装っていたのはこのためだ。目的はただ一つ、現場で相手を仕留めること。いま自分は、ついに相手の居場所を突きとめた。あと必要なのは最終的な検証だけだ。

充分な確信を持ってからでないと行動には移せない。しくじったときの結果の恐ろしさはひしひしと理解している。

電話の呼び出しはすぐに始まったが、向こうの呼び出し音は聞こえてこない——どうやら、向こうもバイブレーションに切りかえているようだ。

しかし韓灝は、検証の結果をはっきりと目の当たりにしていた。男はポケットに手を伸ばし、携帯を取りだして目を落とすと、すぐに電話を切り、ポケットに携帯を戻した。

韓灝の側でも同時に呼び出し音がとぎれ、自動音声に切りかわった。「申しわけございません、おかけになった電話はお出になりません……」

結果はこれ以上ないほどに明白だった。そして好機はいまにも消えてしまう。韓灝はもはやためらわず、大股に男に向かって歩いていった。

なにが起きたのかと、護衛たちの視線が続々と向けられる。阿華もこちらを向いた。「韓隊長、どうしましたか」

男も不意打ちを受けた様子で、視線を動かし韓灝を正面から見つめた。そのときには韓灝の右手が持ちあがって、男の顔から数歩の位置に銃口があった。

だん、と銃声が響き、弾丸はあやまたず男の眉間に撃ちこまれた。男の身体は揺らぐことすらなくそのままの姿勢で倒れていく。その場の全員が銃声の前に動きを止め、凍りついた時間のあと、つぎつぎと反応が戻ってきた。

阿華が飛びかかってきて、韓灝を床に押し倒し、全力をこめた両手で拳銃を押さえつけた。黒服の護衛たちは倒れた男に駆け寄り傷を確かめるか、韓灝を組み伏せている阿華に手を貸そうと近寄ってくる姿もあった。

警察官たちも動きだした。なにが起こったのかはわからないでいるが、この混乱した状況を収めなければならないのはわかっていた。つぎつぎと銃が抜かれ、大声を張りあげる。「動くな、顔を上げろ！」「放してくれ！」韓灝もわめいた。「あいつは犯人だ、犯人を殺してやったんだ！」

刑事が二人近づいてきて、韓灝に必死にしがみついていた阿華を引きはがした。マスクとサングラスを外しながら椅子から立ちあがった姿が見える。韓灝を見つめ、そして血だまりに倒れた男を見る。顔に浮かんでいるのは困惑と驚愕の表情だった。

羅飛も、韓灝が電話をかけたときには事態の変化に気づいていた。その視線をたどり、護衛のなかで一人の様子が違うことにも気づいていたが、韓灝が突然銃を撃ったのは完全に予想外の出来事だった。ほんの一瞬のうちの出来事で、羅飛の反応がいくら俊敏でも止めることはできなかった。

銃声のあと駆けつけるとき、サングラスとマスクを取って立ちつくしている男が目に入ると、心が暗く深く沈んでいく。

そこに立っているのが鄧驊ではないからだ。

次には、だれもが見たくなかったものを見ることになった。

射殺された男のサングラスを護衛たちが外す。みなの沈痛な表情は、大変な事態に出くわしたような恐れに覆われていた。

撃たれた男は息絶えていたが、吊りあがった眉と虎の眼、顔に浮かんだ疑念と威厳はいまなお残っていた。

この男が鄧驊だったのだ。

阿華は悲嘆に狂い、その声は絶望と憤怒によってかすれていた。「くそったれが……おまえは鄧董事長を殺したんだ！　董事長をだ！」

屈強な刑事二人に全力で押さえつけられていたのに、阿華はそこから抜けだし、脇目も振らずに韓灝に飛びかかっていく。

羅飛がそこに割りこんで、拳が阿華の頬を打つ。突然の攻撃を受け、痛みがかすかに冷静さを取りもどさせた。

「落ちつけ！」羅飛が大声を浴びせる。「そんなことでいいと思うのか！」

阿華は茫然と立ちつくす。目の前にいる男には、抗うことのできない威厳があるようだった。

「刑事隊の者は出入口を固めて、一人もここから出すな！　柳松、韓隊長を拘束しておいてくれ！」羅飛はつぎつぎと命令を下す。柳松は待ちかまえていた様子で、すぐに部下とともに韓灝に近づいていく。一方、韓灝の部下の刑事たちはどこかぼうっとした様子で、韓灝を見つめ、いまも指示を受けるのを待っているかのようだった。

韓灝はうつろな目で鄧驊の死体を見つめ、魂が抜けてしまったかのようだった。

事実はこのうえなく明白だった——自分は〈エウメニデス〉の策謀に騙され、操られるままこの手で鄧驊を撃ち殺し、相手の目的を代わりにやりとげてしまったのだ。

ここからなにができるだろうか。この最後の戦いで一敗地に塗《まみ》れてしまい、もはや逆転の望みはない。

自分に向かってくる柳松を見て、韓灝は悲しげに笑う。そして拳銃を投げすて、自分から両手を背中に回した。

刑事隊員たちは顔を見合わせて、ぐずぐずと動かないでいた。

「なにをぼさっとしてる、羅刑事の命令に従え！」韓灝が突然怒鳴り声を上げた。もはや完膚なきまでに敗れた身だが、〈エウメニデス〉が逃げおおせることも断じて許せなかった。いまここで、一矢報いる望みを託すことができるのはあの龍州《ロンジョウ》からやってきた刑事だけだった。

それだけの能力があることは確信している。鄭郝《ジョンハオ》明《ミン》の家ではじめて顔を合わせたときから、この相手の実力を疑ったことはなかった。しかし不遜で独断的な性格のせいで仲間に入れることを拒みつづけてしまった。

いまはじめて羅飛を、同じ塹壕《ざんごう》での戦友だと心から思えるようになっていた。

相応の相手を信頼するのはいい気分だったが、それはわずかばかり遅すぎた。

刑事隊員たちはようやく羅飛の指示を聞いて散っていく。特殊部隊員を連れた柳松が韓灝に手錠をかける。

羅飛はあたりを見回し、ラウンジのなかに視線を二度走らせる。そして韓灝のところにやってきて、真剣かつ焦った様子で尋ねてきた。「やつはどこだ?」

だれのことを聞かれているかはわかったが、苦笑しながら首を振ることしかできない。

「やつはどこだ?」羅飛はもう一度訊くと、声を張りあげて繰りかえした。「さっきあいつと連絡を取っていただろう、きっとこの近くにいるんだ、いったいどこなんだ!」

羅飛の言葉に韓灝ははっとした。そうだ、〈エウメニデス〉は自分と連絡を取りつづけ、この場の状況を正確に把握していた。きっと近くにいるはずだ。

韓灝は活力を取りもどし、目を見開いて四方を見回すと、まもなくその目が一ヵ所で留まり、顔には納得と憤怒の表情が浮かんだ。

羅飛、阿華、柳松、そしてその場の全員が、その視線をたどって目を向けた――

ラウンジの高みにある窓に、人影がある。ガラス窓に張りつき、ここで起きたすべてを悠然と見おろしていた。そのいでたちを見れば、先ほど外でほうきを持っていた清掃員だとわかった。

　空港の強烈な逆光を背負って、その容貌はラウンジ内のだれにも確かめられない。しかし、その背の高い姿は光に照らされてそびえたつようにガラスに映しだされ、異様な、抗うことのできない力を感じさせた。

「あいつだ、あいつだ！」韓灝の声は震え、そこには巨大な憤怒と苦しみ、後悔がこもっていた。

　韓灝が言いきらないうちに、羅飛と阿華がおそろしく機敏な身のこなしで同時に駆け出していた。柳松も即座に命令を下し、数人の特殊部隊員がすぐ後を追った。全員がラウンジの外を目指して駆けていく。

　窓の外の男は慌てる様子もなく、しばらくこちらを見ていたあと、ゆっくりと身を翻し去っていく。追いつかれないことはわかっている。追う側はかなりの大回りをしないとラウンジから出られず、窓の反対側に駆けつけたときには、こちらはとうに用意してあった逃走経路から気配も残さず消えているのだ。

　鄧驊の死体は静かにラウンジの床に横たわり、銃弾の傷からは鮮血があふれつづけている。この男にとっては、それが十八年前から定まっていた終着点のように見えた。

エピローグ

　男は空港を出て、荒れた草地をゆっくりと歩いていく。凛と冷えた秋風が吹き過ぎるが、寒さを感じることはない。身体の中では血が煮えたぎっているからだ。

　いまでは無数の人間が自分の行方を追っているのが想像できる。しかし、自分が何者かはだれも知らない。

　自分はあらゆる書類に存在しない、どんな記録にも残っていない人間だからだ。

　十八年前、なんのよりどころもない孤児だった自分は、残酷な社会にいまにも呑まれそうになっていた。そのときにあの怪物と出会い、怪物はそのうちに〈先生〉と呼ばれるようになった。

〈先生〉が自分のためにしてくれたことは、夢にまで見た、しかし自分では成しとげられないことだった。それから〈先生〉に対しては敬意と崇拝ばかりを向けることになった。

　これからもっと多くの人の力になれるようにと、〈先生〉は身に付けた技術を教えてくれることになった。そうして自分は〈先生〉の生徒になった。すばらしい素質を持っていて、〈先生〉を失望させたことはなかった。

　三年前、〈先生〉からリストを手渡され、そこにはとんでもない悪に手を染めていながら法の裁きを受けていない罪人たちがずらりと並んでいた。そこに書かれた人間を探しはじめ、もっとも厳しい罰を与えていった。成果は見事なもので、強盗、強姦、殺人を犯した悪党たちも、自分の手の中では屠《ほふ》られるのを待つ子羊のようで、〝死亡通知書〟が無駄になることは一度もなかった。

　いっぱしのものになったと思っていたが、〈先生〉

にはまだだめだと言われた。ある一人を殺してはじめて、一人前の死刑執行人になれるという。

鄧驊《ドンホワ》。

それは〈先生〉が殺さなければならない男で、しかしそれは実行不可能な仕事なのだという。

自分は三年近く努力したがなんの成果もなく、しかし一カ月前、リストに載っていた新たな獲物——彭広《ペングアン》福《フー》を捕らえたのだった。

彭広福は双鹿山《シュアンルーシャン》の警官襲撃事件の真実を告白し、そこからとうとう、鄧驊の殺害計画が頭に浮かんできた。

その計画を〈先生〉に話し、認めてもらえた。しかし〈先生〉からの最初の提案は、かつて専従班に加わっていた刑事の鄭郝明《ジョンハオミン》を殺し、そこから韓灝《ハンハオ》を事件に引きいれることだった。

まったく納得がいかなかった。鄭郝明は〃死亡通知書〃に名前が書かれる人間ではないからだ。韓灝を引きいれるにも、もっと無難な方法があるはずだ。

「おまえはもうすぐ真の死刑執行人になる。覚えておけ、おまえの前には二つの敵が現れつづける。一つは〃死亡通知書〃に名前が書かれる罪人、もう一つが警察だ。自分と警察は敵同士だということは一瞬でも疑うな。わずかな機会があれば、やつらは躊躇なくおまえを仕留める。おまえも同じ覚悟をしておかないとならない。その刑事を殺せば、これからやつらを前にしたとき、いっさい悩まずにいられる」

自分は〈先生〉からの教訓を受けいれ、そして鄭郝明の死を序章として計画は正式に動きだした。

専従班が再設置され、韓灝が班長になって、計画の第一歩は完成した。

そして韓少虹《ハンシャオホン》、警察の厳重な監視のなかであの女を殺すのは、たしかに多少なりとも冒険だった。しかしこの一手は、二つの働きをしてくれた。一つは警察の思考を誘導して、のちに彭広福が現れたときも、大半の人間から双鹿山の事件への疑いが向かないようになったこと。第二に、この一件が〈エウメニデス〉の恐ろしい実力を証明して、韓灝が彭広福を殺すときにも、うまい隠れ蓑となり内部の犯行という想像が最初に浮かばないようになった。

計画は順調に進んでいき、韓灝が彭広福を殺して、熊《シオンユエン》原もおまけの犠牲者となった。そして自分は現場の録画映像を手にいれ、韓灝はこちらに恨みと恐怖を抱き、すべての問題を解決するためにこちらを殺さなければならない状況に追いこまれた。

それこそが目指していた結果だった。

数年間、鄧驊の命を奪う機会は見つからなかったが、さまざまな情報は探りあてていた。あの男はふだんめったに公共の場所に現れず、やむを得ない場合は、護衛を引きつれて周りを囲ませるほかに、とても念入りな方法をとっていた――入れかわりだ。

鄧驊は公共の場所では偽者に自分のふりをさせ、当人は護衛に化けて身を隠していた。長年死の脅威にさらされて生まれた、狡猾な習慣だった。

その習慣を逆手に取ってやった。護衛のふりをしている男こそが殺人犯〈エウメニデス〉だと韓灝に思いこませ、韓灝が電話をかけて確認するまえに、自分への電話が鄧驊の携帯に転送されるようにした。

そうして韓灝は鄧驊を殺し、実現不可能だった仕事は護衛計画の指揮官によって成しとげられた。

〈先生〉の願いはこれでようやく叶い、きっとあの世で安らかにいられると思う。

自分は一人前と認められた。今日からはほんとうの、独り立ちした死刑執行人になる。

自分の名前はこの世のだれにも知られていないが、あらゆる人間に〈エウメニデス〉のことを知らしめてやろう。

この世にはまだ裁かれていない罪がいくらでもある。するべきことはいくらでもあるのだ。

きっと見事にやりとげてみせる。

そう誓った。

羅飛《ルオフェイ》はラウンジの外、窓の前に立っていた。数分前、あの男はここに立っていたのに、いまでは影も形も見えない。

しかし羅飛は絶望していない。ともかくようやく対峙できたのだ。いつか敵のしっぽをつかむことができると信じていた。

絶対に、あいつをこのまま逃がしはしない。

そう誓った。

阿華《アーホワ》は夜の闇のなかを走っていた。走りつづけて息ができなくなりそうだったが、停まる気にはなれなかった。

阿華はあの男を追いかけているが、相手が逃走した方向すらわかってはいない。

なにがあろうと敵を追いつめる。地の果て、海が尽きるまで。

そう誓った。

空港のラウンジに立った韓灝の腕には、冷たい手錠がかかっていた。いままで味わったことのない感覚だった。

はじめに憤怒と苦しみ、絶望を味わったのち、その思考はようやく少しずつ冷静さを取りもどしていた。自分にどのような運命が待っているかはわかっていたが、諾々と受けいれる気にはなれなかった。

このままふがいなく負けているわけにはいかない。絶望のなかからひとすじの機会を見つけなければならなかった。

まだ機は残っていてもおかしくない……尹剣《インジエン》の命を奪わなかったことに幸運めいたものを感じていた。

この状況をひっくり返す。自分を侮辱し、陥れた輩を見つけだし、この手で粉々に打ち砕いてやる。
そう誓った。

（第一部　完）

訳者あとがき

本書は中国の作家、周浩暉（しゅう・こうき／ジョウ・ハオフイ）が二〇〇八年に発表した長篇『死亡通知単』の全訳です。

舞台となるのは中国大陸のある省の省都、A市。事件は、公安局（警察署）内でも人望を集めるベテラン刑事、鄭郝明《ジョンハオミン》が突然殺されたことから始まります。刑事隊を率いる韓灝《ハンハオ》がじきじきに参加しての捜査の結果、生前の鄭郝明はあるネットの書きこみを追っており、その結果として殺害されたという結論にたどりつきます。ギリシャ神話の復讐の女神、〈エウメニデス〉を名乗る犯人は、法では裁かれない悪人をネット上で募り、みずから制裁を下していくと宣言していました。

対〈エウメニデス〉作戦のため設置された専従班には個性的な面々が集い、そのなかには羅飛《ルオフェイ》という別の市からやってきた刑事の姿もあります。〈エウメニデス〉の名前は十八年前に起きた事件にも存在を見せており、羅飛の人生は、警察学校時代に起きたその事件によって大きく変えられていたのでした。十八年前と現在、どちらの事件でも謎が山積するなか、〈エウメニデス〉は〝処刑対象〟の名前と実行の日付を指定し、護衛に総力を懸ける警察に真っ向から勝負を挑んできます。

作者の周浩暉は一九七七年に江蘇省揚州市で生まれ、北京の清華大学で環境工学の修士号を取得しています。小説を書きはじめたのは二〇〇三年はじめのことで、SARSの流行の影響で外出を控えざるを得なくなったこの時期、サスペンスもののドラマに夢中になっているルームメイトをからかったところ、自分でも書いてみろと挑発されたのがきっかけと彼は話しています。そして書かれた、大学を舞台にした短篇ミステリ「套子里的人」は、清華大学のBBSに投稿された結果好評を得て、彼は創作を続けることになります。その後は会社員や大学教員として働きながらインターネットや雑誌上で小説を発表し、二〇〇五年に発表された羅飛ものの第一長篇『凶画』以降は単行本の出版も続いていきます。

彼の創作歴の画期となったのが、中国大陸では二〇〇九年に刊行された本作でした。刑事の羅飛と殺人鬼〈エウメニデス〉との死闘を描く物語は、二〇一〇年発表の『宿命』、二〇一一年発表の『離別曲』とともに三部作をなし、累計で百二十万部以上を売りあげたうえ、『暗黒者』のタイトルで二〇一四年に始まり、計三シーズン放映されたネットドラマ版は累計閲覧数が二十四億回に達しました。台湾や香港でも出版されたほか、二〇一八年には英訳版が、二〇一九年にはフランス語訳版が出版されてさらに読者を増やしています。

〈死亡通知書〉連作が完結した二〇一一年には、羅飛が登場する「生死翡翠湖」が、北京偵探推理文芸協会が主催する第五回全国偵探小説大賽で最優秀中篇賞を得ています。その後も周浩暉は、〈死亡通知書〉の外伝（二〇一五）や、羅飛が活躍する新たな三部作である〈邪悪催眠師〉連作（二〇一三‐二〇一六）など旺盛に創作活動を続け、近年では自ら会社を立ちあげて映像制作にも関わっています。

なお、作品はほとんどが謎解きを軸にしたミステリに分類されるものですが、それとは別の傾向として「食」をテーマとして扱った作品をしばしば書いており、こちらの作品群には謎解きの要素が強くないものも散見されます。

羅飛が登場する最初の三長篇、『凶画』、『鬼望坡』（二〇〇七）、『恐怖谷』（二〇〇八、のちに『攝魂谷』と改題）は、どれも雪に閉ざされた山中や孤島など人里離れた舞台を選んだ、怪奇・伝奇色の強いミステリでした。対して本作に始まる〈死亡通知書〉三部作は対照的に都会を舞台にし、強い存在感を持つ殺人犯との頭脳や肉体を駆使した対決に重点を置いています。同様の傾向の作品としてはほかにも雷米《レイミー》の〈心理罪〉、秦明《チンミン》の〈法医秦明〉、蜘蛛《ジージュー》の〈十宗罪〉、日本でも翻訳が進められている紫金陳《ズージンチェン》の〈官僚謀殺〉などの人気シリーズがあり、欧米の警察スリラーとの親和性を感じさせるこれらの作品は、中国ミステリにおける一つの大きな柱を形成しています。

登場人物たちも予想だにしなかったような二転三転の展開を経て、本作のラストでは一連の謎が解かれ、〈エウメニデス〉との対決にはひと区切りが付けられます。しかし羅飛たちの戦いはここでは終わりません。本作の展開も、〈エウメニデス〉対、その犯行を食いとめる羅飛というシンプルな構図には必ずしも収まらない面がありましたが、同じ人物たちが登場する続篇では本作に輪をかけて多層的に物語が展開することになります。

中国大陸で本書は、二〇〇九年に国際文化出版公司から出版されたあと、二〇一四年のネットドラマ化に合わせ『死亡通知単：暗黒者』というタイトルに変更して独客文化の制作、北京時代華文書局の出版で再刊されました。また二〇一八年にも独客文化の制作、海南出版社の発行で、今度は『暗黒者』をタイトルにして刊行されています。このときにはドラマと同じく『暗黒者』が三部作すべての通しタイトルになりました。

今回の翻訳にあたっては海南出版社版と、英訳版を参照しています。英訳版では全体に文章がスリムになるよう手が加えられており、そのほかに、舞台となる〝A市〟が外国の読者にもイメージしやすいという理由で四川省成都市に変更され、また主人公である羅飛の名前が〝Pei Tao〟（裴《ペイ》涛《タオ》？）に変更されていますが、これらの相違点に関しては中国語版に倣いました。

最後に、本書の刊行にあたって多大な労力を費やしていただいた校閲の方々と早川書房の根本佳祐氏に感謝を申しあげます。

二〇二〇年六月

HAYAKAWA POCKET MYSTERY BOOKS No. 1958

稲《いな》村《むら》文《ぶん》吾《ご》

早稲田大学政治経済学部卒,
中国語文学翻訳家
訳書
『元年春之祭《がんねんはるのまつり》』『雪が白いとき、かつそのときに限り』陸 秋槎
『ディオゲネス変奏曲』陳 浩基
(以上早川書房刊)

この本の型は,縦18.4センチ,横10.6センチのポケット・ブック判です.

〔死亡通知書《しぼうつうちしよ》　暗黒者《あんこくしや》〕

2020年8月10日印刷　2020年8月15日発行

著　者　周　浩　暉
訳　者　稲　村　文　吾
発行者　早　川　浩
印刷所　星野精版印刷株式会社
表紙印刷　株式会社文化カラー印刷
製本所　株式会社川島製本所

発行所　株式会社　早川書房
東京都千代田区神田多町2－2
電話　03-3252-3111
振替　00160-3-47799
https://www.hayakawa-online.co.jp

(乱丁・落丁本は小社制作部宛お送り下さい
送料小社負担にてお取りかえいたします)

ISBN978-4-15-001958-7 C0297
Printed and bound in Japan

ハヤカワ・ミステリ〈話題作〉

1928 ジェーン・スティールの告白
リンジー・フェイ
川副智子訳
アメリカ探偵作家クラブ賞最優秀長篇賞ノミネート。19世紀英国を舞台に、大胆不敵で気丈なヒロインの活躍を描く傑作歴史ミステリ

1929 エヴァンズ家の娘
ヘザー・ヤング
宇佐川晶子訳
〈ストランド・マガジン批評家賞最優秀新人賞受賞作〉その家には一族の悲劇が隠されていた。過去と現在から描かれる物語の結末とは

1930 そして夜は甦る
原 尞
〈デビュー30周年記念出版〉伝説のデビュー作がポケミスで登場。書下ろし「著者あとがき」を付記し、装画を山野辺進が手がける特別版

1931 影の子
デイヴィッド・ヤング
北野寿美枝訳
〈英国推理作家協会賞ヒストリカル・ダガー賞受賞作〉東西ベルリンを隔てる〈壁〉で少女の死体が発見された。歴史ミステリの傑作

1932 虎の宴《うたげ》
リリー・ライト
真崎義博訳
アステカ皇帝の遺体を覆った美しい宝石のマスクをめぐり、混沌の地で繰り広げられる、大胆かつパワフルに展開する争奪サスペンス

ハヤカワ・ミステリ〈話題作〉

1933
あなたを愛してから
デニス・ルヘイン
加賀山卓朗訳
レイチェルは夫を撃ち殺した……実の父を捜し、真実の愛を求め続ける彼女の旅路の果てに待っていたのは？　巨匠が贈るサスペンス

1934
真夜中の太陽
ジョー・ネスボ
鈴木　恵訳
夜でも太陽が浮かぶ極北の地に一人の男がやってくる。彼には秘めた過去が――『その雪と血を』に続けて放つ、傑作ノワール第二弾

1935
元《がん》年《ねん》春《はる》之《の》祭《まつり》
陸　秋槎
稲村文吾訳
不可能殺人、二度にわたる「読者への挑戦」気鋭の中国人作家が二千年前の前漢時代の中国を舞台に贈る、本格推理小説の新たな傑作

1936
用心棒
デイヴィッド・ゴードン
青木千鶴訳
暗黒街の顔役たちは、ストリップクラブの凄腕用心棒にテロリスト追跡を命じた！　年末ミステリ三冠『二流小説家』著者の最新長篇

1937
刑事シーハン／紺青の傷痕
オリヴィア・キアナン
北野寿美枝訳
大学講師の首吊り死体が発見された。他殺と見抜いたシーハンだったが事件は不気味な奥深さを……アイルランドに展開する警察小説

ハヤカワ・ミステリ〈話題作〉

1938 ブルーバード、ブルーバード　アッティカ・ロック　高山真由美訳
〈エドガー賞最優秀長篇賞ほか三冠受賞〉テキサスで起きた二件の殺人に黒人のレンジャーが挑む。現代アメリカの暗部をえぐる傑作

1939 拳銃使いの娘　ジョーダン・ハーパー　鈴木 恵訳
〈エドガー賞最優秀新人賞受賞〉11歳の少女はギャング組織に追われる父親とともに旅に出る。人気TVクリエイターのデビュー小説

1940 種の起源　チョン・ユジョン　カン・バンファ訳
家の中で母の死体を見つけた主人公。昨夜の記憶なし。殺したのは自分なのか。「韓国のスティーヴン・キング」によるベストセラー

1941 私のイサベル　エリーサベト・ノウレベック　奥村章子訳
二人の母と、ひとりの娘。二十年の時を越えて三人が出会うとき、恐るべき真実が明らかになる……スウェーデン発・毒親サスペンス

1942 ディオゲネス変奏曲　陳 浩基　稲村文吾訳
〈著者デビュー10周年作品〉華文ミステリの第一人者・陳浩基による自選短篇集。ミステリからSFまで、様々な味わいの17篇を収録

ハヤカワ・ミステリ〈話題作〉

1943
パリ警視庁迷宮捜査班
ソフィー・エナフ
山本知子・川口明百美訳
停職明けの警視正が率いることになったのは曲者だらけの捜査班⁉　フランスの『特捜部Q』と名高い人気警察小説シリーズ、開幕！

1944
死者の国
ジャン゠クリストフ・グランジェ
高野　優監訳・伊禮規与美訳
パリで起こった連続猟奇殺人事件を追う警視が執念の捜査の末辿り着く衝撃の真相とは。フレンチ・サスペンスの巨匠による傑作長篇

1945
カルカッタの殺人
アビール・ムカジー
田村義進訳
一九一九年の英国領インドで起きた惨殺事件に英国人警部とインド人部長刑事が挑む。英国推理作家協会賞ヒストリカル・ダガー受賞

1946
名探偵の密室
クリス・マクジョージ
不二淑子訳
ホテルの一室に閉じ込められた探偵に課せられたのは、周囲の五人の中から三時間以内に殺人犯を見つけること！　英国発新本格登場

1947
サイコセラピスト
アレックス・マイクリーディーズ
坂本あおい訳
夫を殺したのち沈黙した画家の口を開かせるため、担当のセラピストは策を練るが……。ツイストと驚きの連続に圧倒されるミステリ

ハヤカワ・ミステリ〈話題作〉

1948
雪が白いとき、かつそのときに限り
陸　秋槎
稲村文吾訳

冬の朝の学生寮で、少女が死体で発見された。その五年後、生徒会長は事件の真実を探りはじめる……華文学園本格ミステリの新境地。

1949
熊の皮
ジェイムズ・A・マクラフリン
青木千鶴訳

アパラチア山脈の自然保護地区を管理する職を得たライス・ムーアは密猟犯を追う！　アメリカ探偵作家クラブ賞最優秀新人賞受賞作

1950
流れは、いつか海へと
ウォルター・モズリイ
田村義進訳

元刑事の私立探偵のもとに、過去の事件についての手紙が届いた。彼は真相を追うが――アメリカ探偵作家クラブ賞最優秀長篇賞受賞

1951
ただの眠りを
ローレンス・オズボーン
田口俊樹訳

フィリップ・マーロウ、72歳。私立探偵はとっくに引退して、メキシコで隠居の身。そんなマーロウに久しぶりに仕事の依頼が……。

1952
白い悪魔
ドメニック・スタンズベリー
真崎義博訳

ローマで暮らすアメリカ人女優は、人気政治家と不倫の恋に落ちる。しかしその恋は悲劇を呼び……暗い影に満ちたハメット賞受賞作